Elizabeth Camden

EIN SCHRITT INS UNGEWISSE

francke

Über die Autorin:
Elizabeth Camden ist eine preisgekrönte Autorin von fünf Romanen, darunter *Against the Tide* (2012), für den sie den *RITA Award*, den *Christy Award* und den *Daphne du Maurier Award* bekam. Camden studierte Geschichte und Bibliothekswissenschaft und arbeitet tagsüber als Bibliothekarin, bevor sie sich abends an den Schreibtisch setzt. Sie wohnt mit ihrem Mann in Florida. Weitere Informationen über Elizabeth Camden auf www.elizabethcamden.com.

Bibliografische Information Der Deutschen Nationalbibliothek
Die Deutsche Nationalbibliothek verzeichnet diese Publikation in der Deutschen Nationalbibliografie; detaillierte bibliografische Daten sind im Internet über http://dnb.dnb.de abrufbar.

2. Auflage 2018
ISBN 978-3-86827-596-4

Originally published in English under the title
With every breath
by Bethany House, a division of Baker Publishing Group,
Grand Rapids, Michigan, 49516, USA.

Deutsch von Julian Müller
Umschlagbilder: © fotolia.com / Nadiyka
© iStockphoto.com / epicurean
© shutterstock.com / SFIO CRACHO
Umschlaggestaltung: Verlag der Francke-Buchhandlung GmbH /
Christian Heinritz
Satz: Verlag der Francke-Buchhandlung GmbH
Printed in Czech Republic

www.francke-buch.de

PROLOG

Washington D.C., 1879

Nur eins war für Kate Norton noch schöner, als zu gewinnen: wenn Trevor McDonough dabei den Kürzeren zog. Trevor war seit dem ersten Tag in der Schule ihr Erzfeind gewesen. Vier Jahre lang hatten sie beide nur Bestnoten bekommen und nun war zum ersten Mal in der Geschichte der Schule strittig, wer als bester Schüler die Abschlussrede halten sollte. Alles hing von den Ergebnissen des heutigen Tests ab – nicht nur die Rede, sondern auch das Stipendium für das College.

Über vierzig Schaulustige hatten sich ins Klassenzimmer gequetscht und machten es eng und stickig. Kates Korsett und Stehkragenbluse taten das Ihrige. Sie und Trevor standen vorn und lieferten sich ein Duell im Buchstabieren, das sich nun schon über vierzig Minuten hinzog. Das Publikum wartete nur darauf, dass einer sich verhaspelte. Kates Vater saß in der ersten Reihe, wischte sich den Schweiß von der Stirn und sah aus, als würde er jeden Augenblick ohnmächtig werden. Trevor lag vorn. Er hatte Biologie, Chemie und Physik gewonnen, während Kate in Rechnen und Geschichte besser gewesen war. Nun blieben nur noch Rechtschreibung und Trigonometrie und Kate musste beide Fächer gewinnen, um das Stipendium und damit ihren einzigen Weg zum College nicht zu verlieren. Alle Augen richteten sich auf Trevor, während der Schuldirektor das nächste Wort verlas.

„Mr McDonough, buchstabieren Sie bitte *asketisch*", forderte er ihn auf. „Askese, ein ‚überaus hohes Maß an Selbstbeherrschung gepaart mit einem Mangel an Lebensfreude'."

Wie passend.

Trevor McDonough war der größte Asket auf Erden. Kate warf ihm einen Blick zu. Wie er schon dastand – groß, schlaksig, verkniffenes Gesicht, die dicke schwarze Strähne über der Stirn, die seine mürrischen dunklen Augen verdeckte.

Kates sechsjähriger Bruder klammerte sich in der ersten Reihe ans Bein ihres Vaters. „Keine Angst, du Klette", flüsterte sie ihm zu. Eigentlich hieß er Timothy, aber die Vorliebe, mit der er sich an andere Menschen klammerte, hatte ihm den Spitznamen eingebracht.

Trevor schluckte und bat um eine Wiederholung des Wortes. Kate hatte einen natürlichen Vorteil, wenn es ums Buchstabieren ging. Als Trevor damals in die Schule gekommen war, hatte ihm sein starker schottischer Akzent bei der Rechtschreibung öfter einen Streich gespielt. Aber er lernte schnell. Er beobachtete genau, wie die anderen sprachen, und trainierte sich seinen Akzent nach und nach völlig ab. Kate hielt die Luft an, als Trevor ansetzte.

Er machte einen Fehler. Adrenalin schoss durch Kates Adern. Wenn sie jetzt *asketisch* richtig buchstabierte, hatte sie diesen Test gewonnen. Die Spannung im Raum wuchs. Vierzig Leute standen auf ihrer Seite des Klassenzimmers: ihre Familie, ihre Freundinnen aus der Schule und ein paar Gäste aus dem Logierhaus. Sogar der Briefausträger und der Milchmann waren gekommen, um sie zu unterstützen.

Auf Trevors Seite stand nur eine einzige Person: der Kutscher, der ihn jeden Tag zur Schule brachte. In seinem dunkelblauen Mantelrock mit goldenen Paspeln und in den glänzenden schwarzen Stiefeln war er der am besten gekleidete Mann im Raum.

Trevor lebte wie die Made im Speck. Er wohnte in einer großen Villa und hatte einfach alles. Kate wusste zwar nicht, was mit seinen Eltern war, aber sein Vormund war ein reicher Senator aus Maryland. Trevor bekam sein Abendessen bestimmt auf einem Silbertablett präsentiert, während sie für dreißig Gäste im Logierhaus das Essen heranschleppen musste.

„Miss Norton, *asketisch.*"

Sie schloss die Augen. *Bitte …*

Dann buchstabierte sie das Wort ohne Fehler. Die Menge jubelte, als sie zur Gewinnerin dieses Tests erklärt wurde. Ihr Vater sprang auf und umarmte sie ungestüm. Der Hausmeister der Schule schmunzelte und klopfte ihr auf die Schulter. Kate blinzelte eine Träne fort und versuchte, ruhig zu atmen.

Sie durfte sich nicht zu früh freuen. Noch musste sie den Trigonometrietest gewinnen, bevor sie als beste Schülerin die Abschlussrede halten durfte. Die nächsten zwanzig Minuten würden darüber entscheiden, ob sie aufs College gehen oder weiter im Logierhaus schuften musste.

Nicht dass die Arbeit im Logierhaus an sich schlimm war, aber sie hatte so viele Träume ...

„Sie haben zwanzig Minuten Zeit, um die Gleichungen zu lösen", erklärte der Schuldirektor. „Der Gewinner erhält das Stipendium."

Zwei Tafeln wurden auf quietschenden Rädern ins Klassenzimmer gerollt. Auf ihnen standen identische Gleichungen. Kate und Trevor stürzten jeder zu einer Tafel und machten sich an die Arbeit. Das einzige Geräusch im Raum war das emsige Quietschen der Kreide auf dem glatten Schiefer. Kate war ihren Fingern in Gedanken weit voraus und spulte die Lösungsschritte ab, aber Trevor neben ihr schrieb genauso schnell.

Der Wettstreit mit Trevor McDonough hatte gleich am ersten Schultag angefangen. Wie ein Aasgeier hatte er sie sofort als einzig ernst zu nehmende Konkurrenz ausgemacht. Egal in welchem Fach – immer versuchten sie sich gegenseitig auszustechen. Natürlich ging es hauptsächlich um die Zensuren, aber irgendwann waren auch andere Dinge dazugekommen. Wessen Stein weiter übers Wasser sprang. Wer das längste Gedicht aufsagen oder am längsten die Luft anhalten konnte.

Ihr Haarknoten rutschte allmählich zu einer Seite, aber sie durfte sich jetzt nicht ablenken lassen. Sie musste die Gleichungen fehlerfrei lösen, dann würde sie aufs College gehen! Ihre Hand zitterte, als sie das Ergebnis der letzten Gleichung notierte.

„Die Zeit ist um!", rief der Schuldirektor mit einer Taschenuhr in der Hand und wartete, bis Kate und Trevor die Kreide abgelegt hatten.

Kate schob ihre roten Haare zurecht und schielte auf Trevors Lösung. Er tat dasselbe. Seine dunklen Augen verrieten dabei keinerlei Emotion. Für ein ungeübtes Auge mochten die trigonometrischen Gleichungen wie Hieroglyphen aussehen, aber Kate fielen sofort zwei Stellen auf, wo sie und Trevor sich für unterschiedliche Lösungswege entschieden hatten.

„Bitte treten Sie zurück, während ich die Ergebnisse benote", sagte der Schuldirektor, der das Blatt mit der Lösung in der Hand hielt. Wer war besser? Ihr Lösungsweg war länger. Trevors Rechnung sah kompakter und eleganter aus.

Der Direktor trat vor das Klassenzimmer. In seinem Gesicht spiegelte sich Unbehagen wider. Papa stellte sich hinter Kate. Ihre Mutter stand neben ihr.

„Es war uns eine Freude, zwei so begabte Schüler in unseren Reihen zu haben", setzte der Schuldirektor an. „Egal, was ihre Zukunft bringen wird, ich bin mir sicher, dass sie unsere Gesellschaft bereichern und Großes vollbringen werden. Leider kann die Schule nur für einen Schüler pro Jahrgang die Kosten der College-Ausbildung übernehmen. In diesem Jahr wird diese Ehre Mr Trevor McDonough zuteil."

Kate wurde schlagartig heiß, dann schwindlig. Ihr Vater hielt sie fest. „Nicht so schlimm", murmelte er, aber er klang enttäuscht.

Doch, es war schlimm. Sie würde den Rest ihres Lebens damit verbringen, Wäsche zu waschen und dreckige Teller im Logierhaus zu spülen. Sie schielte über die Schulter ihres Vaters zu Trevor. Er brauchte das Stipendium doch überhaupt nicht! Seine goldene Uhr war sicher teurer als der Jahresumsatz ihrer Eltern. Der Direktor schüttelte Trevor die Hand. Sonst gratulierte niemand.

Um Kate drängte sich die Menschenmenge. Alle umarmten sie und klopften ihr tröstend auf die Schulter. Sie musste irgendwas sagen. Sie musste so tun, als wären ihre Hoffnungen und Träume nicht gerade zerplatzt. „Das wird schon", stammelte sie und versuchte, es auch so zu meinen. Timothy schob sich durch die Menge und umklammerte ihre Hüfte. „Hast du gewonnen?", piepste er und sah sie erwartungsvoll an.

Was sollte sie sagen? Sie hatte das Gefühl, ihre ganze Nachbarschaft enttäuscht zu haben, nicht nur ihren kleinen Bruder, für den sie die große Alleskönnerin war.

Ihre Mutter zog ihn fort. „Komm", sagte sie leise.

Im Augenwinkel sah sie, wie Trevor das Zimmer verließ, gefolgt von seinem Kutscher.

„Geh und gratuliere ihm", sagte ihr Vater. Kate schob ihn von sich, um zu sehen, ob er es ernst meinte. Er sah müde aus, besorgt, aber er nickte. „Ich weiß, das fällt dir nicht leicht, aber es ist das Richtige. Gib ihm die Hand und wünsche ihm alles Gute."

Kate wollte ihre Hand lieber in ein Fass mit Säure tauchen. Hätte sie diesen freudlosen, fürchterlichen Jungen bloß nie kennengelernt. Abgesehen von seiner Intelligenz hatte er nichts, aber auch gar nichts Gutes an sich. Kate straffte die Schultern und folgte Trevor durch den Flur bis nach draußen in die kühle Frühlingsluft. Die Nachmittagssonne schien und der Himmel war kristallblau. Das machte es nur noch schlimmer.

„Glückwunsch."

Trevor blieb stehen, das Gesicht wie immer ausdruckslos. Seine schwarzen Augen wirkten durch das blasse Gesicht wie Kohlestücke. Schließlich machte er einen Schritt vor und gab ihr die Hand. „Danke", murmelte er und kletterte in die bordeauxfarbene Kutsche mit Samtpolstern.

Kate sah dem Pferdegespann nach, dessen Räder Staub aufwirbelten. Trevor McDonough erwartete eine glorreiche Zukunft, so viel war sicher. Er war reich, privilegiert und intelligent. Trevor brauchte das Stipendium überhaupt nicht. Seltsam, dass er beim Händeschütteln gezittert hatte; wie eine in die Ecke gedrängte Maus.

Kate tötete jedes Mitleidsgefühl in sich ab. Er hätte sich Freunde suchen können, wenn er gewollt hätte. Wenn er nicht so mürrisch gewesen wäre und jedem eine Abfuhr erteilt hätte, der nett zu ihm sein wollte, wäre er nicht zum Außenseiter geworden.

Kate hoffte von ganzem Herzen, dass sie Trevor McDonough zum letzten Mal gesehen hatte.

KAPITEL 1

Zwölf Jahre später
Washington D.C., 1891

Kate hatte den Brief in der letzten Woche so oft gelesen, dass sie ihn auswendig konnte. Sie begriff einfach nicht, wieso ein weltberühmter Arzt ausgerechnet sie als Bewerberin für eine angesehene Stelle im *Washington Memorial Hospital* auserkoren hätte.

Reihenweise Frauen an Rechenmaschinen umgaben sie. Sie alle fütterten die Maschinen emsig mit Lochkarten, sodass der riesige Saal mit Klackern, Brummen und Rattern erfüllt war. Früher hatte Kate ihre Arbeit im Statistikamt geliebt. Daten zu untersuchen, um die Welt besser zu verstehen, machte ihr Spaß und war genau das Richtige für sie und ihr Zahlentalent. Aber das war, bevor die Maschinen Einzug gehalten hatten.

Landauf, landab waren Statistiker im vergangenen Jahr von Maschinen verdrängt worden. Es schien, als gäbe es in der ganzen Stadt kein Büro mehr ohne Rechen- oder Tabelliermaschine. Noch brauchte man genug statistische Prognosen von Menschen mit einem guten Zahlengedächtnis, aber diese Stellen wurden an Männer vergeben.

Männer mit College-Abschluss.

Kate schob den Gedanken fort. Morgen früh hatte sie im *Washington Memorial Hospital* ein Bewerbungsgespräch für eine Stelle, in der es um Datenauswertungen und die frühzeitige Erkennung von Krankheitsentwicklungen ging. Noch nie hatte sie sich so sehr eine Veränderung gewünscht. Sie wollte raus aus diesem Bienenstock, wollte endlich etwas tun, was auch ihren Kopf beanspruchte.

„Machst du es wirklich?“ Betsy Waters beugte sich von ihrer Tabelliermaschine herüber.

Kate schob den Brief erschrocken unter einige Akten. „Ich muss“, raunte sie zurück. „Sonst bereue ich das für den Rest meines Lebens.“

Trotzdem fragte sie sich, wie Dr. T. M. Kendall von ihrer Existenz erfahren hatte. Es gab Dutzende Statistikerinnen, die durch die neuen Erfindungen arbeitslos geworden waren. Warum ausgerechnet sie?

„Ich hoffe, Mr Gertsmann setzt dich nicht gleich vor die Tür", sagte Betsy. „Letty Smitson hat er letztes Jahr gefeuert, nur weil sie die Stellenanzeigen vom Finanzministerium gelesen hat."

Kate kannte die feindselige Einstellung ihres Vorgesetzten nur zu gut. Er ließ sie jede Angestellte spüren, die auch nur ihren Kopf hob und sich Hoffnungen auf etwas außerhalb des Bienenstocks machte. Dabei war Washington schon immer ein Sonderfall gewesen, was die Anzahl von Frauen als Büroangestellte betraf. Die Regierungsbehörden brauchten Unmengen an Mitarbeitern und diese Tatsache öffnete ihnen in einer kleinen Stadt wie Washington die Türen. Fast ein Drittel der Belegschaft in den Behörden bestand aus Frauen, aber die meisten von ihnen arbeiteten unter der Fuchtel von Männern wie Mr Gertsmann, der Kates Bitte um drei Stunden Freistellung mit einem langen, finsteren Blick quittierte.

„Ich verlange den Grund zu erfahren, warum Sie mitten in der Woche der Arbeit fernbleiben wollen", dröhnte Mr Gertsmann. „Ich werde diese mangelnde Disziplin nicht ohne eine gute Erklärung dulden."

„Sir, ich brauche nur drei Stunden morgen Vormittag. Um elf bin ich im Büro." Kate musste um jeden Preis vermeiden, dass er den wahren Grund erfuhr. Sonst würde er sie an Ort und Stelle rausschmeißen.

„Ohne triftigen Grund lasse ich Sie nicht durch die Stadt scharwenzeln, nur dass das klar ist."

„Ich arbeite hier seit zwölf Jahren", entgegnete Kate. „Und in all dieser Zeit habe ich erst ein Mal gefehlt."

„Ja, aber dann auch gleich eine ganze Woche und dazu noch ohne jede Vorwarnung."

Kate schnappte nach Luft. „Damals ist mein Mann gestorben! Mich hat auch niemand gewarnt, dass sein Gerüst an diesem Tag zusammenstürzen würde." Sie blinzelte mehrmals. Der Unfall lag vier Jahre zurück und sie musste nur noch selten deswegen weinen, aber Nathans Tod auf so herzlose Art vorgeworfen zu bekommen, weckte in ihr das Bedürfnis, irgendetwas kaputt zu machen.

Die anderen Frauen im Büro warfen ihr mitfühlende Blicke zu. Mr Gertsmann behandelte alle Frauen von oben herab, aber Kate ließ er seine Wut immer besonders spüren.

„Ein Trauerfall liegt offensichtlich nicht vor, also muss ich darauf bestehen, dass Sie den Grund für Ihre Abwesenheit nennen."

Das Klackern der Maschinen ließ etwas nach, weil einige die Ohren spitzten. Mr Gertsmann schienen die erbosten Blicke nicht zu stören.

„Es ist eine persönliche Angelegenheit", sagte Kate schließlich.

„Und diese ‚persönliche Angelegenheit' hat nicht zufällig mit einer Anstellung im *Washington Memorial Hospital* zu tun?"

Kate zuckte zusammen. „Woher wissen Sie das?"

Mr Gertsmann zerrte einen kleinen Umschlag aus seiner Westentasche. „Weil man bei mir nach Ihren Referenzen gefragt hat. Der neu berufene Dr. T. M. Kendall hat sich nach Ihren herausragenden Fähigkeiten als Statistikerin erkundigt."

Die Art, wie er *Statistikerin* sagte, ließ an seiner abschätzigen Meinung keinen Zweifel. Angesichts des Siegeszugs der Maschinen vertrat Mr Gertsmann die Meinung, Statistiker müssten neben Pfeil und Bogen und allem anderen, was moderne Erfindungen nutzlos gemacht hatten, ins Museum.

„Dann will ich hoffen, dass Sie Ihre Ambitionen im Krankenhaus ausleben können, denn ich kann keinen Grund finden, eine Frau mit fragwürdiger Loyalität hier im Statistikamt zu beschäftigen."

„Sie entlassen mich?" Diese Stelle zu verlieren, bevor sie eine andere hatte, war eine Katastrophe. Mit all den kostspieligen Verbesserungen, die ihre Eltern im Logierhaus vorgenommen hatten, brauchten sie Kates Einkommen, um jeden Monat ihre Schulden bei der Bank abzutragen.

„Und wenn ich Sie entlasse, falls Sie morgen früh nicht zur Arbeit erscheinen?" Mr Gertsmann klang aufgesetzt freundlich.

Sie durfte jetzt keinen Fehler machen. Mr Gertsmann war ziemlich klein gewachsen und sein unsicheres Selbstbewusstsein brauchte regelmäßig Streicheleinheiten.

„Dann bin ich natürlich morgen früh pünktlich hier", sagte Kate ruhig. Wenn sie das Bewerbungsgespräch verpasste, musste sie eben einen anderen Weg finden, um Dr. Kendall zu kontaktieren.

Die besänftigenden Worte verfehlten ihre Wirkung nicht. Mr Gertsmanns Brust schob sich energisch vor und er spielte mit den Knöpfen an seiner Weste.

„In Ordnung“, sagte er. „Ich bin ein großzügiger Mensch und stelle Sie für drei Stunden frei, aber nur, weil ich weiß, dass dies das Ende Ihrer Hirngespinste sein wird. Frauen sind für die monotone Arbeit im Statistikamt wie geschaffen, aber wenn Sie sich der Fantasie hingeben wollen, eine intellektuell fordernde Tätigkeit anzustreben, dann wird das sicher ein amüsantes Schauspiel.“ Er klopfte ihr auf die Schulter. Kate versuchte, sich nichts anmerken zu lassen. „Ich hoffe, die Enttäuschung wird nicht allzu groß“, sagte er noch und ließ sie stehen.

„Da möchte man am liebsten einen Eimer mit Teer und ein paar Federn“, murmelte Kate und lief zu ihrer Rechenstation zurück. Sie war neunundzwanzig und verkümmerte hier im Statistikamt. Die Stelle im Krankenhaus zu kriegen war ziemlich hoffnungslos, aber kampflos würde sie nicht aufgeben.

„Warum hasst er dich nur so, Kind?“, fragte Charlie Davis und machte es sich auf dem Fensterbrett des Speisesaals im Logierhaus bequem. Er war dünn wie eine Bohnenstange und hatte trotzdem immer Hunger wie ein Wolf. Kaum, dass der erste Duft von der Küche durchs Haus zog, erschien er sofort im Speisesaal. Sein graues Haar war tadellos frisiert, der Schnurrbart sauber getrimmt. Charlie war der Großvater, den Kate nie gehabt hatte, und der tägliche Plausch beim Tischdecken war seit Kindertagen ihr Ritual.

Kate holte die schweren Zinnteller aus dem Geschirrschrank und blieb stehen. „Mr Gertsmann mag keine von uns, aber einmal habe ich einen fehlerhaften Bericht aufgehalten. Irgendjemand hatte einen ganzen Stoß Lochkarten falsch herum in die Maschine getan und damit die ganzen Daten verfälscht. Mr Gertsmann hätte sehen müssen, dass etwas nicht stimmt. Ich glaube, es war ihm unangenehm, dass ich das gemerkt habe.“

„Dabei hast du ihm wahrscheinlich seine Arbeitsstelle gerettet", erwiderte Charlie.

„Vielleicht." Kate verteilte die Teller. Sie waren groß, weil ihre Mutter nicht nur das beste Essen an der Ostküste kochte, sondern auch stets ordentliche Portionen verteilte. Unter den Abgeordneten in Washington war ihr Logierhaus beliebt. Die meisten Regierungsmitarbeiter wurden nicht besonders gut bezahlt und deswegen wohnten die weniger wohlhabenden Mandatsträger in Logierhäusern oder Hotels, wenn der Kongress tagte.

Der Speisesaal war groß, hatte zur H-Street drei Fenster und bot eine gute Aussicht auf das Kapitol. Die ockerfarbenen Wände und die Stuckleisten an den Decken waren typisch für den Baustil in der Hauptstadt. Ein langer Tisch stand in der Mitte des Raums, den Kate Abend für Abend gedeckt hatte, seit man ihr Geschirr anvertrauen konnte.

Hinter der Schwingtür zur Küche klapperten Töpfe und ein Kessel pfiff. Es dauerte noch mindestens zwanzig Minuten bis zum Abendessen. Der Duft von frisch gebackenem Brot und vor sich hin schmorendem Braten quälten Charlie scheinbar aber bereits so heftig wie einen Hund, dessen Leine ganz knapp vor einem saftigen Steak endete. „Soll ich mich mal in die Küche schleichen und einen Muffin für dich stibitzen? Mutter hat sie heute Nachmittag gebacken."

Charlies Augen funkelten. „Du bist ein Schatz."

Charlie wohnte im Logierhaus, seit er vor dreiunddreißig Jahren als Abgeordneter in den Kongress gewählt worden war. Er hatte all die strahlenden Siege und Tragödien in Kates Kindheit miterlebt. Er hatte ihr beigebracht, wie man sich die Schuhe schnürt, und weggesehen, wenn sie das frisch polierte Eichengeländer herunterrutschte. Er hatte sich ihr verliebtes Gefasel über Nathan Livingston angehört, dem lustigsten Jungen auf der Schule, der eine Fiedel auf der Nase balancieren und dabei noch gut aussehen konnte. Charlie hatte sie beim Hufeisenwerfen angefeuert und sie getröstet, als Trevor McDonough ihr das Stipendium weggeschnappt hatte. Charlie hatte an ihrer Hochzeit teilgenommen und war zwei Jahre später einer der Sargträger bei Nathans Beerdigung gewesen. Das würde Kate ihm nie vergessen. Nathan hatte Charlie Davis immer bewundert und wäre geschmeichelt gewesen, wenn er wüsste, dass Pennsylvanias dienstältester Kongressabgeordneter ihm diese letzte Ehre erwiesen hatte.

Der Duft von Rinderbraten und gebratenen Zwiebeln umfing Kate, als sie in die warme Küche kam. Aus den Kesseln auf dem großen gusseisernen Herd dampfte es.

Kate nahm einen der Muffins, die zum Auskühlen auf einem Teller auf der Anrichte standen. „Kannst du bitte weggucken, während ich für Charlie einen Muffin entführe?"

Ihre Mutter schnitt Zwiebeln und gab sie in eine Pfanne mit brutzelnder Butter. „Aber nur einen", warnte sie. „Irene Bauman bringt drei Gäste mit und hat mir erst vor einer Stunde Bescheid gesagt. Ich werde es Richter Bauman noch extra berechnen müssen, wenn sie weiter so viele Mäuler zum Stopfen herschaffen."

Irene Bauman und ihr Vater wohnten seit acht Jahren bei ihnen, wenn der Oberste Gerichtshof tagte. Richter Bauman war ein sehr vernünftiger Mann, aber seine Tochter … Kate überlegte, ihr Abendessen ausfallen zu lassen.

Aber sie hatte kein Glück. Als sie zurück in den Speisesaal kam, hatte sich Irene Charlie gegenüber auf einen Stuhl fallen lassen und spielte mit einer ihrer honigblonden Locken. Es war schlimm genug zu sehen, wie eine Achtzehnjährige mit einem Mann in den Sechzigern schäkerte, aber musste sie auch noch mit ihren Haaren spielen?

„Almosen für die Hungrigen", sagte Kate und ließ den Muffin in Charlies ausgestreckte Hand fallen. „Wenn ihr mich entschuldigen würdet? Ich muss meine Bluse für morgen stärken."

Charlie wusste natürlich vom Bewerbungsgespräch. Es hätte Kate nicht gewundert, wenn er im Krankenhaus bereits ein gutes Wort für sie eingelegt hatte, auch wenn er das bestritt. „Ich kenne diesen Dr. Kendall überhaupt nicht. Aber wenn er auch nur halb so intelligent ist, wie die Leute sagen, dann wird er dich auf der Stelle nehmen."

„Hoffentlich ziehst du nicht diese langweilige Nadelstreifenbluse an", beschwerte sich Irene. „Ich leihe dir eine von meinen Blusen mit Ballonärmeln. Darin wirkst du viel intelligenter."

Nicht schon wieder. Warum konnte Kate nicht zwei Minuten mit Irene im selben Zimmer sein, ohne dass ein Wettstreit entbrannte? Irene musste immer alles vergleichen: ihre Kleider, die Frisur, den Schmuck. Wenn es darum ging, Intelligenz oder Fähigkeiten zu vergleichen, war Kate sofort mit von der Partie. Aber bei Mode? Und doch war vom ersten Tag an zwischen Irene und Kate Rivalität zu spüren gewesen, die immer genau in den unpassendsten Augenblicken ausbrach. Kate fühlte sich an ihre Zeit in der Schule erinnert. Wenigstens war Trevor schlau gewesen; Irene war eher eine hübsche, aber dümmliche Puppe.

Obwohl ihre Blusen mit Ballonärmeln schon beeindruckend waren. War es falsch, sich eine davon zu borgen? Die Versuchung nagte an Kate – einmal so schick zu sein wie Irene. Aber Kate schluckte den Köder nicht. Wenn sie die Stelle bekam, würde Irene sie auf ewig von oben herab behandeln, weil sie davon ausging, dass nur ihre Bluse dafür verantwortlich war.

„Die Nadelstreifenbluse ist gut genug." Sie hatte leicht geraffte Ärmel und traumhafte Bündchen mit einer Knopfreihe, die bis hoch zum Ellbogen ging. Kate liebte die feminine Ausstrahlung, die ihr die Bluse gab. Gegen eine Bluse mit Ballonärmeln kam sie nicht an, aber schick sah sie trotzdem aus.

„Wenn du meinst." Irene zuckte mit den Schultern. „Wieso suchst du überhaupt schon wieder so eine komische Anstellung? Das muss doch furchtbar sein, den ganzen Tag mit zusammengekniffenen Augen auf irgendwelche Zahlenreihen zu starren. Die Falten gehen nicht mehr weg, das kann ich dir sagen."

Charlie zuckte zusammen, aber Kate nahm die Beleidigung gelassen. „Ach, Irene, die Sorgenfalten machen in meinem Gesicht nur Urlaub."

Kate machte sich nicht allzu viel aus ihrem Aussehen. Ihre Figur war vom vielen Treppenlaufen im vierstöckigen Logierhaus schlank genug und für Schmuck hatte sie nicht viel übrig. Ihre dicken roten Haare türmte sie einfach zu einem wilden Haarknoten auf, wie er gerade in Mode war.

Kate holte eine Handvoll Zinnlöffel und verteilte sie neben den Tellern. „Wer kommt denn heute Abend noch? Mutter versucht verzweifelt, das Essen zu strecken."

„Jenny Fayette und ihre Eltern", antwortete Irene und spielte weiter mit ihren Haaren. „Ich habe sie heute Morgen im *Smithsonian* kennengelernt. Ihr Vater ist bei der Marine. Seine Uniform sieht so flott aus. Ich glaube, er ist Captain."

Kate ließ fast die Löffel fallen. „Captain Fayette?", wiederholte sie. „Captain Alfred Fayette von der Marineakademie?"

„Kennst du ihn?" Irene sah enttäuscht aus. „Ich wollte euch eigentlich mit meinen tollen Gästen überraschen."

Kate hatte keine Zeit für Erklärungen. Sie drückte Irene die verbleibenden Löffel in die Hand. „Hier, mach du. Ich muss los."

Kate war völlig außer Atem, als sie den Marinestützpunkt in der Eighth Street endlich erreichte. Es war ein warmer Junitag. Sie hatte Seitenstechen, und was an ihrer Ferse brannte, war garantiert eine Blase, aber das war ihr egal.

Ihr kleiner Bruder *musste* die Aufnahme in die Marineakademie schaffen, und wenn sie dafür alle Fäden der ganzen Stadt ziehen musste. Timothy hatte schon als Kind davon geträumt. Seine Ablehnung im vergangenen Jahr hatte sie beide schwer getroffen. Keiner aus ihrer Familie war aufs College gegangen. Woher hatten sie wissen sollen, dass der Bewerbungsprozess so früh anfing? Und dass man Empfehlungsschreiben von Offizieren und Amtsträgern brauchte?

Timothy hatte sich schließlich beim Marinekorps verpflichtet, aber Kate wollte nicht zulassen, dass das die Endstation war. In seiner Ablehnung war er ermutigt worden, sich erneut zu bewerben, und dieses Mal wollte Kate dafür sorgen, dass seine Bewerbung von einem Chor aus Lobeshymnen begleitet wurde. Timothy Norton würde der Erste aus ihrer Familie sein, der einen College-Abschluss hatte, und wenn es sie ihr letztes Hemd kostete.

Kate hastete die Eighth Street hinab. Dieser Stadtteil war noch nicht saniert worden. Washington war einmal eine kleine, schlammige Stadt gewesen, aber nach dem Bürgerkrieg war Geld geflossen, um die Bürgersteige zu verbreitern, Bäume zu pflanzen und eiserne Laternen aufzustellen. Regierungsgebäude wurden abgerissen und durch Paläste aus weißem Granit und mit eindrucksvollen Säulen ersetzt, die in der Sonne strahlten.

Wenn man nach Süden kam, wurden aus den majestätischen Regierungsgebäuden rote Backsteinhäuser an eichengesäumten Straßen. Nur zwei Straßen vom Hafen der Marine entfernt befand sich die Kaserne mit ihren lang gestreckten Gebäuden. Auch die Waffenkammer befand sich hier. So spät am Nachmittag wurde niemand mehr durchs Tor gelassen, aber die Backsteinmauer war nur anderthalb Meter hoch. Mit einem Sprung schaffte es Kate, die Ellbogen auf die Kante zu bekommen und sich über die Mauer zu lehnen. Timothy spielte unter einer Eiche am Tisch mit ein paar Kameraden ein Würfelspiel.

„Hey, du Klette!", rief sie. „Komm her!"

Timothy drehte den Kopf und grinste. Mit seinen blonden Haaren und den blauen Augen war er zu einem hübschen jungen Mann herangewachsen. Er war achtzehn und jetzt schon über eins achtzig groß und er wuchs noch weiter. Timothy hatte die Uniform, die er tagsüber als Wachposten beim *Surgeon General*, dem obersten Militärarzt der Seestreitkräfte, trug, schon gegen ein einfaches Hemd und braune Hosen getauscht. Mit großen Schritten kam er auf sie zu.

„Nenn mich nicht vor den anderen Klette", warnte er sie, sobald er bei ihr war.

„'tschuldigung." Sie hatte versucht, sich diesen Spitznamen abzugewöhnen, aber ihr kleiner Bruder war nun mal „die Klette", seit sie seine Windeln gewechselt und ihm das Laufen beigebracht hatte. Weil ihre Mutter schon immer für dreißig Personen kochen und sauber machen musste, hatte Kate ihren Bruder quasi aufgezogen. Diese Aufgabe war ihr nie zu viel geworden. Sie war elf gewesen, als Timothy geboren wurde, und für sie war er das schönste Geschenk. Sie hatte seinen Babyduft geliebt und das verschlafene Lächeln, wenn sie ihn morgens aus der Wiege genommen hatte. Später hatte er wie eine Klette an ihr gehangen, wenn sie durchs Haus lief. Wann immer er seine Schwester entdeckt hatte, war er auf sie zugerannt gekommen und hatte ihre Beine umklammert.

„Hör zu", raunte sie. „Captain Fayette von der Marineakademie ist heute Abend bei uns zu Gast. Zieh deine Ausgehuniform an und mach, dass du nach Hause kommst. Diese Gelegenheit darfst du dir nicht entgehen lassen!"

„Heute Abend? Ich darf nicht einfach verschwinden. Es gibt Regeln hier, das weißt du.“

„Stell dir vor, deine Mutter würde gerade an einem Herzinfarkt sterben. Sag mir nicht, dass du keinen Weg finden würdest, nach Hause zu kommen. Geh und frag um Erlaubnis. Und am besten im Galopp. Das Abendessen beginnt in einer Viertelstunde.“

Timothy trat von einem Bein aufs andere. „Aber es geht gar nicht um Leben und Tod, Kate. Und ich möchte nicht durch schlechte Disziplin auffallen.“

Kate wollte am liebsten über die Mauer springen. „Das ist die perfekte Möglichkeit! Du tust so, als würde ich das mehr wollen als du.“

Timothy zögerte. Er warf einen Blick auf seine Kameraden unter dem Baum. „Doch, natürlich will ich es, aber ich habe hier schon eine gute Anstellung. Ich darf sie nicht aufs Spiel setzen, nur weil ich einer besseren nachjage.“

Er hatte gar nicht so unrecht. Riskierte sie nicht gerade ihre Arbeitsstelle im Statistikamt wegen der vagen Möglichkeit einer Anstellung im Krankenhaus? Kate war immer risikofreudig gewesen, ganz anders als der vorsichtige Timothy.

Sie ließ sich zurück auf die Straße herunter und rieb die Steinchen von den Ellbogen. „Also schön“, gab sie nach.

Timothy spähte über die Mauer. „Aber danke, dass du gekommen bist. Sollte Captain Fayette mal wieder bei uns sein, sag mir Bescheid. Dann besorge ich mir Freigang, ja?“

Sie nickte und hoffte, dass man ihr die Enttäuschung nicht ansah. „Na gut.“

„Und alles Gute für das Bewerbungsgespräch morgen“, fügte ihr Bruder hinzu. „Der *Surgeon General* hat schon seit Jahren versucht, Dr. Kendall nach Washington zu holen. Wenn du bei dem landest, kannst du dir echt auf die Schulter klopfen.“

Timothy meinte es gut, aber Kates Aufregung stieg weiter. Ein Mann mit so einem erstklassigen Ruf konnte sich seine Mitarbeiter aussuchen. Die Wahrscheinlichkeit, dass sie eine dieser Mitarbeiterinnen wurde, war winzig. Aber sie musste es versuchen.

Die Blase schmerzte bei jedem Schritt. Zwei Straßen weiter hielt gerade eine Pferdebahn. Für fünf Cent konnte Kate rechtzeitig zu

Hause sein, um noch beim Auftragen des Essens zu helfen. Wenn sie sich beeilte, würde sie die Bahn erreichen, bevor das Pferd in schnellem Tempo die Virginia Avenue hinuntertrotten würde.

Oder sie rannte mit ihm um die Wette.

Kate unterdrückte ihr Grinsen, raffte die Röcke und spurtete los. Die Pferdebahn hatte einigen Vorsprung, aber wenn sie bei jeder Station anhielt, konnte Kate es schaffen. Sie sprang über Bordsteine und schlängelte sich an Passanten vorbei. Bei jeder Querstraße hatte sie einige Meter aufgeholt. Die Blase war ganz vergessen. Alles, was jetzt zählte, war, die Pferdebahn einzuholen und als Erste die Treppe zum Haus zu erreichen.

Der Wettstreit kitzelte ihre Nerven. Ihr Willen und ihre Ausdauer gegen die des Pferdes. Ein Grund zu kämpfen und zu gewinnen.

Im Leben ging es nur darum zu gewinnen.

KAPITEL 2

Das Krankenhaus war ein imposantes gotisches Gebäude am Ende der New Hampshire Avenue. Mit seinen fünf Stockwerken aus tiefroten Backsteinen, zwei mächtigen Ecktürmen und den großen Fenstern, in denen sich die Morgensonne spiegelte, machte es in seiner belaubten Nachbarschaft einen vornehmen und wohlhabenden Eindruck.

Kate stieg aus der Pferdebahn und strich ihren Rock glatt. Sie hatte die frisch gestärkte Nadelstreifenbluse in den engen dunkelgrauen Rock gesteckt und hoffte, dass sie selbstsicherer aussah, als sie sich fühlte.

Was wusste sie schon von Medizin? Statistiken erledigte sie mit links, aber in Medizin war sie ein absoluter Grünschnabel. Die Mitarbeiterin, die die Besucher im Foyer in Empfang nahm, war sichtlich beeindruckt, als Kate nach Dr. Kendall fragte.

„Ein Bild von einem Mann!", säuselte sie. Kate fand es befremdlich, dass eine grauhaarige Oberin so für einen Mann schwärmte. „Ich glaube, alle Schwestern verehren ihn heimlich. Wenn er den Flur hinunterläuft, starren sie ihm nach und er wird überhäuft von Keksen und Süßigkeiten."

Wenn jemand Mr Gertsmann Kekse brachte, rechnete Kate immer damit, dass sie mit Strychnin versetzt waren.

„Nicht, dass Dr. Kendall sie in irgendeiner Weise dazu ermutigt", fügte die Oberin schnell hinzu. Sie musste Kates verwirrten Gesichtsausdruck bemerkt haben. „Ganz und gar nicht. Einen besseren Gentleman werden Sie nicht finden. Wenn Sie bitte in der vierten Etage auf der Bank vor dem Konferenzraum warten wollen, ich lasse ihn wissen, dass Sie da sind."

Kate folgte den Anweisungen. Das Foyer war groß und eindrucksvoll, aber die Flure hatten die typisch graugrünen Fliesen. Ihre Schritte hallten wider und der medizinische Geruch von Karbolsäure zwickte ihr in der Nase.

An der Wand vor dem Konferenzraum waren die Urkunden und

Abschlusszeugnisse der Ärzte ausgehängt. Ein halbes Dutzend der eingerahmten Belobigungen priesen Dr. T. M. Kendall und stammten von Forschungskliniken aus der ganzen Welt. Kate hob beeindruckt die Augenbrauen, als sie unter einer Auszeichnung für *„exzellente Forschung in der Bakteriologie"* die Unterschrift von Louis Pasteur entdeckte.

Sie ließ sich auf die Bank fallen und war vom Gewusel auf dem Gang völlig gebannt. Krankenwärter schoben Patienten auf Krankentragen vorbei, Schwestern trugen Tabletts mit Medizin. Kate fragte sich, ob sie auch Schwesterntracht tragen musste, wenn sie die Anstellung bekam. Mit ihren schmal geschnittenen Uniformen, den weißen Schürzen und den Hauben waren die Mitarbeiterinnen leicht als Krankenschwestern zu erkennen.

Vom andern Ende des Gangs kam ein großer, dunkelhaariger Mann auf Kate zu. Er musste Arzt sein, denn er war anders gekleidet, trug einen schwarzen Anzug mit Binder, einen gestärkten Kragen und eine Wollweste. Darüber hatte er einen weißen Kittel und ein Stethoskop hing ihm um den Hals. Das musste Dr. Kendall sein, denn er hielt schnurstracks auf sie zu, während bei jedem Schritt sein Kittel hinter ihm herflatterte.

Kate strich sich eine Strähne hinters Ohr und ärgerte sich, dass sie sich doch nicht Irenes schicke Bluse geborgt hatte. Es war kein Wunder, dass die Schwestern alle für Dr. Kendall schwärmten. Er war gut aussehend, auch wenn er ein herbes, männliches Gesicht hatte. Sie würde ihn sofort attraktiv finden, wenn er sie nur nicht so sehr an …

Nein. Das kann nicht sein.

Kate blinzelte und kniff die Augen zusammen. Er hatte dieselben dunklen Augen, denselben humorlosen Gesichtsausdruck.

Sie sprang auf. „Trevor McDonough!"

Wenn Trevor überrascht war, sie zu sehen, konnte er es gut verbergen. Er verzog keine Miene. „Guten Tag, Kate."

„Was machst du hier? Ich dachte, ich bin mit Dr. Kendall verabredet."

„Ich bin Dr. Kendall. Ich habe auf dem College einen neuen Namen angenommen."

Kate verstand die Welt nicht mehr. „Aber wieso das denn?"

„Du hast doch auch einen neuen Namen angenommen."
„Ich habe geheiratet!"
„Ja, das habe ich gehört. Mein Beileid übrigens." Er sagte es ohne jegliche Spur von Emotion. Ein Zaunpfahl war ausdrucksstark dagegen.
Trevor schloss den Konferenzraum auf und wies Kate mit einer Handbewegung einzutreten. Sie ging hinein und genoss den warmen Anblick von holzvertäfelten Wänden und Bücherregalen.
Trevor sah nicht mehr aus wie der schlaksige Junge von einst. Zu Schulzeiten hatte seine schicke Kleidung an ihm heruntergehangen wie an einer Vogelscheuche. Er war noch immer schlank, aber er sah größer aus. Alles an ihm wirkte stimmiger. Der unterernährte blasse Junge war verschwunden. Der erwachsene Trevor hatte feine Gesichtszüge, klare Wangenknochen, eine lange, schmale Nase und ausdrucksvolle dunkle Augen. Aber sein Mund zeigte nicht die geringste Spur eines Lächelns. Kate hatte mit allem gerechnet, aber nicht damit, dass aus dem Trevor von damals ein stattlicher Mann werden würde.
Sie verstand, warum die Schwestern ihn umschwärmten. Aber der Gedanke erschrak sie. Es war, als hätte man sich an einen lästigen Maulwurf gewöhnt, der den ganzen Garten umgrub, um eines Tages festzustellen, dass er sich in einen hübschen Prinzen verwandelt hatte.
Doch Trevor McDonough war kein Prinz. Er war vielleicht zu einem attraktiven Mann herangereift, aber der fürchterliche miesepetrige Gesichtsausdruck war noch immer da. Nichts hatte sich verändert.
„Warum der neue Name?", fragte Kate.
Trevor schleuderte eine Akte auf den großen Konferenztisch und durchsuchte seine Taschen nach einem Bleistift. Dann bot er ihr einen Sitz an. „Wir sind nicht hier, um über mein Privatleben zu reden. Ich will herausfinden, ob du die nötigen Qualifikationen für die Anstellung als Statistikerin hast."
Das war Zeitverschwendung. Kate konnte unmöglich für Trevor McDonough arbeiten. Er würde sie noch mehr drangsalieren als Mr Gertsmann. Wenigstens war sie schlauer als Gertsmann und konnte ihn sich mit Leichtigkeit vom Hals halten. Aber bei Trevor würde das nicht funktionieren.

„Ich weiß, dass du von den mathematischen Fähigkeiten her geeignet bist", fuhr er fort, „aber das hier ist keine normale Statistikeranstellung. Wir arbeiten mit todkranken Patienten und dafür braucht man Mut. Ich messe den Effekt eines neuen Serums und teste, ob es das Blut der Patienten verbessert, die an Tuberkulose leiden. Dafür brauche ich jemanden, der Hunderte von Datenpunkten analysiert und die notwendigen Berechnungen anstellt."

Auch wenn Kate sich innerlich wehrte, war ihre Neugier doch geweckt. Sie beugte sich vor, um gegen den Lärm auf dem Flur jedes Wort von Trevor zu verstehen.

„Tuberkulose ist eine gefährliche Krankheit", sagte er. „Manche Menschen haben Skrupel, mit infizierten Menschen zu arbeiten. Bist du darüber im Bilde, was Tuberkulose ist?"

Kate musste zugeben, dass sie nichts darüber wusste. In den nächsten zehn Minuten überlief sie ein Schauer nach dem anderen, als Trevor ihr die Krankheit erläuterte. Es gab diverse andere Namen: Schwindsucht, die „Motten", der weiße Tod. Tbc begann mit Bakterien, die sich in der Lunge ansiedelten und wie verrückt vermehrten. Vernarbtes Gewebe entstand, das versteifte und beim Husten aufplatzte und blutete. Das Lungengewebe wurde nach und nach mit Hohlräumen durchsetzt, die sich mit Flüssigkeit und Blut füllten und es dem Patienten immer schwerer machten, genug Sauerstoff zu bekommen. Die Bakterien gelangten in den Blutkreislauf, zerstörten die Knochen und infizierten Herz, Nieren, sogar das Gehirn.

Kate hatte sich immer vor Krankheiten gefürchtet. Seit zwei ihrer Brüder an Diphterie gestorben waren, jagte ihr die Vorstellung einer tödlichen Krankheit panische Angst ein. Eigentlich waren sie vier Kinder in der Familie Norton gewesen. Kate war die Älteste, dann kamen Carl und Jamie und schließlich Timothy, das Nesthäkchen. Als sie fünfzehn war, wütete die Diphterie in der Nachbarschaft und alle drei Brüder erkrankten daran. Kate konnte die schrecklichen Wochen nicht vergessen. Sie hatte versucht, ihre Brüder zu pflegen, aber sie hatte versagt, weil sie jedes Mal in Tränen ausgebrochen war, wenn sie ihren Brüdern Brühe einflößen musste. Eines Morgens fand sie Carls Bett leer vor und bekam mitgeteilt, dass er in der Nacht gestorben war. Jamie starb zwei Stunden später. Alles in Kate war taub geworden und sie hatte stundenlang Rotz und Wasser geheult, bis Timothys Fieber endlich zurückging und sie wusste, dass er überleben würde. Ihre Brüder zu pflegen war grauenvoll, aber Nathans Tod war noch schlimmer gewesen. Das erste unheilvolle Zeichen war das Klopfen eines Polizisten an ihrer Tür gewesen …

Kate verdrängte die Erinnerung. Wenn es bei dieser Anstellung nur um Mathematik ging, musste sie keine Angst haben, mit sterbenden Menschen konfrontiert zu werden. „Muss ich mich auch um die Patienten kümmern?"

„Nicht als Schwester, aber du bist dabei, wenn ich sie untersuche und die Daten erhebe. Du wirst täglichen Kontakt mit ihnen haben."

„Ich bin noch nie besonders gut mit Kranken gewesen."

„Vielleicht möchtest du ja hören, was Mr Gertsmann über deine Fähigkeiten zu sagen hat." Mit ausdrucksloser Miene fischte Trevor einen kleinen Umschlag aus seiner Brusttasche. Das Papier knisterte beim Auseinanderfalten. *„Mrs Livingston ist fleißig, überschätzt ihre intellektuellen Fähigkeiten aber maßlos. Sie werden sie als arrogant und streitsüchtig im Umgang mit ihren Vorgesetzten erleben. Der einzige Tätigkeitsbereich, für den ich sie empfehlen kann, ist der einer einfachen Angestellten ohne jede Verantwortung. Alles andere würde ihre negativen Züge nur noch verstärken."*

Kate war sprachlos. Sie wollte über den Tisch springen und diese Beleidigung in tausend Stücke reißen. Trevor beförderte den Zettel mit einer Handbewegung in den Mülleimer.

„Ich bezweifle, dass du irgendwo Arbeit finden wirst, solange der eloquente Mr Gertsmann deine Empfehlungsschreiben verfasst", kommentierte er trocken. Er straffte die Schultern und fuhr mit der Beschreibung ihrer potenziellen Aufgaben fort, als hätte der Brief nicht gerade die Atmosphäre vergiftet. „Du müsstest also mit den Tuberkulosepatienten arbeiten. Es gibt noch kein Heilmittel gegen diese Krankheit, aber ich bin fest entschlossen, eines zu finden. Ich versuche derzeit, den Bazillus daran zu hindern, die anderen Organe zu befallen, wenn er in die Blutbahn gelangt ist. Ich muss genau wissen, wie das von mir entwickelte Serum die Vermehrung der Bakterien beeinflusst."

Es würde eine Herausforderung werden. Trevor war nach wie vor ein kalter Fisch und mit Sicherheit kein leichter Vorgesetzter. Bei Fischen schlug wenigstens irgendwo in ihrem glitschigen Körper ein Herz. Bei Trevor war Kate sich da nicht so sicher. Zwölf Jahre lang trug sie nun schon das Bild mit sich herum, als er sie am letzten Schultag besiegt und dabei so desinteressiert ausgesehen hatte, als hätte er sich gerade die Schuhe gebunden.

„Eins habe ich mich immer gefragt“, begann sie zögerlich. Trevor zog eine Augenbraue hoch, sagte aber nichts. Sie nahm all ihren Mut zusammen und stellte die Frage, die sie seit zwölf Jahren quälte. „Wieso hast du damals mit mir um das Stipendium gekämpft, obwohl du wusstest, dass das meine einzige Möglichkeit war, ein Studium absolvieren zu können? Während du in einer Kutsche herumgefahren wurdest und goldene Manschettenknöpfe hattest? Wieso?“

„Ich wollte das Geld.“

Kate schluckte. „Deine Familie schwimmt im Geld! Du hattest maßgeschneiderte Anzüge aus Schottland. Deine eigene Kutsche.“

„Du hast mich etwas gefragt und ich habe ehrlich geantwortet.“

Kate suchte vergebens nach Anzeichen für Vergebung oder Mitgefühl in Trevors Stimme. „Warum hast du deinen Namen geändert?“

„Willst du die Stelle oder nicht? Wenn ja, dann erwarte ich dich am Montagfrüh um neun.“ Er klang, als würde er über das Wetter sprechen. Sogar seine Körperhaltung drückte Distanz aus. Er saß steif auf dem Stuhl und berührte weder die Lehne noch die Armstützen.

So lange Mr Gertsmann ihr Vorgesetzter war, konnte sie jegliche Hoffnung auf eine andere Stelle begraben. Trevors Angebot klang wichtig und herausfordernd, aber irgendetwas stimmte daran nicht. Vielleicht wollte er sie nur unter seiner Fuchtel haben? Zu Schulzeiten hatten sie tagtäglich unter Einsatz ihres Köpfchens miteinander gewetteifert. Manchmal lag sie vorn, manchmal er, aber sie fingen jeden Tag auf Augenhöhe an. Wenn sie für ihn arbeitete, würde das nicht der Fall sein. Er konnte sie jeden Tag Staub fressen lassen, wenn er das wollte.

„Warum wolltest du gerade mich?“ Kate ließ nicht locker. „Ich habe keine medizinische Ausbildung und es gibt jede Menge fähiger Statistiker in der Stadt.“

„Das medizinische Wissen kann ich dir beibringen", wehrte er ab. „Was ich suche, ist nicht so leicht zu bekommen. Eine Heilung für Tuberkulose ist nirgendwo in Sicht, aber mit Gottes Hilfe werde ich eine finden. Es wird Jahrzehnte dauern und ein langer, steiniger Weg werden, aber am Ende werde ich es schaffen." Trevor beugte sich vor. Jetzt war er nicht mehr der kalte, gefühllose Mann. Seine Augen blitzten und seine Gesichtsmuskeln arbeiteten. Aufregung und Tatendrang brodelten in seiner Stimme. „Ich werde dabei Hilfe brauchen und ich brauche jemanden, der mutig ist und keine Angst hat. Jemand, der es Tag für Tag mit Drachen aufnehmen kann. Die Ergebnisse werden womöglich jahrelang niederschmetternd sein. Unsere Patienten werden sterben. Es wird Tage geben, an denen du allen Mut verlierst und dich nur noch verkriechen möchtest. Aber ich brauche jemanden, der aufsteht, den Straßenstaub abschüttelt und den Kampf am nächsten Tag wieder aufnimmt." Er sah sie intensiv an. „Ich brauche jemanden, der genauso versessen aufs Gewinnen ist wie ich. Deshalb habe ich dich ausgesucht."

Die Leidenschaft in seiner Stimme löste einen Gedankensturm in Kates Kopf aus. Er hatte recht. Mit allem. Sie und Trevor waren immer Erzfeinde gewesen, aber was, wenn sie sich zusammentaten? Was, wenn sie ihren ganzen Wettstreit auf ein und dasselbe Ziel richteten? Wenn sie sich mit ihrer kombinierten Hartnäckigkeit auf eine der tödlichsten Krankheiten stürzten?

Trevor spielte ungeduldig mit einem Bleistift und sah sie erwartungsvoll an. „Und? Kann ich dich dafür begeistern, dich von den Freuden des Statistikamts loszureißen und auf einen Kreuzzug gegen Tuberkulose zu gehen?"

Für Trevor zu arbeiten, war ein Risiko, aber Kates ganzer Instinkt befahl ihr, es zu wagen. Ihrem alten Erzfeind zu vertrauen war riskant und angsteinflößend, aber sie wollte diese Stelle und war noch nie vor einer Herausforderung zurückgeschreckt.

„Also gut, Trevor. Ich bin dabei."

Ein winziges Lächeln umspielte seine Lippen, bevor er wieder zum Eisblock wurde. Er klappte die Akte auf und nahm ein Blatt Papier heraus. „Das hier ist eine Bekanntmachung, die morgen in der *Washington Post* erscheinen wird. Bitte lies sie einmal Korrektur."

Kate nahm das Papier und las. *„Mrs Katherine Livingston beklei-*

det ab sofort eine Stelle als Statistikerin in der Tuberkuloseklinik des Washington Memorial Hospital. *Anfragen zu den erhobenen Daten richten Sie bitte über das Büro des Krankenhauses an sie.*"

Sie war schockiert. „Wofür soll das denn gut sein?"

„Die öffentliche Wahrnehmung ist für diese Art der Forschung sehr wichtig. Wir informieren die Öffentlichkeit über jeden einzelnen Schritt. Die Menschen könnten sich schnell gegen einen wenden. Sie haben vor Tuberkulose Angst, als wäre es eine moderne Pest. Und wir Forscher sind selten beliebt."

Kate hielt das Papier hoch. „Und du meinst, das hier hilft?"

„Es kann nicht schaden. Und es erscheint schon morgen."

„Du warst dir ja deiner Sache ziemlich sicher. Was, wenn ich Nein gesagt hätte?"

Trevor klappte eine andere Akte auf und fing an zu schreiben. Sein Bleistift kratzte auf dem Papier. „Dann hätte ich die Veröffentlichung zurückgezogen. Aber ich habe dich noch nie für dumm gehalten. Impulsiv und hin und wieder übertrieben emotional, das schon, aber nicht dumm."

Er versuchte sie zu umgarnen, aber Kate fiel nicht darauf herein. Das Beste war jetzt, einen Pluspunkt zu sammeln. Sie bemühte sich um einen beiläufigen Ton. „Wenn du die Öffentlichkeit wirklich erreichen willst, musst du im *Congressional Record* veröffentlichen. Der wird weltweit gelesen und hat ein größeres Prestige als jede Tageszeitung. Ich könnte dir eine Annonce besorgen, wenn du willst."

„Das kannst du?" Trevor sah beeindruckt aus.

Alles, was im Kongress besprochen wurde, kam in den *Congressional Record*, aber auch die Abgeordneten konnten Bekanntmachungen anregen. Die Wahrscheinlichkeit stand nicht schlecht, dass Charlie Davis ihr diesen Gefallen tat.

„Natürlich", erwiderte sie selbstsicher.

Trevor lehnte sich zurück und ließ seinen Bleistift hin und her schnellen. Kate konnte sehen, wie es in ihm arbeitete. Er rutschte auf seinem Stuhl herum und tippte mit dem Fuß auf den Boden. Sein Verdruss schien mit jeder Sekunde zu wachsen. „Nun, ich gebe zu, das ist nicht übel", sagte er schließlich.

Kate versuchte sich nichts anmerken zu lassen, aber diese kleinen

Siege waren zu selten, um sie nicht auszukosten. „Dann will ich das mal als Kompliment auffassen, Trevor."

Er erstarrte. „Von mir aus. Übrigens, ich möchte, dass du mich vor den anderen Mitarbeitern Dr. Kendall nennst."

„Das ist nicht dein Ernst."

Trevor stapelte die Papiere, ohne aufzusehen. „Das ist mein voller Ernst. Es ist mein Name und es ist wichtig, eine professionelle Distanz zu wahren. Wie jeder andere Angestellte wirst du mich Dr. Kendall nennen."

Er schien entschlossen zu sein, den Grund für seine Namensänderung geheim zu halten, aber sie würde es schon bald herausfinden. Abgesehen davon hatte sie kein Interesse daran, ihre gemeinsame Vorgeschichte den anderen Mitarbeitern auf die Nase zu binden.

„Dann sehe ich Sie am Montagmorgen, Dr. Kendall."

KAPITEL 3

Kate machte sich gar nicht erst die Mühe, noch aufs Statistikamt zu gehen, sondern ging schnurstracks nach Hause, wo Charlie Davis auf dem Sofa im Empfangszimmer lehnte und das Morgenblatt las, die Füße auf einem Hocker. Als sie die Tür zuzog, ließ er die Zeitung sinken und richtete sich auf. „Wie lief es?"

Neben Charlie auf dem Tisch stand ein leer gegessener Teller. Kate nahm ihn an sich, genauso wie die flache Schale, auf der immer Gebäck und Früchte gereicht wurden.

„Ich habe die Stelle", sagte sie und brachte die Teller in die Küche.

Ihre Mutter ließ vor Schreck den Deckel auf den Topf fallen, als sie ihr davon erzählte. „Im Ernst?" Ihr Gesicht strahlte, als würde sie vor Glück gleich davonschweben.

Charlie drückte die Doppelschwingtür zur Küche auf. „Tatsächlich? Warum bist du dann so angespannt?"

Kate verschränkte die Arme und versuchte, das Zittern in ihrer Stimme zu unterdrücken. „Ich arbeite ab jetzt für Trevor McDonough."

Ihre Mutter schnappte nach Luft. „Der fürchterliche Trevor McDonough? *Der* Trevor McDonough?"

„Genau der. Außer, dass er sich jetzt Trevor Kendall nennt und mir nicht verraten will, warum er sich einen neuen Namen zugelegt hat."

Charlie und ihre Mutter warfen sich verwirrte Blicke zu. „Das ist tatsächlich etwas seltsam", bemerkte Charlie.

„Der Junge war schon immer seltsam", erwiderte ihre Mutter. „Dass du jetzt für ihn arbeiten sollst, gefällt mir gar nicht. Kein bisschen." Ihr Strahlen war verschwunden, als sie nach einem Messer griff, um Karotten zu schneiden. Sie hatte Trevor nie vergeben, dass er Kate das Stipendium weggeschnappt hatte, und wenn er klug war, würde er nie einen Fuß in dieses Haus setzen. Kates Mutter war sehr begabt im Nachtragendsein und sie beschützte ihre Küken, so gut sie konnte.

Charlie war gnädiger. „Ich habe schon immer gedacht, dass du und Trevor McDonough entweder auf Lebenszeit Erzfeinde oder die besten Freunde werdet. Ihr seid euch einfach viel zu ähnlich für irgendein Mittelmaß."

Ihre Mutter ließ das Messer fallen. „Kate ist kein bisschen wie dieser fürchterliche Junge! Alle lieben Kate. Sie lächelt und hilft immer gern. Wenn dieser McDonough jemals lächeln sollte, zerbricht wahrscheinlich sein Eisgesicht. Ich wette, er hat nicht einen einzigen Freund auf der Welt."

Kate griff nach einem Apfel, lehnte sich an den Küchenschrank und ignorierte die Worte ihrer Mutter, um ihren Gedanken freien Lauf zu lassen.

Nur ein einziges Mal hatte sie versucht, sich mit Trevor anzufreunden. Es war kurz nachdem er neu auf ihre Schule gekommen war. Die anderen zogen ihn wegen seines schottischen Akzents auf. Wenn Kate deswegen gehänselt worden wäre, hätte sie gelacht, die Sprache der anderen korrigiert und so lange auf ihrem geliebten schottischen Akzent beharrt, bis die anderen mitgelacht hätten. Trevor war anders. Er zog sich immer mehr zurück. Während die meisten Schüler in der Mittagspause irgendetwas spielten, verschwand Trevor hinter das Schulgebäude und brütete vor sich hin. Wenn er nicht so unfreundlich gewesen wäre, hätten ihn die anderen mitspielen lassen, aber Trevor machte es ihnen schwer.

Eines Tages überredete Kate Nathan, Trevor beim Fußball mitspielen zu lassen. Nathan war der netteste Junge überhaupt, aber als er Trevor einlud, starrte dieser ihn nur wütend an und verschwand hinter der Schule.

Nathan hatte Kate achselzuckend angesehen und war zu den anderen gestoßen. Kate war das unendlich peinlich gewesen, aber sie hatte genügend Wutanfälle ihrer Brüder miterlebt, um verletzte Gefühle zu erkennen.

Sie lief Trevor hinterher. Er saß auf der Erde, die schlaksigen Beine von sich gestreckt, hatte das Gesicht in die Hände gestützt und starrte auf die Erde. „Warum bist du denn so unglücklich?", fragte Kate.

Er erschrak und sprang auf. Hatte er geheult? Kate konnte es nicht erkennen, denn bevor sie richtig hinsehen konnte, hatte

Trevor schon mit dem Schuh Dreck in ihre Richtung geschleudert. „Ich bin nicht unglücklich", blaffte er und rannte zu den Bäumen.

Den Rest der Woche tauchte Trevor nicht mehr in der Schule auf. Er musste dafür ziemlich Ärger bekommen haben, denn danach brachte ihn jeden Morgen Senator Campbells schmucke Kutsche in die Schule und holte ihn danach wieder ab. Alle wussten, dass der Senator von Maryland Trevors Vormund war, und das brachte ihm einigen Respekt ein. Seine guten Leistungen sprachen ebenfalls für ihn. Aber trotzdem gewann Trevor in den darauffolgenden vier Jahren keinen einzigen Freund.

Kates Mutter belud einen Teller mit frischem Brot und einem dicken Stück Räucherkäse. „Hol den Kessel", sagte sie zu Kate. „Darüber reden wir noch."

Zehn Minuten später saßen sie am Esstisch. Sergej Zomohkov, ein russischer Diplomat, der seit drei Monaten bei ihnen logierte, hatte sich dazugesellt. Mr Zomohkov stand selten vor zwölf Uhr mittags auf, aber er und seine Frau blieben dafür meist bis zwei Uhr nachts wach.

„Aber die Stelle ist genau das Richtige für mich", verteidigte sich Kate. „Endlich kann ich bei etwas wirklich Wichtigem dabei sein. Ja, ich muss unter Trevor arbeiten, aber er ist nicht der erste kalte Fisch. Frischen Hering kenne ich seit zehn Jahren."

Ihre Mutter sah aus, als wollte sie sich die Haare raufen. „Aber du wirfst eine sichere Anstellung weg, um für einen Mann zu arbeiten, den du kaum kennst."

Und wie Kate Trevor kannte! Er war so zugeknöpft, dass es eigentlich verwunderlich war, dass er überhaupt Luft bekam. Und doch war er der klügste Mensch, den sie kannte. Auf eine seltsame Art hatte Kate ihre Rivalität in der Schulzeit auch genossen. Allein zu wissen, dass Trevor mit im Klassenzimmer war, hatte sie zu Höchstleistungen angespornt. Schon jetzt kam die Vorfreude, ihre Fähigkeiten mit seinen zu messen, wieder hoch.

Der russische Diplomat schlug mit der flachen Hand auf den Tisch, dass die Teller hüpften. „Warum will dieser alte Rivale mit Ihnen arbeiten?", dröhnte er. „Vielleicht leckt er sich alle zehn Finger nach Ihnen, weil Sie Witwe sind?"

Kate schüttelte sich. „Ich brauche einen Eimer Bleiche, um das Bild wieder aus meinem Kopf herauszubekommen."

„Warum sonst würde ein Mann wollen, dass eine Frau in seinem Büro arbeitet?" Mr Zomohkov ließ nicht locker. „Männer haben Bedürfnisse. Männer wollen ..."

„Aufhören!", ging Kate dazwischen. Das Letzte, was sie jetzt gebrauchen konnte, war es, ihren Verstand mit Trevors männlichen Bedürfnissen zu vergiften. Die Vorstellung allein jagte ihr einen kalten Schauer über den Rücken.

Ihre Mutter nickte. „Mr Zomohkov hat recht. Irgendetwas stimmt nicht mit diesem Trevor McDonough ... oder wie er sich auch immer nennt. Er war schon immer ein Sonderling."

Kate konnte es nicht glauben, aber sie fühlte sich tatsächlich dazu gedrängt, Trevor zu verteidigen. „Timothy sagt, der *Surgeon General* kennt Trevor. Und dass er Jahre gebraucht hat, um ihn nach Washington zu kriegen. Offensichtlich ist Trevor ein sehr berühmter Wissenschaftler."

Sie wollte gerade von den Auszeichnungen an der Wand berichten, da trat die Frau des Diplomaten in Erscheinung. Mrs Zomohkov war kräftig und trug eine dreifache Perlenkette um ihren dicken Hals, sogar zur Mittagszeit. Lächelnd nickte sie allen zu und brachte damit ihre Ringellöckchen zum Wippen. Sie sprach kein Wort Englisch, was das Essen in Gemeinschaft schwierig machte, aber ihr Mann war stets zur Stelle, um für sie zu dolmetschen.

Für Mr Zomohkovs Reaktion war allerdings keine Übersetzung notwendig. Er stand auf und umarmte seine Frau. Dann knurrte er etwas auf Russisch und küsste sie auf den Mund. Zweimal. Er gab ihr sogar einen Klaps auf den Hintern und grinste sie vieldeutig an, was Mrs Zomohkov erwiderte.

In Russland mussten ganz andere Sitten herrschen, denn jedes Mal, wenn Mrs Zomohkov in Erscheinung trat, tauschten die beiden in aller Öffentlichkeit Zärtlichkeiten aus. Sie küssten sich, umarmten sich und murmelten einander Dinge zu, die die Russin zum Erröten brachten. Die unverfrorenen Gesten waren zum Teil an der Grenze des guten Geschmacks, aber Kate fand es eigentlich entzückend. Außer dass es ihre Sehnsucht nach Nathan entfachte. Vier Jahre war er nun schon tot, aber der Schmerz und die Einsamkeit wollten einfach nicht nachlassen. Wenigstens konnte sie inzwischen wieder Geigenmusik hören, ohne in Tränen auszubrechen. Nathan war Zimmermann gewesen, aber er hatte die Fiedel geliebt und sie zu jeder feierlichen Gelegenheit hervorgeholt. Geburtstage, Amtsantritte. Die ersten Tulpen im Frühling. Mamas Apple Pie. Jeder Vorwand genügte, um den Bogen auf der Fiedel tanzen zu lassen. Sie waren so glücklich gewesen ...

Kates Mutter stellte einen Teller mit Pasteten vor Mrs Zomohkov und setzte ihre Schimpftirade fort. „Diesem Jungen fließt doch kein Blut, sondern Essig durch die Adern. Neben ihm kann man gar keine gute Laune haben. Ich sage es dir, es ist zu gefährlich, für ihn zu arbeiten."

„Das Leben ist nun mal gefährlich", konterte Charlie. „Was sollst du überhaupt für diesen Trevor machen?"

Kate sah sofort Trevors Gesicht vor sich, spannungsgeladen, blitzende Augen. *„Ich brauche jemanden, der genauso versessen aufs Gewinnen ist wie ich."* Allein die Erinnerung an die unterdrückte Anspannung in seiner Stimme ließ ihr Herz ein wenig schneller schlagen.

„Er testet ein neues Serum, mit dem er eine Lungenkrankheit daran hindern will, andere Organe zu befallen. Wenn es wirkt, wird es das Leben der Patienten verlängern."

„Was für eine Krankheit?", fragte Mr Zomohkov.

„Tuberkulose. Er betreut die schlimmsten Fälle."

Der Diplomat schob sich erschrocken vom Tisch weg, wobei er einen empörten Schwall russischer Wörter vom Stapel ließ. Mrs Zomohkov sprang auf und stieß dabei ihre Teetasse um. Kate warf schnell eine Serviette über den wachsenden Fleck und Mrs Zomohkov kreischte auf Russisch und gestikulierte wie eine Wilde.

Ihr Mann schaffte es, sie zu beruhigen, woraufhin sie sich die Pasteten schnappte und nach oben floh.

„Was wissen Sie schon über Tuberkulose?", herrschte Mr Zomohkov Kate an.

Kate merkte, wie alle sie anstarrten und auf eine Antwort warteten. „Trevor hat mir die Krankheit erklärt. Sie ist einfach schrecklich, aber er ist fest entschlossen, ein Heilmittel zu finden."

„Für Tuberkulose gibt es kein Heilmittel", höhnte Mr Zomohkov. „Nur Elend und Tod. Tuberkulose ist hoch ansteckend! Die Menschen krümmen und winden sich und sterben. Das ist eine gefährliche Krankheit, Mrs Livingston. Sie spielen mit dem Feuer, ich sag's Ihnen."

Er stürmte seiner Frau hinterher und Kate fragte sich, ob seine Angst vielleicht berechtigt war.

Es war die erste Frage, die sie Trevor am Montagmorgen stellte. Pünktlich um neun stand sie im Eingang des Konferenzraums und fand den Tisch mit Papierstapeln bedeckt. Wieder trug Trevor den Arztkittel und darunter einen schwarzen Anzug mit Weste und Binder. Das Stethoskop hing ihm um den Hals.

„Natürlich ist die Krankheit gefährlich", sagte Trevor. „Das habe ich dir doch gesagt."

„So gefährlich, dass eine Frau bei der bloßen Erwähnung schreiend aus dem Raum läuft?"

Die Uhr an der Wand tickte unerbittlich, während Trevor sie mit starrer Miene ansah. „Dann ist sie eine kluge Frau. Tuberkulose sollte jedem Angst machen, der damit zu tun hat. Alle meine Angestellten werden einmal im Monat getestet, ob sie sich den Bazillus eingefangen haben. Ich brauche von dir eine Sputumprobe, sobald wir nach oben gehen."

Kate wurde heiß. Von ihr aus brauchte sie das Wort *Sputum* nie wieder in der Öffentlichkeit zu hören. „Ist das nicht ein wenig übertrieben?", fragte sie.

„Wenn die Krankheit früh genug entdeckt wird, gibt es eine gewisse Hoffnung auf Heilung."

„Und wie groß ist sie?"

„Gegen null. Also bemühe dich, gar nicht erst krank zu werden." Trevor sortierte weitere Papierstapel, als müsste sie sich mit dieser entsetzlichen Feststellung zufriedengeben.

„Ist das deine beste wissenschaftliche Antwort? Ich soll mein Leben wegen so einer schnippischen Antwort aufs Spiel setzen?"

Sein Ausdruck wurde eine Spur sanfter. „Nur zehn Prozent der mit Tuberkulose infizierten Menschen überleben. Wir glauben mittlerweile, dass die beste Möglichkeit auf Heilung darin besteht, in ein trockenes Klima mit Bergluft zu ziehen. Menschen, die in eine solche Umgebung gehen, verdoppeln ihre Überlebenswahrscheinlichkeit, aber Tuberkulose ist dennoch im Wesentlichen ein Todesurteil. Deswegen solltest du die Sicherheitsvorschriften penibel beachten, wenn du hier arbeitest."

Trevor erklärte, dass man sich durch das Einatmen der Erreger ansteckte. Patienten mit Tuberkulose hatten oft schwere Hustenanfälle, bei denen sie kleine Tröpfchen aus der Lunge versprühten. Der häufigste Ansteckungsweg war, kontaminierte Luft neben einem Erkrankten einzuatmen, der gerade gehustet hatte.

„Du wirst bei jedem Patientenkontakt einen Atemschutz tragen. Wenn du dich an die Regeln hältst, wird nichts passieren. Komm, ich zeige dir die Station."

Kate folgte ihm die enge Treppe ins oberste Stockwerk hinauf. Sie war noch nie in einer solchen Klinik gewesen und wusste nicht, was sie erwartete, aber es wirkte auf sie erstaunlich anheimelnd. Im Eingangsbereich in einem der Türme gab es eine Sitzgruppe. Einige gemütliche Stühle, ein Sofa und ein kleiner Tisch bildeten einen Halbkreis. Unter dem Fenster standen mehrere kleine Bücherregale, alle bis zum Rand mit Lesestoff gefüllt. Die Baumwollgardinen wehten sanft in der Brise.

„Tuberkulose verbreitet sich am stärksten in engen, schlecht gelüfteten Räumen", erklärte Trevor. „Je mehr frische Luft wir hier haben, desto besser. Im Winter wird es natürlich kalt, aber die frische Luft ist gut für die Patienten. Hier hast du eine Maske. Pass gut darauf auf und trage sie ab sofort jedes Mal, wenn du hier auf Station bist."

Auf der anderen Seite war der Empfangsbereich mit einem einfachen Tisch und Aktenschränken hinter einem Tresen aus Eichenholz. Die Schwester am Tisch war schon älter, hatte dunkle Haare und trug die gestärkte Uniform mit der dazugehörigen Haube. Kate lächelte und nickte ihr zu, aber Trevor lief weiter und schien es nicht für nötig zu erachten, sie einander vorzustellen.

Kate eilte hinterher. „Ich fände es schön, den anderen vorgestellt zu werden. Ich bin die Neue und das gehört doch zum guten Ton."

Trevor zuckte mit den Achseln und öffnete die Tür zur Station.

Sie betraten einen großen Raum mit riesigen Fenstern an einer Wand und gegenüberliegenden Bettreihen an den anderen Seiten. Fast alle Betten waren belegt. Es waren alles Frauen und nicht wenige drehten den Kopf, als Kate und Trevor eintraten. Einige lasen, andere schliefen.

„Alle mal herhören: Das hier ist Kate Livingston. Sie wird mir bei der Visite helfen." Trevor sah sie an. „Zufrieden?"

Kate setzte ein Lächeln auf. „Sie sind genauso herzlich wie in meiner Erinnerung."

Eine dünne junge Frau im Bett dicht neben ihnen fing an zu kichern. „Geben Sie es ihm nur, Ma'am." Kate dachte, sie würde laut lachen, aber stattdessen schüttelte die Frau ein intensiver, rasselnder Hustenanfall.

Trevor band sich seinen Atemschutz vors Gesicht und forderte Kate auf, es ihm gleichzutun. Die Wärme ihres eigenen Atems zu spüren war ungewohnt, feucht und unangenehm, aber Kate wagte nicht, den Schutz wieder abzunehmen.

Die junge Frau kämpfte um einen ordentlichen Atemzug und griff ebenfalls nach einer Maske, die auf einem kleinen Metalltisch neben ihrem Bett lag. Es klang, als hätte sie Schotter in der Lunge.

Trevor nahm neben ihrem Bett Platz und winkte Kate heran. Ihn mit dem halben Gesicht hinter einem weißen Atemschutz zu sehen, machte ihr die Gefahr ihrer neuen Anstellung nur noch bewusster. War die Frau des Diplomaten vielleicht zu Recht aus dem Zimmer gestürzt?

Trevor warf ihr einen ungeduldigen Blick zu und winkte erneut. Kate machte einen winzigen Schritt, aber ihr Bein gehorchte nicht, als wäre es mit dem kalten Linoleum verwachsen. Die Frau tat ihr leid … aber Kate konnte nicht näher heran. Eine unsichtbare Kraft zwang sie, wie angewurzelt stehen zu bleiben.

„Keine Angst", sagte Trevor. „Die Patientin ist im Augenblick nicht ansteckend, aber ich habe dennoch angeordnet, dass alle Patienten beim Husten einen Atemschutz tragen müssen."

Er erklärte, dass die Patienten erst dann ansteckend waren, wenn der Bazillus eine bestimmte Entwicklungsstufe erreicht hatte. Deswegen wurde der Gesundheitszustand jedes Patienten täglich untersucht. Die Schwestern wussten stets, welchen Patienten es betraf.

Kate konnte nicht sehen, welchen Gesichtsausdruck Trevor hatte, aber seine Stimme war nüchtern und sachlich. Er winkte sie erneut heran. Kate zwang ihre Füße vorwärts und betete, dass Trevor recht hatte. Sie konnte der Frau nicht in die Augen sehen. Was musste sie von ihr denken?

„Ich heiße Kate", sagte sie und bat die junge Frau im Stillen um Vergebung.

„Guten Tag, Kate. Ich bin Hannah Wexler." Wenn sie Kate ihr Zögern übel nahm, konnte sie es zumindest gut verstecken. Kate wagte einen Blick auf die junge Frau. Unter Hannahs bleicher Gesichtshaut zog sich ein feines Netz blauer Adern.

„Nehmen Sie sich einen Stuhl, Mrs Livingston. Ich zeige Ihnen, welche Daten ich brauche."

Die Neugier gewann die Oberhand und Kate setzte sich auf einen einfachen Metallstuhl neben Trevor, der die Patientenkurve vom Ende des Bettes holte. „Das hier ist Patient 27F62. Das bedeutet, sie ist die siebenundzwanzigste weibliche Patientin in dieser Studie und ihr Geburtsjahr ist 1862. Alle Patienten werden so geführt. So kann ich die relevanten Daten leichter verarbeiten. Beugen Sie sich bitte vor."

Trevor drückte der jungen Frau das Stethoskop auf den Rücken und lauschte mit geschlossenen Augen. Kate konnte nur daran denken, dass sie und Hannah im selben Alter waren. Dabei sah Hannah so erschöpft und winzig aus, als hätte sie noch nicht einmal die Pubertät erreicht.

Trevor erläuterte, dass er jeden Morgen zuerst allen Patienten die Lunge abhörte und ihre Temperatur maß. Alle Patienten mussten eine Ampulle des Serums trinken, mit dem Trevor die Ausbreitung der Krankheit verlangsamen wollte. Zwei Stunden später nahm Trevor Blut- und Speichelproben. Diese Proben wurden zur Analyse in ein Labor gebracht und Kate würde die Ergebnisse erhalten, um daraus den Effekt des Serums zu berechnen.

Trevor deutete auf eine Zahlenkolonne auf Hannahs Patientenkurve. „Hier vermerken wir das Gewicht, die Temperatur, die Anzahl der weißen Blutkörperchen und den Eisenwert im Blut. 27F scheint es in den letzten Wochen relativ gut zu gehen."

„Fühlen Sie sich auch besser?", fragte Kate. „Und ist das nicht seltsam, so als Nummer bezeichnet zu werden? Aber wenn es Ihnen hilft, dann kann ich mir ja vielleicht auch eine Nummer geben lassen."

Hannah unterdrückte ein Lachen. „Wir haben uns alle an Dr. Kendalls komische Methoden gewöhnt. Und übrigens habe ich lieber mit Dr. Kendall zu tun als mit dem Totengräber."

Kate wurde blass. Hatte sie richtig verstanden? An den Galgenhumor musste sie sich erst noch gewöhnen, aber vielleicht konnten die Patienten so leichter mit ihrem Schicksal umgehen.

Sie arbeiteten sich von Patient zu Patient. Trevor sprach sie alle nur mit ihren Nummern an. Es gab fünfzehn Patienten im Raum, ein Bett war leer. Bei der achten Patientin gab Trevor Kate die Patientenkurve und ließ ab sofort sie die Werte notieren.

Es fühlte sich gut an, wieder mit Zahlen zu hantieren, und Kate freute sich auf das, was sie damit alles anstellen sollte. Sie klappte die letzte Akte zu und folgte Trevor nach draußen. Die männlichen Patienten lagen in einem identischen Krankensaal gegenüber. Kate machte sich schon auf die Männerstation gefasst, als Trevor plötzlich hinter sie griff und die Tür mit einem lauten Rums zuzog.

„Weißt du, warum Bett Nummer neun leer ist?"

Kate sah ihn fragend an. Trevor zog den Atemschutz herunter. „Es ist leer, weil 23F am Dienstag gestorben ist. Ich werde ihren Platz an eine andere Patientin vergeben, sobald ich eine gefunden habe, die die Kriterien für diese Studie erfüllt, und diese Patientin werde ich auch mit ihrer Nummer anreden. Glaub mir, es wird einfacher fur dich sein, eine Patientin als 27F zu sehen, als sie als Hannah Wexler zu kennen."

„Aber sie ist doch ein Mensch und keine Nummer."

Trevor lächelte kalt. „Das mag für dich schwer zu akzeptieren sein, aber es gibt Bereiche, in denen ich mehr Ahnung habe als du. Mit todkranken Patienten umzugehen beispielsweise. Jede Person, die du gerade gesehen hast, wird innerhalb eines Jahres tot sein. Sie gehören nicht zu den glücklichen zehn Prozent, die auf eine Heilung hoffen können, weil die Krankheit bei ihnen schon zu weit fortgeschritten ist. Ich kann ihnen lediglich ein paar Monate verschaffen und ihnen die Zufriedenheit geben, Teil einer Studie gewesen zu sein, die vielleicht eines Tages ein Heilmittel hervorbringt.

Sie werden alle sterben und sie wissen das. Es wird leichter sein, wenn du sie gar nicht erst kennenlernst. Frag nicht nach ihren Kindern. Schaue ihnen nicht in die Augen und fange keine belanglosen Gespräche an. Sie sind Forschungsobjekte, keine Freunde."

An dem, was Trevor sagte, mochte ein Fünkchen Wahrheit sein, aber musste er dabei so eine versteinerte Miene aufsetzen? „Trevor, du bist der kälteste Mensch, dem ich je begegnet bin. Ich wette, du musst dich auf einem heißen Stein sonnen, um Körperwärme zu produzieren."

Er holte unbeeindruckt einen Stapel Formulare aus einem Wandhalter. „Wir wiederholen jetzt die Prozedur bei den männlichen Patienten", sagte er und drückte die Tür zur Männerstation auf. Alle sechzehn Betten waren belegt.

Die Männer waren unterschiedlich alt, vom sechzehnjährigen Jungen bis hin zum fünfzigjährigen Mann. Manche machten keinen besonders kranken Eindruck, während andere wie lebende Skelette aussahen. Ein Mann war so schwach, dass er sich nicht allein aufsetzen konnte. Trevor half ihm, sich von der Matratze zu lösen, bis er vornübergesackt dasaß und Trevor ihm die flache Scheibe des Stethoskops auf den Rücken drücken konnte. Als er einatmen sollte, verzog der Mann schmerzhaft das Gesicht. Sein Rückgrat trat so sehr hervor, dass es das Nachthemd ausbeulte. Trevor half dem Mann beim Hinlegen und Kate fragte sich, ob es schmerzte, auf einem hervorstehenden Rückgrat zu liegen. Sein Name war Ephraim Montgomery und die Qualen standen ihm ins Gesicht geschrieben. Trotz seines ausgemergelten Körpers hatte er breite Schultern und große Hände. Es würde sie nicht überraschen, wenn er einmal Zimmermann oder Hafenarbeiter gewesen war. Mit Sicherheit war er einmal ein starker Mann gewesen, der das Doppelte seines Körpergewichts bewegen konnte. Jetzt konnte er nicht einmal mehr allein sitzen.

„Mrs Livingston?"

Sie schüttelte den Gedanken ab. Trevor hatte ihr die ganze Zeit Zahlen durchgesagt, während sie den sterbenden Mann anstarrte. „Entschuldigung, könnten Sie das bitte wiederholen?"

Er fing noch einmal an und Kates Finger zitterten beim Schreiben. Als ihr Mann gestorben war, war es wenigstens schnell gegangen. Gerade noch hatte er die Balken im fünften Geschoss eines neuen Bürogebäudes montiert und im nächsten Augenblick war das Gerüst unter ihm zusammengebrochen. Man hatte ihr gesagt, dass er bereits tot gewesen war, als man ihn unter den Trümmern hervorgezogen hatte. Kate hatte inständig gehofft, dass es wirklich so gewesen war, dass er keine Qualen leiden oder auch nur begreifen musste, was da geschah. Ephraim Montgomery wusste genau, was mit ihm passierte, und die Resignation in seinem Blick weckte in ihr das Bedürfnis zu weinen.

Als sie die Visite beendet hatten, zeigte ihr Trevor das Büro, das sie sich teilen würden, einen schlichten Raum mit wenigen Möbeln. Kate hatte nicht damit gerechnet, so eng mit ihm zusammenzuarbeiten. Trevors Schreibtisch stand unter einem Fenster, von dem aus man das Wäldchen hinter dem Krankenhaus sehen konnte. Ein kleinerer Schreibtisch stand auf der anderen Seite. In der Mitte des Raumes befand sich noch ein Arbeitstisch und eine der Wände war mit Aktenschränken zugestellt.

„Wir werden uns dieses Büro teilen, solange du hier angestellt bist", sagte Trevor. „Ich möchte hier keinerlei Gerüchte, weswegen die Tür die ganze Zeit geöffnet bleibt."

„Selbstverständlich." Allein der Gedanke, jemand könnte vermuten, dass sie und Trevor hinter verschlossenen Türen etwas im Schilde führten, war fürchterlich.

Kate zog den Atemschutz herunter und war erleichtert, wieder kühle Luft am Gesicht zu spüren. „Warum nimmst du nur sterbende Patienten? Warum nicht welche, bei denen tatsächlich noch Hoffnung auf Heilung besteht?"

Trevor zog seinen Schreibtischstuhl hervor und setzte sich. „Tuberkulose beginnt in der Lunge. Man kann Jahrzehnte weiterleben, solange der Bazillus in der Lunge bleibt. Wenn er aber in den Blutkreislauf gelangt, befällt er andere Organe und die Menschen sterben sehr schnell. Alle unsere Patienten haben den Bazillus im Blut, was bedeutet, dass in Kürze ihre anderen Organe befallen sein werden. Das Serum, das ich ihnen gebe, ist sehr nährstoffreich und ich hoffe, dass dadurch ihr Blut genug gestärkt wird, damit die Organe langsamer befallen werden. Ich schätze, das bringt den Patienten etwa ein halbes Jahr mehr Lebenszeit."

„Was ist in dem Serum?"

„Es ist ein Konzentrat aus Rindermark und Mineralien, destilliert in eine Lebertranbasis. Die Patienten kriegen es zweimal am Tag."

Kate zog die Nase kraus. „Lebertranöl ist widerlich. Kannst du es nicht in Honig mischen oder Tee?"

„Lebertran ist reich an Nährstoffen. Wenn es den Patienten nicht schmeckt, können sie auch woanders sterben."

Kate lächelte dünn. „Da ist er wieder, der warmherzige Mann, den ich schon immer bewundert habe."

Trevor gab ihr eine Akte. „Henry Harris ist der Laborassistent, der die Proben untersucht. Lass dich von ihm in der Klinik herumführen. Und gib ihm die Sputumprobe. Er wird dich einmal im Monat testen, also gewöhn dich dran. Vielleicht habe ich heute Nachmittag noch etwas Zeit, um herzukommen. Wenn nicht, sehen wir uns morgen früh um neun."

„Du gehst?" Es war ihr erster Tag und sie war jetzt schon überfordert.

Trevor warf seinen Kittel über einen Haken an der Tür. „Das Sonnen auf dem Stein nimmt eine Menge Zeit in Anspruch."

Ohne sich noch einmal umzudrehen, verließ er das Büro.

Henry Harris war ein Schrank von einem Mann. Er war nicht fettleibig, sondern machte eher den Eindruck einer soliden Muskelwand. Einen Hals schien er nicht zu besitzen. Seine massiven Schultern reichten bis zu einem breiten Gesicht, das Kate an einen sanften Riesen erinnerte.

„Princeton Football, Landesmeister 1878", stellte er sich mit stolzgeschwellter Brust vor.

„Gratuliere", antwortete Kate und gab ihm die Hand. Das Labor wurde von einem langen Tisch mit schwarzer Oberfläche beherrscht, auf dem eine ganze Reihe Mikroskope wie schlachtbereite Soldaten aufmarschiert waren. An den Wänden reihten sich dunkle Flaschen und durchsichtige Messbecher auf Regalen aneinander. Henrys Aufgabe bestand darin, die Proben der Patienten auszuwerten und Kate mit den Daten für die Analyse zu versorgen.

„Ich habe hier die interessanteste Aufgabe", sagte Henry und beugte sich über ein Mikroskop. Seine Pranken sahen für die winzigen Rädchen und Stellringe viel zu groß aus. „Ich sehe mir die Proben an und zähle. Sie würden nicht glauben, was man alles unterm Mikroskop sieht. Es ist eine eigene Welt aus Zellen und seltsamen Kreaturen!"

Er zeigte Kate, wie man in das Okular schaute und am Rädchen drehte, bis die Probe scharf war. Er hatte recht! „Leben nur deswegen so viele Tierchen in ihrem Speichel, weil die Patienten Tuberkulose haben?"

Henry griff hinter sich und legte ein anderes Glasplättchen unter die Linse. „Sehen Sie sich das hier an. Das ist von Schwester Ackerman. Sie werden sehen, dass ihre Probe ganz ähnlich aussieht, außer dass es diese kleinen Zellen, die wie purpurfarbene Reiskörnchen aussehen, nicht gibt. Wenn diese kleinen Röhrchen in Ihrer Probe auftauchen ... am besten, Sie denken gar nicht dran. Tragen Sie einfach immer Atemschutz, ja?"

Henry zeigte Kate die restliche Klinik. Es gab drei Waschräume: einen für die Männer, einen für die Frauen und einen für das Personal. Offensichtlich war es schon zu gefährlich, sich die Waschräume zu teilen. Auf einem feuchten Handtuch konnte der Bazillus stundenlang überleben.

Hinter dem Schwesterntresen stand ein Tisch für die Mitarbeiter.

„Hier essen wir", erklärte Henry. „Wir erhalten dasselbe Essen wie die Patienten. Den meisten fällt es sehr schwer, ihr Gewicht zu behalten, deswegen füttert Dr. Kendall sie durch wie Könige. Rindfleisch, Milch und Eier zu jeder Mahlzeit. Heiße Schokolade. Käse. Nachtisch."

Vielleicht war das eine Erklärung für Henrys Statur.

Um zwölf Uhr strömte eine kleine Armee junger Frauen herbei, die Wagen mit abgedeckten Tabletts schoben. Ihre blassrosafarbenen Uniformen verrieten, dass diese Frauen auf der untersten Stufe der Krankenhaushierarchie standen. Sie verteilten das Essen, bezogen Betten und badeten Patienten. Bevor sie die Station betraten, setzten sie ihre weißen Atemschutzmasken auf. Dazu kamen noch einige Pfleger, die für das Heben und Transportieren der Patienten verantwortlich waren.

Es dauerte nicht lange, bis Kate die Hierarchie im Krankenhaus begriffen hatte. Die Hilfsschwestern und Krankenwärter standen ganz unten. Dann kamen die Krankenschwestern mit ihrer grauen Uniform, den gestärkten Schürzen und Häubchen. Die Laboranten waren knapp darüber. Ganz oben thronten die Ärzte, die wie Hausherren durch die Gänge schritten.

Kate setzte sich beim Mittagessen zu Henry. Schwester Ackerman saß am Tresen. Henry hatte Kate schon vorgewarnt, dass die Stationsschwester meist eine Laune wie drei Tage Regenwetter hatte. Ihr dunkles Haar trug sie streng nach hinten gekämmt. Der einzige Schmuck, den sie trug, waren zwei Goldringe an einer Kette um ihren Hals.

„Meine Ehemänner, Gott hab sie selig", erklärte sie, während sie den Tisch für das Essen freiräumte. „Ich wurde mit neunundzwanzig Witwe und dann noch einmal mit dreiundvierzig."

Nathans Tod hatte Kate unter einer emotionalen Lawine begraben, aus der sie sich erst nach Jahren herausgraben konnte. Sie konnte sich nicht vorstellen, wie es sein musste, diese Tragödie zweimal durchzumachen, und warf Schwester Ackerman einen mitfühlenden Blick zu. Nur derjenige, der solch einen Verlust erlebt hatte, konnte verstehen, wie leer man sich danach fühlte.

Eine hübsche junge Hilfsschwester schob ihren Wagen heran und stellte Tabletts mit abgedeckten Tellern auf den Tisch. Mit dem letzten Tablett in der Hand sah sie sich suchend um.

„Ist Dr. Kendall nicht da?" Die Enttäuschung in ihrer Stimme war deutlich zu hören.

„Machen Sie einfach Ihre Arbeit, Jenny", meinte Schwester Ackerman säuerlich. „Dr. Kendall hat für euch junge Dinger sowieso keine Zeit."

Jenny verdrehte die Augen und stellte Trevors Tablett zurück auf den Wagen. „Ich guck ihn mir ja nur an", gab sie schnippisch zurück. „Wenn man dem zu nah kommt, kriegt man sowieso Frostbeulen."

Kate unterdrückte ihr Lächeln, bis die junge Frau gegangen war. Es tat gut zu wissen, dass sie nicht als Einzige dachte, Trevor könnte etwas menschliche Wärme gebrauchen.

KAPITEL 4

Trevor eilte die schattige Straße in Georgetown hinab und hoffte, hier rechtzeitig fertig zu sein, um noch bei Tageslicht wieder das Krankenhaus zu erreichen. Kate hatte es überhaupt nicht gepasst, dass er mitten am Tag verschwand, aber es lag nicht in seiner Natur, ihr Rede und Antwort zu stehen. Er war ein Mann, der seine Privatsphäre brauchte, und Kate war viel zu neugierig. Schon früher in der Schule hatte sie ständig Fragen gestellt und nachgebohrt. Wenn Kate einmal eine Fährte aufnahm, dann folgte sie ihr wie ein Bluthund und war erst zufrieden, wenn sie den Bau gefunden und alle Antworten herausgezerrt hatte.

Und genau das mochte er an ihr.

Trevor schob den Gedanken an Kate weg. Der Kampf, der ihm nun bevorstand, war zu wichtig. Er lief an gepflegten Häusern vorbei, bis er das letzte in der Reihe erreicht hatte. Zaghaft klopfte er an die Tür. „Mrs Kendall?"

Er hatte einen Schlüssel, aber den wollte er nur gebrauchen, falls sie schlief. Hinter der Tür hörte er Geräusche, was ein gutes Zeichen war. Er brauchte sie wach und aufmerksam.

Der Bolzen wurde weggezogen, aber die Kette stoppte die Tür nach wenigen Zentimetern. Trevor legte den Kopf schief, um durch den Spalt zu spähen. „Ich bin's nur, Mrs Kendall."

Die alte Frau lächelte und schloss die Tür, um die Kette zu lösen. „Trevor, Darling! Ich habe gerade heißen Pudding für dich gekocht. Komm doch rein."

Ihr weißes geflochtenes Haar trug sie in einem akkuraten Dutt. Schon als Junge hatte er sich immer gefragt, wie sie diesen makellosen Haarknoten hinbekam. Ihr Gesicht war mittlerweile runzlig und voller Altersflecken, ihre Augen waren trübe geworden, der Rücken rund, aber die Haare waren noch immer akribisch genau frisiert. Das war ein gutes Zeichen.

„Tee?", fragte sie.

„Ja, bitte." Trevor wollte eigentlich keinen, aber Mrs Kendall liebte es, ihn zu bemuttern. Deswegen machte sie jedes Mal Pudding, wenn er kam. Er wollte ihr am liebsten sagen, dass er das nicht wollte, weil sie dafür mindestens eine Stunde am Herd stand, aber für Frauen wie sie war es wichtig, eine Aufgabe zu haben. Ohne das Gefühl, gebraucht zu werden, würde sie noch schneller abbauen.

Er ließ den Blick durch das Haus schweifen. Sie hatte mehr als genug Platz, eine Küchenzeile und ein Schlafzimmer hinter der Stube. Das Fenster stand einen Spalt offen, was ihn freute.

„Ich habe Ihnen ein paar Himbeeren mitgebracht“, sagte er und stellte das Körbchen auf den kleinen Esstisch.

In ihren trüben blauen Augen blitzte ein wenig Leben auf. „Oh, wie wunderbar; ich hoffe, das hat dir nicht zu viele Umstände bereitet.“

„Aber nicht doch.“ Er hatte sie extra aus Philadelphia kommen lassen, aber das brauchte sie nicht zu erfahren. Kaum hatte er die Teetasse vor sich, bat er sie, sich hinzusetzen. „Erst das Geschäftliche.“ Er reichte ihr einen Streifen Papier. „Husten und spucken.“

Ihr Husten klang nicht gut. Es rasselte und klang feucht, aber zumindest war auf dem Papierstreifen kein Blut zu sehen. Ohne sich etwas anmerken zu lassen, wischte er mit einem Glasträger über das Papier, wickelte ihn in ein Taschentuch und ließ dieses in seine Jackentasche gleiten.

„Sonst irgendwelche Beschwerden?“ Trevor hielt die Luft an und wartete auf die Antwort.

„Nur das Übliche“, tat sie die Frage ab und trat an den Herd, wo der Pudding über einer kleinen Flamme köchelte. Als sie ihn umrührte, erfüllte Vanilleduft den Raum und weckte schmerzhafte Kindheitserinnerungen.

Mrs Kendall kannte alle seine Geheimnisse. Bis zu diesem Tag hütete er seine Vergangenheit und Mrs Kendall war der einzige Mensch auf der Welt, der die ganze Geschichte kannte. Sie hatte ihm beigebracht, seine Spuren zu verwischen und sich zu schützen. Sie war seine Retterin gewesen in den ersten schrecklichen Jahren, als er nach Amerika gekommen war. Für den Rest der Menschheit war sie nur die Hauswirtschafterin von Senator Campbell, aber für ihn hatte sie Flügel und einen Heiligenschein.

Und er wollte sich revanchieren. „Es gibt bald ein neues Sanatorium in Saranac Lake im nördlichen Teil von New York. Ich kann Ihnen ein Einzelzimmer und die beste Pflege besorgen."

Der Holzlöffel kratzte unverändert auf dem Topfboden. „Aber mein Zuhause ist hier."

„Ja, aber hier ist Ihre Heilungswahrscheinlichkeit gleich null. Die Feuchtigkeit belastet Ihre Lungen und Sie werden sterben, wenn Sie hierbleiben. Sie brauchen die dünne, trockene Bergluft."

„Und das sagst du all deinen Patienten in deiner Klinik da im fünften Stock? Das sagst du ihnen wirklich? Dass es keine Hoffnung gibt?"

Seine Patienten waren hoffnungslose Fälle. Selbst unter besten Bedingungen überlebte nur ein Bruchteil der Patienten, die in die abgelegenen Sanatorien in den Bergen reisten, und selbst dann nur nach monatelangen Kuren.

„Ich kann diese Menschen nicht retten, aber bei Ihnen kann ich es wenigstens versuchen", sagte Trevor. „Ihre Lunge wird schwächer. Sie werden sterben, wenn Sie hierbleiben."

„Ich werde sterben, wenn ich hier wegmuss", gab sie zurück.

„Sagen Sie nicht so etwas. Die Heilanstalten sind von hervorragender Qualität und ich werde persönlich darauf achten, dass Sie gut behandelt werden."

Mrs Kendall schob den Pudding vom Herd und setzte sich Trevor gegenüber auf einen Stuhl. Beim Atmen pfiff ihre Lunge. „Meine Tochter ist hier in Washington. Meine Gemeinde ist hier. Das hier ist mein Zuhause und diese Menschen bedeuten mir etwas. Mich kriegen keine zehn Pferde hier weg."

Das war typisch Mrs Kendall. Sie mochte vielleicht aussehen wie ein altes Mütterchen, aber sie war genauso ausgefuchst, entschlossen und dickköpfig wie eh und je. Die Hälfte seiner Fähigkeiten, sich die Drachen vom Leib zu halten, die ihn zeitlebens verfolgten, hatte er von ihr gelernt.

Trevor verschränkte die Arme vor der Brust und sah sie scharf an. „Dschingis Khan hätte Sie gut beim Rekrutieren seiner Truppen gebrauchen können." Um Mrs Kendall zu retten, würde er ohne Nachzudenken sein letztes Hemd geben, aber heute würde er die Schlacht nicht gewinnen. Nichts wollte er lieber tun, als sich bei ihr erkenntlich zu zeigen, aber dazu war ein Wunder vonnöten.

Zum Glück hatte Trevor noch nie davor zurückgeschreckt, auf Wunder zu bauen.

Das Erste, was er bei seiner Rückkehr sah, war Kate Livingston, die mit einem räudigen Hund auf der Krankenhaustreppe spielte. Sie wedelte mit einem Zweig über der Schnauze des Hundes, der begeistert danach schnappte. Trevor war das Tier in den vergangenen Wochen schon öfter aufgefallen, aber er hatte es stets geflissentlich ignoriert. Da fiel ihm die leere Brotbüchse auf.

„Bitte sag mir nicht, dass du diesen Hund gefüttert hast."

Kate spielte unbeeindruckt weiter. „Es ist eine sie. Und natürlich habe ich sie gefüttert. Ich wusste ja nicht, dass wir im Krankenhaus zu essen bekommen, und sie sah hungrig aus."

Das Letzte, was er brauchte, war eine streunende Hündin, die sich vor dem Krankenhaus herumtrieb. Zu seiner Bestürzung wandte sie sich von Kate ab und stupste ihn mit ihrer feuchten Schnauze an. Trevor machte einen Schritt zurück, aber das Eisengeländer war ihm im Weg. Er stützte sich mit dem Ellbogen am Geländer ab und sah verärgert auf das Tier hinunter.

„Sie mag dich", kicherte Kate. Gelbe Hundehaare klebten an seiner Hose und beim Versuch, sie abzuwischen, schob er sie nur hin und her.

„Hunde haben Ungeziefer, Räude und diverse Arten von Hautkrankheiten. Und dieser hier stinkt aus dem Maul." Aber der Köter wedelte fröhlich mit dem Schwanz, beschnupperte Trevors Schuh und fing plötzlich an, seine Hand abzulecken. Trevor rieb sie angewidert an der Weste. Jetzt würde er alles waschen lassen müssen.

„Du hattest wohl nie Tiere um dich", stellte Kate fest.

„Unsinn. Ich bin auf einer Farm groß geworden. Tiere sind Lebensmittel, keine Freunde."

„Tatsächlich?" Sie legte den Kopf schief. „War das in Schottland?"

Trevor presste die Lippen aufeinander und wünschte, er könnte das eben Gesagte zurücknehmen. Jetzt würde sie ihn mit einer Ladung Fragen löchern, die er nicht beantworten wollte. Schottland war der letzte Ort, über den er reden wollte. Er musste das Thema wechseln. „Was machst du überhaupt hier draußen? Es ist mitten am Tag und ich dachte, du hast noch Zahlenkolonnen zu bearbeiten."

„Henry liefert mir die neuen Daten erst heute Nachmittag. Ich hatte nichts zu tun, also habe ich eine geschlagene Stunde mit der Stationsschwester geplaudert. Wusstest du, dass sie alle Zeitungen durchsucht, ob du irgendwo erwähnt wurdest?"

„Natürlich. Ich bezahle sie ja dafür."

„Ganz ehrlich, Trevor, das kommt mir doch recht eitel vor, sogar für dich."

Er konnte nicht erwarten, dass Kate verstand, wie wichtig der Ruf für einen Arzt in der medizinischen Forschung war. Die Finanzierung durch Forschungsinstitute hing an seinem Ruf und bei einer Krankheit wie Tuberkulose brauchte es nicht viel, um die öffentliche Meinung kippen zu lassen.

„Ich muss wissen, was über mich gesagt wird. Je mehr positive Bekanntheit ich bekomme, desto höher ist die Wahrscheinlichkeit, dass ich zusätzliche Gelder einwerbe."

Kate lockte die Hündin von seinem Schuh fort und kraulte sie ausgiebig hinter den Ohren. „Dann solltest du dich freuen. Sie hat nämlich einen großen Artikel in der *Washington Post* über dich gefunden."

„Und was stand drin?"

„Ich habe keine Ahnung. Bevor ich ihn lesen konnte, kam eine Schwester von unten und hat dir einen Korb mit Ingwerkeksen vorbeigebracht. Sie war sehr enttäuscht, dass du nicht da warst. Das arme Mädchen sah aus wie Napoleon, als er in Waterloo windelweich geprügelt wurde. Du hast eine sehr untergebene Anhängerschaft."

Trevor wünschte sich, die Schwestern würden es endlich lassen, sich nach ihm die Hälse zu verrenken. Das war ihm peinlich und er wusste nie, was er sagen sollte. „Ich muss den Artikel lesen." Ohne zu warten sprang er die Treppe hinauf und nahm zwei Stufen auf einmal. „Und wasch dir die Hände", rief er über die Schulter. „Wir können von Glück reden, wenn wir keine Seuche einschleppen."

Kate überholte ihn noch vor der Eingangstür. „Wer zuerst oben ist!"

Sie schlüpfte vor ihm durch die Tür und sprintete den Flur zum Treppenhaus entlang. Ungerecht! Der widerliche Köter sprang um seine Beine herum und es kostete Trevor fünf Sekunden, um ihn davon abzuhalten, ins Gebäude zu gelangen. Trotzdem wollte er um jeden Preis Erster sein.

Er kannte eine Abkürzung. Hinten am Krankenhaus gab es noch eine Personaltreppe. Den Umweg bis dorthin machten die fehlenden Türen zwischen den Stockwerken und die Tatsache, dass fast nie jemand diesen Aufgang benutzte, wett. Er sprang die Treppe hinauf, wobei seine Schritte im engen Treppenhaus widerhallten. Kate würde von den Menschen auf der Treppe aufgehalten werden. Grinsend ließ Trevor den zweiten Stock hinter sich und eilte weiter die Stufen hinauf.

Als er schließlich durch den Hintereingang zur Klinik stürmte, war er völlig außer Atem. Er musste unbedingt etwas trinken. Trevor wartete einen Augenblick und zog die Weste zurecht und den Binder gerade, bevor er zum Schwesternzimmer am Ende des Flurs ging.

Kate war nirgendwo zu sehen.

Trevor unterdrückte ein Lächeln, nickte Schwester Ackerman zu und nahm sich einen Keks aus dem Korb. Dazu bemühte er sich, locker auszusehen und seinen Atem wieder unter Kontrolle zu bekommen. Er durfte um keinen Preis erschöpft aussehen.

Noch bevor sie die Tür aufriss, konnte er sie schon hören. Kate kam hereingestolpert, ihr Haarknoten hing schief und sie war völlig zerzaust.

„Sie haben geschummelt!“, rief sie und atmete schwer. „Gibt es etwa einen Fahrstuhl?“

Trevor zog eine Augenbraue hoch. „Gibt es einen Fahrstuhl hier, Schwester Ackerman?“

„Nein, Sir.“

Es war nicht einfach, ruhig zu atmen, aber es gelang ihm. „Tut mir leid, Mrs Livingston, es gibt keinen Fahrstuhl. Scheint, als hätte da jemand seine Kondition eingebüßt. Einen Keks?“

Atemlos griff Kate nach dem Wasserkrug auf dem Tresen und goss sich ein großes Glas ein. „Sie sind der schlimmste Mensch auf Erden“, murmelte sie und stürzte das Wasser hinter.

„Das hat man mir schon öfter gesagt." Er wandte sich Schwester Ackerman zu. „Sie haben einen Zeitungsartikel gefunden?"

Die Stationsschwester sah aus, als wäre ihr in ihrer Haut nicht wohl. Sie räusperte sich, erwiderte seinen Blick aber nicht. „Ja, Sir."

Die Zeitung war schon so gefaltet, dass der Artikel oben war. Er nahm sie und ging zur Sitzecke, während alles in ihm nach Wasser schrie, aber er musste warten, bis Kate gegangen war.

Die Schlagzeile war ein Schock.

Quacksalberei auf der Tuberkulosestation

Trevor erstarrte, während er den Artikel überflog. Darin wurde das Serum erwähnt, das die Patienten einnahmen. Es lulle sie ein, gebe ihnen aber keine wirkliche Hoffnung auf Besserung. Außerdem gebe es eine viel zu hohe Sterblichkeitsrate unter seinen Patienten.

Natürlich hatte er eine hohe Sterblichkeitsrate! Er nahm ja nur hoffnungslose Fälle an.

Trevor knirschte mit den Zähnen und las weiter. Nichts von dem, was hier stand, war tatsächlich falsch, doch der Artikel strotzte nur so vor falschen Andeutungen. Der Verfasser war anonym, aber Trevor würde herausfinden, wer für diesen Artikel verantwortlich war. Und wenn er das Verlagshaus Stein für Stein abreißen musste – er würde den Autor und den Grund für diesen Artikel finden.

„Was steht drin?", fragte Kate. „Sie sehen aus, als hätten Sie schlechten Fisch gegessen."

Er wollte ihr sagen, dass sie das nichts anging, aber das stimmte nicht. Für jeden, der in dieser Klinik arbeitete, war er verantwortlich und deswegen hatten alle ein Recht darauf zu erfahren, was hier vor sich ging. Wahrscheinlich lungerte bald schon ein skandalhungriger Journalist vor der Klinik herum und belästigte das Personal mit Fragen.

„Jemand hat die Klinik in schlechtes Licht gerückt." Er gab Kate die Zeitung und holte sich ein Glas Wasser. Beim Trinken spürte er Schwester Ackermans Augen auf ihm. Er stellte das leere Glas ab und starrte mit geballter Faust auf die Überreste des Mittagessens auf dem Personaltisch. Er würde den Hilfsschwestern einen Einlauf verpassen. Unhygienische Zustände in der Klinik konnte er nicht tolerieren.

„Ist irgendetwas davon wahr?" Kates Stimme war dünn und zittrig.

„Es ist alles wahr; es lässt meine Arbeit nur in schlechtem Licht erscheinen. Dieser Artikel ist lediglich der Versuch, das Krankenhaus dazu zu bringen, mich loszuwerden und die Studie einzustampfen."

Die Stationsschwester erhob sich erschrocken von ihrem Stuhl. „Können die das machen?"

„Ich habe diese Etage für zwei Jahre im Voraus bezahlt. Es gibt keinen Grund, sich um Ihre Anstellung Sorgen zu machen." Trevor sah die Verwirrung in Kates Gesicht. „Ich arbeite nicht für das Krankenhaus. Ich habe diesen Ort gemietet und zahle den Lohn für alle Angestellten. Das Essen. Jeden Tropfen Medizin. Diese Station ist nicht abhängig vom Krankenhaus und wird das auch nie sein."

Er hatte gehofft, ihre Bedenken zu zerstreuen, aber das Gegenteil schien der Fall. Kate starrte ihn mit zusammengekniffenen Augen an. „Du bezahlst das alles? Aus eigener Tasche?"

„Ja." Irgendetwas Gutes musste ja aus all den Reichtümern werden, die ihm in den Schoß gelegt worden waren. Trevor überging die Tatsache, dass sie ihn gerade vor den anderen duzte.

Kates Mund wurde zu einem Strich. „Ich dachte, du hast gesagt, du seist arm und brauchtest das Geld."

„Wann habe ich das gesagt?"

„An dem Tag, an dem du das Stipendium gekriegt hast!" Sie zitterte und ihre Stimme klang schrill.

„Bitte schrei hier nicht herum. Das hier ist ein Krankenhaus und auf der anderen Seite dieser Wand liegen Patienten."

Kate stand auf und beugte sich näher. „Dieses Stipendium war meine einzige Möglichkeit auf ein College-Studium", zischte sie. „Und du brauchtest das Geld noch nicht einmal?"

„Ich kann nicht glauben, dass du diese uralte Geschichte aufwärmst." Er nahm die Zeitung wieder an sich, die sie achtlos auf den Tresen geworfen hatte. Das Wichtigste war jetzt herauszufinden, wer den Artikel geschrieben hatte. Diese Art von negativer Berichterstattung konnte schnell um sich greifen, wenn man sie nicht sofort ausrottete.

„Für mich ist das keine uralte Geschichte." Ihre Stimme zitterte vor unterdrückter Wut. „Kannst du mich noch nicht einmal ansehen, wenn du redest?“

„Nicht, wenn du überdreht und albern bist.“

„Sag mir die Wahrheit. Warum hast du das Stipendium genommen, wenn du das Geld nicht brauchtest?“

Er konnte ihr die Wahrheit sagen, aber das würde nur eine Lawine von Fragen lostreten, der er sich nicht stellen wollte. Also packte er sie an ihrer verwundbarsten Stelle. „Was sollte ich deiner Meinung nach machen, klein beigeben und dich gewinnen lassen?“

Sie zuckte kurz zusammen, ließ aber nicht locker. „Dieses eine Mal, Trevor, dieses eine Mal wäre es das Richtige gewesen. Das Menschlichste.“

Er musste weg von hier. Das Letzte, was er wollte, war, dass Kate wegen irgendeines alten Grolls kündigte, aber er hatte keine Zeit, um sie zu beruhigen.

„Ich schlage vor, du nimmst den Rest des Tages frei und denkst darüber nach, wie du mit dieser Vergangenheit klarkommst. Das ist vorbei, Kate. Wenn du immer noch hier arbeiten willst, erwarte ich dich pünktlich morgen früh um neun hier.“

Trevor ging den Flur hinunter in sein Büro, ohne sich noch einmal umzudrehen.

Am nächsten Morgen tat Trevor so, als hätte Kates Wutausbruch nie stattgefunden, wofür sie dankbar war. Die Arbeit war zu aufregend, um sie wegen dieser alten Sache aufzugeben.

In den folgenden Wochen entwickelten sie allmählich eine Routine. An jedem Morgen machten sie gemeinsam ihre Runde. Trevor untersuchte die Patienten und Kate notierte die Werte. Trevor nahm Blut- und Sputumproben und schickte sie zu Henry ins Labor. Die Ergebnisse landeten auf Kates Schreibtisch, wo sie die jeweilige Veränderung zum Vortag berechnete.

Kate brauchte nicht lange, um die Entwicklungen der Werte einschätzen zu können. Sie war keine Ärztin, aber die Anzahl der Tuberkulosezellen in Hannah Wexlers Proben ging stetig zurück, während das Hämoglobin in ihrem Blut zunahm.

„Das ist doch gut, oder?“, fragte sie Trevor.

„Es ist noch viel zu früh“, entgegnete er, aber die aufblitzende Zufriedenheit in seinem Blick war nicht zu übersehen. „Die Werte müssen sich noch mindestens drei Monate lang so weiterentwickeln, bevor ich davon überzeugt bin, dass das Serum wirkt, aber es ist ein gutes Zeichen. Sehr gut.“

Er klappte die Akte zu und gab sie Kate zurück. Kate verbarg ihr Lächeln und setzte ihre Arbeit fort. Genau so eine herausfordernde, bedeutungsvolle Arbeit hatte sie immer gesucht. Was war schon Trevor und seine penible Art dagegen?

Und so schlimm war er nun auch wieder nicht. Er konnte reizbar sein, fordernd, und seine pingelige Hartnäckigkeit in Sachen Hygiene war teilweise an der Grenze zur Lächerlichkeit, aber ihre Zusammenarbeit hatte die Präzision und Schnelligkeit eines Uhrwerks. Sie sah ihm gern beim Arbeiten zu. Egal was er tat, er war stets hoch konzentriert, und diese Art der Intensität hatte etwas sehr Anziehendes.

Nach einigen Wochen durfte sie für Trevor die medizinische Bibliothek des *Surgeon General* besuchen, um in den neuen Zeitschriften alles zum Thema Blut und Ernährung herauszusuchen. Dort entdeckte sie eine ganze Ausgabe des *New York Medical Journal*, die den neusten Ergebnissen der Blutforschung gewidmet war. Sie bat die Bibliothekarin eindringlich, ihr das Exemplar mitzugeben, damit sie es Trevor zeigen konnte. Die aktuelle Ausgabe durfte eigentlich nie entliehen werden, aber nachdem Kate die Bibliothekarin mit einer Woche kostenloser Abendessen im Logierhaus bestochen hatte, durfte sie das wertvolle Exemplar mitnehmen. Sie konnte es kaum erwarten, Trevor damit zu überraschen, und hüpfte die Stufen zum Krankenhaus hinauf.

Eine der hübschen blonden Hilfsschwestern flirtete gerade mit Trevor. Sie strahlte ihn geradezu an und er schien ungewöhnlich freundlich zu sein und lächelte zurück. Ein Essenswagen mit abgedeckten Tabletts stand unbeachtet einige Meter weiter. Die Hilfsschwester hieß Bridget Kelly und ihre blauen Augen funkelten jedes Mal, wenn sie Trevor erblickte.

„In Irland habe ich mir jeden Morgen meinen Hintern abgefroren“, säuselte sie in ihrem hübschen irischen Akzent. „Hier muss ich wenigstens nicht die Kuh melken, bevor der Morgen graut.“

„Nur eine Kuh?", fragte Trevor. „Bei uns in Schottland musste ich gleich alle vier Kühe melken."

Trevor war wieder in seinen schottischen Akzent verfallen, was Kate ungeheuer aufregte. Während sie akribisch medizinische Zeitschriften durchsuchte und mit Bibliothekarinnen feilschte, bändelte er mit einem koketten Milchmädchen an. Bridget drückte Trevors Arm.

„Mit diesem Arm? Glaube ich nicht."

Kate hatte noch nie in ihrem Leben eine Kuh gemolken, aber auf einmal verspürte sie das unbedingte Bedürfnis, sich eine zu suchen und sie besser, schneller und gründlicher zu melken, als Bridget Kelly sich je träumen lassen konnte. Wütend riss sie die Verschlüsse ihres Mantels auf. „Wenn Sie das Melken so sehr vermissen und lieber in den Stall gehen, als todkranken Menschen ihr Essen zu bringen, können Sie es ja bei Butch Muchalskis Molkerei auf der Tenth Street versuchen."

Trevor hob überrascht die Augenbrauen. „Guten Tag, Kate." Sein Akzent war verschwunden, was sie noch wütender machte.

„Ich dachte, Sie möchten vielleicht einen Blick auf die neuste Ausgabe des *New York Medical Journal* werfen. Offensichtlich gibt es noch andere Wissenschaftler, die auf ähnliche Weise das Blut stärken wollen." Sie gab Trevor das Heft. Kurz flackerte Dankbarkeit in seinem Gesicht auf, aber Kate war zu beschäftigt damit, Bridget anzufunkeln, um den Augenblick zu genießen.

Die Hilfsschwester wurde rot und ging zu ihrem Tablettwagen. „Ich teile jetzt das Essen aus", sagte Bridget hölzern. „Bitte, nehmen Sie sich ruhig von den Ingwerkeksen. Ich habe sie für alle gekauft."

Kate wartete, bis Bridget gegangen war, bevor sie auch Trevor wütend ansah. „Ich dachte, du bändelst nicht mit den Hilfsschwestern an."

„Ich war nur höflich. Ich weiß nämlich, wie schwer das ist, fremd in einem neuen Land zu sein." Trevor nahm einen Kittel vom Haken und lief in Richtung ihres Büros.

Die Antwort saß. Niemand war nett zu Trevor gewesen, als er der Neue in der Schule gewesen war. Er hatte es ihnen zwar nicht einfach gemacht, aber Kate hatte immer ein schlechtes Gewissen deswegen gehabt, weil ihn alle wegen seines Akzents hänselten. Sie wünschte sich im Nachhinein, sie hätte sich mehr Mühe gegeben, sich mit Trevor anzufreunden.

Warum hatte es sie so aufgeregt, dass Trevor mit Bridget Kelly redete? Sie hatte keinerlei Ansprüche auf Trevor. Seit sie mit ihm arbeitete, hatte sich zwar eine gewisse Freundschaft entwickelt, aber es ging sie nichts an, wenn er mit einer hübschen Frau anbandeln wollte.

Nathan war nun schon vier Jahre tot und die Einsamkeit wurde immer schwerer zu ertragen. Kate hatte ihn geliebt, um ihn getrauert, und sie würde ihre zwei gemeinsamen Jahre nie vergessen. Aber sie wollte nicht für den Rest ihres Lebens Witwe sein.

Sie starrte finster auf Trevors Rücken, bis er im Büro verschwunden war.

Undenkbar. Ein Riesenfehler. Trevor war eine verbotene Frucht und sie durfte nicht zulassen, dass sich irgendwelche anderen Ideen in ihren Kopf schlichen.

Kurz vor Feierabend bemerkte Trevor das kaputte Spirometer. Er wollte gerade im dunklen Vorratsraum eine neue Schachtel mit Wattetupfern holen, als es unter seinem Schuh knirschte. Schnell tastete er nach der Kette vom Licht und zog, bis die Glühbirne aufflammte. Der Apparat, mit dem er die Lungenkapazität maß, lag in Scherben auf der Erde.

„Schwester Ackerman, wer war heute im Vorratsraum?"

Sie wusste es nicht. Auch keine der anderen Schwestern und Hilfsschwestern. Von den Patienten hatte niemand einen Schlüssel zum Vorratsraum, also waren sie mit Sicherheit unschuldig.

Trevor ließ die gesamte Belegschaft vor dem Vorratsraum antreten. Dann sah er einen nach dem anderen an. „Unfälle können passieren", sagte er knapp. „Ich werde niemandem den Lohn kürzen, aber ich muss über solche Vorkommnisse sofort informiert werden. Wenn es nun einem Patienten auf einmal schlechter geht und ich nicht die geeignete Ausrüstung nutzen kann? Das könnte zu einer gefährlichen Situation werden. Ich möchte so etwas nicht noch einmal sehen."

Aber das war nicht das erste Mal. Auch ein teures Skalpellset war vor Kurzem verschwunden. Trevor dachte, er hätte es irgendwo verlegt und es würde schon wieder auftauchen, aber dem war nicht so. Und vergangene Woche hatte er gespürt, dass jemand in seinem Büro gewesen war. Der Stuhl stand anders und der ganze Raum fühlte sich falsch an. Natürlich konnte es der Hausmeister gewesen sein, aber ein ungutes Gefühl blieb.

Am späten Abend machte er sich daran, das Schloss an der Kliniktür auszutauschen. Das würde den Direktor des Krankenhauses erzürnen, aber Trevor bezahlte schließlich gutes Geld für diese Etage und Sicherheit war wichtig. Er hockte sich hin und versuchte zum dritten Mal, den neuen Schließzylinder hineinzufriemeln.

„Blödes Ding", murmelte er, als die Zange abrutschte und der Zylinder herunterfiel. Reflexartig zog er seine Hand zurück und steckte den blutigen Finger in den Mund. Ein Mann, der einen Blinddarm herausoperieren und den Patienten wieder zunähen konnte, sollte doch in der Lage sein, ein Schloss auszuwechseln.

Trevor sah sich um. Zwei Hilfsschwestern taten kichernd so, als hätten sie ihn nicht beobachtet. Es war peinlich, aber kein Publikum konnte ihn davon abhalten, das Schloss zu wechseln. Er war sich ziemlich sicher, dass jemand sich im Vorratsraum herumgetrieben hatte, und es war an der Zeit, dass das aufhörte.

Es dauerte länger als erwartet. Als Trevor schließlich den Südosten von Washington erreichte, war es längst dunkel geworden. Er hielt schnurstracks auf das schäbigste Viertel am Flussufer zu, wo es nach fauligem Holz roch. Unbescholtene Bürger waren um diese Uhrzeit fast keine mehr auf der Straße, dafür bevölkerten umso mehr Matrosen, zwielichtige Gestalten und Prostituierte den Kai. Trevor durchsuchte die Menge nach einer bestimmten sehnigen Gestalt.

Oskar entdeckte ihn zuerst. *„Da ist ja der verrückte Doktor."* Oskars Worte, in kehligem Deutsch ausgesprochen, übertönten zwei Frauen, die sich wegen eines weggeworfenen Seiles stritten. Trevor hielt auf Oskar zu und antwortete in derselben Sprache.

„Guten Abend, alter Freund." Oskar stank unerträglich, als hätte er in einem Fass geschlafen, in dem Fisch mariniert wurde. „Haben Sie einen Ort zum Schlafen?", fragte Trevor.

Oskar nickte. „Über der Fischfabrik. Und Sie?"

„Ein Zimmer oben im Bahnhofsgebäude."

Eine der Tragödien von Tuberkulosekranken war, dass sie oft nicht mehr arbeiten konnten und deshalb den Mietzins nicht bezahlen und sich nicht vernünftig ernähren konnten. Wenn es keine Familie gab, landeten sie auf der Straße, wo sich ihr Zustand rapide verschlechterte. Oskars Glück würde nicht mehr lange währen. Er war bald zu krank, um noch zu arbeiten, und wenn das passierte, würde er in der Gosse landen.

„Hier, das werden Sie brauchen", sagte Trevor und drückte Oskar eine Flasche seines Serums in die Hand, der es in seiner Tasche verschwinden ließ, bevor es jemand der am Kai Herumlungernden sehen konnte. Diese Transaktionen gingen niemanden etwas an und es konnte nur Ärger für Oskar bedeuten, wenn die anderen erfuhren, warum sie sich trafen.

„Haben Sie irgendjemand Neuen gesehen, von dem ich wissen sollte?", fragte Trevor.

Oskar holte die Flasche heraus und quälte mit angewidertem Gesichtsausdruck einen Schluck des Öls hinunter. „Es gibt ein neues Flittchen ein paar Straßen weiter. Lockige Haare. Schlechte Zähne."

Trevor nickte und machte sich in die Richtung auf, in die Oskar gezeigt hatte. Dabei ließ er den Blick über die Menge schweifen. Selbst im Halbdunkel war er ziemlich gut darin, diejenigen zu finden, die er suchte. Die eingefallenen und hohläugigen Gesichter. Die geisterhaft glasige Haut, bei der man die Knochen sehen konnte. Es gab Tausende Schwindsüchtige in der Stadt und die meisten hatten keinen Zufluchtsort.

Es dauerte nicht lange und er hatte die Frau gefunden. So wie sie an der Laterne lehnte, mochte es vielleicht verführerisch aussehen, aber Trevor erkannte sofort den erschöpften Ausdruck und die kränklich weiße Haut.

Als er näher kam, richtete sie sich auf und strich ihm über die Schulter.

Er legte seine Hand auf ihre. „Ich möchte nur reden."

Sie zwinkerte ihm zu und lachte. „Ah, so einer bist du." Ihr Lachen offenbarte ein erkennbares Rasseln in der Lunge. Die Kleidung war sauber, also schien sie noch einen Ort zum Schlafen zu haben.

„Haben Sie Kinder?“, fragte Trevor.

„Du liebes bisschen, nein. Ich bin doch erst achtzehn.“

Sie sah eher aus wie vierzig, aber Trevor vermutete, dass sie Mitte zwanzig war. Tuberkulose ließ einen Menschen viel zu schnell altern.

„Wenn Sie Kinder haben sollten, dürfen Sie auf keinen Fall in ihrer Nähe husten. Die Krankheit in Ihrer Lunge ist ansteckend. Schlafen Sie mit offenem Fenster.“

Die Frau stieß sich von der Laterne ab und drückte ihren Körper an ihn. „Ich habe doch gesagt, ich habe keine Kinder.“ Ihr Lachen war rau, als ihre Hände über seinen Rücken fuhren. Trevor drehte das Gesicht zur Seite und wünschte sich einen Atemschutz, aber er konnte das Vertrauen dieser Leute nicht gewinnen, wenn er sich eine Maske aufsetzte, bevor er mit ihnen redete. Er wandt sich aus den wandernden Händen der Frau und holte eine weitere Flasche Serum aus dem Mantel.

„Das hier ist Medizin, die Ihnen helfen kann. Sie schmeckt nicht besonders gut, aber dafür stillt sie ein wenig den Hunger. Ein Schluck morgens, ein Schluck abends.“

Sie beäugte die Flasche skeptisch. Das trübe, gelbliche Öl leuchtete im Licht der Gaslaterne. Diese Frau hatte keinen Grund, Fremden zu vertrauen. Was sie auf die Straße getrieben hatte, konnte Trevor nicht erahnen, aber sie war ein Mensch mit Schmerzen in der Lunge und mit wenig Freundlichkeit in ihrem Leben. Und es war nur Gottes Gnade zu verdanken, dass er nicht genau wie sie in einer derart verzweifelten Lage war. Es war seine Pflicht, ihr zu helfen.

Trevor drückte ihr die Flasche in die Hand, hielt sie einen Augenblick fest und sah ihr tief in die Augen. Er erklärte ihr, dass es keine Erfolgsgarantie gab, aber dass ihre Gesundheit sich zumindest etwas verbessern würde.

„Was kostet mich das?“

Er schüttelte den Kopf. „Ich komme in ein paar Wochen mit Nachschub. Wie heißt Ihr Kind?“

„Lukas“, gab sie zu. „Wie der heilige Lukas.“

Trevor lächelte traurig. „Dann trinken Sie das Öl und schlafen Sie mit offenem Fenster. Tun Sie es für den heiligen Lukas. Das hat er verdient.“

KAPITEL 5

Mit jeder neuen Woche mochte Kate ihre Arbeit mehr, aber als aus dem Frühling Sommer wurde, erschienen immer mehr feindselige Artikel über Trevors Klinik in den Zeitungen. Zwei sprachen davon, wie gefährlich es sei, so viele Schwindsüchtige in einem stark bevölkerten Stadtteil unterzubringen, während ein dritter Trevor unterstellte, seine Patienten um ihre Ersparnisse zu bringen.

Die Anschuldigungen machten Kate wütend. Sie war sich immer noch nicht sicher, wo genau Trevor das Geld für die Klinik hernahm, aber von den Patienten kam es bestimmt nicht. Trevor knöpfte ihnen nicht einen Penny ab und alle Patienten waren nahezu mittellos, wenn er sie in die Studie aufnahm. Es ärgerte Kate, dass in den Zeitungen auf Trevor eingedroschen wurde wie auf einen Sandsack, aber jedes Mal, wenn sie vorschlug, er solle in die Offensive gehen, sah er sie nur finster an.

„Ich habe den Rückhalt des *Surgeon General*“, blaffte er. „Kein Skandalreporter kriegt mich aus diesem Krankenhaus.“

Was gut war, weil Kate ihre Arbeit mittlerweile liebte, auch wenn Trevor ein unendlicher Quell der Verdrießlichkeit war.

Die Wochen vergingen und Kate ignorierte seinen Ratschlag, sich nicht mit den Patienten anzufreunden, immer konsequenter. Noch nie hatte sie Menschen mit derartiger Sehnsucht nach einfacher Freundlichkeit erlebt.

Eines Nachmittags war sie mit ihrer Statistik zwanzig Minuten zu spät dran, weil sie sich dazu hatte hinreißen lassen, Ethel Gordan dabei zu helfen, die Taufe ihrer Enkelin zu erleben. Ethel war zu krank, um an der Zeremonie in der Kirche teilzunehmen, aber ihre Tochter wollte unbedingt, dass Ethel ihre einzige Enkelin im Taufkleid, einem Familienerbstück, sah. Einige kräftigere Patienten hatten sich in der Sitzgruppe versammelt, allesamt mit Atemschutz, um das kleine Kind im weißen Baumwollkleidchen mit handgemachter Spitze nicht zu gefährden. Die Mutter hielt das Baby hinter dem Schwesterntresen in die Höhe und winkte mit dem kleinen Händchen den auf der anderen Seite versammelten Patienten zu.

Es war einer der bewegendsten Augenblicke, den Kate seit Jahren erlebt hatte, aber er führte dazu, dass ihr Bericht nicht rechtzeitig bei Trevor war. Trevor saß bereits hinter seinem Schreibtisch, als sie ihm hastig die Ergebnisse hinlegte.

„Warum kommt das jetzt erst?“, wollte er wissen.

Kate glitt auf ihren Stuhl. „Weil es wirklich unmöglich war, mich von diesem zauberhaften Baby zu lösen“, antwortete sie. „Kein Auge ist trocken geblieben. Wenn du gesehen hättest, wie sehr Ethel gestrahlt hat, wärst selbst du ergriffen gewesen. Als wir die Kleine in das Taufkleidchen gesteckt hatten, sah sie aus wie eine Prinzessin.“

„Kein Säugling benimmt sich wie eine Prinzessin. Ich habe den Schreihals bis hierher gehört. Und ich wäre dir dankbar, wenn du deine weiblichen Emotionen etwas mehr unter Kontrolle hättest.“ Er wandte sich wieder seiner medizinischen Fachzeitschrift zu.

„Diese weiblichen Hände werden dir gleich an die Gurgel springen, wenn du nicht aufhörst, mich zu tyrannisieren.“

Trotz Trevors Verschrobenheit machte es tatsächlich Spaß, mit ihm zu arbeiten. Die bloße Herausforderung, so viele Zahlen und Daten zu berechnen und daraus die richtigen Ergebnisse abzuleiten, machte sie allein schon zufrieden. Jeden Tag hielt sie den Atem an und hoffte, dass die Zahlen einen Rückgang oder zumindest Stillstand des Bazillus offenbarten. Ephraim Montgomerys Werte wurden immer schlechter, aber die meisten anderen Patienten schienen stabil. Hannah Wexlers Blutproben hingegen wurden sogar besser.

„Kein Wort davon zu ihr“, warnte Trevor sie. „Sie ist todkrank, und ihr von den verbesserten Blutwerten vorzuschwärmen, macht die Krankheit in ihrer Lunge nicht besser. Das bringt sie nur dazu, sich falsche Hoffnungen zu machen. Das hier ist ein Vollstreckungsaufschub, keine Heilung.“

Kate hatte sich mittlerweile an Trevors Unverblümtheit gewöhnt und ließ sich von seiner Härte nicht den Tag verderben. Er nannte seine Patienten nach wie vor nur mit Nummern und warnte Kate immer wieder davor, sich ausführlicher mit ihnen zu unterhalten.

Sie ignorierte das. Ihr war aufgefallen, dass sich etwa zehn Patienten immer vor dem Abendessen in der Sitzecke versammelten, um sich gegenseitig aus einem Roman vorzulesen. Die meisten von ihnen waren schon nach wenigen Minuten völlig außer Atem, also wurde das Buch zwischen den wenigen, die lesen konnten, herumgereicht.

„Stört es dich, wenn ich ihnen vorlese?", fragte Kate Trevor eines Tages, als dieser gerade eine Probe unterm Mikroskop begutachtete. „Ich könnte nach meiner Schicht noch ein bisschen bleiben. Das macht mir nichts aus."

„Es sind Patienten, Kate, keine Freunde."

Sie hob trotzig das Kinn. „Und deswegen täte es diesen *Patienten* gut, wenn ihnen jemand vorliest, anstatt ihre wenige Lungenkapazität noch zusätzlich zu strapazieren."

„Wie du willst."

Als sie sich am nächsten Tag zu der Gruppe gesellen wollte, hob einer der älteren Männer warnend einen Zeigefinger. „Sie dürfen hier nicht ohne Atemschutz sitzen."

Der Patient hieß Leonard Wilkes und war Matrose bei der Handelsmarine gewesen, bis seine Krankheit entdeckt und er auf einer Bermudainsel ausgesetzt worden war. Es hatte fast zwei Monate gedauert, bis sich sein Husten so sehr gebessert hatte, dass er Gesundheit vortäuschen und auf einem Schiff gen Heimat anheuern konnte. Er war dreiundvierzig, sah aber aus wie sechzig.

Kate setzte pflichtbewusst ihren Atemschutz auf und griff dann nach der zerlesenen Ausgabe von *Die Abenteuer des Tom Sawyer*. Die meisten Patienten waren auf eigenen Beinen in die Sitzecke gelaufen, aber Ephraim Montgomery musste von einer Schwester im Rollstuhl gebracht werden. Manchmal sank er mitten beim Zuhören vornüber. Beim ersten Mal sah Kate verunsichert zu Leonard hinüber.

„Soll ich ihn aufwecken?", flüsterte sie.

Leonard schüttelte den Kopf. „Das passiert. Einfach weiterlesen."

Die anderen Patienten waren derselben Meinung. Im Laufe der Zeit verstand Kate immer besser, warum sich die Patienten zum Lesen versammelten. Es war ein hartes Los, in einer Siechenstation eingepfercht zu sein, und sich mit anderen für eine Geschichte zu versammeln gab ihnen die Gelegenheit, für eine Stunde in eine von Jane Austen oder Charles Dickens erfundene Welt zu entfliehen.

Die Bücher von Mark Twain waren ebenfalls ausgesprochen beliebt bei der Gruppe.

„Meinen Sie, Mr Twain schreibt noch einen Nachfolger zu *Tom Sawyer*?“, fragte Hannah Wexler. „*Huckleberry Finn* war so gut. Es sollte wirklich noch einen geben.“

„Vielleicht sollten wir ihm einen Brief schreiben und ihn fragen, ob er einen plant“, schlug Kate vor.

„Könnten wir das wirklich machen?“

„Ich wüsste nicht, was dagegen spräche.“

Leonard Wilkes meldete sich zu Wort. „Schreiben Sie ihm, dass die Anfrage von einer Gruppe Sterbenskranker in einer Tuberkulosestation kommt. Das macht ihm Feuer unterm Hintern!“

Er lachte und Kate kicherte schuldbewusst mit. Diese Art von Galgenhumor war ihr immer sehr unangenehm. Was für ein Mensch war sie, wenn sie einfach mitlachte? Und doch war es ganz typisch für die Patienten, über ihre Krankheit zu lachen. Gestern erst hatte Leonard aus Spaß gesagt, Dr. Kendalls Serum schmecke so scheußlich, dass er noch vor der Tuberkulose wohl daran sterben werde.

„Also ist es beschlossene Sache“, sagte Kate. „Ich werde einen Brief an Mr Twain verfassen und lasse ihn dann auf der Station herumgehen, damit jeder unterschreiben kann, der will.“

Als der Brief fertig war, setzte sie ihren Atemschutz auf und brachte ihn zu jedem einzelnen Patienten. Als sie zu Ephraim Montgomerys Bett kam, ließen ihn seine totenbleiche Blässe und die tief liegenden Augen aussehen, als hätte er bereits das Zeitliche gesegnet, aber kurze, flache Atemzüge zeigten ihr, dass er nur schlief. Sie ging auf Zehenspitzen zum nächsten Patienten.

„Ich darf wohl nicht?“, röchelte Ephraim.

Kate erstarrte. „Doch, ich dachte nur, Sie schlafen.“

Ephraim mühte sich auf. Seine Hand zitterte und machte seine Unterschrift zu einem einzigen Gekrakel. „Sagen Sie ihm, er soll sich beeilen“, keuchte er und lächelte schicksalsergeben.

Vor Kates Augen verschwamm alles. Ihre Nase zwickte und sie wurde den Kloß im Hals nicht mehr los, während sie die restlichen Unterschriften einsammelte. Schnell eilte sie zurück ins Büro, griff nach einem Taschentuch und schnaubte hinein. Dabei erstickte sie einen uneleganten Schluchzer im weichen Baumwollstoff.

„Hier wird nicht geheult, Kate."

Trevor sah noch nicht einmal auf. Kate war versucht, das Taschentuch zusammenzuknüllen und nach ihm zu werfen, aber das würde nur beweisen, dass er recht damit hatte, wie viel Kraft es kostete, sich mit diesen Menschen anzufreunden. Sie faltete das Taschentuch und legte es zurück in die oberste Schublade.

„Nur etwas Heuschnupfen", sagte sie.

Glücklicherweise ließ er es dabei bewenden. Wenn sie doch nur eine bessere Christin wäre! Dann würde es ihr vielleicht nicht so schwerfallen, mit dem Tod umzugehen. Wieso glaubte sie an einen Gott der Liebe und hatte zugleich entsetzliche Angst davor, Menschen beim Sterben zuzusehen? Selbst jetzt, vier Jahre nach Nathans Tod, kämpfte sie immer noch mit Fragen und Zweifeln. Wieso musste ein gesunder, fröhlicher Mann so früh aus dem Leben gerissen werden? Sie betete, holte sich Rat ein und doch blieben die Fragen. Bisher hatte sie keine Antworten gefunden, die ihre Sorgen stillten, und die Angst, dass sie eines Tages wieder von einer solchen Tragödie von den Beinen gerissen werden würde, ließ sie nicht los.

Keine Stadt war so begierig auf den neusten Tratsch wie Washington D. C. Journalisten stürzten sich auf jedes Gerücht, das aus dem Capitol Hill drang, wie auf einen Leckerbissen. Jeder wollte der Erste sein, der die Neuigkeiten brachte. Politische Gesprächsthemen gehörten im Logierhaus zu jedem Essen dazu und dieser Morgen war keine Ausnahme. Kate las die Schlagzeilen in der Zeitung und erschrak.

Präsident Harrison droht mit der Entsendung der Marine nach Chile.

„Was?", keuchte Kate. „Wieso ist der Präsident denn auf einmal wütend auf Chile?"

„Ist er nicht", antwortete Harvey Goldstein und zerteilte sein Omelet. Harvey war Reporter für die *New York Times* und immer auf dem Laufenden. „Die Briten unterstützen die Rebellen in Chile mit Hilfsgütern. Den Gerüchten zufolge wird Präsident Harrison zurückschlagen, indem er mit seiner Flotte die Gegenseite unterstützt." Der Reporter wandte sich an Charlie. „Was sagt denn der Kongress dazu?"

Einer der Vorteile eines Lebens im Logierhaus Norton war, dass man Gerüchte aufschnappen konnte, bevor sie es in die Zeitungen schafften. Deswegen wohnten Journalisten besonders gern hier.

Charlie dachte gründlich über seine Antwort nach. „Der Präsident leckt immer noch seine Wunden wegen der Sache mit Argentinien vergangenes Jahr. Ob er sich wieder im Süden einmischt, überlegt er sich dreimal."

Die Neuigkeit genügte, um Kate den ganzen Tag ein flaues Gefühl im Magen zu geben. Die konnten Timothy doch nicht wirklich wegen irgendeines lächerlichen Zwists mit der britischen Regierung nach Südamerika schicken, oder? Schön, er war dem *Surgeon General* unterstellt, aber wenn sich die Vereinigten Staaten an irgendeiner militärischen Intervention beteiligten, konnte alles passieren. Auch dass Timothy sich auf dem Schlachtfeld wiederfand.

Es fiel ihr schwer, sich auf ihre Statistiken zu konzentrieren. Vor allem, weil Trevor nicht aufhörte, mit seinem Bleistift herumzuspielen. Er las eine Fachzeitschrift und klopfte die ganze Zeit mit dem Stift auf die Tischplatte.

„Könntest du bitte mit diesem Geklopfe aufhören?"

Das Geräusch verstummte, aber schon wenige Minuten später war er wieder dabei.

„Trevor!"

Stille kehrte ein. „Entschuldigung", sagte er trocken. „Die ganzen Kinkerlitzchen machen mich nervös."

Kate sah auf die beiden Topfpflanzen und die Spitzendeckchen auf dem Tisch. Sie machten es hier viel wohnlicher, aber Trevor hatte nur geknurrt, als er sie entdeckt hatte. „Staubfänger", hatte er gebrummt, aber er hatte sie nicht gebeten, sie wieder zu entfernen.

Kaum hatte es fünf Uhr geschlagen, hastete Kate durch die Stadt zur Kaserne und schaffte es, Timothy für ein Essen in einer Kneipe loszueisen. Sie ging sofort in die Offensive.

„Wegen der Sache mit Chile ...", setzte sie an.

Timothy unterbrach sie sofort. „Wenn sie uns einberufen, bin ich dabei."

„Aber das willst du doch nicht im Ernst!" Sie würde sich etwas einfallen lassen, irgendwelche Fäden ziehen, damit er nicht eingezogen wurde.

„Keiner will das, aber wenn es passiert, dann passiert es. Außerdem wäre es gar keine schlechte Gelegenheit, endlich mal etwas von der Welt zu sehen."

„Ja, zum Beispiel Rebellen mit englischen Gewehren und Granaten! Oder die Gelegenheit, sich mit Cholera und Malaria anzustecken. Oder wie wäre es mit einer neuen Runde Diphterie?"

„Kate, ich kann nicht mein ganzes Leben im Schatten deiner Ängste fristen. Es tut mir leid, was mit Carl und Jamie passiert ist, aber du kannst mich nicht für immer in Watte packen."

War sie so einfach zu durchschauen? Zusehen zu müssen, wie erst Carl und dann Jamie an Diphterie starben, hatte Kate jahrelang verfolgt. Es war doch nur natürlich, dass sie ihren einzig verbliebenen Bruder beschützen wollte.

Aber besonders klug war es nicht. Ihr Vater hatte sie davor gewarnt, Timothy zu erdrücken, aber sie konnte einen weiteren Verlust in ihrem Leben einfach nicht ertragen. Nathans Tod hatte ihre alte Angst, das Leben könnte jeden Augenblick vorbei sein, nur noch bestätigt.

„Denkst du manchmal an sie?", fragte Kate. „Carl und Jamie?"

Timothy hielt seine Kaffeetasse in beiden Händen. „Ich erinnere mich nicht wirklich an sie. Ich war doch erst vier."

„Ich fühle mich so hilflos", murmelte sie. „Du könntest in einen Krieg geschickt werden, der uns überhaupt nichts angeht. Und ständig erscheinen irgendwelche scheußlichen Artikel über Trevor und ich konnte bisher überhaupt nichts dazu beitragen, dass das endlich aufhört. Am liebsten würde ich das alles mit einem Mal in Ordnung bringen."

Timothy nahm einen bedächtigen Schluck. Seine Augen funkelten. „Arme Kate ... will die Welt retten und keiner lässt sie."

Sie trat ihn unter dem Tisch gegens Schienbein, aber bevor er reagieren konnte, hatte ein Fiedler in einer Ecke der Kneipe sein Instrument angesetzt und spielte eine Melodie.

Kate erstarrte. Timothy sprang auf. „Warte. Ich bitte ihn aufzuhören."

Er war fort, bevor sie etwas sagen konnte. Die ersten Jahre hatte das Geräusch einer Fiedel genügt, um in ihr ein Tränenmeer auszulösen. Die fröhliche, lebendige Musik würde sie immer an Nathan erinnern, aber die Wunde war inzwischen glücklicherweise verheilt. Das Geräusch einer Fiedel brachte nur noch bittersüße Erinnerungen zurück. Timothy beugte sich zum Spieler herüber und die Musik hörte auf.

„Er wartet, bis wir gegangen sind", sagte Timothy, als er zurückkehrte. Er sah besorgt aus. „Alles in Ordnung bei dir?"

Sie stand auf und küsste ihn aus einem Impuls heraus auf beide Wangen.

„Kate", knurrte er.

„Tut mir leid!", sagte sie und musste grinsen. Als er noch klein war, hatte sie ihm in die Wangen gezwickt und das ganze Gesicht mit Küsschen bedeckt, aber an seinem sechzehnten Geburtstag hatte sie versprochen, damit aufzuhören.

„Es tut dir überhaupt nicht leid." Er wischte sich über das Gesicht, aber sein Lächeln konnte er trotzdem nicht verbergen.

Ein Schleier aus tief hängenden Wolken machte den Morgen zu einem diesigen Grau in Grau. Ein Gewitter braute sich zusammen und das Knistern in der Luft erhöhte Trevors Anspannung auf dem Weg ins Krankenhaus noch zusätzlich, die wegen der Vorladung in seiner Manteltasche schon groß genug war.

In einer perfekten Welt würde er sich für den Rest seines Lebens nicht mehr mit einem Krankenhausdirektor herumärgern müssen. Diese Direktoren waren selten vom Fach und Frederick Lamprecht war keine Ausnahme. Er war nichts weiter als ein Bürokrat, der Trevor wegen der Kosten für Teststreifen oder die Verpflegung von Todkranken in einer Tuberkuloseklinik schikanierte. Jedes Mal, wenn Trevor sich mit ihm herumschlagen musste, vergeudete er wertvolle Zeit, die er viel besser im Kampf gegen eine Krankheit einsetzen konnte, die jedes Jahr Tausende dahinraffte.

Trevor lief durch den Verwaltungstrakt, klopfte an die Tür des Krankenhausdirektors und ging hinein, ohne auf eine Antwort zu warten. Er hatte keine Zeit für Austausch von Höflichkeiten.

„Ich komme für die Verpflegung meiner Patienten selbst auf", sagte er ohne Umschweife und knallte die Rechnungen des Kolonialwarenhändlers auf den gewaltigen Walnussschreibtisch von Mr Lamprecht. Wenn es ihm so sehr um Kosteneinsparung ging, dann sollte er doch sein antikes Schiff gegen einen einfachen Eichenschreibtisch wie den tauschen, an dem Trevor saß. Die Samtvorhänge und die Seidenbrücke hatten in einem Krankenhaus mit Einsparungszwang nichts zu suchen.

Mr Lamprecht schob die Rechnungen zurück zu Trevor. „Ich bin mir Ihrer Großzügigkeit, mit der Sie Ihre Patienten mit Fleisch und Milchprodukten versorgen, sehr wohl bewusst", sagte er. „Aber das Essen wird in der Krankenhausküche vom Krankenhauspersonal zubereitet und von Hilfsschwestern des Krankenhauses ausgeteilt. Nichts von alledem ist sonderlich günstig. Wieso können Ihre Patienten nicht dasselbe essen, was alle anderen bekommen?"

„Eine sorgfältig kontrollierte Ernährung ist Teil meiner Studie. Den Patienten geht es besser, wenn sie ihr Gewicht halten."

„Dann muss ich darauf bestehen, dass Sie sich am Mehraufwand in der Küche beteiligen. Als ich dieser Studie zugestimmt habe, wurde mir versichert, dass dem Krankenhaus in keiner Weise zusätzliche Kosten entstehen würden."

Trevor sah finster drein. Frederick Lamprecht hatte der Studie niemals „zugestimmt". Er hatte die Tuberkuloseklinik in der fünften Etage widerwillig akzeptiert, weil der *Surgeon General* darauf bestanden hatte. Das Krankenhaus wurde von der öffentlichen Hand getragen und musste den behördlichen Anweisungen Folge leisten.

Nichtsdestotrotz war der Einwand berechtigt. Trevors Anforderungen an die Ernährung seiner Patienten waren hoch und der Chefkoch war ziemlich erstaunt gewesen, als Trevor ihm den Umfang seiner Erwartungen mitteilte. Er rechnete schnell hoch.

„Ich bin bereit, die Lohnkosten für einen weiteren Koch zu übernehmen, der das Küchenpersonal unterstützt", gestand er Mr Lamprecht zu.

„Und die Hilfskräfte?"

„Vergessen Sie's. Ich sehe, wie diese Frauen jetzt schon auf den Gängen herumstehen und nichts zu tun haben." Ganze Gruppen von ihnen waren jedes Mal am Kichern, wenn er vorbeilief. Vor

Kurzem hatte eine der Hilfsschwestern angefangen, ihm kleine Zettelchen zuzustecken. Das alles war ihm peinlich und er wollte, dass das aufhörte.

„Ihre Patienten legen einen überdurchschnittlichen Verbrauch an den Tag. Unser Bedarf an Seife ist extrem gestiegen."

Trevor lehnte sich entsetzt zurück. „Seife? Sie beschweren sich allen Ernstes darüber, dass meine Patienten Seife verwenden? Was für ein Arzt wäre ich, wenn ich nicht auf Hygiene bestehen würde?"

Mr Lamprechts Augen wurden zu Schlitzen. „Das bringt mich zum nächsten Thema. Ich nehme an, dass die Artikel in verschiedenen Washingtoner Zeitungen Ihnen nicht entgangen sind. Die Wörter *Quacksalber* und *Schande* sind vor Ihrer Ankunft noch nie im Zusammenhang mit diesem Krankenhaus gefallen."

Die Spitze tat weh. Nichts griff Trevor in seiner Berufsehre mehr an als diese Artikel, aber er würde nicht seine Zeit damit verschwenden, irgendwelche Hohlköpfe zu besänftigen. „Das ist nur ein Rudel von Skandalreportern, die mit der Angst der Leser ihre Auflage steigern wollen."

„Das mag sein, aber die negative Berichterstattung schadet dem Krankenhaus und ich verlange, dass das aufhört."

„Und wie soll ich das Ihrer Meinung nach anstellen? Ich habe bereits eine Richtigstellung verlangt, aber noch ist nichts dergleichen passiert. Wenn Sie einen anderen Vorschlag haben, nur zu."

„Ich habe kein Interesse daran, die Scherben Ihres Skandals zusammenzufegen", blaffte Mr Lamprecht. „Wenn Sie Ihren Ruf nicht wahren können, dann will ich, dass Sie verschwinden. Sie können Ihre Patienten nehmen und woanders hingehen."

„Erklären Sie das mal dem *Surgeon General.*"

„Seien Sie sich Ihrer Sache mal nicht zu sicher", erwiderte Mr Lamprecht. „Kein Politiker möchte einen derartigen Skandal in den Zeitungen sehen."

„Barrow ist ein Mann der Wissenschaft. Er ist Arzt, kein Politiker."

„Da liegen Sie leider ganz falsch. Kein Mann in derart hohen Kreisen ist gegenüber politischem Kalkül immun und glauben Sie mir, er sieht diese Berichte überhaupt nicht gern. Sollte es noch einen schädlichen Artikel geben, beschwere ich mich beim *Surgeon General* persönlich. Und dann setze ich Sie auf die Straße."

Trevor griff nach den Rechnungen auf dem Schreibtisch und stürmte aus dem Büro. Es gab nicht viele Ärzte, die mit Tuberkulose in Verbindung gebracht werden wollten, weil wenig Prestige darin steckte, eine Krankheit zu heilen, die hauptsächlich die Armen und Ungebildeten befiel. Der *Surgeon General* sah das jedoch anders. Soldaten und Matrosen lebten auf engstem Raum in Kasernen unter Lebensbedingungen, die den städtischen Armenvierteln recht ähnlich waren. Er hatte ein großes Interesse daran, Trevors Arbeit zu finanzieren. Aber auch der oberste Arzt der Marine hatte offensichtlich keine unendliche Geduld.

Wegen des Termins bei der Krankenhausleitung war Trevor zu spät dran und es regnete, was die düstere Vorahnung nur noch verstärkte, die ihn schon seit Monaten immer wieder plagte.

Kate saß bereits am Schreibtisch und brütete über einer Zahlentabelle. Sie trug eine Bluse mit gestärktem Kragen, einen schmalen schwarzen Binder, der unter ihrer Weste verschwand, und ihr rotgoldenes Haar war sauber zu einem Haarknoten gebunden. Trevor seufzte unhörbar. Was gab es Attraktiveres als eine hübsche Frau, die eine knifflige mathematische Gleichung knackte?

„Guten Morgen, Kate. Wenn du noch eleganter aussehen würdest, müsste ich tatsächlich befürchten, du wolltest mir meine Stelle streitig machen."

Sie sah nicht von ihrer Arbeit auf. „Trevor, wenn du deine übersteigerte Selbstwahrnehmung nicht unter Kontrolle kriegst, lasse ich dich zurück nach Schottland bringen. Du weißt, wie die Behörden mit unerwünschten Fremdlingen umgehen."

„Deine Drohungen sind so furchterregend wie ein fauchendes Kätzchen." Er rang das Lächeln nieder, das in sein Gesicht kriechen wollte. Egal wie schlecht er sich den ganzen Morgen gefühlt hatte – er musste sich Kate nur auf drei Meter nähern, eine saftige Beleidigung von ihr kassieren, und schon ging es ihm besser.

„Visite in zehn Minuten", sagte er und schnappte sich das Stethoskop vom Schreibtisch. Er musste weiter so tun, als sei Kate nur eine Angestellte. Allmählich wurde es schwerer, das Knistern zwischen ihnen zu ignorieren, aber es half nichts. Wenn Kate seine finsteren Geheimnisse entdeckte, würde sie wahrscheinlich ohnehin das Weite suchen.

KAPITEL 6

Für Kate war Trevor der faszinierendste und zugleich frustrierendste Mann, den sie je gekannt hatte. Längst war er nicht mehr nur der düstere, verschlossene Junge von damals, aber dafür hatte er die seltsamsten Eigenheiten. Obwohl die Patienten sich schon beim Anblick des mit Knochenmark versetzten Lebertrans schüttelten, trank Trevor selbst freiwillig jeden Tag eine Portion.

„Die Patienten jammern die ganze Zeit wegen des Geschmacks", hatte er ihr erklärt. „Ich will ihnen nur beweisen, dass es gar nicht so schlimm ist." Er goss sich einen großen Schluck der gelblich trüben Flüssigkeit in ein Schnapsglas und stürzte es, ohne mit der Wimper zu zucken, hinunter.

„Ich kann das Zeug noch nicht einmal riechen", sagte Kate und schüttelte sich.

„Die Wikinger haben darauf geschworen. Sie waren der Meinung, Lebertran erhalte auf den langen Fahrten über das Meer ihre Kraft. Na komm, probier einmal."

Sie hob stolz ihr Kinn. „Ich möchte doch hoffen, dass die Wissenschaft sich seit der Zeit der Wikinger weiterentwickelt hat."

Trevor war morgens immer der Erste und abends der Letzte in der Klinik, obwohl er manchmal für mehrere Stunden mitten am Tag verschwand.

„Ich bin oben", sagte er dann immer zur Stationsschwester.

„Was macht Dr. Kendall eigentlich auf dem Dach?", wollte Kate einmal von ihr wissen.

„Das weiß niemand", erwiderte Schwester Ackerman finster. „Mit Sicherheit irgendetwas Schreckliches."

Kate hatte jedoch wenig Zeit, um sich über Trevors geheimnisvolle Aktivitäten Gedanken zu machen. Was sie viel mehr interessierte, war die ungeklärte Frage, warum er seinen Namen geändert hatte.

Jedes Mal, wenn sie ihn darauf ansprach, wich er ihr aus. Also hatte sie begonnen, im Krankenhaus herumzuschnüffeln und Hinweise zu suchen. Sie begutachtete jedes Zertifikat, jedes Abschlusszeugnis und jede Auszeichnung, die vor dem Konferenzraum hing. Trevor hatte bereits mit zweiundzwanzig das Medizinstudium an der Harvard-Universität abgeschlossen. Dann hatte er mehrere Jahre bei der Berliner Koryphäe Dr. Robert Koch gearbeitet, der auf dem Gebiet der Tuberkulose forschte. Trevor hatte auch in Paris am berühmten Pasteur-Institut gearbeitet.

Es gab jedoch zwei Jahre, in denen keinerlei Urkunden dazugekommen waren. Normalerweise hätte Kate vermutet, dass er in dieser Zeit etwas Interessantes oder Spannendes mit seinem Leben angefangen hatte, aber es ging schließlich um Trevor. Dieser Mann hatte nicht den geringsten Erholungsimpuls.

Sie fragte ihn eines Nachmittags danach, als sie ihm im Verwaltungsbüro im ersten Stock dabei half, Kostenberichte abzuheften. „Hattest du endlich mal genug von der Arbeit und hast dich an deinem Reichtum ergötzt? Hast du mit den Räuberbaronen Golf gespielt?"

Trevor fädelte unbeeindruckt seinen Ordner in den dichten Aktenschub ein. „Ja, Kate. Ich habe mit den Vanderbilts Golf gespielt. Wann sind die Prognosen für die weißen Blutkörperchen fertig?"

Die Art, wie er sie abfertigte, war typisch. Aber je mehr er ihr auswich, desto entschlossener wurde sie. „Dein Akzent ist fast gar nicht mehr zu hören. Damals, als du zu uns in die Schule kamst, konnte man dich kaum verstehen. Aus welchem Teil von Schottland stammst du eigentlich?"

„Aus dem Teil, wo sich die Menschen um ihren eigenen Kram kümmern." Die schwere Schublade ging mit einem Rums zu. Kate folgte ihm nach oben. Kurz vor ihrem Büro fing sie Schwester Ackerman ab. „Dr. Kendall, es gab wieder etwas in der Zeitung."

„Noch einen Artikel?"

Der Stationsschwester war die Sache sichtlich unangenehm. Sie trat von einem Fuß auf den anderen. „Eher ein Bild, Sir."

Trevor riss ihr die Zeitung aus der Hand. Selbst aus fast zwei Metern Abstand konnte Kate eine Zeichnung erkennen, die wie eine dieser unsäglichen politischen Karikaturen aussah. Ein schlaksiger, in Schwarz gekleideter Mann grinste fratzenhaft und winkte mit einer Spritze, während er eine Art Stepptanz auf einem Friedhof vollführte. *Doktor Tod schlägt wieder zu* stand darunter.

Kate verzog das Gesicht. Das musste sogar einen Menschen ohne Gefühle verletzen. Aber Trevors Miene war wie versteinert. Er faltete die Zeitung zusammen und klemmte sie sich unter den Arm. „Kate, kümmern Sie sich um die restlichen Akten."

„Aber ich dachte, Sie wollten die Prognosen für die weißen Blutkörperchen."

„Später." Er wandte sich ab und stakste den Flur hinunter. Nachdem Kate und Schwester Ackerman mitfühlende Blicke ausgetauscht hatten, beschloss Kate, ihm hinterherzugehen. Die Bürotür war geschlossen. Sie klopfte. „Was ist los?"

Trevor saß am Schreibtisch, die Ellbogen auf den Armlehnen, die Fäuste auf dem Tisch aufeinandergestützt. Er starrte aus dem Fenster und sagte nichts.

Wie fragte man einen Mann, warum er so verhasst war? Trevor konnte unverblümt, unfreundlich und unhöflich sein, aber diese Art der Geringschätzung ging doch über ein persönliches Missverständnis hinaus. Eine angesehene Zeitung würde solcherlei Artikel nicht abdrucken, es sei denn, etwas steckte dahinter.

Sie trat ins Büro. „Trevor?"

„Kate, wir werden jetzt nicht darüber diskutieren."

Sie zog ihren Stuhl mit schabenden Beinen über den Boden in Trevors Bürohälfte. Dann setzte sie sich neben ihn und ließ ihn wissen, dass sie nicht beabsichtigte, das Thema fallen zu lassen. „Ich denke, deine Angestellten haben ein Recht darauf zu erfahren, warum dich jemand ‚Doktor Tod' nennt und hässliche Dinge über die Klinik schreibt."

Er drehte sich ruckartig zu ihr um und sie wurde angesichts seines wutverzerrten Gesichts bleich. Schnell hob sie abwehrend beide Hände. „Ich glaube kein Wort davon, aber den Kopf in den Sand zu stecken macht das Problem nicht kleiner. Hast du mit dem Journalisten gesprochen, der die Artikel schreibt?"

„Ja. Er verrät mir nicht, wer ihm die Informationen liefert. Irgendein Nonsens, er müsse seine Quellen schützen. Wahrscheinlich sind es einfach ein paar übergeschnappte Zeitgenossen, die sich von meiner Arbeit bedroht fühlen. Das ist nicht das erste Mal, dass Ärzte, die an einer ansteckenden Krankheit forschen, verunglimpft werden. Ich habe bereits einen Widerruf der *Washington Post* verlangt."

„Verlangt?“ Das klang nach Trevor. Funktioniert hatte es offensichtlich nicht. Die heutige Karikatur war der beste Beweis dafür. „Mit wem hast du denn gesprochen?“

„Mit dem Angestellten am Empfang. Er meinte, der Redakteur sei gerade nicht zu sprechen.“

„Nicht zu sprechen für wütende Leser, die hereinstürmen und Richtigstellungen verlangen? Es gibt bessere Arten, das anzugehen.“

„Und was würde die furchtlose Katherine Livingston empfehlen?“

Kate ignorierte den sarkastischen Unterton, kaute auf ihrem Daumennagel und überlegte. Man musste vorsichtig vorgehen. Sie kannte zwar niemanden bei der *Post*, aber einige Leute in hohen Positionen. Das war einer der Vorteile davon, jahraus, jahrein im Logierhaus das Essen zu servieren.

„Honig fängt mehr Fliegen als Essig und du scheinst literweise Essig zu trinken“, sagte sie. „Es würde dich sicher nicht umbringen, hin und wieder einmal zu lächeln. Oder die richtigen Leute kennenzulernen.“

Trevor starrte sie an und die Stimmung wurde noch eisiger. „Menschen, die sich über sogenannte ‚Freunde‘ nach oben schleimen, haben mich noch nie sonderlich beeindruckt.“

Dieser Satz erklärte so einiges und Kate musste mit sich kämpfen, um freundlich zu bleiben. „Du verlangst von den Menschen in Washington, eine Klinik zu unterstützen, die mitten in ihrer Nachbarschaft eine schreckliche, ansteckende Krankheit behandelt. Dafür brauchst du Freundschaften und Verbündete und ich kann dir dabei helfen. Komm zum Abendessen ins Logierhaus. Meine Eltern haben viele wichtige Menschen zu Gast, die an den unterschiedlichsten Orten in dieser Stadt arbeiten. Kongressabgeordnete, Diplomaten, Handelsfunktionäre. Wenn ich mir viel Mühe gebe, kann ich meine Mutter vielleicht davon überzeugen, einen unfreundlichen Arzt zu bedienen, dem es viel Freude zu bereiten scheint, Menschen vor den Kopf zu stoßen.“

Er verschränkte die Arme, senkte das Kinn und starrte sie weiter an. Seine Kiefermuskeln arbeiteten, aber er widersprach ihr nicht. Wenn es hier nur um Trevor ginge, würde sie ihre Mutter vor seiner Gegenwart bewahren, aber auf diesem Flur lagen zweiunddreißig Patienten, die ihn brauchten. Diese Leute brauchten jemanden, der für sie kämpfte, und sie musste Trevor unterstützen, damit er diese Rolle einnahm, bevor sein Ruf gänzlich ruiniert war.

Kate erhöhte den Druck. „Meine Mutter ist die beste Köchin von ganz Washington. Sie macht einen Rindfleischtopf, der so zart ist, dass er im Mund schmilzt. Der Duft erfüllt die ganze Nachbarschaft und manche würden ihr erstgeborenes Kind verkaufen, um einen Platz am Tisch zu ergattern."

„Und du glaubst, solche Leute werden meinen Ruf verbessern?"

Sie wollte ihn am liebsten ohrfeigen, aber diese Diskussion war zu wichtig, um sie auf diese Art zu verlieren. „Das Abendessen wird um Punkt sechs Uhr serviert. Komm zum Logierhaus Norton in die H-Street und sei zur Abwechslung mal nett. Verlange nicht gleich den Kopf des Redakteurs auf einem Silbertablett. Es ist wichtig, erst Freundschaften zu knüpfen, bevor du Gefallen einforderst."

„Hört sich an wie eine kolossale Zeitverschwendung."

„Sechs Uhr. Pünktlich. Heute Abend."

Trevor schüttelte den Kopf. „Das wird nichts. Ich assistiere heute Nachmittag Dr. Flynn bei einer Lungenoperation. Vor sieben schaffe ich es nicht."

Kate kehrte zu ihrem Schreibtisch zurück und öffnete die Akte mit den Hämoglobinstatistiken. „Nimm die grüne Pferdebahn zur H-Street. Dann bist du eben zu spät, wenn es unbedingt sein muss, aber du wirst heute Abend dort erscheinen."

KAPITEL 7

Trevor griff nach dem ledernen Halteriemen, als die Straßenbahn in die H-Street abbog. Um diese Zeit war die Bahn fast leer, doch Trevor stand lieber, wenn er nervös war. Die Operation hatte länger gedauert als geplant, aber dem Patienten ging es gut. Trevor liebte die intellektuelle Herausforderung einer Operation. Das war so viel einfacher als das ziellose Geplauder, das Kate von ihm heute erwartete.

Aber sie hatte recht. Er brauchte Verbündete, weil die Situation viel schlimmer war, als Kate vermutete. Zusätzlich zu den Verrissen in den Zeitungen bekam er neuerdings Drohbriefe an seine private Adresse. Die Zeitungsartikel waren harmlos im Gegensatz dazu. Und die anonymen Briefe stammten von jemandem, der viel über seine persönliche Geschichte wusste. Es steckten zu viele Details darin, als dass es sich um einen Zufall handeln konnte. Wer auch immer hinter der Schmutzkampagne steckte, wurde vom Hass auf ihn persönlich angetrieben. Irgendjemand wollte ihn in den Ruin treiben.

Trevor festigte seinen Griff um den Riemen. Die Medizin war das Einzige, was er hatte. Er hatte ihr sein Leben verschrieben und seinen Kopf mit jedem Schnipsel medizinischen Wissens vollgestopft, dessen er habhaft werden konnte. Er hatte sein eigenes Leben dabei aufs Spiel gesetzt, um den Drachen namens Tuberkulose zu finden, zu stellen und wenn möglich niederzustrecken.

Als die Bahn zum Halten kam, sprang er ab und fragte sich, wie lange Kate von ihm erwartete, heute Abend den zuvorkommenden Arzt zu spielen. Er kam gerade aus einer dreistündigen Operation, nach seinem langen Tag in der Klinik, und er wollte eigentlich nur noch in sein Bett fallen und schlafen.

Kate wohnte in einer sauberen Straße, gesäumt von Häusern aus weißem Granit und Bäumen entlang der Bürgersteige. Elegante, schwarze Laternen waren bereits angezündet und tauchten die Straße in ein warmes Licht. Das Logierhaus Norton war ein vierstöckiges Haus mit Erkerfenstern. Im Erdgeschoss brannte Licht und durch die Eingangstür konnte man eine lebendige Unterhaltung vernehmen.

Sollte er klopfen? Trevor pochte an die Tür, aber als niemand antwortete, öffnete er selbst und trat ein.

Der Duft von Braten und heißem Apfeltee umfing ihn. Er folgte den ausgelassenen Stimmen in einen Speisesaal, der voller Menschen war. Einige Herren saßen in einer Ecke und waren in ein ernstes Gespräch vertieft. Andere saßen am Tisch und verspeisten riesige Apfelkuchenstücke, während ein Mann mit starkem russischem Akzent die Krönung des russischen Zaren beschrieb. Von Kate fehlte jede Spur.

Trevor stand unbeholfen im Eingang des Speisesaals. Es war sehr warm und er wusste nicht, was er mit seinen Händen machen sollte. Es war ein Fehler gewesen hierherzukommen.

Eine hübsche junge Frau mit blonden Haaren entdeckte ihn. „Sie müssen Dr. Kendall sein!"

Alle Gespräche verstummten und zwanzig Köpfe drehten sich zu ihm um. Die junge Frau schlängelte sich um den Tisch herum und streckte beide Hände aus. „Kate ist noch in der Küche, aber sie hat mir gesagt, ich soll nach Ihnen Ausschau halten. Ich bin Irene Bauman." Sie deutete mit dem Kopf auf einen der Männer in der Ecke. „Der Herr mit dem weißen Bart ist mein Vater. Er ist Richter am Obersten Gerichtshof."

Was sollte er darauf erwidern? Er räusperte sich und trat von einem Bein aufs andere. „Wie schön." Vielleicht sollte er dem Richter sagen, dass sie bessere Gesetze brauchten, um bösartige Reporter an die Leine zu nehmen?

Die junge Frau zog ihn am Ärmel in Richtung Tisch. „Wir haben extra einen Platz für Sie frei gehalten. Das ist Tom Wilkerson; er arbeitet im Patentamt. Und Charlie Davies, Kongressabgeordneter aus Pennsylvania. Und das ist Harvey Goldstein; er ist Journalist bei der *New York Times*." Die Formalitäten zogen sich hin, bis Irene ihm mindestens ein Dutzend Herren vorgestellt hatte, die sich in seinem Kopf schon wieder vermengten.

„Du bist gekommen!"

Endlich trat Kate in Erscheinung und Erleichterung machte

sich in Trevor breit. Sie trug zwei Teekannen und trat durch die Schwingtür, die hinter ihr zurückklappte. Sie gab die Teekannen an eine Dienstmagd weiter und eilte um den Tisch, um ihn zu begrüßen.

„Ich dachte schon, du schaffst es nicht mehr."

„Die Operation dauerte länger als erwartet. Eine Resektion des oberen Lungenflügels. Sehr kompliziert."

Kate schien tatsächlich froh zu sein, ihn zu sehen. Sie führte ihn zu einem freien Stuhl und bat die hübsche junge Frau, ihm etwas Luft zum Atmen zu lassen. Dann holte sie ihm eine Schüssel mit Rindfleischtopf, was gut war, weil er fast umfiel vor Hunger. Ihm lief das Wasser im Mund zusammen. Der erste Löffel war eine Geschmacksexplosion – geschmortes Rindfleisch in einer Brühe, süß und scharf zugleich.

Alle anderen waren bereits fertig und plauderten wild durcheinander. Trevor war froh, in Ruhe essen zu können und bis auf ein gelegentliches Nicken vom Gespräch befreit zu sein. Es fiel ihm immer so schwer, sich Dinge aus den Fingern zu saugen, über die er mit Fremden reden konnte, aber Kate dabei zuzuhören war ein Vergnügen. So, wie sie mit der um den Tisch gedrängten Meute schäkerte und herumstritt, kam nie peinliche Stille auf. Der Mann aus Russland beschwerte sich, dass der neu installierte Boiler ein Reinfall sei.

„Er funktioniert einwandfrei", erwiderte Kate. „Mein Vater hat ein Vermögen in die Rohre investiert, aber das heiße Wasser reicht nur für fünfzehn Minuten. Und so soll es auch sein."

Der Russe war nicht zufrieden, bis Kate ihn irgendwann wegschleppte, um ihm den Heißwasserspeicher zu zeigen. Sofort schlüpfte die blonde junge Frau auf den freien Stuhl neben Trevor.

„Ich finde es ja so aufregend, dass Sie Arzt sind", hauchte sie. „Der Arzt, zu dem wir immer gehen, ist mit Sicherheit schon neunzig Jahre alt und ein richtiger Kauz. Sie sind bestimmt viel schlauer."

Trevor wollte erwidern, dass viele der schlausten Menschen alte Männer waren und junge Frauen mit glitzernden Haarschleifen das wohl nicht begreifen konnten, aber Kate würde das wahrscheinlich für unhöflich halten, also hielt er sich zurück.

„Meine Hände sind immer kalt", sagte die Blonde mit ihrer hauchigen Stimme. „Ist das normal?“ Sie berührte ihn mit einem eisigen Finger am Handgelenk und strich dann über seinen Handrücken.

Trevor räusperte sich und zog den Arm weg. „Kalte Hände sind im Normalfall kein Grund zur Besorgnis.“

„Aber ich habe auch kalte Füße.“ Seide raschelte, als das Mädchen auf ihrem Stuhl hin und her rutschte. Irgendetwas berührte sein Bein und dann spürte er ganz deutlich kalte Zehen, die unter seine Hosennaht krochen.

„Sehen Sie? Ist das normal?“

An diesem Mädchen war überhaupt nichts normal. Trevor rutschte bis zur gegenüberliegenden Stuhlkante, aber weiter zurückweichen konnte er nicht. Es war schon schlimm genug, wenn ihm die Schwestern ständig im Krankenhaus nachliefen, aber dieses junge Ding belästigte ihn, während ihr Vater keine fünf Meter entfernt war! Er warf einen verzweifelten Blick auf den Mann in der Ecke, der noch immer in die politische Debatte vertieft war, und fragte sich, wie er sich die Richterstochter vom Leib halten konnte.

Die Schwungtür ging auf und eine Wirtin mit leicht verblassten rotbraunen Haaren und einem Auftreten wie Attila der Hunnenkönig trat an den Kopf der Tafel. Kates Mutter?

„Letzte Gelegenheit“, bellte sie. „Danach wird die Küche geschlossen. Und wen ich dann dort erwische, wird einen Kopf kürzer gemacht. Wer will noch was zu essen?“

Jetzt wusste er, wo Kate ihre herrische Art herhatte. Der Kongressabgeordnete meldete sich und bat höflich um einen Nachschlag. Ein paar Männer wollten noch einen Tee. Mrs Norton nickte und blieb plötzlich mit ihrem Blick an ihm hängen.

„Sie! Ich bringe Ihnen ein Stück Apfelkuchen. Sie können wohl kaum operieren, wenn Sie aussehen wie eine Bohnenstange. Und dann wird geredet! Irene, Finger weg von Dr. Kendall, bevor du wegen unsittlichem Verhalten eingesperrt wirst.“

Mrs Norton marschierte zurück in die Küche. Allmählich löste sich die Runde auf. Irene verzog sich schmollend ans andere Tischende, aber als es zunehmend stiller wurde, zeigte sich auf einmal der Abgeordnete aus Pennsylvania gesprächsinteressiert.

„Kate hat mir erzählt, dass Sie als Kind bei Senator Campbell gewohnt haben.“

Trevor erstarrte innerlich und spielte nervös mit seiner Gabel herum. „Das ist richtig."

„Ich habe Senator Campbell während meiner ersten Amtszeit im Kongress kennengelernt. Wir waren zusammen im Ausschuss für die Versorgung der Kriegsveteranen. Campbell hatte stets ein großes Herz für die Verwundeten."

Trevor nickte und überlegte fieberhaft, wie er das Gespräch auf ein anderes Thema lenken konnte. Senator Campbell hatte ein großes Herz, aber nur für seine Rennpferde. Sie waren ihm wichtiger als Frau und Kinder. Für das schottische Streunerkind, das ihm aufgedrängt worden war, hatte er erst recht nichts übrig gehabt.

Glücklicherweise erschien Mrs Norton mit dem Essen. Der Apfelkuchen sah hervorragend aus, aber ihm war der Appetit vergangen. Kate kehrte ohne den russischen Diplomaten zurück.

„Ich habe jetzt zehn Minuten versucht, Mr Zomohkov die Gesetze der Physik zu erklären. Er will einfach nicht glauben, dass man sich auch bei modernen Sanitäreinrichtungen an die Grenzen der Wärmeübertragung halten muss. Er möchte unbegrenzt heißes Wasser haben."

Mrs Norton setzte sich Trevor gegenüber und goss sich eine Tasse Tee ein. „Mein Mann nimmt ein Darlehen über dreitausend Dollar auf, um dieses Haus mit Warmwasser zu versorgen, und das ist der Dank."

„Ihre treu ergebenen Stammgäste werden Ihnen auf ewig dafür dankbar sein", sagte Charlie Davis. „Zurück zu Senator Campbell. Wie war es, bei ihm aufzuwachsen? Das Herrenhaus am Lafayette Square muss ein ziemlicher Schauplatz gewesen sein."

Mrs Nortons Blicke hinter dem Tassenrand durchbohrten Trevor und sogar Kate ließ ihre Gabel sinken und wartete gespannt auf seine Antwort.

„Ja, es war ein schönes Zuhause." Das war auch kein Wunder angesichts der horrenden Summe, die sein Vater Senator Campbell gegeben hatte, damit er sich des unerwünschten Kindes entledigen konnte.

„Er war Ihr Vormund, richtig?", wollte Mr Davis wissen. „Ich vermute, Sie konnten das politische Theater dieser Stadt aus nächster Nähe erleben."

Trevor hatte den Senator höchstens ein- bis zweimal pro Monat zu Gesicht bekommen, womit beide Seiten zufrieden waren. Mrs Kendall war diejenige gewesen, die ihn aufgezogen und ihm beigebracht hatte, was man zum Überleben in dieser Welt brauchte.

Er spießte den Apfelkuchen mit der Gabel auf, trennte ein Stück ab und kostete. Bei seinem Appetit hätte es auch Sägemehl sein können. „Schmeckt ganz hervorragend."

Kate setzte eine freundliche Miene auf und räusperte sich. „Trevor ... Dr. Kendall betreibt eine überaus interessante Forschung. Ich bin mir sicher, er könnte noch viel mehr bewirken, wenn er nur ein paar mehr Leute in der Stadt kennen würde", sagte sie und trat ihn unterm Tisch gegen das Schienbein. „Warum erzählst du uns nicht von deiner innovativen Herangehensweise, um ein Heilmittel gegen Tuberkulose zu finden?"

Glaubte sie wirklich, dass dieses alberne Geplauder ein effektives Mittel gegen die Hetzartikel der *Washington Post* war? Oder dass er auf diese Weise herausfinden konnte, wer ihm die widerlichen Drohbriefe schrieb?

„Ich kann mir nicht vorstellen, dass hier jemand über Tuberkulose reden will", wich er aus. „Nicht beim Essen." Das Gespräch war abgewürgt. Sogar er wusste, dass Löcher in der Lunge oder infizierte Blutkörperchen nicht gerade taugliche Gesprächsthemen für ein Dinner waren.

„Und warum haben Sie Ihren Namen geändert?", fragte Mrs Norton unverblümt. „McDonough ist doch ein trefflicher Name und es erscheint seltsam, dass Sie ihn nicht behalten haben. Oder nicht?"

Ein Stück Apfelkuchen klemmte plötzlich in Trevors Rachen und er griff nach seinem Glas, um es hinunterzuspülen. Dazu gab er sich Mühe, einen neutralen Gesichtsausdruck zu bewahren. Niemand sollte wissen, wie nervös ihn diese Frage machte. „Ich habe ihn geändert, als ich aufs College ging", sagte er kurz und bündig.

„Ja, aber warum?"

Die blonde Nervensäge beugte sich vor. „Sie haben Ihren Namen geändert? Wie aufregend! Ich wette, es gibt einen ganz und gar romantischen Grund dafür. Sie müssen es uns sagen!"

Es war heiß im Speisesaal und alle Augen waren auf ihn gerichtet. Warum glaubten all diese fremden Leute, in seinem Privatleben herumschnüffeln zu dürfen? Trevor legte die Gabel hin, schob den Stuhl zurück und stand auf.

„Vielen Dank für das Essen.“ Damit verließ er den Saal, ohne sich noch einmal umzudrehen.

KAPITEL 8

Kate ging am nächsten Morgen zur Arbeit und machte sich auf einen Streit gefasst. Dass Trevor ihr gegenüber unhöflich war, war eine Sache; aber gegenüber ihrer Mutter oder den anderen im Logierhaus würde sie sein Verhalten ganz bestimmt nicht tolerieren. Er hatte sie vor allen anderen in fürchterliche Verlegenheit gebracht. Sie hatte noch versucht, ihn in Schutz zu nehmen wegen der schrecklichen Anschuldigungen in den Zeitungen, aber ihre Mutter war unbeeindruckt geblieben.

„Ich kann ihm nicht verzeihen, dass er dir das Stipendium aus den Händen gerissen hat. Der Mann ist kalt wie ein Fisch. So war er schon immer und so wird er auch immer bleiben."

Kate stieg am Krankenhaus aus der Pferdebahn und sah, wie Trevor mit einer säuerlichen Miene versuchte, sich der Hündin auf den Stufen zu erwehren, die ihn mit wedelndem Schwanz immer wieder anstupste.

„Guten Morgen. Ich sehe, du machst dir noch mehr Freunde?"

Die Falten um seinen Mund wurden noch tiefer. „Kate, lass mich in Ruhe. Das gilt auch für deine Mutter. Sie war gestern Abend sehr unhöflich."

„Sie hat dir eine ganz normale Frage gestellt! Genau wie Charlie Davis. Du hast ihnen ja geradezu den Kopf abgerissen! Das Ganze war eigentlich dazu gedacht, dass du für ein wenig gute Stimmung sorgst, um Menschen in hohen Kreisen auf deiner Seite zu haben."

„Sie waren nicht auf meiner Seite; sie sind mir auf die Pelle gerückt und haben in meinem Privatleben herumgeschnüffelt. Dieser blonde Wildfang hat sich mit ihren eiskalten Zehen unter mein Hosenbein vorgearbeitet."

„Ich kann mir kaum vorstellen, dass jemand noch kälter ist als du."

Das Gezanke setzte sich im Treppenhaus fort, bis sie in der Klinik angekommen waren. Als Trevor die Tür aufstieß, sprang die Stationsschwester erschrocken auf.

„Sie haben Besuch, Sir. Mr Tobias Jones, einer der Stadtväter."

Kate folgte Schwester Ackermans Blick zu einem Mann mit Stiernacken, der in der Sitzecke saß. Ihr Mund wurde trocken. Das war nicht gut. Washington, der District of Columbia, war anders als andere Städte. Er unterstand zwar der Regierung, aber weil der US-Kongress wenig Interesse an städtischen Angelegenheiten hatte, lag die wahre Macht in den Händen einer dreiköpfigen Kommission. Tobias Jones war ihr Direktor und er und die anderen beiden Beamten regierten die Stadt wie Monarchen.

Und Trevor war die Katastrophe in Person, wenn es darum ging, mit Menschen umzugehen. Sollte Mr Jones wegen der Zeitungsartikel hier sein, würde Trevor unwirsch und defensiv reagieren. So redete man nicht mit einem mächtigen Politiker.

„Dr. Kendall?", fragte Jones. Er hatte einen Stapel Zeitungen in der Hand. Die oberste war so gefaltet, dass die groteske Karikatur des auf dem Friedhof tanzenden Trevor zuoberst lag.

„Ja, ich bin Dr. Kendall."

„Ich möchte mit Ihnen über einige Zeitungsartikel in der *Washington Post* sprechen. Die Menschen dieser Stadt haben nachvollziehbare Bedenken bezüglich dessen, was in dieser Klinik vor sich geht."

„Das ist lächerlich", blaffte Trevor. „Genau wie der Unsinn, der in den Zeitungen erscheint. Die Bürger dieser Stadt können sich nicht an Patienten mit Tuberkulose anstecken, die friedlich im fünften Stock eines Krankenhauses liegen. Jeder Reporter, der das nicht begreift, ist Papier und Tinte nicht wert."

Mr Jones sog geräuschvoll die Luft ein und sein Brustkorb wuchs an wie der eines wütenden Stiers, der sich zum Angriff bereit macht. Trevor brauchte dringend Rettung.

„Louis Pasteurs Theorien zu Milzbrand sorgten anfangs auch für große Verunsicherung", sagte Kate und trat vor. „Ich schätze, es ist ganz normal, dass die Menschen fürchten, was sie nicht kennen."

„Das passiert hier, meinen Sie?" Mr Jones musterte sie mit zusammengekniffenen Augen. „Nur ein paar paranoide Journalisten, die Angst verbreiten wollen?"

Jetzt war Fingerspitzengefühl gefragt und Kate versuchte sich krampfhaft an alles zu erinnern, was Charlie Davis ihr je darüber beigebracht hatte, wie man die Gunst von Politikern gewinnen konnte. Am Wichtigsten war ein wenig Lobhudelei, unterlegt mit Fakten.

„Einst lebten die Menschen in großer Angst vor Pocken, bevor eine Impfung entwickelt und für wirksam erklärt wurde“, fuhr sie fort. „Es wäre nicht so weit gekommen, hätte es nicht eine Handvoll mutiger Ärzte gegeben, die sich den Demonstranten und Aufrührern entgegenstellten, die sie aus dem Land jagen wollten.“ Sie legte Mr Jones eine Hand auf den Arm und fügte mit verschwörerischer Stimme hinzu: „Wussten Sie, dass Benjamin Franklin maßgeblich daran beteiligt war, die öffentliche Meinung darüber zu ändern? Als er einmal vom Wert der Pockenimpfung überzeugt war, veröffentlichte er eine große Anzahl unterstützender Artikel. Ich glaube ja, das ist einer der Gründe, warum die Menschen Franklin heute noch so lieben. Er war ein fortschrittlich denkender Mann, ein Politiker, der keine Angst hatte, sich für das Gute einzusetzen.“

„In der Tat“, erwiderte Mr Jones und klang schon etwas weniger aufgebracht.

„Dürfen wir Sie vielleicht durch die Klinik führen?“, fragte Kate. „Ich bin so froh, dass wir gerade einigen der Ärmsten dieser Stadt eine Behandlung anbieten können, ganz ohne Bezahlung dank Dr. Kendall. Ich würde Ihnen gern die Station zeigen und vielleicht sogar einige der Patienten vorstellen.“ Niemand konnte die ausgemergelten Körper der Tuberkulosekranken im letzten Stadium sehen und kein Mitgefühl entwickeln.

Mr Jones zögerte. Wer würde das nicht nach dem Sperrfeuer von Artikeln, die die Ängste über die Ansteckungsgefahr schürten? Da platzte die Tür auf und die Morgenbrigade der Hilfsschwestern mit den Frühstückswagen rollte an. Kate eilte zum nächsten Wagen und hob einen Deckel. Der Duft von gebratenem Schinken, Käseomelette und warmen Preiselbeermuffins erfüllte die Luft.

„Möchten Sie etwas essen?“, fragte sie. „Wir lassen die Patienten hier speisen wie die Könige, aber es bleibt auch immer etwas für die Mitarbeiter übrig. Darf ich Ihnen etwas anbieten?“

„Danke, aber ich habe schon gefrühstückt“, antwortete Mr Jones.

Kate legte den Deckel wieder auf das Tablett. Die drei jungen Hilfsschwestern trugen ihre blassrosafarbene Uniform, weiße

Schürzen und Hauben. Kate stand neben der Kleinsten von ihnen, ein ganz und gar zierliches Ding, das ihr kaum bis an die Schulter reichte.

„Die junge Frau ist Jenny Bell“, erklärte sie. „Das ist ihre erste Anstellung und sie macht sich wirklich gut. Wie alt bist du, Jenny?“

„Siebzehn, Ma'am.“

„Siebzehn und schon so eine verantwortungsvolle Arbeit! Ihre Eltern bewundern sie, weil sie gleich morgens immer so gut gelaunt ist.“

Jenny wurde rot. „Danke, Ma'am.“ Sie legte ihren Atemschutz an und schob den Wagen den Flur hinunter.

Kate zog eine unbenutzte Maske hervor und hielt sie Tobias Jones hin. „Möchten Sie vielleicht ein paar Patienten kennenlernen? Das ist ein sehr guter Zeitpunkt, weil sie wegen des Frühstücks alle wach sind.“

Trevors Augen funkelten vor Belustigung. Er hatte Kates Trick offensichtlich verstanden. Wenn drei minderjährige Mädchen keine Angst hatten, sich den Kranken zu nähern – was wäre Mr Jones für ein Mann, wenn er jetzt einen Rückzieher machte?

Mr Jones nahm den Atemschutz und folgte Kate auf die Station. Glücklicherweise überließ Trevor ihr die Führung. Sie stellte eine Handvoll Patienten vor, scherzte herum und kommentierte die neusten politischen Gerüchte. Es war deutlich zu sehen, dass die Patienten Kate mochten, gutes Essen bekamen und sauber und komfortabel untergebracht waren. Keine Spur von hilflosen Opfern in den Fängen eines Quacksalbers.

„Ich kann verstehen, dass die Presse mitunter gern etwas Panik verbreitet“, sagte Mr Jones, bevor er ging. „Aber das heißt nicht, dass ich ein Auge zudrücke, wenn Sie die Auflagen nicht erfüllen. Wir sind hier nicht im Himalaya.“

Kate drehte sich fragend zu Trevor um, kaum dass der Oberbeamte die Tür hinter sich geschlossen hatte. „Der Himalaya?“

„Was weiß ich“, sagte Trevor und stapfte davon, aber sein verärgerter Blick war nicht zu übersehen.

Der Himalaya gehörte wohl mit zu Trevors Eigenheiten.

Es ließ ihr keine Ruhe.

Kate hatte den Auszeichnungen und Abschlusszeugnissen entnommen, dass Trevor in Europa weit herumgekommen war, aber der Himalaya? Lag der nicht in Indien? Das Himalayagebirge rief in ihr Bilder von rauen Bergsteigern und windumtosten Pässen herauf und nicht vom mäkeligen Dr. Kendall, der sich vor und nach jedem Essen die Hände wusch.

Als sie ihn darauf ansprach, wimmelte er sie wie üblich ab. „Ich habe immer am Volk der Inder bewundert, dass sie anderen ihre Privatsphäre lassen. Das gibt es so selten auf dieser Welt."

Egal, wie sie es auch anstellte – aus Trevor war nichts herauszuholen. Das spornte Kate aber nur noch mehr an. Ihre nächste Möglichkeit kam, als eines Morgens eine Schwester von unten in die Klinik gestürmt kam.

„Dr. Kendall, bitte zum OP! Ein Bahnarbeiter ist dem Kranhaken zu nahe gekommen und er hat ihm den Bauch aufgerissen. Dr. Flynn braucht eine Assistenz. Dr. Kendall, bitte zum OP!"

Trevor hatte es gehört und warf sich schon den Arztkittel über.

Kates Knie wurden weich. Sie konnte sich nicht vorstellen, wie es sein musste, einen Menschen an einer offenen Wunde operieren zu müssen, aber Trevor folgte der Schwester unbeeindruckt aus der Klinik. Vielleicht hatte es sein Gutes, dass er so gefühlskalt war. Wenn irgendjemand unter solchen Umständen eine ruhige Hand hatte, dann ein Mensch ohne Herz.

Kate hatte wenig zu tun, bis Trevor die Patienten untersucht und sie mit neuen Werten versorgt hatte. Das gab ihr die perfekte Gelegenheit, ein wenig in seinem Privatleben herumzustöbern. Kate sah sich um. Zwei Patienten spielten Dame, eine Frau las. Sie waren weit genug entfernt, um ungestört flüstern zu können. Kate nahm einen Stuhl und setzte sich an den Schwesterntresen. Es war an der Zeit, Schwester Ackermans Wissen anzuzapfen.

„Wissen Sie, warum Dr. Kendall in Indien war?"

„Nein. Ich wusste gar nicht, dass er dort war."

Kate versuchte, sich die Enttäuschung nicht anmerken zu lassen. Es gab so viel Rätselhaftes an Trevor. „Hat er eigentlich Familie? Irgendwelche Freunde?"

„Nicht dass ich wüsste. Wir müssen ihm die ganzen jungen Dinger bald mit Stöcken vom Leib halten, aber er zeigt nie auch nur das geringste Interesse an ihnen."

Das war doch seltsam. Trevor war ein gut aussehender Mann und soweit sie wusste, war er nie verheiratet gewesen oder hatte eine Frau umworben. Es bestürzte sie, aber Kate musste zugeben, dass er sogar sehr attraktiv war. Wenn sie ihn nicht so gut kennen würde, könnte sie sogar eine von denen sein, die um ihn herumscharwenzelten.

Er war das komplette Gegenteil von Nathan. Ihr Mann war immer fröhlich gewesen und hatte mit allen Frauen geschäkert, aber vor allem mit ihr. Was auch immer er gefühlt hatte, hatte man ihm an der Nasenspitze ansehen können.

Trevor war anders. Nüchtern, scheu. Kate fragte sich, wie es hinter seiner harten Schale wohl aussehen mochte. Er war nicht gefühllos. Oh nein! Sie hatte immer wieder kurze Blicke auf eine gewaltige Leidenschaft erhascht. Aber er versuchte, sie stets verschlossen zu halten. Wie unter einem Deckel. Wie es wohl sein mochte, diese Schale zu durchbrechen?

Kate schüttelte den Gedanken ab. Sie träumte von *Trevor!* Sie sollte sich schämen, so etwas auch nur zu denken.

„Wo wohnt er eigentlich?", fragte sie die Stationsschwester. Das musste Schwester Ackerman wissen, weil sie ihn in Notfällen erreichen musste.

„Er hat ein Zimmer über dem Bahnhof. Wir haben ihm gesagt, dass das ein fürchterlicher Ort ist, weil das Getöse der Züge nie aufhört, aber er meinte, es sei angemessen und der Mietzins günstig. Dr. Flynn hat ihm beim Umzug geholfen und meinte, Dr. Kendall lebe wie ein Mönch."

Wenn Trevor steinreich war, warum knauserte er dann so?

Die OP dauerte sicher noch Stunden, was bedeutete, dass sie das Büro für sich hatte. Kate setzte sich an ihren Schreibtisch. Dann nahm sie einen Zettel und listete alle Daten und Aufenthaltsorte von Trevor auf, von denen sie wusste. Sie fing mit Harvard an, ging seine Zeit in Deutschland und Paris durch und schließlich die Forschungsstudien in Baltimore und Philadelphia.

Wo war er 1887 und 1888 gewesen? Es gab keinerlei Zeitungsausschnitte, Auszeichnungen oder Abschlusszeugnisse. Sich völlig aus der medizinischen Forschung zurückzuziehen, sah ihm gar nicht ähnlich.

Ihr Blick wanderte zu den Aktenschränken an der Wand. Sie nutzte nur die letzte Reihe für die Patientenstatistiken. Die meisten waren mit Trevors Forschungsakten belegt. Sie hatte eigentlich kein Recht, darin herumzustochern, aber die Versuchung war groß. Eigentlich wollte sie ja nur sehen, ob es für die fehlenden zwei Jahre irgendwelche Akten gab.

Die Schubladen waren chronologisch geordnet, aber für 1887 und 1888 gab es keine einzige Akte. Die Reihe, die Trevors Schreibtisch am nächsten war, hatte oben ein silbern glänzendes Schloss. Alle Schubladen darunter waren versperrt. Kate zog an jeder einmal, um sich zu vergewissern. In diesen Schubladen steckten garantiert Informationen über die zwei fehlenden Jahre. Darauf würde sie ihr letztes Hemd verwetten.

Unten vor dem Konferenzraum hingen noch mehr Zertifikate. Kate schnappte sich einen Block und eilte die Treppen hinunter, konnte aber auch dort keinerlei Hinweise entdecken. Nichts. Verzweifelt starrte sie auf die Auszeichnungen und Urkunden. Wo war er nur gewesen?

„Ich habe dich gesucht!" Trevors schneidende Stimme übertönte den Lärm im Krankenhausflur. „Ich brauche dich oben. Wir sind mit der Visite schon spät dran." Trevor sah erschöpft aus und ihr fiel wieder ein, was er in den vergangenen Stunden getan hatte.

„Wie lief die OP?"

„Der Patient lebt, aber die Infektionsgefahr ist das Problem. Ich glaube nicht, dass er es schafft. Was hattest du hier unten zu tun?"

„Ich habe in deiner Vergangenheit herumgeschnüffelt."

Einer seiner Mundwinkel kroch nach oben, als wollte er den Anfang eines Lächelns bilden. „Und hast du was Interessantes gefunden?"

„Wo warst du eigentlich 1887 und 1888?"

Das Lächeln verschwand. „Das geht dich nichts an."

„Indien? Ich tippe auf Indien."

„Wie kommst du darauf?"

„Tobias Jones hat vom Himalaya gesprochen. Und wegen deines Hangs, deinen Namen schwarz auf weiß sehen zu wollen, konnte ich ziemlich gut nachverfolgen, wo du in den letzten zwölf Jahren überall gewesen bist. Außer in besagten zwei Jahren." Kate dachte nach. „Vielleicht hast du ja irgendetwas ganz schrecklich Trevor-Untypisches getan und das Leben genossen. Hast bei den Zigeunern gelebt oder bist über die romantischen Straßen von Paris geschlendert."

„Kate, ich warne dich ..."

„Und da ist wieder der charmante junge Mann, den wir so gut kennen. Ich dachte letztens schon, du beißt Mr Jones den Kopf ab, dabei hat der Mann mehr Macht in dieser Stadt als die Pharaonen in Ägypten."

„Ich sehe nicht ein, wieso ich irgendwelchen Beamten die Stiefel lecken sollte. Und jetzt komm, wir sind spät dran."

Kate wollte noch sagen, dass er beinahe aus einem möglichen Verbündeten einen Feind gemacht hatte, aber Trevor war schon gegangen. Typisch.

„Wieso können wir uns nie ganz normal unterhalten?", fragte sie, als sie ihn eingeholt hatte. „Woher soll ich wissen, bei welcher Frage du dich wieder einigelst?"

„Wie wäre es denn zum Beispiel damit", erwiderte Trevor schmallippig, „wenn wir uns auf die Arbeit und die Behandlung unserer Patienten beschränken? Ein guter Anfang, meinst du nicht?"

„Ja, wenn Neugier und ganz normale Menschlichkeit für uns beide ein Fremdwort wären." Trevor zog die Tür zum Treppenhaus auf und stapfte die Treppen hinauf. Wie sie es satt hatte, sich mit seinem Hinterkopf zu unterhalten! „Lernt man im Himalaya, so miteinander umzugehen? Oder in Schottland? Oder wo auch immer du herkommst?"

„Ich höre gar nicht zu." Er stieß die Tür zur Klinik so heftig auf, dass sie gegen die Wand donnerte. Normalerweise nahm Trevor beim ersten Anzeichen einer Konfrontation Reißaus, aber dieses Mal würde sie ihn nicht entwischen lassen. Er eilte den Flur hinab wie ein Fuchs, der seinen Bau erreichen wollte. Als er ihr Büro erreichte, wollte er ihr die Tür vor der Nase zuschlagen, aber sie stellte ihren Fuß dazwischen.

Trevor wirbelte herum und blockierte mit beiden Armen am Türpfosten den Eingang. „Geh und hol die Patientenakten", befahl er. Sie duckte sich unter seinen Armen hindurch und schlüpfte ins Büro.

„Nicht, bevor du einwilligst, noch einmal zu uns zum Abendessen zu erscheinen und dich wie ein normaler Mensch zu benehmen. Einer mit einem Puls."

Wieder umspielte ein winziges Lächeln seine Lippen und Kate merkte, wie er dagegen ankämpfte. Das Streiten mit Trevor hatte irgendetwas Amüsantes an sich. So war es schon immer gewesen.

Kate nahm eine Karte und einen Füllfederhalter. „Du solltest meiner Mutter eine Nachricht schreiben und höflich darum bitten, noch einmal eingeladen zu werden."

„Nichts für ungut, aber ich sehe keinen Sinn darin, um die Gunst deiner Mutter zu kämpfen. Wenn ich gegen einen Säbelzahntiger antreten würde, hätte ich mehr Hoffnung. Wenn du dich nicht sofort für die Visite bereit machst, suche ich mir eine kompetentere Assistentin."

„Ha! Als ob sich sonst irgendjemand mit dir abgeben würde. Außerdem bin ich das Beste, was diesem Büro je passiert ist."

„Deine Bescheidenheit ist für uns alle ein Quell der Inspiration", spottete Trevor.

„Wo warst du in diesen zwei Jahren?"

„Ich habe mich um meine Angelegenheiten gekümmert. Eine Fähigkeit, die Menschen vom Schlage einer Kate Livingston leider verwehrt bleibt."

Es war schon fast zwei Uhr und sie hinkten ihrem Zeitplan kräftig hinterher. So sehr Kate auch weiterbohren wollte, wusste sie, dass ihre erste Pflicht im täglichen Erfassen der Werte bestand. Sie griff nach dem Stapel der Patientenkurven. „Glaub nicht, dass ich dich damit davonkommen lasse."

„Weißt du, ich bete jeden Abend für alle möglichen und unmöglichen Träume. Ich werde ‚mich damit davonkommen lassen' einfach mit auf die Liste setzen."

Schmunzelnd folgte sie ihm. Wie konnte es sein, dass Trevors Eigenheiten, die sie so sehr auf die Palme gebracht hatten, sie mittlerweile zum Lachen brachten? Seine gereizte Art und die pedantische Hygiene. Diese übermäßige Strenge, hinter der sich ein beißend trockener Humor versteckte. War er schon damals in der Schule so witzig gewesen?

Kate folgte ihm auf die Männerstation und wartete, bis er sich einen frischen Arztkittel angezogen und das Stethoskop umgehängt hatte. Es gab einige Dinge, die ihr jetzt erst an Trevor auffielen. Zum Beispiel, wie seine dunklen Augen leuchteten, wenn er mit Feuereifer bei einer Sache war. Wie sein ganzes Gesicht arbeitete, wenn er über einem Problem brütete. Irgendetwas an dieser stillen, vor sich hin glühenden Intelligenz zog sie an.

Sie musste stärker gegen diese seltsame Anziehungskraft vorgehen, denn ihr zu folgen, wäre eine Dummheit der schlimmsten Sorte. Er würde sie abblitzen lassen wie all die Krankenschwestern, die sich nach ihm verzehrten, und das würde sie fürchterlich kränken. Sie und Trevor hatten eine Art Freundschaft entwickelt und in dem Augenblick, wo er bei ihr romantisches Interesse bemerken würde, konnte all das vorbei sein.

Aber sie musste jeden Tag mit ihm zusammenarbeiten und es fiel ihr immer schwerer, diese Sehnsucht nach mehr zu unterdrücken.

Trevor verschwand weiterhin an fast allen Nachmittagen aufs Dach. Er sagte Schwester Ackerman stets Bescheid, wo er zu finden war, weigerte sich aber standhaft, Kate zu verraten, was er da tat. Trevor war verschlossener als eine Auster.

Was machte er da oben? Zuerst hatte Kate vermutet, dass er aufs Dach floh, um sich eine Pfeife anzustecken, da Tabak auf den Tuberkulosestationen strengstens verboten war. Aber Trevor roch nie nach Rauch, wenn er zurückkehrte. Und außerdem konnte sie sich nicht vorstellen, dass jemand, der so penibel auf Hygiene achtete, freiwillig seine Lunge mit Rauch füllte.

Eines sonnigen Tages im August gewann ihre Neugier die Oberhand und sie beschloss, ihm zu folgen. Die Dachtreppe war so schmal, dass sie ihre Röcke raffen und seitlich hinaufsteigen musste. Eine klapprige Tür führte nach draußen. Sie drehte langsam den Türknauf, versuchte beim Öffnen jedes Geräusch zu vermeiden und trat hinaus.

Der Belag auf dem Dach hatte Buckel und Risse, in denen Unkraut wuchs. Schornsteine und Lüftungsrohre aus gebranntem Ton wuchsen überall auf der gewaltigen Dachfläche empor, die über tausend Quadratmeter groß sein mochte. Das ganze Dach war von einer flachen Mauer begrenzt. Ein sanfter Wind zupfte an ihren Haaren. Es roch frisch und sauber. Kate ließ ihren Blick über die Baumwipfel schweifen.

Wo war Trevor? Sie ging auf Zehenspitzen voran. Auf einmal sah sie seine Schuhe hinter einem Schornstein herauslugen. Lag er etwa auf dem Boden?

Sie ging weiter herum und schnappte erschrocken nach Luft. Er war halb nackt!

Trevor lag auf einem Liegestuhl, Oberkörper frei, und nahm ein Sonnenbad. Als er Kate hörte, schoss er hoch.

„Was machst du hier?“, rief er entsetzt.

„Was ich hier mache? Ich bin nicht diejenige, die halb nackt auf dem Dach liegt!“

Jetzt begriff sie, warum Trevor nicht mehr das blasse Gespenst aus der Schulzeit war. Er lag jeden Tag in der Sonne. Kate wurde rot und drehte sich um. In ihren wildesten Träumen hatte sie sich nie vorgestellt, Trevor McDonough einmal ohne Hemd zu sehen.

Er schien auch nicht gerade glücklich darüber zu sein. Aus dem Augenwinkel nahm Kate war, wie er fahrig in sein Hemd schlüpfte. „Werde ich unten gebraucht?“

„Nein.“

„Warum bist du dann gekommen?“

„Ich war neugierig. Bist du wieder salonfähig?“

„So wie immer.“

Vorsichtig drehte sie sich um. Er saß noch immer auf dem Liegestuhl und knöpfte sich hastig das Hemd zu. Der Kragen war noch offen und offenbarte seinen gebräunten Hals und oberen Brustkorb. Trevors Wangen leuchteten rot, aber er schien nicht verärgert zu sein, nur peinlich berührt.

„Sonnst du dich also doch auf einem Stein, damit du ein wenig Wärme entwickelst?“

„Wann immer die Sonne sich zeigt. Ich scheine viel davon zu brauchen.“

„Aber wieso?“ Sie war wirklich neugierig. Das Dach war ein ungemütlicher Ort. Wenigstens war die Luft frisch und der Blick auf die Bäume hatte etwas Beruhigendes.

„Ich glaube, dass das Sonnenlicht medizinischen Wert hat", erklärte Trevor. „Und deswegen mache ich einen Versuch."

„An dir selbst?"

„Das wäre nicht das erste Mal. Ich verzichte auf Rindfleisch und versuche, die Qualität meines Bluts mithilfe der Sonne auszugleichen."

„Also das ist doch lächerlich."

„Kinder mit Knochenweiche können durch eine Sonnenkur geheilt werden. Auch Patienten mit Nervenkrankheiten scheinen Linderung dadurch zu erfahren. Ich spiele mit der Idee, die Auswirkungen der Sonnenstrahlung auf Tuberkulose zu untersuchen." Trevor bot ihr einen Holzschemel zum Sitzen an. „Überall auf der Welt empfehlen die Ärzte Sanatorien in den Bergen. Die trockene, saubere Luft soll der Lunge helfen, gesund zu werden."

Kate setzte sich und ordnete ihre Röcke, während Trevor den Heilansatz der Bergsanatorien beschrieb.

„In den Sanatorien werden nur Patienten angenommen, die in einem sehr frühen Stadium sind und noch Hoffnung auf Heilung haben", fuhr er fort. „Du hast gesehen, um wen ich mich hier kümmere. Die Leute sind bettelarm. Sanatorien sind teuer und die Heilungswahrscheinlichkeit ist nicht besonders hoch, aber was, wenn ..." Trevor beugte sich vor. „Was, wenn gar nicht die Luftqualität, sondern das Sonnenlicht sie gesunden lässt? Diese Art der Behandlung kann sich jeder leisten. Sonne kostet nichts! Man muss nicht für Jahre woanders hinziehen und für Ärzte und teure Sanatorien die Ersparnisse der Familie aufbrauchen. Verstehst du, was das bedeutet, Kate? Das wäre so bahnbrechend, dass ich es nicht ignorieren kann. Ich muss es versuchen."

Kates Finger krallten sich um den Hockerrand. Wenn Trevor vor Begeisterung glühte, sah er so fürchterlich attraktiv aus. Sie zwang sich, den Blick abzuwenden, und nahm das Dach in Augenschein. „Und du willst es hier ausprobieren?"

Trevor stand auf und strahlte. „Komm, ich zeige dir, was ich vorhabe."

Erkertürme bildeten eine Klammer um das Krankenhaus und rahmten die gewaltige Dachfläche ein. Trevor zeigte auf das andere Ende. „Dort drüben möchte ich Platten verlegen lassen für die Rollstühle. Die Frage der Entwässerung muss auch geklärt werden, aber damit beauftrage ich einen Architekten. Das Hauptproblem wird sein, einen Aufzug für die Patienten zu bauen."

Kate trat bis an die Mauer heran, die das Dach umgab. Von hier aus konnte man bis zum Capitol sehen. Wie sauber die Stadt von oben aussah. Sie schloss die Augen und genoss die kühle Brise. Allein hier oben zu sein tat schon gut.

„Hältst du die Idee für verrückt?", fragte Trevor. Die Unsicherheit in seiner Stimme überraschte sie.

„Es ist schön hier oben", sagte Kate. „Den Patienten wird es gefallen."

Trevor trat neben sie, stützte beide Hände auf die Mauer und sah in die Ferne. „Du kannst dir nicht vorstellen, wie sehr ich dieses Heilmittel finden will. Manchmal wache ich mitten in der Nacht auf und habe Ideen. Theorien. Flehe Gott um Lösungen an. Als ich in die Tuberkuloseforschung einstieg, herrschte gerade eine richtige Aufbruchsstimmung. Hermann Brehmer hatte herausgefunden, wie man die Tuberkulosezelle isolieren konnte. Nach Hunderten von Jahren der Spekulation wussten wir endlich, wie sich die Krankheit ausbreitet! Alle waren davon überzeugt, dass wir kurz vor dem Durchbruch standen. Ich wachte morgens so voller Hoffnung auf, dass ich es gar nicht erwarten konnte, zum Labor zu rennen. Ja, rennen. Ich dachte, wenn ich etwas nur stark genug will, hart genug dafür arbeite und intensiv genug darum bete, dann muss es wahr werden. Ich war bereit, jeden Preis zu zahlen. Jedes Opfer zu bringen." Trevors Hände umklammerten die Mauersteine so fest, dass seine Knöchel weiß hervortraten. Er legte den Kopf schief.

„Als ich mit dem Studium in Harvard fertig war", sagte er leise, „kam der Hausmeister, der die Labore sauber machte, zu mir und bat mich verzweifelt um Hilfe. Er hatte zwei Kinder, die beide offensichtlich schwindsüchtig waren, aber kein Geld für einen Arzt. Ich willigte ein, sie ohne Honorar zu behandeln. Sein Blick ..." Trevors Stimme klang belegt. „Das war das erste Mal, das mich jemand mit dieser schrecklichen Mischung aus Verzweiflung und Hoffnung anschaute. Er wollte alles tun, um seine Kinder zu retten, und ich war überzeugt, ihm helfen zu können. Ich dachte ..." Seine Stimme brach. Traurig schüttelte er den Kopf.

„Was ist passiert?"

Trevor holte Luft, überlegte es sich aber offensichtlich anders, denn er wandte sich ab in Richtung der schmalen Treppe nach unten. „Vergiss es. Nicht so wichtig."

Kate hielt ihn am Ellbogen fest. „Trevor, was ist passiert?"

Sie wusste nicht, warum es ihr auf einmal so wichtig war, dieses Geheimnis zu lüften, aber sie wollte ihn unbedingt besser verstehen lernen. Als er sich losreißen wollte, ließ sie nicht locker. „Sag es mir. Bitte. Ich möchte es verstehen."

Endlich gab er nach, drehte sich wieder um und starrte auf die Baumwipfel.

„Sie waren Zwillinge", setzte er an und Kate spürte, dass ihn jedes Wort schmerzte. „Sie waren erst zwölf Jahre alt ... Jack und Amy Collison. Ihr Zuhause war eine perfekte Brutstätte für Tuberkulose. Die ganze Familie schlief in einem Zimmer und hielt das Fenster immer geschlossen, weil sie dachten, Nachtluft sei gefährlich. Jack und Amy zeigten sofort Anzeichen der Besserung, nachdem ich ihren Vater überzeugt hatte, das Fenster offen zu lassen und ihnen besseres Essen zu geben. Danach sah mich die ganze Familie an, als wäre ich ein Heiliger. Wir kamen uns immer näher. Ich feierte ihren dreizehnten Geburtstag mit der Familie. Ging mit ihnen sonntags zur Kirche. Jack träumte davon, den Jay Peak in den Green Mountains zu besteigen, und ich versprach ihm, mit ihnen dorthin zu fahren, wenn er so lange in den Spirometer pusten konnte, dass der Ball zwanzig Sekunden in der Luft blieb. Ich arbeitete wie ein Verrückter für ihre Genesung. Jack übte monatelang mit dem blöden Gerät, bis es funktionierte. Seine Lunge wurde stärker. Ich wusste, wenn sie es schafften, den Gipfel zu stürmen, würde uns nichts mehr aufhalten."

Die Erinnerungen sprudelten aus Trevor heraus, als wären sie viel zu lange verdrängt worden. Er starrte in die Ferne und Kate musste aufpassen, sich nicht von seiner Aufregung mitreißen zu lassen.

„Du kannst dir nicht vorstellen, wie dieser Tag war", schwärmte er. „Jack grinste von einem Ohr zum anderen, während des ganzen Aufstiegs. Als Amy müde wurde, trug ich sie auf dem Rücken. Wir kletterten und kletterten, und als wir schließlich den Gipfel erreichten ... Weißt du, manchmal spürt man, wenn man einen vollkommenen Augenblick erlebt, und dies war so einer. Die Luft war frisch und sauber. Der Wind, der Himmel, die pure Freude ... Ich hatte das Gefühl, nur die Hand ausstrecken zu müssen und Gott berühren zu können. Es war so einmalig. Das werde ich mein Lebtag nicht vergessen. In diesem Augenblick wusste ich, was ich mit meinem Leben anfangen wollte. Ich ging auf die Knie und brach in Tränen aus, Jack und Amy genauso. Ich drückte die beiden an mich und wusste, dass ich sie gesund machen würde. Die ganze Welt lag uns zu Füßen und ich schwor mir, ein Gegenmittel für Tuberkulose zu finden oder beim Versuch zu sterben. Ich wollte es so sehr, dass ich nicht versagen konnte." Seine Stimme bebte. „Und dann versagte ich. Als Amy starb und Jack kaum ein Jahr später, war ich am Boden zerstört. Ich hatte sie geliebt wie Geschwister. Diesen Fehler wollte ich unter keinen Umständen noch einmal machen. Es hat mich fast kaputt gemacht und ich musste einen neuen Weg lernen, mit Patienten umzugehen." Trevor wandte sich ihr zu. „Ich weiß, dass alle im Krankenhaus mich für einen kalten Fisch halten. Ich weiß, dass es herzlos erscheint, wenn ich meine Patienten mit Nummern anrede, aber das ist der einzige Weg, wie ich in meiner Arbeit überleben kann. Du kannst dir nicht vorstellen, was ich schon für Leid gesehen habe. Ich bin ein Mensch, Kate. Ich habe Gefühle. Und es tut jedes Mal weh, wenn ich einen Patienten verliere."

Trevor lehnte sich erschöpft gegen die Wand. Er sah völlig ausgelaugt aus. „Träume sind hart", sagte er schließlich. „Man strengt sich an, kämpft und opfert, aber das heißt nicht, dass man sie verwirklichen kann. Ich habe immer geglaubt, dass man etwas erreicht, wenn man es nur stark genug will und nie aufgibt. Aber heute bin ich mir nicht mehr so sicher. Ich weiß nicht, ob ich ein Heilmittel für diese Krankheit finden werde, und ich weiß nicht, wie ich damit umgehen soll."

Sein Blick war leer. Kate spürte das Verlangen, ihn in die Arme zu nehmen, aber er war noch nicht fertig.

„Die meisten Patienten haben kein Geld für ein Sanatorium, aber was, wenn man sie mit Sonnenlicht behandeln kann? Ich muss es versuchen, Kate. Ich weiß, dass ich mich damit zum Gespött der Leute mache." Seine Miene verfinsterte sich und Kate wusste, woran er dachte. „Sie werden mich Quacksalber nennen, Scharlatan."

„Aber niemand, der dich kennt, denkt so“, erwiderte sie.

Trevor sah überrascht aus. Seltsam – vor diesem Nachmittag war Kate nie aufgefallen, wie wichtig Trevor ihre Meinung war. Schnell war er wieder mit Feuereifer bei der Sache. „Ich habe schon von einem Architekten einen Vorentwurf machen lassen. Komm, ich zeige ihn dir.“

Kate folgte ihm nach unten. Die Tuberkulosestation erschien ihr nach all der Pracht auf dem Dach düster, aber seine Aufregung war ansteckend. Während er die Pläne suchte, schuf Kate auf Trevors Schreibtisch Platz. Da fiel ihr Blick auf einen kleinen Zettel mitten auf der Tischplatte.

Ich weiß alles.

Mehr stand nicht darauf. *Ich weiß alles.* Kate überlegte noch, was die seltsame Botschaft heißen mochte, da war Trevor schon mit den Plänen zur Stelle und strahlte, bis er den Zettel entdeckte.

„Was ist das?“, fragte er und griff danach.

„Ich weiß es wirklich nicht.“

Sie brauchten noch mehr Platz. Kate wollte gerade den Becher mit den Bleistiften beiseiteräumen, als ihr viele winzige Silberkugeln auf dem Tisch auffielen. Die Sonne spiegelte sich auf ihrer Oberfläche, kleine Kugeln, nicht größer als eine Linse. Als sie eine Kugel berührte, wackelte diese und glitzerte im Sonnenlicht.

Trevor ließ die Pläne fallen. „Nicht anfassen!“, rief er. Seine Hände packten Kate an der Taille und rissen sie zurück. Dann zerrte er sie raus aus dem Büro zum Schwesterntresen. Dort drückte er ihre Hand tief in eine Wasserkanne.

„Was soll das?“, beschwerte sich Kate. Das Wasser war so kalt, dass es schmerzte.

Trevor zog ihre Hand heraus und rubbelte sie grob und schmerzvoll mit einem Handtuch ab. Das Handtuch warf er anschließend auf den Boden.

„Schütten Sie das Wasser weg und werfen Sie die Kanne fort“, wies er Schwester Ackerman an. „Das Handtuch auch, aber vorsichtig. Passen Sie auf, dass es Ihre Haut nicht berührt.“

Dann ging er mit Kate zurück ins Büro. Entsetzt starrte er auf die Silbertropfen.

„Was ist das?“, wollte Kate wissen.

„Quecksilber." Trevor schluckte, griff nach einem Bleistift und stupste eine der Kugeln an. Sie wackelte, rollte ein Stück und vereinigte sich mit der nächsten zu einer größeren Kugel.

Das Quecksilber war überall auf Trevors Schreibtisch verstreut, auf dem Stuhl, auf dem Boden. Kates Schreibtisch war sauber.

„Los, raus hier." Trevor zog sie am Arm aus dem Büro.

Im Stakkato feuerte er eine ganze Salve von Fragen auf die Stationsschwester. War jemand in seinem Büro gewesen? Gab es Zeichen eines Einbruchs? Die Schwester hatte nichts Verdächtiges beobachtet, aber vier Hilfsschwestern hatten das Essen gebracht; ein Krankenwärter hatte einen Patienten zur Zahnklinik abgeholt; der Postbote war da gewesen und ein Hausmeister mit einem Klempner, um einige Rohre zu reparieren.

„Wir brauchen Wachpersonal", stellte Trevor fest und fuhr sich mit der Hand durchs Haar. „Ich werde einen Wachmann einstellen müssen, der rund um die Uhr da ist."

Kate wusste nicht viel über Quecksilber, aber es musste ziemlich gefährlich sein, denn Trevor war völlig außer sich. Schweißperlen standen ihm auf der Stirn und er hatte Schwierigkeiten, seinen Atem unter Kontrolle zu bekommen.

„Ich helfe beim Saubermachen", sagte Kate leise.

„Nein", erwiderte er barsch. „Ich weiß, wie man mit Quecksilber umgeht, und werde das allein beseitigen. Jetzt gehe ich erst einmal nach unten und kümmere mich um einen Wachmann. Niemand geht in mein Büro! Kate, Sie können nach Hause gehen. Ich möchte nicht, dass Sie heute nochmal das Büro betreten."

Nachdem Trevor ihr freigegeben hatte, wartete Kate auf den Stufen des Krankenhauses und spielte mit der Hündin, die sie auf den Namen „Princess" getauft hatte. Auch wenn sie hässlich war, hatte sie einen guten Charakter. Kate brachte ihr jeden Tag etwas zu essen mit.

Sie war froh, dass die Hündin ihr Gesellschaft leistete. Um ehrlich zu sein, hatte sie Angst. Ihr war nicht klar gewesen, wie ernst die Situation war, bis sie bemerkt hatte, wie der Rest des Krankenhauses auf die Neuigkeit reagierte. Wachposten wurden am Vorder- und Hintereingang aufgestellt. Zwei Polizisten kamen und befragten die Mitarbeiter. Kate hatte in der kleinen Krankenhausbibliothek nachgeforscht und gelesen, dass Quecksilber hochgiftig war und schon bei Berührung Schäden auslöste. Wahrscheinlich bildete sie sich das nur ein, aber die Kuppe des Fingers, mit dem sie die Silbertropfen berührt hatte, kribbelte.

Sie würde Trevors Ausflüchte nicht mehr dulden. Bevor er heute das Gebäude verließ, musste er ihr sagen, was die ganzen negativen Artikel ausgelöst hatte. Und er wusste mit Sicherheit, wer für den unheimlichen Zettel verantwortlich war.

Sie schlang die Arme um die Hündin. „Du brauchst dringend ein Bad, Princess“, sagte sie. Vielleicht konnte sie das Tier mit nach Hause nehmen und kurz abschrubben. Tiere waren im Logierhaus eigentlich verboten, also musste es schnell gehen.

„Bitte sag mir nicht, dass du schon wieder diesen Köter gefüttert hast.“ Trevor stand eine Stufe über ihr. Er hatte tiefe Ringe unter den Augen und zum ersten Mal fielen ihr die Fältchen in seinem Gesicht auf. Er musste unendlich müde und erschöpft sein.

„Trevor, sag mir jetzt, was da los ist.“

Er lief zügig die Treppe hinunter. „Das geht dich nichts an.“

„Und ob es das tut.“ Mit seinen langen Beinen kam er schnell voran und Kate musste fast laufen, um Schritt zu halten. „Ich habe es nachgeschlagen. Quecksilber ist pures Gift und jemand hat es überall in unserem Büro verstreut.“ Die Sonne sank hinter die Baumwipfel und warf lange Schatten. Es war ein warmer Augustabend, aber Kate fröstelte.

„Sie haben es auf mich abgesehen, nicht auf dich.“

„Aber wer?“

Trevors Kiefermuskeln arbeiteten. Er lief weiter und starrte wütend vor sich hin. „Weiß ich nicht.“

„Aber du weißt, warum.“

Er leugnete es nicht. Auf der Straße herrschte rege Betriebsamkeit und Trevor war niemand, der seine Geheimnisse in aller Öffentlichkeit herausposaunte. Mit ihm Schritt zu halten kam ihr vor, als würde sie gegen den Strom schwimmen. Sie musste einem Zeitungsjungen ausweichen und einen Blumenverkäufer mit seinem Stand umkurven.

Zur Rechten waren eine Kirche und ein Friedhof mit einer flachen Mauer. Als sie das Tor erreichten, zog Kate Trevor am Arm hinein. Er wehrte sich nicht, aber aus seinen Augen schossen Blitze.

„Warum passiert das alles, Trevor? Ich kann dir nicht helfen, wenn du mir ständig ausweichst."

Seine Fäuste waren geballt. Er nickte in Richtung einer der Bänke in der Ecke. „Da drüben hört uns keiner."

Sie gingen zur steinernen Bank unter Bäumen. Die Kälte kroch beim Sitzen durch Kates Röcke. Ihre Hände waren klamm vor Aufregung und sie blies hinein, um sie zu wärmen.

„Vor fünf Jahren führte ich eine Studie zur Wirksamkeit von Quecksilber als Mittel gegen Tuberkulose durch", setzte Trevor an. „Sie war kein Erfolg."

Kate fiel die Kinnlade herunter. „Quecksilber? Aber das ist doch ..."

„... giftig. Ja, ich weiß. Aber es ist bei einigen Krankheiten auch überaus effektiv und in einem Reagenzglas zerstört es Tuberkulosezellen. Auch bei Kaninchen wurde es erfolgreich getestet."

Es gab unzählige barbarische Methoden, aber Trevor setzte sich für keine davon ein. Jedenfalls war Kate bis heute dieser Meinung gewesen.

Trevor erklärte, dass er eine Quecksilberlösung hergestellt hatte, die unter die Haut gespritzt wurde und sich dann langsam im Körper des Patienten ausbreitete. Während bei allen sechs Patienten sofort ein Rückgang des Bazillus festzustellen gewesen war, starben am Ende trotzdem alle.

„Eine Quecksilbervergiftung ist kein leichter Tod", sagte Trevor. „Das zentrale Nervensystem wird angegriffen und die Patienten verlieren die Kontrolle über ihren Körper. Die Gliedmaßen zucken unkontrolliert. Sie können nichts mehr sehen und hören." Der Kummer in seiner Stimme brach Kate das Herz. „Die Patienten waren todkrank und kannten das Risiko, aber sie waren trotzdem bereit, es auf einen Versuch ankommen zu lassen. Ich dachte, es könnte tatsächlich ein Heilmittel sein. Keine Behandlung, ein *Heilmittel.* Andere Ärzte hatten das bereits versucht und leichte Verbesserungen vermeldet, aber noch nie war jemand wirklich geheilt worden.

Ich war entschlossen, die richtige Dosis zu finden, die die Krankheit vernichtete, nicht aber den Patienten. Ich musste raten und ich habe falsch geraten."

Noch nie hatte jemand neben Kate gesessen, der dringender Trost brauchte, aber sie hatte Angst, dass Trevor aufspringen und sie fortstoßen würde, wenn sie es versuchte.

Sollte er doch nur. Sie hatte genug davon wegzulaufen. Vorsichtig legte sie ihm eine Hand auf die Schulter. Er zitterte, versuchte aber, es sich nicht anmerken zu lassen. Es brach ihr das Herz, mit ansehen zu müssen, wie verschlossen er war, selbst wenn er litt.

„Dich trifft keine Schuld. Du konntest es nicht wissen", sagte Kate leise.

Er straffte die Schultern und atmete tief ein. „Ja, mag sein. Jedenfalls kann irgendjemand das nicht vergessen und setzt alles daran, mich zur Strecke zu bringen."

„Vielleicht ein Familienmitglied eines der Patienten?"

Trevor nickte. „Das erscheint mir auch am logischsten. Aber trotzdem muss ich Wachposten für die Klinik einstellen."

„Kann die nicht das Krankenhaus bereitstellen?"

„Der Krankenhausdirektor weigert sich, dafür zu bezahlen. Ich hasse es, Forschungsgelder dafür zu verschwenden, aber noch eine Katastrophe kann ich mir nicht leisten."

Das war wieder typisch Trevor. Er schaffte es einfach nicht, Hilfe anzunehmen. „Die Marineinfanterie leistet in allen Militärkrankenhäusern Wachdienste. Mein kleiner Bruder ist in der Wachmannschaft, die vor dem Büro des *Surgeon General* postiert ist. Da du auf seine Anweisung diese Studie durchführst, könnte bestimmt das Militär aushelfen."

Zum ersten Mal horchte Trevor auf. „Das würden sie tun?"

„Fragen kostet nichts. Obwohl ... *ich* werde fragen. Ich möchte nicht, dass du die Sache gleich vermasselst."

Ein Lächeln huschte über sein Gesicht. „Willst du damit sagen, dass du besser mit Menschen umgehen kannst als ich?"

Kate stand auf und strich ihren Rock glatt. „Trevor, in Trigonometrie schlägst du mich vielleicht im Schlaf. Oder in Chemie. Oder bei einem Rennen. Ganz selten vielleicht beim Buchstabieren. Aber nie, noch nicht einmal an deinem allerbesten Tag, hast du in Sachen

Menschlichkeit und Wärme auch nur den geringsten Vorsprung mir gegenüber."

Seine dunklen Augen funkelten. „Da hast du wahrscheinlich recht." Er stand auf und zu ihrer großen Überraschung nahm er ihre Hand und küsste sie. „Danke, Kate."

Mit großen Schritten lief er davon. Die Stelle, wo seine Lippen ihre Hand berührt hatten, kribbelte den ganzen Weg bis nach Hause.

KAPITEL 9

Vom Krankenhaus wegzukommen war immer schwierig, aber Trevor fand einen Arzt, der für einige Tage die Visite übernahm, während er sich auf den Weg machte, um alte Wunden aufzureißen. Er saß im Zug nach Baltimore, starrte aus dem Fenster und spürte alte Schuldgefühle.

Die Studie in Baltimore war der Tiefpunkt seiner Karriere gewesen. Dabei hatte ihm niemand von den Kollegen Vorwürfe gemacht. Die behutsame Verabreichung von toxischen Substanzen hatte sich schließlich bei vielen der ansteckendsten Krankheiten als probates Mittel erwiesen. Aber manchmal gingen Experimente schief und die desaströse Quecksilberstudie war eine Last, die er für den Rest seines Lebens mit sich herumtragen würde. Pflichtbewusst hatte er die Ergebnisse in der Fachliteratur veröffentlicht und dann gehofft, dieses Kapitel ein für alle Mal hinter sich lassen zu können.

Ich weiß alles.

Wer auch immer diesen Zettel geschrieben und das Quecksilber in seinem Büro ausgeschüttet hatte, tat alles dafür, die Erinnerung bei ihm lebendig zu erhalten. Das Krankenhaus, bei dem Trevor damals angestellt gewesen war, war der beste Ort, um mit der Suche zu beginnen. Er war noch nie gut darin gewesen, Freunde zu finden, aber Gefühle lesen konnte er wie kein Zweiter. Er suchte jemanden, der ihm nicht in die Augen schauen konnte, der in seiner Gegenwart angespannt wirkte oder besonders schlau tat.

Der vertraute Geruch von Karbolsäure und Bohnerwachs begrüßte ihn gleich am Eingang. Die Schwestern und Krankenwärter schienen überrascht, nickten ihm aber zu. Selbst die Ärzte im Personalbereich waren freundlich und baten ihn, zum Mittagessen zu bleiben.

Ein paar seiner früheren Kollegen waren nicht mehr da. Henry Harris war ihm damals nach Washington gefolgt und arbeitete nun als sein Laborant. Der damalige Analyst Andrew Doyle war nach Harvard gegangen. Eine der Krankenschwestern hatte geheiratet und war nach Ohio gezogen. Alle anderen, die an der Studie beteiligt gewesen waren, waren noch da und schienen sich über seinen Besuch zu freuen. Trevor lächelte zaghaft und merkte, wie seine Laune trotzdem immer düsterer wurde.

Der Besuch in seinem ehemaligen Krankenhaus war eine Enttäuschung. Nun musste er tiefer in den alten Wunden herumstochern und die Familien der sechs Patienten besuchen, die damals gestorben waren.

Das Treffen mit der Familie von Mike McCusker lief wie erwartet. Die Familie wohnte noch immer in einer schlecht belüfteten Zweizimmerwohnung über einer Gerberei. Mr McCusker hatte Frau und vier Kinder hinterlassen und Mrs McCusker brach sofort in Tränen aus, als sie ihn sah.

„Der Herr hat ihn mit offenen Armen empfangen“, sagte sie und brachte Trevor ein Glas mit kaltem Tee. Das Glas sah nicht besonders sauber aus, und wenn Trevor nach einem flüchtigen Blick auf die Tochter, die in der Ecke klöppelte, eine Diagnose stellen sollte, gab es mindestens noch einen Fall von offener Tuberkulose in der Familie. Er drehte das Glas in den Händen hin und her und wagte nicht, daraus zu trinken.

„Könnten Sie nicht warten, bis mein Jüngster aus der Schule kommt? Er war doch noch so klein, als Sie ihn das letzte Mal gesehen haben, und ich möchte ihn Ihnen gern zeigen.“

Mike McCuskers Witwe in die Augen zu sehen, war eine Qual und alles in ihm wollte davonlaufen, aber er schuldete dieser Frau etwas. Trevor hörte sich eine Stunde lang an, wie der Junge ihm Gedichte vortrug, und reparierte das tropfende Abflussrohr unter der Küchenspüle.

Von seinem Besuch nahm er zwei Erkenntnisse mit: Zwei der Kinder waren bereits an Tuberkulose erkrankt und wussten es noch nicht – und niemand machte ihm Vorwürfe wegen des traurigen Vorfalls vor fünf Jahren.

Auch die anderen Familienbesuche waren erfolglos. Wenn irgendjemand von diesen Menschen nachtragend war, konnten sie es gut verstecken. Dass Trevor keinen Verdächtigen ausmachen konnte, bedeutete nur, dass er einen Privatdetektiv engagieren musste, noch bevor er wieder nach Hause fuhr. Washington war von Baltimore leicht mit dem Zug zu erreichen, und wenn irgendjemand, der mit seiner Studie in Verbindung stand, regelmäßig dorthin fuhr, musste er es wissen. Es würde ein Vermögen kosten, aber was blieb ihm anderes übrig?

Kate war so stolz, die Wachposten für die Tuberkuloseklinik organisiert zu haben, dass es fast schon lächerlich war. Auf Timothys Anraten hatte sie beim befehlshabenden Offizier der Kaserne vorgesprochen. Sie hatte dargelegt, dass Trevor vom *Surgeon General* persönlich zu dieser Studie angehalten worden war und dass die Regierung ein großes Interesse daran hatte, die Forschung zu schützen. Der Offizier willigte ein, die Klinik im Dreischichtensystem bewachen zu lassen, bis die Situation geklärt war.

Sie konnte es kaum erwarten, Trevor davon zu erzählen. Er war schon drei Tage verreist und sie zählte die Stunden, bis sie endlich die guten Nachrichten loswerden konnte. Wie er ihre Hand genommen und geküsst hatte, hatte ihre Fantasie angeregt. Auf eine gute Art. Trevors Geste war so warmherzig gewesen, so galant.

Es fiel ihr immer schwerer, nicht ständig an Trevor zu denken. Vielleicht war sie so ausgehungert, was Zuneigung betraf? Jedenfalls schlug ihr Herz jedes Mal ein bisschen schneller, wenn sie ihn sah. Die dunklen Augen, der messerscharfe Verstand und dieser Humor, der unter der Oberfläche lauerte. Kate arbeitete unwahrscheinlich gern mit ihm. Er respektierte sie und ließ sie an etwas mitwirken, was sie voll und ganz erfüllte. Vielleicht war sie deshalb so erpicht darauf gewesen, ihm mit den Wachposten zu helfen.

Als Timothy der Wachmannschaft zugeteilt wurde, freute sich Kate besonders. Fünf Tage pro Woche würde er nun von vier Uhr morgens bis zum Mittag an den Türen der Tuberkuloseklinik Wache stehen.

„Falls du je den Patienten nahe kommst, setz bloß deinen Atemschutz auf", ermahnte sie ihn. „Ich würde mir das nie vergeben können, wenn du dich ansteckst."

„Hör auf, mich zu bemuttern", wehrte Timothy ab und bezog am

Hintereingang Stellung. „Ich habe Schwester Ackerman zugehört. Du brauchst mir nicht ständig auf die Finger zu schauen."

„Ja, ist ja gut", murmelte Kate und ging zurück ins Büro. Timothy war einen halben Kopf größer als sie, hatte breite Schultern, einen kräftigen Rücken und dunkelblonde, kurz geschorene Haare. Er trug seine hellbraune Uniform mit einem sorgsam geplätteten Hemd und einer Krawatte. Für alle anderen mochte er aussehen wie ein Mann, aber Kate sah immer noch die Spuren der flachsblonden Klette, die ihr überallhin durchs Logierhaus hinterhergetappt war und ständig darum gebettelt hatte, hochgenommen zu werden.

Schwester Ackerman klopfte und stand mit einer Zeitung im Türrahmen. „Wieder ein Artikel, den Dr. Kendall sich ansehen sollte, wenn er zurückkehrt."

Kate wollte der Stationsschwester die Zeitung am liebsten aus den Händen rupfen und in tausend Stücke zerreißen. Wollte sie ihn tatsächlich mit jedem einzelnen Artikel quälen? Trevor wusste doch längst, dass er ein Problem hatte, und tat alles, was er konnte, um es auszurotten.

Kate massierte sich die Nasenwurzel. „Ich lege es ihm hin", sagte sie müde.

Natürlich folgte Schwester Ackerman nur seinen Anweisungen, aber das Bombardement in der Presse war fürchterlich.

Und die Angriffe in den Zeitungen waren längst nicht mehr die einzige Bedrohung. Deswegen war es eine Beruhigung zu wissen, dass die Wachposten da waren. Irgendjemand hatte sich tatsächlich Zutritt in ihr Büro verschafft und Quecksilber auf Trevors Schreibtisch verstreut! Dutzende Menschen gingen täglich auf der Station ein und aus und Kate beschlich jedes Mal ein ungutes Gefühl, wenn sie ein unbekanntes Gesicht sah. Auch mit Timothy und den anderen Marinesoldaten wurde sie dieses stille Gefühl nicht los, dass sie jemand beobachtete.

Sie waren hier nicht sicher.

Trevor fuhr mit dem Morgenzug zurück nach Washington und machte sich auf einen Berg von Arbeit gefasst, der ihn nach drei

Tagen erwarten würde. Im Krankenhaus hatte sich sicher einiges angesammelt, aber noch mehr fürchtete er sich vor dem, was ihn zu Hause erwartete.

Die Situation war noch viel schlimmer, als alle Beteiligten wussten. Die Artikel in den Zeitungen waren besorgniserregend, aber harmlos im Gegensatz zu den Briefen, die er bekam. Immer anonym und immer voller Hass.

Trevor war müde und schmutzig von der Reise und wollte sich zu Hause umziehen, bevor er ins Krankenhaus ging. Auf der Treppe ins Obergeschoss über dem Bahnhof kämpfte er mit einem unguten Gefühl. Die Zimmer waren günstig, weil nur wenige Menschen bei Bahnhofslärm wohnen wollten, aber Trevor hatte sich noch nie leicht ablenken lassen. Und außerdem entsprach diese Unterkunft seiner geizigen schottischen Ader.

Die Reihe der Messingfächer für die Post schimmerte am Ende des matt erleuchteten Flurs. Trevor hielt den Briefkastenschlüssel fest umklammert und näherte sich mit einem tiefen Atemzug seinem Fach. Die Hassbriefe kamen meist einmal pro Woche und der nächste war schon überfällig.

Er schloss das Fach auf und beugte sich vor. Zwei Fachzeitschriften und ein Brief waren darin. Erleichterung machte sich in ihm breit, als er die Handschrift erkannte.

Es schien, als sei sein Vater zu einem winzigen Zugeständnis bereit. Der mächtige Neill McDonough hatte sich herabgelassen, Trevors neuen Namen auf einen Briefumschlag zu schreiben.

Vielleicht war es zu dickköpfig gewesen, all die anderen Briefe ungeöffnet zurückzuschicken, die an Trevor McDonough gerichtet waren. Trevor war nicht an dem interessiert, was sein Vater ihm zu sagen hatte, und hatte einfach *Empfänger unbekannt* daraufgekritzelt.

Dieser Brief war an Trevor McDonough adressiert, *c/o Dr. T. M. Kendall.*

Trevor klemmte sich die Zeitschriften und den Brief unter den Arm und durchquerte den Flur, bis er zu seiner Tür kam. Die einzigen Möbelstücke in seinem Zimmer waren ein Bett an der Wand, eine Kommode und ein Tisch, auf dem sich Zeitschriften stapelten. Das Bad auf dem Flur teilten sich alle Mieter und eine Küche brauchte er nicht. Er aß stets im Krankenhaus.

Achtlos warf er die Fachjournale auf den Tisch und ließ sich mit dem Brief aufs Bett fallen. Sollte er ihn öffnen? Er sah aus dem Fenster auf die Gleise, wo ein Zug auf den Bahnhof zuschnaufte. Trevor beschloss, bis zur Ankunft des Zuges eine Entscheidung zu fällen.

Er hatte mit Schottland nichts mehr zu tun. Diesen Brief zu öffnen, würde nur lauter schmerzhafte Erinnerungen auslösen. Außerdem traute er seinem Vater nicht, egal, was er zu sagen hatte.

Der Zug kam schnaufend und ratternd näher. Trevor konnte diesen Brief wie alle anderen zurückschicken und seinen Vater wissen lassen, dass er sich auch weiterhin an den schrecklichen Handel halten wollte, den sie getroffen hatten.

Oder er konnte ihm vergeben.

Trevor lachte verbittert. Sein Vater wollte keine Vergebung; wahrscheinlich brauchte er Trevor für einen seiner Selbstverherrlichungspläne.

Das Fensterglas klapperte, als der Zug mit quietschenden Bremsen zum Stehen kam. Aus dem Kessel stieg Dampf auf. Es war an der Zeit für eine Entscheidung.

Trevor riss den Brief auf.

Die feste Handschrift seines Vaters füllte Vorder- und Rückseite des Leinenpapiers mit dem Familienwappen der McDonoughs. Aber etwas anderes zog Trevors Aufmerksamkeit auf sich. Ein Foto. Drei Kinder standen neben ihren Eltern. Der Mann hatte einen dichten Schnurrbart und die Frau ...

Trevor schloss die Augen und versuchte zu begreifen, warum sein Vater so grausam war.

Es war Deirdre. Das letzte Mal, als er sie gesehen hatte, waren sie beide neunzehn gewesen. Dass sie mittlerweile geheiratet hatte, wusste er natürlich. Und er freute sich für sie. Wie eifersüchtig und verbittert musste man sein, um einem Mädchen zu wünschen, nie unter die Haube zu kommen, nur weil man sie einst geliebt hatte?

„Bitte geh nicht", flehte ihn Deirdre an und umklammerte seinen Arm. „Ich liebe dich! Ich werde auf dich warten, für immer!"

Sie hatte vier Jahre gewartet und dann einen Wollhändler aus dem Dorf geheiratet.

Trevor hatte seit Jahren nicht mehr an Deirdre gedacht. So sehr es auch wehgetan hatte, seine Heimat zu verlassen, waren sie doch nicht mehr gewesen als zwei einsame Kinder, die in den windgepeitschten schottischen Mooren zueinandergefunden und miteinander davon geträumt hatten, auszubrechen. Eigentlich war er froh, dass Deirdre es letzten Endes gewagt hatte.

Trevor ging ans Fenster, um das Foto besser zu sehen. Beim Anblick der gesunden Kinder erfüllte ihn Zufriedenheit. Sie hatten gute Schuhe aus Leder an, keine verschrammten. Deirdre trug einen Spitzenkragen und eine Perlenbrosche an ihrem Mieder. Sie sah sehr wohlhabend aus für die Tochter eines Schäfers. Und glücklich.

Gut. Der Wollhändler sorgte offensichtlich gut für sie und konnte ihr Dinge bieten, die Trevor sich niemals hätte leisten können, wenn er in Schottland geblieben wäre. Das erste Jahr weit weg von Deirdre war hart gewesen, aber im Lauf der Jahre war die Sehnsucht verblasst.

Jetzt träumte er von einer anderen Sorte Frau. Kein Mädchen gegen die Einsamkeit, sondern eine Frau mit Feuer. Eine Frau, die ihn herausforderte. Zum Lachen brachte.

Kate hatte er immer gemocht. Zu Schulzeiten hatte es ihm Spaß gemacht, mit ihr um die besten Noten zu kämpfen, auch wenn sie in Nathan Livingston verschossen war und er sich keine Hoffnungen machen brauchte. Nathan und Kate hatten perfekt zusammengepasst. Sie hatten ständig etwas zu lachen. Waren fröhlich. Die anderen scharten sich um sie, weil ihr sonniges Gemüt ansteckend war.

Nathan war zwar nicht mehr am Leben, aber das hieß nicht, dass Trevor anfangen konnte, Kate den Hof zu machen. Sie war dermaßen außerhalb seiner Reichweite, dass sie genauso gut in der Erdumlaufbahn leben konnte. Und wenn sie all seine Geheimnisse wüsste, würde sie wahrscheinlich schreiend Reißaus nehmen.

Trevor schob den Gedanken fort und nahm den Brief seines Vaters zur Hand. Ans Fensterbrett gelehnt versuchte er, das wenige Licht, das vom verhangenen Himmel kam, auf die Seite zu lenken. Als er den Brief las, bekam er große Augen.

Also daher weht der Wind.

Es schien, als hätte selbst der allmächtige Neill McDonough nicht die ganze Welt unter Kontrolle. Trevor warf den Brief in den Papierkorb und schüttelte ungläubig den Kopf. Er würde sich nie wieder in die Welt seines Vaters zerren lassen. Als er dreizehn war, hatten sie eine Vereinbarung getroffen, die noch heute nach Verrat und Schande schmeckte. Trevor verspürte nicht die geringste Lust, seinen Vater jetzt aus dieser Absprache zu entlassen.

Wie konnte eine alte Wunde noch so sehr schmerzen? Trevor tötete das Gefühl ab und verbannte die Erinnerung. Dann machte er sich in Richtung Krankenhaus auf. Drei Tage Arbeit warteten darauf, aufgeholt zu werden, aber als er dort ankam, hatte er nur Augen für eine riesige Vase voller zitronengelber Begonien, die auf dem Schwesterntresen thronte. Ihm war sofort klar, von wem sie stammten.

„Kate, bringen Sie die Blumen weg", bellte er. „Das sind Staubfänger und verbrauchen den Sauerstoff."

Kate sprang vom Mitarbeitertisch auf, wo sie gerade ihr Mittagessen zu sich nahm. „Alle Fenster auf dieser Etage sind offen und wir werden mit frischer Luft durchflutet. Diese Blumen bringen ein kleines bisschen Sonnenschein in eine bitterernste Umgebung."

Trevor starrte die Blumen böse an, als könne er sie dadurch welken lassen, aber Kate hatte wahrscheinlich recht. Sie war geschickt darin, das Leben der Patienten durch Kleinigkeiten schöner zu machen.

„Sobald sie Ungeziefer anlocken, fliegen sie raus."

„Das Einzige, was hier Ungeziefer anlockt, ist Ihre Sauertopfmiene, Doktor", stellte Kate fest. „Ich hatte einen wunderschönen Vormittag, bis Sie aufgetaucht sind und angefangen haben, hier schlechte Laune zu verbreiten."

„Tja, das Leben ist nun mal ein Trauerspiel." Trevor musste aufpassen, nicht loszulachen. Der Besuch in Baltimore war ein Reinfall gewesen. Er hatte Kopfschmerzen vom Geratter im Zug und war keinen Schritt weiter. Aber kaum befand er sich ein paar Sekunden in Kates Gegenwart, ging es ihm besser. Wie machte sie das nur? Er wollte sie am liebsten schütteln, aber dafür mochte er sie zu sehr. Und genau das war das Problem. Er mochte Kate Livingston mehr, als ihm lieb war.

„Ich dachte, es würde Sie vielleicht interessieren, dass ich uns ein paar Wachsoldaten besorgt habe", sagte Kate lässig und zeigte auf einen Soldaten in Uniform, der am Hintereingang stand. „Sie haben schon Stellung bezogen."

Trevor bekam vor Dankbarkeit keinen Ton heraus. Er hatte schon vergessen, dass Kate mit ihren Regierungskontakten geprahlt hatte, aber der Marinesoldat am Hintereingang war der handfeste Beweis. Ohne nachzudenken, nahm er Kate fest in den Arm. „Kate, Sie sind ein Engel."

Kate grinste. „Ich werde Sie daran erinnern, aber Sie sollten mich lieber nicht vor meinem Bruder unsanft behandeln. Private Norton übernimmt die Frühschicht und er hat einen starken Beschützerinstinkt."

Trevor begutachtete den dunkelblonden jungen Mann mit freundlichen blauen Augen. Der Soldat legte eine Hand an seinen Revolver. „Ich werde Sie zum Duell herausfordern müssen, wenn Sie meine Schwester noch einmal anrühren." Er räusperte sich und nahm militärische Haltung an. „Sir."

Trevor wandte sich wieder Kate zu. Seit ihrem dreizehnten Lebensjahr hatte sie ihn immer wieder mit ihrer Klugheit und Entschlossenheit verblüfft.

„Danke, Kate", sagte er und lief in Richtung Büro. „Eines Tages werde ich aufhören, Sie zu unterschätzen."

Es war auch höchste Zeit dafür, denn er konnte jede Hilfe gebrauchen, um die miese Ratte zu finden, die seine Karriere zerstören wollte. Als Junge hatte er oft geholfen, die Lämmer auf der benachbarten Farm zusammenzutreiben. Dabei hatte er immer das Gefühl gehabt, dass sie von der Schlachtbank wussten, die sie erwartete. Genau dieses Gefühl beschlich ihn auch heute wieder. Irgendetwas Schreckliches braute sich am Horizont zusammen, aber er konnte die Gefahrenquelle einfach nicht ausmachen.

KAPITEL 10

Seit Tagen lag eine dichte Wolkendecke über der Stadt. Ein Gewitter braute sich zusammen. Mehrmals an diesem Morgen hatten schon einzelne Tropfen nadelfeine Striche am Fenster gezogen, aber mittlerweile hatte es sich eingeregnet.

Kate lehnte an Trevors Schreibtisch und war wie hypnotisiert von den Regentropfen, die draußen über die Ahornblätter rollten und herunterfielen. Hauptsache, sie musste nicht an Trevor denken und an das, was er durchmachte. Er hatte ihr nicht verraten, wohin er gegangen war, aber in seinem Bürokalender hatte sie den Termin beim Anwalt gesehen. Bestimmt hatte es mit den fortdauernden Anschuldigungen in der Presse zu tun.

Die Informationen in den Artikeln waren auf unheimliche Art detailliert. Kate zog den Kopf tiefer in den Schal. Die feuchte Kälte kroch durch alle Kleidungsschichten. Irgendjemand beobachtete jede ihrer Bewegungen, aber der gesichtslose Peiniger hielt sich dabei im Hintergrund – gerade so, dass man ihn nicht sehen konnte.

Es klopfte kräftig an der offenen Tür. „Die Hilfsschwestern bringen das Mittagessen, Ma'am."

„Danke, Private Norton", sagte Kate und zwinkerte ihm zu.

Während seiner Schicht hielt sich Timothy streng an die militärische Umgangsform, aber außerhalb hatte er sich schnell mit Henry Harris, dem Laboranten mit dem Stiernacken, angefreundet. Henry und Timothy liebten beide Football und saßen am Mittagstisch immer einander gegenüber. Die Hilfsschwester brachte abgedeckte Essentabletts. Für Kate fühlte es sich noch immer seltsam an, bedient zu werden. Sie wartete, bis Bridget Kelly, die irische Hilfsschwester, die Tabletts mit dem Rindfleischeintopf und den warmen Brötchen abgestellt hatte.

Henry starrte Bridget nach, als sie mit dem leeren Wagen verschwand. Noch nie hatte Kate so einen sehnsüchtigen Blick bei einem Mann gesehen. Es wäre wohl eine Erleichterung, wenn Bridget sich tatsächlich für Henry interessieren würde, weil sie dann endlich Trevor in Ruhe ließ.

„Sie ist hübsch“, sagte Kate und schmierte Butter aufs Brötchen.

Henry wurde rot. „Als würde sie je den Blick von Dr. Kendall lösen, um einen Mann wie mich überhaupt zu bemerken. Ich bin so groß wie breit. Wenn mich irgendeine der Schwestern angucken und kichern würde, würde ich höchstens denken, dass meine Hose falsch zugeknöpft ist.“

„Miss Kelly?“, schaltete sich Timothy ein. „Ach, ich glaube, sie ist ganz nett. Sie versucht mich immer zu erschrecken, wenn sie mit dem Wagen kommt. Jeden Morgen kommt sie ganz nah an mein Gesicht und macht ‚Buh!‘. Aber ich gucke immer einfach geradeaus. Außer heute Morgen. Da habe ich sie angestarrt und auch ‚Buh!‘ gemacht. Sie ist fast an die Decke gesprungen. Ich kann verstehen, warum du für sie schwärmst.“

Henry schien so mürrisch wie das dumpfe Donnergrollen vorm Fenster. Er schob das Essen lustlos mit der Gabel auf dem Teller herum. „Ja, das passiert leider andauernd in Krankenhäusern. Die Arbeitszeit ist einfach zu lang. Ich treffe ja sonst keine Damen.“

Ein krachender Donnerschlag ließ das Fenster vibrieren und die Lichter flackern. Kate hielt die Luft an, aber das Flackern hörte auf und der Raum war wieder von gelbwarmem Licht erfüllt.

Henry beugte sich näher zu ihr vor. „Wenigstens habe ich mich nie in eine Patientin verguckt. Einer der Laborassistenten in Baltimore verliebte sich mal in eine junge Frau, die an Tuberkulose erkrankt war. Dr. Kendall wollte ihn eigentlich zum Medizinstudium schicken, aber Andrew Doyle hatte sich verliebt und wich nicht mehr von ihrer Seite. Es war fürchterlich. Sie hieß Rose, glaube ich. Sie wurde immer schwächer und schwächer und ich dachte schon, Andrew würde ihr ins Grab folgen.“

Kate kannte das Gefühl. Wie viele Monate hatte sie wie betäubt vor sich hin vegetiert, nachdem Nathan gestorben war? Erst im letzten Jahr hatte sie es geschafft, nicht bei jeder Geigenmusik in Tränen auszubrechen. Sie warf Schwester Ackerman einen mitfühlenden Blick zu, die ihre zwei Eheringe an einer Halskette trug. Als zweifache Witwe kannte sie den Schmerz eines derartigen Verlustes sicher am besten.

Timothy schien überhaupt nicht zu merken, wie unangenehm Schwester Ackerman das Thema war. „Und was wurde aus Mr Doyle?“, fragte er.

„Oh, das Mädchen starb und Dr. Kendall schaffte es irgendwann, ihn zum Medizinstudium zu bewegen. Harvard, glaube ich."

Die Stationsschwester drückte sich vom Tisch weg. „Wenn Dr. Kendall hört, wie Sie hier wie eine Schar von Schnattergänsen herumtratschen, lässt er Sie alle auf die Straße setzen."

Das Gewitter legte jetzt richtig los und an den Fensterscheiben bildeten sich Rinnsale. Die feuchte Luft gab einem das Gefühl, dass es noch kälter wurde. Ein Blitz zuckte, gefolgt von einem Donnerschlag direkt über ihnen.

Auf einmal war es dunkel im Raum. Kate konnte nur die Silhouetten der anderen erkennen. Vorsichtig tastete sie sich bis zum Fenster im Erker vor, hielt sich am Bücherregal fest und sah nach draußen.

Seltsam. Die Lichter in den anderen Etagen waren an.

„Kate, schauen Sie bitte auf der Frauenstation nach dem Rechten", sagte Schwester Ackerman. „Ich kümmere mich um die Männerstation. Henry, Sie gehen nach unten und sehen zu, wie wir wieder Licht bekommen."

Kate setzte langsam einen Fuß vor den anderen und erreichte die Frauenstation, wo es mehrmals metallisch klirrte. Die Fenster gingen nach Westen, was es noch dunkler machte.

„Sind alle wohlauf?", fragte Kate.

„Margaret hat sich beim Donner erschreckt", erwiderte irgendjemand. „Ihr ganzes Tablett liegt auf dem Boden verstreut."

Bis Kate die Patientinnen versorgt und das Malheur beseitigt hatte, war das Gewitter schon fast weitergezogen. Weder Henry noch Timothy hatten sich wieder blicken lassen, aber ein Blick aus dem Fenster verriet ihr, dass die anderen Stockwerke noch immer erleuchtet waren. Es schien, als wären sie die einzige Etage ohne Strom.

Timothy kam zehn Minuten später mit finsterer Miene nach oben. „Da hat jemand an den Stromkabeln herumgespielt", sagte er.

Trevor war verwirrt, als er von seinem Termin mit dem Anwalt zurückkehrte und eine Klinik vorfand, die nur mit Kerosinlampen erleuchtet war. Ein Elektriker war bereits dabei, die Kabel zu untersuchen.

„Sieht so aus, als hätten Sie es mit Ratten zu tun", stellte er fest und hockte sich neben den Verteiler, von dem aus das fünfte Stockwerk mit Strom versorgt wurde. Und tatsächlich, die Stoffummantelung der Kabel war durchgeknabbert, sodass das blanke Metall zu sehen war. Die Ummantelung war mit Paraffin getränkt, was sie womöglich für Ratten attraktiv machte, aber sie hatten auf dieser Etage noch nie mit Nagern zu tun gehabt.

„Die freigelegten Kabel müssen die Ladung vom Blitz über die Luft aufgenommen und den Stromkreis überlastet haben. Ich fasse hier nichts an, bis das Gewitter vorbei ist."

Es würde eine stattliche Summe kosten, das Malheur zu reparieren, und Lamprechts Aversion gegen die Klinik nur noch verstärken. Trevor schüttelte genervt den Kopf. Mochte sein, dass es Ratten waren, aber wahrscheinlicher erschien ihm eine bestimmte Ratte, die ihn in den Ruin treiben wollte.

„Wie alt ist denn der Schaden?"

„Schwer zu sagen", antwortete der Elektriker. „Könnte von letztem Jahr sein, könnte aber auch von gestern Abend sein."

Trevor hatte vor zwei Wochen das Schloss getauscht. Seitdem hatte es keine verdächtigen Aktivitäten in der Klinik mehr gegeben. Wahrscheinlich waren die Kabel schon davor beschädigt worden und erst das Gewitter hatte für die Überlastung gesorgt.

Welcher Dummkopf spielte mit der Elektrizität herum? Hasste ihn jemand so sehr, dass er einen Stromschlag riskierte, nur um Trevors Ruf zu schaden? Oder war er nur paranoid und der Schaden ging tatsächlich auf das Konto von Ratten?

Nein. Trevor war sich sicher. Sein Feind wurde von Tag zu Tag dreister, was auch der Brief bewies, der vor zwei Tagen bei ihm im Briefkasten gelandet war. Er war mit Ausschnitten aus medizinischen Fachzeitschriften vollgestopft gewesen. Die Artikel waren zum Teil schon vergilbt, hatten aber alle ein und dasselbe Thema: Ärzte, die getadelt worden waren, gemaßregelt oder die ihre Lizenz verloren hatten. Zwei der Ärzte waren sogar des Totschlags überführt worden und ins Gefängnis gewandert.

Diese Artikel hatten das Fass zum Überlaufen gebracht und Trevor hatte sich einen Anwalt genommen. Es widerstrebte ihm, sein Geld für Anwaltskosten aus dem Fenster zu werfen, aber er hatte keine Wahl. Es war nun völlig klar, dass sein Feind seine Karriere zerstören und ihn für das, was in Baltimore geschehen war, hinter Gittern sehen wollte.

Wie erwartet nutzte Lamprecht den Zwischenfall mit den Stromkabeln, um Trevor aus dem Krankenhaus zu werfen.

„Ratten?", geiferte der Krankenhausdirektor. „Wenn das in die Presse gelangt, dann können wir uns für die nächsten zehn Jahre die zahlende Kundschaft abschminken. Ich will, dass Sie verschwinden. Es ist mir egal, ob Sie den ranghöchsten Militärarzt der Marine hinter sich haben. Nirgendwo in unserem Vertrag steht, dass ich mir mein Gebäude verseuchen und zerstören lassen muss. Ich werde sofort die Räumung prüfen lassen."

Weswegen Trevor erneut zum Anwalt musste. Dieses Mal nahm er aber Timothy Norton mit. Kates junger Bruder war nicht auf den Kopf gefallen und Trevor wollte, dass einer der Marinesoldaten über die Ermittlungen Bescheid wusste.

Mit großen Augen bestaunte Timothy das verzierte Büro des Anwalts. „Verdienen Anwälte wirklich so viel?", raunte er.

„Andere verdienen das Geld. Anwälte wissen nur, wie sie sich ein schönes Stück vom Kuchen abschneiden."

Manchmal vergaß Trevor, dass Timothy erst achtzehn war und Washington noch nie verlassen hatte. Durch seinen drahtigen Körper und die schnelle Auffassungsgabe erschien er viel reifer, aber jetzt, mit dem kindlich staunenden Gesicht, erinnerte er Trevor an einen schlaksigen schottischen Bengel, der vor langer Zeit nicht minder beeindruckt gewesen war.

Edward Frontera, der Anwalt, trat ein. Seine schwarzen Haare wurden von einem silbernen Zwicker kontrastiert. Er ließ eine Akte auf den Besprechungstisch fallen.

„Und?", fragte Trevor ungeduldig.

„Der Vertrag des Krankenhauses mit dem *Surgeon General* ist wasserdicht. Man kann Sie nicht vor die Tür setzen, es sei denn, der Minister stimmt zu."

„Und das wird er nicht", kommentierte Trevor.

„Solange Sie Ihre Lizenz behalten. Sollte Ihnen diese aberkannt werden, ist der Vertrag null und nichtig."

Trevor hatte sich schon einen Schlachtplan zurechtgelegt, um seine Lizenz zu schützen. Ein Aberkennungsverfahren dauerte Monate und war im Augenblick nicht seine größte Sorge. Die Zwangsräumung könnte ihm schon am Ende des Monats drohen, in weniger als drei Wochen, dann wäre seine ganze Forschung unterbrochen und ruiniert. Während der Anwalt ihn über die verschiedenen Möglichkeiten des Krankenhauses aufklärte, schnappte sich Timothy den Stapel mit den anonymen Briefen und sah sie durch. Trevor hatte sie allesamt dem Anwalt zur Verwahrung übergeben. Er ballte die Fäuste. Es war demütigend, dass ein junger Mann, den er respektierte, sich derartige Beschimpfungen durchlas.

„Ich glaube nicht, dass der Absender in Baltimore wohnt", sagte Timothy plötzlich und hielt einen Brief hoch. „Dieses Papier wurde bei Steigler in der Dreiundzwanzigsten gekauft. Man sieht das Wasserzeichen, wenn man es gegen das Licht hält."

Trevor lehnte sich zurück und schalt sich für seine eigene Dummheit. Er war stillschweigend davon ausgegangen, dass sein Peiniger aus Baltimore kam, weil die Quecksilberstudie offensichtlich der Auslöser für diesen Schlamassel war. Washington war mit dem Zug nur einen Katzensprung von Baltimore entfernt. Er hatte sofort vermutet, dass der Täter mit dem Zug kam und eine Stunde später wieder nach Baltimore zurückfuhr.

„Sollte der Täter in Washington wohnen, erscheint mir Ihr Laborassistent als der nächstliegende Verdächtige", sagte der Anwalt. „Hat Mr Harris irgendeinen Grund, böse auf Sie zu sein?"

„Henry Harris wird jedes Mal fuchsteufelswild, wenn Harvard Princeton im Football besiegt, aber davon abgesehen ist er die friedfertigste Seele, die ich kenne."

Timothy rutschte auf seinem Sitz hin und her und sah etwas seekrank aus. „Ich glaube, er ist eifersüchtig. Es gibt da ein Mädchen, das das Essen serviert. Bridget Kelly, aus Irland. Er mag sie, aber er glaubt, sie hat nur Augen für Sie."

Trevor musste die Möglichkeit in Betracht ziehen, dass dies alles gar nichts mit seiner Quecksilberstudie zu tun hatte, und wenn irgendjemand eine falsche Fährte diesbezüglich legen konnte, dann Henry Harris. Henry hatte ihn auf Schritt und Tritt durch die unglückselige Studie begleitet.

„Männer tun die unvernünftigsten Dinge, wenn eine Frau im Spiel ist", gab Mr Frontera zu bedenken.

Trevor spielte mit einem Bleistift. „Haben Sie ein Auge auf ihn", wies er Timothy an. „Ich glaube zwar nicht, dass Henry damit etwas zu tun hat, aber ich kann es mir nicht leisten, dieser Fährte nicht zu folgen."

Mr Frontera notierte sich Henrys Namen. „Gibt es sonst noch jemanden, der Sie in den Ruin treiben will?"

Wenn Trevor den Kreis der Verdächtigen über die Beteiligten an der Studie hinaus ausweitete, musste er wohl oder übel seinen Vater hinzuzählen. Allein der Gedanke war abstoßend, aber es wäre nicht das erste Mal, dass der mächtige Neill McDonough mit schmutzigen Tricks an sein Ziel kommen wollte.

„Mein Vater möchte, dass ich die Medizin an den Nagel hänge", sagte er zögernd.

Wenn das seinen Anwalt schockierte, konnte er es gut verbergen. „Und wohnt Ihr Vater hier in der Gegend?"

„Er lebt in Schottland, hat aber des Öfteren in Washington zu tun. Ich habe gerade erst diese Woche einen Brief erhalten, der nahelegt, dass er sich innerhalb der letzten Monate in den USA aufgehalten hat."

Trevor schämte sich, den Namen seines Vaters auf die Liste der Verdächtigen zu setzen, aber es musste sein. Sein Vater konnte eigentlich gar nicht so viele Informationen über die Quecksilberstudie zusammengetragen haben, um so eine Schmutzkampagne auszuhecken, aber mit Geld war fast alles möglich. Sein Vater war entschlossen, Trevor zurück nach Schottland zu holen, und Neill McDonough schaffte fast alles, was er sich in den Kopf gesetzt hatte. Ein paar Tausend Dollar in den falschen Händen konnten eine ordentliche Schlammlawine lostreten und diverse alte Geheimnisse zutage fördern.

Und Trevor hatte am eigenen Leib miterlebt, wie kaltherzig sein Vater sein konnte.

KAPITEL 11

In den darauffolgenden Wochen wurde für Kate die Zeit mit Trevor auf dem Dach zu einer regelrechten Zuflucht vor den Anfeindungen, die schwer auf ihm lasteten.

Diese einsamen Stunden waren der schönste Teil des Tages. Sie sprachen nie über das Quecksilber oder die andauernde Hetzkampagne. Das Dach war ihre Oase und sie redeten stundenlang über nichts als Bücher oder die neuesten Gerüchte. Kate genoss die friedlichen Minuten in der Sonne, selbst wenn Trevors Idee mit dem Sonnenlicht als Heilmittel wahrscheinlich Nonsens war.

Eines frühen Septembertages setzte sie sich auf den Hocker und beschloss, seine Theorie zu prüfen.

„Die Menschen leben doch nun schon Tausende von Jahren unter der Sonne", setzte sie an. „Wenn sie heilende Kräfte hat, wieso gibt es dann noch so viele Krankheiten?"

Trevor lag auf seinem Liegestuhl, das Hemd geöffnet, die Augen geschlossen. Er schmunzelte, drehte den Kopf und sah Kate an. Sein selbstsicherer Blick war eine Warnung, dass ihr Vorstoß gleich von einem brillanten Gegenargument zunichtegemacht werden würde.

Zu ihrer Überraschung sagte Trevor nichts, sondern stützte sich nur auf seinen Ellbogen. Sein Blick wanderte an ihrem Hals herunter bis zu den Schultern. Kate wurde etwas mulmig, als er seine Augen über ihr eng geschnürtes Mieder gleiten ließ, bis hinunter zum sorgfältig geplätteten Ärmelaufschlag. Dann begutachtete er ihren Rock, bis sein Blick die Spitzen ihrer Lederstiefeletten erreichte.

„Kate", sagte er mit seidiger Stimme, „abgesehen von ein paar Quadratzentimetern in deinem Gesicht und auf deinen Händen bist du völlig von der Sonne abgeschirmt und das, seitdem du als Kind in die Windeln gemacht hast. Beweisführung abgeschlossen."

Er legte sich wieder auf den Rücken und wandte sein Gesicht der Sonne zu. Trevor hatte recht. Ihre Kleidung hinderte die Sonne daran, auch nur in die Nähe ihres Körpers zu kommen.

Ganz im Gegensatz zu Trevor, der mit aufgeknöpftem Hemd in

der Sonne lag und seine bronzefarbene Brust entblößte. Es war sicher ganz und gar unschicklich, neben einem so dürftig gekleideten Mann zu sitzen, aber – du liebe Güte – sie war kein schüchternes Fräulein mehr, das beim bloßen Anblick einer nackten Männerbrust in Ohnmacht fiel.

Trevor schien hier oben anders zu sein. Entspannt. Normalerweise war er immer so distanziert, aber Kate war froh, dass er sich sicher genug fühlte, um sich vor ihr so zu zeigen. Sie ließ ihren Blick über das Dach schweifen und kämpfte gegen einen aufkeimenden Zweifel. Noch nicht einmal Trevor konnte so dreist sein, oder?

Kate räusperte sich. „Du willst doch nicht allen Ernstes vorschlagen, dass unsere Patienten sich für ihr Sonnenbad entkleiden?"

Seine einzige Reaktion bestand aus einem frechen Grinsen.

„Trevor McDonough!"

„Kendall."

„Hör auf, mir auszuweichen. Du kannst doch nicht Männer und Frauen halb nackt hier oben herumspazieren lassen! Das Krankenhaus wirft dich im hohen Bogen raus. Mr Lamprecht und der Rest der Krankenhausleitung bekommen allesamt einen Schlaganfall."

Trevor erläuterte ungerührt seinen Plan. Er würde Trennwände aufstellen lassen, um Bereiche für Herren und für Damen zu schaffen. Die Frauen würden Unterkleider tragen, die nur ihre Schultern, Arme und die Beine knieabwärts der Sonne aussetzten. Die Männer konnten ohne Hemden in der Sonne liegen. Während der ganzen Prozedur würde stets jemand vom Krankenhauspersonal anwesend sein. Offiziell, um für die Patienten da zu sein, aber inoffiziell, um gegen die Vorwürfe der Unschicklichkeit etwas in der Hand zu haben.

Trevor setzte sich auf. Sein Hemd hing offen herab. „Ich muss es versuchen, Kate", sagte er aufgeregt. „Ich lasse mich nicht von den prüden Bürgern dieser Stadt davon abbringen."

Kate wollte nicht mehr über Tuberkulose reden. Sie dachte an Charlie Davis. *„Ich habe schon immer gedacht, dass du und Trevor McDonough entweder auf Lebenszeit Erzfeinde oder die besten Freunde werdet. Ihr seid euch einfach viel zu ähnlich für irgendein Mittelmaß."*

Charlie schien recht zu behalten. Aber wie sollte sie Trevor deutlich machen, dass sie Interesse an ihm hatte? Er dachte wahrscheinlich, dass sie noch immer um Nathan trauerte, aber seit Tagen konnte sie nur an Trevors trockenen Humor denken. An sein unerschütterliches Engagement für die gute Sache. An den Feuereifer, der stets knapp unter der Oberfläche brodelte.

„Gab es eigentlich je ein Mädchen in deinem Leben?" Die Frage sprudelte aus ihr heraus, bevor sie sich zügeln konnte. Sie beobachtete, wie er auf den unebenen Bodenbelag vor seinen Füßen starrte und sich das Kinn rieb. Er brauchte so lange mit seiner Antwort, dass Kate sich schon fragte, ob er die Frage überhaupt gehört hatte.

Schließlich sah er sie an. „Es gab ein Mädchen in Schottland. Deirdre Sinclair. Ihre Familie wohnte auf dem Gehöft neben uns. Wir sind zusammen aufgewachsen und ich dachte immer, dass wir eines Tages heiraten würden. Aber es kam anders."

„Und sonst niemand?" Es waren fürchterlich persönliche Fragen, aber da Trevor nie freiwillig Informationen über sich preisgab, musste Kate einfach nachbohren.

Und sie wollte es unbedingt wissen.

Er knöpfte sich das Hemd zu und Kate hatte das Gefühl, die Farbe in seinem Gesicht kam dieses Mal nicht von der Sonne. „Nicht wirklich. Ich war immer so tief in meiner Arbeit versunken und es fehlte einfach die Zeit für ... solcherlei Dinge."

Trevor sah so einsam aus. Kate kannte dieses Gefühl nur zu gut. Obwohl sie stets von ihrer Familie und den Gästen im Logierhaus umgeben war, spürte sie oft den Schmerz der Einsamkeit. Sie hatte vier lange Jahre unter diesem Schmerz gelitten, aber nun war sie bereit, ihn hinter sich zu lassen. Nathan war ihre Jugendliebe gewesen. Er war lustig und charmant gewesen und sie hatte ihn aus tiefstem Herzen geliebt. Wäre er zu einem gestandenen Mann von Format gereift? Sie würde es nie erfahren. Und nun stand ein faszinierender, anspruchsvoller und imposanter Mann vor ihr. Wenn Trevor in ihrer Nähe war, erschien ihr das Leben dynamischer, als wäre die Luft elektrisch geladen.

„Nathan ist vor vier Jahren gestorben", sagte sie leise. Ihre Knie waren nur Zentimeter von seinen entfernt und sie musste ihre Hände ineinanderklammern, um ihn nicht zu berühren. „Zuerst war ich davon überzeugt, nie wieder einen anderen Mann ansehen zu können. Aber ich habe mich geirrt."

Ihre Blicke trafen sich. Trevor sah aus wie ein ausgehungerter Mann vor einem einladenden Buffet. Seine Augen glänzten. Er beugte sich ein Stück vor und Kate hielt die Luft an. Alles, was er jetzt noch tun musste, war, die wenigen Zentimeter zwischen ihnen zu überbrücken, und sie würde ihm in die Arme fallen.

Bitte, Trevor. Wir passen so perfekt zusammen …

Plötzlich zuckte er zurück. Der hungrige Gesichtsausdruck war erloschen. Mit einem Ruck stand er auf, wandte sich ab und stopfte sich das Hemd in die Hose. Dann griff er nach seiner Weste und dem Jackett. „So." Er räusperte sich und legte die Kleidungsstücke über den Arm. „Ich sollte zurück an die Arbeit. Henry hat die Zahlen vom Hämoglobin sicher längst fertig."

Er stieg an ihr vorbei und stapfte zur Dachtür, ohne sich noch einmal umzudrehen.

In den darauffolgenden Tagen verzog sich Trevor in seinen üblichen frostigen Panzer. Er erwähnte ihre peinliche Offenbarung auf dem Dach mit keinem Wort, wofür Kate dankbar war. Aber musste er so tun, als wäre jedes Quäntchen menschliche Wärme aus ihm herausoperiert worden? Zur Stationsschwester war er schroff; er setzte sich nicht mehr zu ihnen an den Mittagstisch und konnte Kate während der Visite kaum in die Augen sehen.

Das Fass zum Überlaufen brachte er an einem Spätnachmittag, als Kate den Patienten vorlas. Es hatte noch keine Reaktion auf ihren Brief an Mark Twain gegeben und ohne eine Fortsetzung von *Tom Sawyer* in Sicht hatte Kate mit *Sturmhöhe* von Emily Brontë angefangen. Alle Patienten nahmen gern an der Lesestunde teil, auch wenn Margaret Longmire, Patientin 18F, wie Trevor sie nannte, so schwach war, dass sie mit dem Rollstuhl in die Sitzecke gebracht werden musste.

Kate wollte gerade zu Kapitel drei ansetzen, als Trevor in die Klinik marschierte. „Was hat 18F außerhalb der Station zu suchen?", herrschte er die Stationsschwester an.

Es war Kates Idee gewesen, Margaret mit dem Rollstuhl zu holen, und sie wollte die Schuld auf sich nehmen, wenn das ein Problem darstellte. Sie stand auf. „Ich habe den Patienten aus *Sturmhöhe* vorgelesen. Es scheint ihnen allen gutzutun."

Trevor schnappte sich eine Akte vom Schwesterntresen und überflog die Patientenkurve. „Was für ein selten dämliches Buch. Cathy stirbt und Heathcliff verliert den Verstand. Die reinste Zeitverschwendung." Den Blick auf die Werte gerichtet, lief er in Richtung ihres Büros davon.

Kate schlug das Buch mit einem Knall zu. „Bin gleich wieder da", murmelte sie und stürmte Trevor hinterher.

Als sie die Bürotür aufriss, sah er sie erstaunt an.

„Immer, wenn ich gerade daran zweifle, ob du wirklich nur ein einziger Eisblock bist, kommst du daher und beweist es mir! Warum hast du das gerade gemacht?"

„Was denn?"

„Das Ende vom Buch verraten!"

„Weil es ein lächerlicher Roman ist. Melodramatisches Gefasel."

Kate zog mit einem Rums die Tür hinter sich zu. Sie scherte sich nicht um seine kleinlichen Benimmregeln. Außerdem war sie sich ziemlich sicher, dass er nicht wollte, dass die Patienten mithörten, wie sie ihm jetzt gehörig den Kopf waschen würde.

„Damit das klar ist", sagte sie mit fester Stimme, „vielleicht hast du in Schottland oder Indien – oder wo auch immer du aufgewachsen bist – keine Manieren gelernt, aber du solltest das lieber schleunigst nachholen. Die Presse, die Krankenhausleitung und die meisten Abgeordneten dieser Stadt würden sich freuen, wenn man dir das Handwerk legt. Es ist an der Zeit, dass du daran arbeitest, ein Warmblüter zu werden. Das wird kein Zuckerschlecken, aber du solltest es versuchen. Du wirst heute Abend bei uns am Tisch sitzen und dich verhalten wie ein zivilisierter Mensch."

„Nichts dergleichen werde ich tun. Die neue Ausgabe der *Hemoglobin Research* ist gerade gekommen und ich werde sie heute Abend lesen."

Es musste doch irgendwo ein Fünkchen Menschlichkeit in diesem Eisblock stecken! Sie hatte ihn auf dem Friedhof gespürt, auf dem Dach. Trevor hatte ein Herz, das bluten und schmerzen konnte und sich danach sehnte, die Krankheit zu heilen, die zweiunddreißig Menschen auf der anderen Seite dieser Mauer nach und nach ins

Grab brachte. Wenn er es nicht endlich ans Licht zerren und dem Rest der Menschheit zeigen konnte, würde er weiterhin überall die Brücken zerstören, statt sie aufzubauen.

„Ich sage es noch einmal: Du *wirst* heute Abend zum Dinner kommen. Und du wirst sehr höflich sein. Du brauchst Verbündete in diesem Krieg und bisher sehe ich nicht, dass du irgendetwas dafür getan hättest, welche zu bekommen. Ich kann nicht für diese Leute kämpfen, wenn du es nicht tust. Du hast gesagt, du brauchst jemanden, der es mit Drachen aufnimmt. Warum bin ich dann hier die Einzige, die sich für die Schlacht vorbereitet?!"

Kate brüllte mittlerweile, aber es schien der einzige Weg, um zu ihm durchzudringen. Immerhin schien Trevor völlig verdutzt zu sein. Nachdenklich legte er den Kopf schief und runzelte die Stirn, wie immer, wenn er tief in Gedanken war. Sie holte zum finalen Schlag aus.

„Achtzehn Uhr im Logierhaus. Und wage es nicht, wieder zu spät zu kommen."

Es gab eine lange Pause. „In Ordnung", sagte er schließlich.

Sie strich sich eine launische Strähne aus der Stirn, zog die Bluse glatt und öffnete die Tür.

Sechs Patienten hatten sich an die Tür gedrängt und lauschten. So schuldig, wie sie aussahen, mussten sie jedes Wort gehört haben. „Zwei Punkte für Kate Livingston", sagte Leonard Wilkes laut genug, dass Trevor es hören musste.

Trevors Lächeln wich einem finsteren Blick.

Trevor kam zehn Minuten zu früh und brachte einen Strauß Tausendschönchen für den Tisch mit. Er verhielt sich wie ein vollkommener Gentleman und ließ sich von Kate mit einer Handvoll Gästen bekannt machen, die in seiner Nähe am voll besetzten Tisch saßen.

Kate hatte ihre Mutter ebenfalls um gutes Benehmen gebeten, weswegen es am Tisch hauptsächlich darum ging, ob der ehemalige Präsident Grover Cleveland im nächsten Jahr ein zweites Mal versuchen würde, ins Weiße Haus einzuziehen. Als das Gespräch auf Trevors Arbeit kam, verhielt er sich höflich und zurückhaltend, sogar als Mrs Zomohkov wegen der Ansteckungsgefahr bei Tuberkulose Alarm schlug. Kate konnte kein Russisch, aber die Abscheu in Mrs Zomohkovs Stimme war unüberhörbar. Ihr Mann räusperte sich und tupfte sich mit der Serviette den Mund ab, bevor er übersetzte.

„Meine Frau sorgt sich um die Armen. Sie fragt, ob sie anfälliger für die verheerenden Auswirkungen dieser Krankheit sind?"

Mr Zomohkov war offensichtlich ein großer Diplomat. Ein Blick in Mrs Zomohkovs angewidertes Gesicht genügte, um zu wissen, dass sie sich keineswegs so zurückhaltend geäußert hatte.

Trevors Antwort war taktvoll. „Die Armen erkranken häufiger an Tuberkulose, weil sie auf so engem Raum beieinanderleben, aber es kann jeden treffen, überall. Soldaten und Matrosen sind durch enge Unterkünfte ebenfalls besonders gefährdet." Er sah Mrs Zomohkov freundlich an. „Ich werde eines Tages ein Heilmittel finden. Und wenn es so weit ist, wird es Sie schützen, Ihre Kinder und all Ihre Freunde. Dann muss niemand mehr daran sterben. Wir sitzen alle im selben Boot."

Ihr Mann übersetzte. Die Anspannung in Mrs Zomohkovs Schultern schien ein wenig nachzulassen, aber ihre Mundwinkel zeigten nach unten und waren wie eingefroren.

„Sprechen Sie Deutsch?"

„Ja", erwiderte Mrs Zomohkov überrascht. Die beiden wechselten einige Worte. Kate sah verblüfft zu. Aus den Zeitungsausschnitten hatte Kate aufgeschnappt, dass Trevor einige Zeit an der Universität Wien geforscht hatte. Trevor beugte sich vor und raunte Mrs Zomohkov etwas zu, woraufhin sie wie ein junges Mädchen anfing zu kichern.

Trevor in einer Fremdsprache parlieren zu sehen, war auf seltsame Weise anziehend. Wo hatte er so gut Deutsch gelernt, dass er sogar in Europa hatte studieren können?

Einige Augenblicke später lehnte Trevor sich zurück. „Ich bitte vielmals um Verzeihung", sagte er in die Runde. „Mrs Zomohkov und ich haben von der Wiener Oper geschwärmt. Ich hatte das Vergnügen zu erfahren, dass Tschaikowski, der große russische Komponist, dort aufgeführt wird."

Mrs Zomohkov lächelte und nickte unentwegt, selbst als das Gespräch längst auf die moderne Musik und die Frage kam, ob Washington je ein eigenes Opernhaus haben würde.

Später gab Kate Trevor sein Jackett und begleitete ihn zur Tür. Trevor schlüpfte hinein und schmunzelte.

„Ein Drachen weniger“, flüsterte er.

KAPITEL 12

Nach diesem Abend erschien Trevor regelmäßig zum Abendessen und Kate war begeistert, wie viel Mühe er sich gab, ein Warmblüter zu werden. Nach und nach wirkte er immer unverkrampfter. Eines Abends unterhielt Tom Wilkinson vom Patentbüro die Gesellschaft mit einer Geschichte über eine Erfindung, die übergewichtige Hauskatzen schlank trainieren sollte. Während er erzählte, ließ sich Kate von Trevors Anblick mehr und mehr verzaubern.

Er trug noch immer seine Weste, hatte aber den Hemdkragen gelockert und die Ärmel hochgekrempelt, lauschte interessiert Wilkinsons Bericht und spielte dabei geistesabwesend mit seiner leeren Teetasse. Kate fragte, ob er Nachschub wolle. Trevor sah sie freundlich an, schüttelte aber den Kopf. Dann wandte er sich lächelnd wieder Wilkinson zu und ließ seinen Daumen langsam und gemächlich über den Tassenrand gleiten. Diese Hände konnten Menschen operieren. Ein Mikroskop feinjustieren. Trevors Intelligenz hatte Kate schon immer fasziniert, aber wenn er entspannt war wie jetzt ... nun ja, dann wurden alle unschicklichen Fantasien, die sie je mit ihm in der Hauptrolle hatte, zum Leben erweckt.

Aber er konnte auch von einem Augenblick zum anderen zum Eisblock werden.

Am Morgen, als Ephraim Montgomery starb, erlebte sie den alten Trevor wieder in voller Blüte. Es war das erste Mal, dass ein Patient starb, seit Kate in der Klinik arbeitete, und sie war tief betroffen. Sie stand im Türrahmen zur Männerstation und sah zu, wie Trevor die Patientenkurve vervollständigte. Zwei Krankenpfleger schoben Mr Montgomerys Bett aus der Tür. Was blieb, war eine breite Lücke in der akkuraten Bettreihe. Dabei war Ephraim Montgomery jemandes Sohn, Mann oder Bruder gewesen.

Ein ungewolltes Schluchzen entfuhr Kate. Trevors strafender Blick traf sie. Er klappte die Kurve zu und kam quer durch den Raum auf sie zu.

„Raus“, blaffte er.

Kate folgte ihm und sah beschämt zu Boden. Trevor zog hinter ihnen die Tür zur Männerstation zu. „Wage es nicht, vor den Patienten zu einer plärrenden Heulsuse zu werden! Wenn du dich nicht beherrschen kannst, dann geh nach Hause. Hast du überhaupt eine Ahnung, wie viel Angst sie haben?"

„Das verstehe ich doch", antwortete Kate mit Zittern in der Stimme.

Trevors Blicke waren wie Pfeile. „Du gehörst zum Personal und das bedeutet, dass sie Mut bei dir suchen. Kraft. Oder zumindest, dass der Tod kein endgültiges Nichts ist. Der Tod ist nicht das Ende, doch wenn du herumflennst, stiehlt ihnen das die Kraft zum Leben! Du solltest besser schnell dein Rückgrat finden. Und die Stärke, den Kampf mit der Krankheit aufzunehmen. Denn nur dafür habe ich dich eingestellt."

Trevor wandte sich ab und folgte Mr Montgomerys Bett aus der Klinik.

Kate ließ den Kopf hängen. Ihr Magen rumorte und sie hatte Kopfschmerzen. Manchmal brachte Trevor ihren Verstand fast zum Platzen. Und das Schlimmste war: Er hatte recht. Ihre Unfähigkeit, sich mit dem Tod zu arrangieren, war ihre größte Schwäche.

Alle ihre Patienten wussten, dass sie bald sterben würden. Kate begriff allmählich, was Trevor damit meinte, dass sie im Kampf gegen die Krankheit Narben davontragen würde. Sie würde immer wieder zu Boden geworfen werden, aber morgen früh musste sie wieder aufstehen und dem Tag mit neuer Kraft entgegengehen.

„Es stimmt nicht, was er sagt."

Sie drehte sich erschrocken um. Leonard Wilkes saß am Erkerfenster und sah sie aus müden Augen voller Mitgefühl an. Eigentlich hatte Leonard immer als Erster einen makabren Scherz über den Tod auf den Lippen. Dementsprechend überrascht war Kate von seiner Anteilnahme. Sie schniefte und ordnete ihren Kragen. „Was wer sagt?"

„Dr. Kendall. Oh, dass wir alle in Gottes Hand sind, das stimmt, Ma'am, ob nun hier auf Erden oder auf der Reise ins Jenseits, aber um jemanden zu trauern ist kein Grund, sich zu schämen. Das ist ganz normal. Die Trauer rückt unseren Blick auf das Leben zurecht. Sie hilft uns, für das Gute im Leben dankbar zu sein. ‚Den Abend lang währet das Weinen, aber des Morgens ist Freude.' Sie machen das ganz gut, Mrs Livingston."

Kate ging es aber ganz und gar nicht gut. Gottvertrauen und ein Leben nach dem Tod, das konnte sie ohne Weiteres glauben, aber warum hatte sie dann so eine schreckliche Angst davor, mit ansehen zu müssen, wie Menschen starben? Warum kämpfte sie immer noch mit dem, was ihren kleinen Brüdern und Nathan zugestoßen war? Es war so ungerecht. Sie konnte nicht verstehen, wie ein liebender Gott ohne jeden Grund Kinder aus dem Leben reißen oder Ephraim Montgomery einen qualvollen, langsamen Tod zumuten konnte.

Und sie fühlte sich klein und armselig für ihre Gedanken. Ein besserer Mensch würde nicht derart an Gott zweifeln.

Kate rang sich ein Lächeln für Mr Wilkes ab, doch im Laufe des Tages ging es ihr immer schlechter. Es war ein herrlicher Herbsttag, aber sie wollte sich am liebsten unter der Bettdecke verkriechen. Tapfer nahm sie sich den Kalkulationsbogen vor. Es wartete viel Arbeit auf sie und sie würde Trevor nicht die Genugtuung verschaffen, sie beim Weglaufen zu beobachten.

„Trevor, es würde dir hervorragend stehen, wenn du etwas freundlicher zu mir wärst."

Kates Bemerkung stieß ihn vor den Kopf. Er war gerade von Ephraim Montgomerys Autopsie zurückgekehrt, wo er deutlich hatte sehen können, was die Tuberkulose in der Leber und im Magen-Darm-Trakt angerichtet hatte. Auf Kates Äußerung war er nicht vorbereitet, obwohl ihm durchaus bewusst war, dass er sie hart angefasst hatte. Aber jeder Verlust eines Patienten war für ihn nun einmal eine Niederlage, die ein Loch in seine Rüstung schlug. Wenn er wie Kate nachgab und sich von Gefühlen übermannen ließ, würde er nicht lange überleben.

„Warum sollte ich?" Er zog seinen Arztkittel aus und warf ihn neben der Tür über den Haken. „Du wusstest, dass die Arbeit eine Herausforderung sein würde."

„Weil ich ein Herz habe, das empfinden kann und blutet, wenn jemand stirbt. Ich kann meine Gefühle nicht aussperren wie du." Ihre Stimme klang nicht vorwurfsvoll, sondern verletzt, verwirrt. „Als ich fünfzehn war, starben zwei meiner Brüder an Diphterie."

Er erinnerte sich. In der Schule wurde eine Ansage gemacht, weil Kate so lange dem Unterricht ferngeblieben war, und alle hatten sich um sie geschart, als sie wieder da war. Trevor hatte das alles aus der Ferne beobachtet und nicht gewusst, wie er sich verhalten sollte. Kate war am Boden zerstört gewesen und es hatte Monate gedauert, bis sie nicht mehr nur ein Schatten ihrer selbst war.

„Ich habe mich immer wieder gefragt, wie sie wohl heute wären, wenn sie hätten aufwachsen dürfen", sagte Kate leise. „Carl war gerade einmal zwölf, Jamie zehn. Immer wenn ich ein Kind singen höre, muss ich an Jamie denken. Er sang in der Waschküche nach Leibeskräften, weil ihm so gut gefiel, wie es von den Kacheln zurückhallte. Und dann kam Mama gelaufen und schimpfte, er solle ruhig sein, er wecke noch alle Gäste auf. Ich frage mich auch, ob Carl noch immer nicht beim Schach verlieren könnte." Sie blinzelte ein paar Tränen weg. „Ich wünschte, ich hätte ihn ab und zu gewinnen lassen. Ja, das hätte ich tun sollen ... ich war doch die Ältere und hätte ihn bei jedem Spiel gewinnen lassen sollen. Ich wünschte, ich hätte Jamie diesen dummen Holzzug zum Geburtstag gekauft, auch wenn er eigentlich viel zu teuer war. Er wollte ihn so gern haben und dann musste er ins Grab, ohne je mit einer richtigen Holzeisenbahn gespielt zu haben. Hört das denn nie auf wehzutun?"

Trevor ging zu Kate hinüber. Seine Hand schwebte knapp über ihrem Kopf. Er wünschte, die Trauer von ihren Schultern heben und für sie tragen zu können.

Kate setzte sich auf und versuchte, ihre Fassung wiederzugewinnen. „Deswegen möchte ich, dass Timothy auf die Marineakademie geht. Als Offizier ist es weniger gefährlich und ich könnte es nicht ertragen, wenn ihm etwas zustößt. Von mir aus soll er Lumpensammler werden. Nur kein Soldat an der Front."

Dass sie Timothy bemutterte, fiel ihm nicht zum ersten Mal auf. Trevor zog sich einen Stuhl heran und setzte sich. Ihre Beine berührten sich fast. Er beugte sich vor, um ihr direkt in die Augen sehen zu können.

„Männer und Frauen sind unterschiedlich", erklärte er. „Wir

Männer wollen erobern, ob es nun ein fremdes Land oder ein mikroskopisch kleiner Keim ist, den man nicht einmal sehen kann. Wenn ihr Frauen uns davor beschützen wollt, dann sterben wir innerlich. Timothy ist nicht zum Lumpensammler gemacht und das weißt du.“ Eine Strähne hing ihr ins Gesicht und er strich sie ihr hinters Ohr. „Versuche nicht, ihn aufzuhalten, Kate. Er muss seinen Träumen folgen, wohin sie ihn auch immer führen.“

Kate lehnte sich an ihn und sah müde und kraftlos aus. „Der Gedanke, dass Timothy sterben könnte ... er lähmt mich vor Angst. Ich habe wohl unterschätzt, wie schwer es werden würde, hier zu arbeiten. Ich kannte Ephraim Montgomery doch kaum, aber ich heule mir schon den ganzen Tag die Augen aus. Vielleicht gehöre ich doch nicht hierher.“

Angst packte ihn. „Sag das nicht! Du bist stark genug.“ Dass er so sehr auf Kate angewiesen war und sie brauchte, erschreckte ihn.

„Ich fühle mich aber nicht stark. Ich fühle mich schwach und zerbrechlich und manchmal brauche ich einfach jemanden, bei dem ich mich anlehnen kann. Vielleicht bin ich nicht für eine Arbeit gemacht, bei der Menschen sterben.“ Zwei große Tränen kullerten über Kates Wangen.

Trevor seufzte. Er wusste, dass sie mit ihrem Lohn das Logierhaus am Laufen hielt. Sie hatte ihre Beziehungen spielen lassen, um Timothy auch noch im Krankenhaus unterzubringen. Nach einem langen Arbeitstag mit Todkranken servierte sie stets mit fröhlicher Miene Dutzenden von Gästen im Logierhaus das Essen. Und heute Morgen, als sie zum ersten Mal bei einer Arbeit, vor der die meisten Menschen schaudernd zurückschrecken würden, eine Schwäche gezeigt hatte, hatte er sie eine Heulsuse genannt.

„Du darfst nicht das Handtuch werfen, Kate. Was ich heute Morgen gesagt habe, war falsch. Ich habe dich für diese Anstellung ausgesucht, weil du so stark bist. Ich bin in der ganzen Welt herumgekommen und du warst die Einzige, die mich wirklich vorangetrieben, herausgefordert und inspiriert hat.“

Inspiriert. Das Wort war so ein alberner Versuch, um zu umschreiben, was sie in ihm auslöste. Für sie wollte er den Mond zur Erde ziehen, sich mit Wirbelwinden prügeln und Drachen töten.

Er nahm ihre Hände. „Ich brauche dich an meiner Seite. Es kann noch Monate, Jahre, vielleicht Jahrzehnte dauern, bis wir ein Heilmittel gefunden haben. So läuft es in der Medizin. Ich würde meinen rechten Arm opfern, um eine Abkürzung zu finden, aber so etwas gibt es nicht. Es wird ein langer, steiniger Weg. Und dafür brauche ich dich."

Kate sah ihn mit einer Mischung aus Hoffnung und Angst an. „Trevor, denkst du manchmal noch an Deirdre?"

Wo kam das auf einmal her? Er wollte nicht über Schottland reden, nicht über seine Vergangenheit, aber er konnte Kate nicht länger aussperren. Dafür bedeutete sie ihm zu viel.

„Nein. Kaum." Das war nicht gelogen. Deirdre war eine blasse Erinnerung im Gegensatz zu der feurigen, lebendigen Frau, deren Hände er hielt.

„Du ahnst ja gar nicht, wie sehr ich dich während der Schulzeit verabscheut habe", sprudelte ein leises Lachen aus ihr hervor. „Für mich warst du ‚der fürchterliche Trevor McDonough', aber heute bist du für mich einer der wertvollsten Menschen, die ich kenne. Und wenn du nicht mehr an Deirdre denkst ..." Ihr Daumen strich über seinen Handrücken und er hielt den Atem an. „Dann sollst du wissen, dass ich sehr viel an dich denke. Um genau zu sein ... ständig."

Trevor wusste genau, worauf sie hinauswollte, und er wollte es so sehr, dass er sich kaum zurückhalten konnte, die wenigen Zentimeter zwischen ihnen zu überwinden. Er wollte mehr von Kate Livingston, als sie sich erträumen mochte ... aber sie kannte ihn nicht. Nicht wirklich.

„Kate, ich bin keine gute Partie."

Sie erstarrte. „Wieso nicht?" Sie zog ihre Hände fort. „Hat das irgendetwas damit zu tun, dass du deinen Namen geändert hast? Oder mit den fehlenden zwei Jahren? Warst du etwa im Gefängnis?"

„Um alles in der Welt ...", murmelte Trevor, schob den Stuhl zurück und stand auf. Das hier war ein Fehler. Wenn sie wüsste, was in den zwei Jahren passiert war ... es war noch viel schlimmer gewesen als Gefängnis und Kate hatte jemand Besseres verdient. Sie verdiente einen Helden. Er war nichts als ein Mann im Arztkittel, der seine Hoffnung in Lebertran und Sonnenlicht setzte.

„Warum redest du nicht mit mir?" Kate ließ nicht locker. „Warum musst du alles immer so weit wegsperren? Ich tu dir nichts, Trevor."

„Doch, das tust du. Hör auf damit." Er ging zum Schreibtisch und zerrte die Schubladen auf der Suche nach dem Stempel heraus, den er für Ephraim Montgomerys Totenschein brauchte. Es war höchste Zeit, die Gefühlsduselei sein zu lassen und wieder an die Arbeit zu gehen. Mit dem Feuer zu spielen, das zwischen ihnen loderte, war viel zu gefährlich. Sie mussten zu der professionellen Ebene zurückkehren, die so gut funktioniert hatte.

„Ich glaube, ich sollte nach Hause gehen", sagte Kate matt.

Seine Faust umklammerte den Stempel, aber er konnte sich nicht dazu bringen, sich umzudrehen und sie anzusehen. „Ich möchte nichts mehr von einer Kündigung hören."

„Es geht mir nicht gut", sagte sie. „Ich möchte nach Hause."

Wenn er sie behalten wollte, musste er aufhören, sie unter Druck zu setzen. „Dann geh. Ich erwarte dich wieder morgen früh um neun."

Sie sagte kein Wort und verließ das Büro.

KAPITEL 13

Kate war noch nie so übel gewesen. Ihr Magen rumorte, der Kopf dröhnte und sie wollte Trevor am liebsten vierteilen.

Wie demütigend es gewesen war, von ihm zurückgewiesen zu werden. Zum zweiten Mal! Sie hatte sich von seinem abrupten Rückzug auf dem Dach nicht entmutigen lassen. Dass ihr der zugeknöpfte Trevor McDonough beim ersten Anzeichen von Gefühlen in die Arme fallen würde, hatte sie nicht erwartet. Er musste sich erst an den Gedanken gewöhnen und deshalb hatte sie auf den richtigen Augenblick gewartet.

Aber gestern hatte er sie geradeheraus und unverblümt zurückgewiesen. Er hatte wahrhaftig genug Zeit gehabt, um ihre Absichtserklärung auf dem Dach einzuordnen, und es war offensichtlich, dass er kein Interesse an ihr hatte.

Es graute ihr davor, wenn er ins Büro treten würde, obwohl sie Zweifel hegte, dass er ihre seltsame Unterhaltung vom Vortag mit einer Silbe erwähnen oder gar sein Verhalten ändern würde.

Dementsprechend überrascht war sie, wie unwohl sich auch Trevor in seiner Haut zu fühlen schien, als er schließlich auftauchte, zwei Stunden zu spät. Sie saß gerade am Schreibtisch und erstellte die tabellarische Übersicht der gestrigen Werte, als sie jemanden hinter sich spürte. Trevor stand im Türrahmen.

„Ja bitte?“, fragte sie.

„Ich wollte wissen, ob du mir die Ehre erweisen würdest, mich heute nach der Arbeit zu begleiten.“

„Zu begleiten? Wohin?“

Trevor räusperte sich und starrte auf einen Punkt irgendwo über ihrer linken Schulter. „Eine Bekannte von mir würde dich gern kennenlernen. Sie ist sehr krank und kann nicht aus dem Haus, deswegen hoffte ich, du würdest mich heute Nachmittag zu ihr begleiten. Es dauert nicht lange.“

Kate hatte Magenkrämpfe und wollte nichts weiter, als nach Hause zu gehen und sich in ihrem Bett zusammenzurollen. „Ich weiß nicht, Trevor." Das war sehr unhöflich von ihr, nachdem er sich so viel Mühe gegeben und regelmäßig zum Abendessen im Logierhaus erschienen war.

„Ich würde dich nicht darum bitten, aber Mrs Kendall geht es immer schlechter und ..."

„Mrs Kendall?" Kate saß wie eine Eins auf dem Stuhl.

Trevor ging zum Schreibtisch und ordnete die Papierstapel darauf. Noch immer konnte er sie nicht ansehen. „Sie hat Tuberkulose", sagte er. „Sie hat die Krankheit schon länger überlebt als jede andere. Ich mache bei ihr Hausbesuche."

„Ihr habt denselben Nachnamen. Gibt es da eine Verbindung?"

Sein Mund wurde zu einem Strich. Er sah aus, als wollte er lieber einen Zahn gezogen bekommen, als freiwillig eine Antwort zu geben. Sie würde jedoch um keinen Preis nachgeben, bis er es tat. Er verschränkte die Arme und starrte wieder auf den Punkt über ihrer Schulter. „Ja, es gibt eine Verbindung. Mrs Kendall war die Haushälterin von Senator Campbell. Ich lernte sie kennen, als ich dreizehn war."

„Gleich, nachdem du aus Schottland kamst?"

„Ja."

„Warum hast du dann ihren Namen angenommen?"

Ihre Blicke trafen sich. Manchmal sah Trevor wieder wie der verletzliche Junge von damals aus. Er wandte den Blick schließlich ab.

„Ich hatte nie wirklich eine Beziehung zu meinem Vater. Als ich ihm lästig wurde, schickte er mich nach Amerika und Mrs Kendall war der einzige Mensch in diesem Land, dem es nicht egal war, ob ich lebte oder starb. Sie hat mir sehr viel bedeutet. Und tut es heute noch."

Trevor war seinem Vater lästig geworden? *Lästig?* Sie wollte ihn fragen, was er mit diesem merkwürdigen Ausdruck meinte, aber Trevor schien weiter fieberhaft nach Worten zu suchen. Kate wagte nicht, ihn zu unterbrechen.

„Während der Schulzeit war Mrs Kendall die Einzige, mit der ich reden konnte, und ich erzählte ihr von dir. Sie wollte immer wissen, wie es in der Schule lief. Ich wollte damals nur eins: gute Noten. Und weil du mein Maßstab warst, sprachen wir letzten Endes ziemlich häufig von dir."

Seltsam, genau so war es auch bei ihr gewesen. Sie hatte sich jedes Mal die Haare gerauft, wenn Trevor bei irgendetwas besser als sie gewesen war, und ihre Eltern hatten ständig von ihren Herkuleskämpfen mit dem „fürchterlichen Trevor McDonough" gehört.

„Mrs Kendall ist todkrank", fuhr Trevor fort. „Ich weiß nicht, wie viel Zeit ihr bleibt, aber vermutlich nicht mehr als ein paar Wochen. Als sie hörte, dass ich dich eingestellt habe, wollte sie dich kennenlernen." Er lächelte ironisch. „Und ich fürchte, ich konnte Mrs Kendall noch nie einen Wunsch abschlagen. Deswegen wäre ich dir sehr dankbar, wenn du mich begleiten würdest. Wenn nicht heute, dann an einem anderen Tag, aber es bleibt nicht viel Zeit."

„Einverstanden", sagte Kate.

Sie wollte Mrs Kendall sehen, und wenn sie sich dafür die Füße wund laufen musste.

Sie fuhren mit der Pferdebahn bis nach Georgetown. Kate vermutete, dass Trevor für die Kosten des Reihenhauses aufkam, es sei denn, Mrs Kendall war sehr wohlhabend.

„Einen Atemschutz brauchst du nicht", erklärte Trevor, als sie das letzte Stück auf der baumgesäumten Straße liefen. „Ich habe Mrs Kendall heute Morgen getestet und sie ist nicht ansteckend. Wahrscheinlich wird sie uns Vanillepudding anbieten. Er kommt bei Weitem nicht an die Kochkünste deiner Mutter heran, aber bitte tu mir den Gefallen und lehne ihn nicht ab. Sie hat fast den ganzen Nachmittag damit verbracht, ihn zu kochen."

Als sie vor Mrs Kendalls Tür standen, hörte Kate Stimmen. Viele Stimmen. Sie hatte erwartet, eine Frau auf ihrem Sterbebett zu besuchen, aber das Gelächter und die fröhlichen Rufe von hinter der Tür waren unüberhörbar.

Trevor schien genauso verwirrt wie sie und klopfte.

Einen Augenblick später wurde die Tür von einer rundlichen Frau mit krausem rotblondem Haar geöffnet. „Trevor!", kreischte sie und fiel ihm um den Hals. Trevor ließ es mit verlegenem Blick über sich ergehen. „Und Sie müssen Kate sein", sagte sie überschwänglich.

„Sie werden nicht glauben, wie viel wir schon von Ihnen gehört haben. Kommt nur herein!"

Mindestens ein Dutzend Personen drängten sich in der Wohnung, in der es nach Vanille und Gewürztee roch.

„Scheint, als wären wir in ein Treffen der ehemaligen Bediensteten von Senator Campbell geplatzt", stellte Trevor fest. „Tut mir leid, Kate, das wusste ich nicht."

Ein attraktiver älterer Herr mit Tweedweste trat vor. „Sie erlauben, Mrs Livingston, dass ich Ihnen die hier Versammelten vorstelle." Er klang, als stünde er auf einer Theaterbühne. „Gestatten, Marcus Coburn. Ich bekleidete zwölf Jahre lang die Stelle des Butlers bei Senator Campbell. Dies ist Mary Hatch, das Zimmermädchen. Und ihre Schwester Alice, die Waschfrau. Der gut aussehende Herr in der Ecke ist Martin Harkin; ihm waren alle Stallburschen unterstellt."

Kate bekam große Augen. Martin Harkin war der Kutscher, der Trevor stets zur Schule gebracht hatte. So wie er ihr zuzwinkerte, hatte er sie erkannt, und sie lächelte zurück. Aber der Butler war noch nicht fertig. Er nickte in Richtung der Frau mit den rotblonden Haaren, die die Tür geöffnet hatte. „Das ist Nellie Kendall, Mrs Kendalls Tochter. Sie war das Küchenmädchen."

Kate hatte Mühe, sich alle Personen zu merken. Wie verblüffend es war, Trevor von so vielen Menschen umringt zu sehen, die sich offensichtlich über seinen Besuch freuten! Im Krankenhaus war er stets so distanziert. Es war aber nicht so, dass er hier wie ausgewechselt war. Schweigsam führte er sie durch das Gedränge in die Küche, wo eine gebrechliche alte Frau am Küchentisch saß. Ihre Haare waren zu einem eindrucksvollen Knoten geflochten und schmückten sie wie eine Krone.

„Kate, das ist Mrs Kendall. Sie war die Haushälterin von Senator Campbell in den vierundzwanzig Jahren seiner Amtszeit und sie ist ohne Zweifel verantwortlich für dieses ganze Spektakel."

Mrs Kendall drehte den Kopf. „Sie sind also die Frau, die meinen armen Jungen all die Jahre gequält hat." Dabei funkelten ihre Augen belustigt.

Kate setzte sich neben die alte Dame. Es fiel ihr sicher schwer, sich den Hals so zu verrenken. „Als armen Jungen habe ich ihn nie gesehen, aber ich gestehe, ihn gequält zu haben. Er hat sich übrigens ganz gehörig revanchiert."

Ihre Bemerkung wurde von lautem Gelächter begrüßt. „Richtig so, Mrs Livingston!", rief jemand. Ein Teller mit warmem Pudding wurde vor sie gestellt und allmählich füllte sich die Küche.

Sie ließ den Blick über die Gruppe schweifen. Alle schienen guter Stimmung zu sein. Einer der Männer hatte ein Fläschchen dabei, mit dessen Inhalt er den Tee aufpeppte. Er hielt Trevor das Fläschchen hin, aber dieser lehnte mit seiner üblichen Zurückhaltung ab.

„Sie alle kannten Trevor also schon als kleinen Jungen?", fragte Kate in die Runde. Wenn das stimmte, saß sie vor einer wahren Goldgrube.

Die Frau mit den krausen Haaren nickte. „Außer dass wir ihn damals noch Trevor McDonough nannten. Aber jetzt, wo Mutter dich unter ihre Fittiche genommen hat, macht uns das nicht zu Bruder und Schwester, Trevor?"

„Auf die Nerven gegangen wie eine Schwester bist du mir jedenfalls", erwiderte Trevor trocken.

„Das nehme ich als Kompliment!"

Er zwinkerte ihr zu. „So meinte ich es auch."

Kate wartete atemlos darauf, mehr über Trevors Namensänderung zu hören, aber das Thema wechselte so schnell, dass sie den Augenblick zum Nachhaken verpasste.

„Wisst ihr noch, wie Trevor einmal mit Martin darum gewettet hat, wer mehr Kohle vom Schuppen hereinschleppen kann?"

„Ich habe gewonnen", verkündete Mr Harkin stolz.

„Ich war ja auch erst dreizehn und du warst achtzehn", protestierte Trevor. „Natürlich hast du gewonnen."

Mrs Kendall schlug die Hände vors Gesicht. „Der ganze Bedienstetenflügel war ein einziges Schlachtfeld. Überall der Kohlenstaub und ihr saht aus wie zwei Minenarbeiter."

Trevor zuckte mit den Schultern. Kate konnte sich sofort vorstellen, wie er einen älteren Jungen herausforderte, selbst wenn es um etwas so Albernes ging wie Kohleeimer zu schleppen.

Andere Geschichten wurden aufgewärmt, bis Kate das Gefühl hatte, mitten in einem Familientreffen zu sein. Die Frauen brüsteten sich mit ihren Sprösslingen und die Männer schwärmten von den guten alten Zeiten. Trevors Name fiel ständig. Von dem, was sie sich zusammenreimen konnte, hatte er wohl bei den Bediensteten gegessen und mit ihnen viel Zeit verbracht.

Als sich allmählich kleine Grüppchen bildeten, hielt Kate sich an Mrs Kendall. Schließlich hatte sie den Wunsch geäußert, sie kennenzulernen.

„Trevor sagt, Sie sind eine wundervolle Köchin. Ihr Vanillepudding ist einmalig."

„Papperlapapp." Mrs Kendall winkte ab. „Mit meinen Kochkünsten ist es nicht weit her. Ich wollte das Mädchen kennenlernen, das Trevor die ganzen Jahre auf Trab gehalten hat. Und das solch einen Eindruck auf ihn gemacht hat, dass er sich mehr als zehn Jahre später auf die Suche nach ihr begibt."

Kate wurde es heiß. Vor vier Monaten hätte ihr jeder Hinweis darauf, dass Trevor Interesse an ihr haben könnte, kalte Schauer über den Rücken gejagt, aber mittlerweile konnte sie die verwegenen Fantasien, mehr mit Trevor zu teilen als nur das Büro, nicht mehr unterdrücken. Offensichtlich galt sein Interesse jedoch allein ihren mathematischen Fähigkeiten.

„Er sagte, er habe mich eingestellt, weil ich genauso ehrgeizig bin wie er", warf sie einen Köder aus.

„Ach, das hat er gesagt?", antwortete Mrs Kendall betont langsam. Sie kicherte ein wenig, was in einem rasselnden Husten endete.

„Wieso? Hat er Ihnen etwas anderes gesagt?"

Mrs Kendall schüttelte den Kopf. „Der Junge hat noch nie viel über sich geredet. Bei Trevor muss man im Kaffeesatz lesen können."

Eine bessere Gelegenheit, um etwas über Trevors geheimnisvolle Vergangenheit zu erfahren, würde sie nicht bekommen. Trevor war mit einigen Männern ins Gespräch vertieft. Beziehungsweise er lauschte angestrengt, während sie redeten. Trevor war schon immer ein Zuhörer gewesen, der still Informationen sammelte und sie irgendwo in seinem blitzgescheiten Kopf verstaute.

„Senator Campbell war Trevors Vormund", setzte Kate an, „aber mir scheint, als hätte sich Trevor bei den Bediensteten wohler gefühlt als bei der Familie des Senators. Oder bei seiner eigenen."

„Ja, das ist wahr."

„Aber wieso? Es erscheint mir so seltsam, dass ein Mann seinen Sohn einfach ins Schiff setzt …“ Kate ließ den Satz unvollendet. Sie wusste nicht das Geringste darüber, wieso Trevor nach Amerika gekommen war und weshalb sein Vater ihn als „lästig“ betrachtet hatte.

Mrs Kendall legte Kate eine Hand aufs Knie. „Trevor kam mit einer schwereren Last zu uns, als ein Dreizehnjähriger tragen sollte. Und es obliegt mir nicht, darüber zu sprechen.“ Der Blick der alten Frau war freundlich und ihre Hand alt und runzlig, aber ihre Stimme sagte alles. Mrs Kendall würde Trevors Privatsphäre bis zum letzten Atemzug verteidigen.

„Es ist so vergnüglich hier“, stellte eins der ehemaligen Zimmermädchen fest. „Wir sollten das zu Weihnachten wiederholen.“

Mrs Kendall zuckte nur mit den Schultern. Bei Trevor wuchs die Anspannung und Mrs Kendalls Tochter gefroren die Gesichtszüge. Wenn Trevor richtiglag, würde Mrs Kendall das Weihnachtsfest nicht mehr erleben. Niemandem sonst schien ihr Zustand bewusst zu sein.

„Es war ein fürchterlicher Jammer, als der Senator die Wiederwahl verlor und das Haus verkauft werden musste“, sagte der alte Butler. „Das Weihnachtsfest war danach nie wieder so schön.“

Alle Anwesenden schüttelten bedrückt die Köpfe. Kate war es gewohnt, dass nach jeder Wahl Politiker kamen und gingen, aber sie hatte sich nie Gedanken darüber gemacht, dass ganze Hausgemeinschaften wegen einer fehlgeschlagenen Wahl aufgelöst wurden. Diese Menschen schienen so vertraut miteinander zu sein wie eine Familie.

Mrs Kendalls Tochter beugte sich vor. „Obwohl man sagen muss, dass kein Weihnachten an das Jahr heranreichen konnte, in dem Trevors Vater alle Register für einen ordentlichen Festschmaus zog.“ Allgemeines Gelächter ertönte.

„Was hat er getan?“, wollte Kate wissen. Wieder lachten die Bediensteten, nur Trevors Miene verdunkelte sich noch mehr.

Nellie Kendall packte Trevor an den Schultern. „Da soll noch einer sagen, dass Mr McDonough zu Weihnachten nicht an seinen Sohn denkt! Ich dachte, Mr Coburn fällt in Ohnmacht, als ein Matrose plötzlich mit einem Angusrind vor unserer Haustür stand.“

„Sein Vater schickte einen lebendigen Ochsen?“

„Ein waschechtes Angus“, bestätigte der Butler. „Die beste Zuchtrasse von ganz Schottland. Aber das war noch nicht alles. Er schickte geräucherten Lachs und Honig aus einem Kloster in Spanien. Es gab wilden Trüffel und kandierten Ingwer, aber das Beste war der französische Koch, der alles zubereitete und eine Schokoladentorte zauberte, die bei jedem König Eindruck hinterlassen hätte. Und eine Kiste mit schottischem Whisky. Also, das war ein unvergessliches Weihnachtsfest.“

„Senator Campbell ließ eine Flasche in den Bedienstetenflügel bringen“, erinnerte sich Mr Harkin. „Habe nie einen vortrefflicheren Tropfen gekostet. Seitdem ist mein Gaumen verwöhnt.“

Nellie gab ihre eigenen Erinnerungen an den legendären Festschmaus zum Besten. Kate schnürte sich der Brustkorb zu und auf einmal brauchte sie dringend frische Luft. Dieses spektakuläre Essen war für einen Jungen bestimmt gewesen, der behauptet hatte, er brauche das Geld fürs College, der um ein Stipendium gekämpft hatte, das Kates einzige Eintrittskarte in ein besseres Leben gewesen wäre, während er eine Schokoladentorte in sich hineingestopft hatte, die ein aus Frankreich importierter Chefkoch zubereitet hatte. Kates Magenschmerzen wurden schlimmer. Sie wollte nur noch nach Hause.

„Und was war mit seinem sechzehnten Geburtstag?“, warf Mr Harkin in die Runde. „Was war das für ein Buch, das Ihnen Ihr Vater geschickt hat?“ Trevor rutschte auf seinem Stuhl hin und her. Alle Augen waren auf ihn gerichtet.

„Ein Buch mit Shakespeares Theaterstücken“, sagte er schließlich.

„Ja, aber nicht irgendeines“, schaltete sich der Butler ein. „Es hatte einen besonderen Namen. *First …*“ Er schnipste mit den Fingern.

„*First Folio*?“, bot Kate an.

„Ganz genau! Es war die *First Folio*, die erste Gesamtausgabe.“

Kate wollte aufspringen und Trevor würgen. Stattdessen nahm sie eine Serviette und fächerte sich Luft zu.

Trevor hatte kein Geld fürs College gebraucht. Er hatte das Stipendium nur deshalb gewinnen wollen, um zu beweisen, dass er der Klügere war.

Die Wiedersehensfeier zog sich dahin. Kate hatte das Gefühl, der Abend würde nie enden.

Trevor begleitete sie schweigend zur Haltestelle. Es gab mehr als genug Zeit, um sein furchtbar extravagantes Leben zu erklären, aber er sagte nichts. Die Straße war leer und ihre Schritte hallten in die Nacht hinaus. Kate wartete, bis sie die leere Bank erreicht hatten, an der die Pferdebahn hielt.

„Das *First Folio*?“, platzte sie schließlich heraus.

Trevors Kiefermuskeln arbeiteten, aber er erwiderte nichts, sondern hielt nur Ausschau nach der Bahn, die noch weit entfernt war. Ja, er sollte sich schämen! Was für ein Mann schenkte einem Jungen von sechzehn Jahren eins der wertvollsten Bücher, das je gedruckt worden war? Die Erstausgabe der Theaterstücke Shakespeares stammte aus dem siebzehnten Jahrhundert und war unter Sammlern auf der ganzen Welt heiß begehrt.

Die Bahn kam vor ihnen zum Stehen. Trevor kletterte hinauf und bezahlte mit einer Münze die Fahrt für sie beide. Kate folgte ihm durch den schmalen Mittelgang. Trotz der späten Stunde waren alle Plätze bis auf einen besetzt. Trevor bot ihn ihr an und hielt sich dann am Lederriemen über ihr fest. Steif stand er neben ihr, bis die Bahn mit einem Ruck die Fahrt wieder aufnahm.

„Wie viele Erstausgaben gibt es noch?“, fragte sie vorwurfsvoll.

„Ich habe keine Ahnung. Vielleicht eintausend.“

„Ziemlich genau zweihundertzwanzig“, korrigierte sie ihn. „Das weiß ich noch aus der Schule. Du saßt zwei Plätze neben mir und hast es auch gehört. Und dann saßt du da wie ein Stein und hast noch nicht einmal erwähnt, dass dir eine davon gehört!“

„Das ging niemanden etwas an“, sagte Trevor.

„Du musstest immer und überall der Beste sein. Wieso hast du das Buch nicht mitgebracht, damit wir alle über deine Reichtümer staunen?“ Kate benahm sich ungerecht, aber es war ihr egal. Es gab so viel an Trevor, was sie aufregte. „Und dann ein Angusrind! Was ist denn so falsch an unserem guten alten amerikanischen Rindfleisch?“

„Kate, hör auf“, murmelte Trevor.

Die anderen Fahrgäste sahen schon zu ihnen herüber, aber Kate schämte sich nicht. Sie hatte ja auch keinem armen Schulkameraden das Stipendium weggeschnappt. „Hast du ihn noch? Den Shakespeare?"

„Ich habe ihn auf einer Auktion versteigert."

Das hatte ihm sicher ein hübsches Sümmchen eingebracht. Kates Augen brannten. Trevor war reich, aber er hatte Kate damals anscheinend nicht genug gemocht, um ihr das Stipendium zu gönnen. Und heute mochte er sie offensichtlich nicht genug, um mehr in ihr zu sehen als nur die Statistikassistentin. Als die Pferdebahn ihre Station erreichte, geleitete Trevor sie nach vorn.

„Du brauchst mich nicht nach Hause zu bringen", sagte Kate. Sie zur Tür zu begleiten bedeutete für ihn, eine halbe Stunde auf die nächste Bahn zu warten, die ihn ans andere Ende der Stadt brachte.

„Das macht mir nichts aus."

Kate fühlte sich zu miserabel, um mit ihm zu diskutieren. Und sie ärgerte sich über sich selbst, dass sie diesen zwölf Jahre alten Groll schon wieder hatte hochkochen lassen.

Der Trevor, der sie verletzt hatte, war ein hölzerner achtzehnjähriger Junge gewesen, der nichts konnte, außer zu wetteifern. Und sie benahm sich hier wie eine verzogene Göre und nicht wie eine erwachsene Frau. Sie konnte anders. Und es war höchste Zeit, endlich loszulassen.

Abgesehen von seinen haarsträubenden Manieren hatte sich Trevor ihr gegenüber seit ihrem Wiedersehen vor vier Monaten anständig verhalten. Er bezahlte ihr ein großzügiges Gehalt und behandelte sie respektvoll. Sie war für ihn ein wertvoller Bestandteil seines Forschungsteams, und selbst wenn er nichts für sie empfand, konnte sie ihm das kaum verübeln.

„Könntest du ein bisschen langsamer laufen?", bat sie. „Mir geht es heute irgendwie nicht gut."

Seine Schritte wurden langsamer. Kate horchte in sich hinein. War sie nun wegen des Stipendiums wütend auf ihn oder weil er ihre Gefühle nicht erwiderte, die Tag für Tag stärker wurden? Trevor war der erste Mann, der sie seit Nathan als Mann interessierte. Sie stellte sich ständig vor, wie es wäre, mit ihm das Leben zu teilen. Mann und Frau zu werden. Wie er als Ehemann war, als Vater ihrer Kinder,

Als sie vor dem Logierhaus ankamen, blieb Kate stehen. „Es tut mir leid, dass ich so gemein zu dir war. Das hattest du nicht verdient."

Trevor stand im Halbdunkel vor ihr, das Gesicht im Schatten, und hatte ein winziges Lächeln auf den Lippen. Kate konnte sich nicht erinnern, je einen attraktiveren Mann gesehen zu haben. Dabei hatte seine magische Anziehungskraft nichts mit seinem guten Aussehen zu tun, dafür aber umso mehr mit seinem stillen, scharfen Verstand. Mit dem Respekt, mit dem er an ihre Zusammenarbeit heranging. Mit den Funken, die jedes Mal flogen, wenn sie in seiner Nähe war.

„Bis zu dieser letzten Trigonometriegleichung war es ein Kopf-an-Kopf-Rennen", sagte Trevor. „Du hättest mich geschlagen, wenn der Rektor nach Geschwindigkeit gegangen wäre und nicht nach dem Lösungsweg. Es stand auf Messers Schneide. Ich glaube, er entschied sich für mich, weil er sich nicht durchringen konnte, einem Mädchen das Stipendium zu geben."

Kate hatte das tief in ihrem Inneren schon immer vermutet. Heute kam es schon häufiger vor, dass eine Frau am College studierte; vor zwölf Jahren hatte das noch anders ausgesehen. Damals war die Möglichkeit für Trevor, nach seinem Abschluss auch eine angemessene Arbeit zu finden, erheblich höher gewesen als für sie. Dass Trevor ihr gegenüber die Voreingenommenheit des Rektors eingestand, war ein großes Entgegenkommen.

„Ich kann es nicht leiden, wenn du recht hast", sagte sie und lächelte zögernd.

Er strich ihr über die Wange. „Du warst mir ebenbürtig. Das wusste ich schon immer."

Ihre Wange brannte. Ohne ein weiteres Wort drehte sich Trevor um und lief zurück zur Haltestelle. Kate wollte ihn zurückrufen und musste sich am Eisengeländer festhalten, um ihm nicht nachzulaufen. Das kalte Metall drückte sich in ihre Handfläche und sie sah ihm nach, bis er im Nebel verschwunden war.

KAPITEL 14

Trevor saß am Schreibtisch und starrte aus dem Fenster auf den Ahornbaum, dessen Blätter sich allmählich rot färbten. Normalerweise beruhigte ihn dieser Anblick, aber heute ballte er die linke Hand zur Faust und machte sich bereit, einen weiteren Scheck für den Privatdetektiv zu unterschreiben. Es machte ihn wütend, noch mehr Geld aus dem Fenster werfen zu müssen, um den Feigling zu finden, der hinter der Hetzkampagne steckte, aber er hatte keine Wahl. Die Spitze des Füllfederhalters kratzte über das Papier.

Sein Anwalt hatte ihm bei der Suche nach einem Detektiv geholfen, der die restlichen Beteiligten an der Studie in Baltimore aufspüren sollte. Eine Krankenschwester hatte geheiratet und war verzogen. Ein Arzt arbeitete mittlerweile in einem Krankenhaus in New Jersey und sein Assistent studierte in Harvard. Sie alle mussten gefunden und befragt werden.

Von Kates Büroseite kam ein tiefer Seufzer. Kate hing gebeugt über ihrer Arbeit, hatte die Augen geschlossen und sah aus, als würde sie jeden Augenblick einschlafen.

„Ist alles in Ordnung?"

„Ich muss irgendetwas Schlechtes gegessen haben."

Von seinem Platz aus konnte Trevor sehen, dass ihr Gesicht glänzte, dabei war es im Büro ziemlich kühl.

„Wenn du Fieber hast, geh nach Hause."

„Es geht mir gut. Wenn ich meiner Mutter vor dem Mittagessen unter die Augen trete, schickt sie mich sofort ans Waschbrett."

„Verstehe."

Schwester Ackerman brachte die Post und einen Stapel mit Zeitungen. „Neue Artikel?", fragte er und hielt den Atem an.

„Nein, Sir. Heute nicht. Nur einige Briefe und eine Fachzeitschrift. Und ein Brief für Mrs Livingston."

Seine Nackenmuskeln entspannten sich. Erst jetzt fiel ihm auf, wie angespannt er gewesen war. Trevor seufzte frustriert. Er hatte zwar gerade eine Galgenfrist von vierundzwanzig Stunden bekommen, aber morgen begann das Spiel von Neuem. Kate riss derweil hastig den Brief auf. Der Briefumschlag war hinterher kaum noch zu erkennen, aber Kate war nun einmal nicht so penibel wie er.

Kate sprang auf, als hätte sie eine Tarantel gestochen. Zwei Fotografien segelten zu Boden. „Das ist ja abscheulich!", rief sie entsetzt.

Trevor eilte zu ihr und blieb wie angewurzelt stehen, als er die erste Fotografie erkannte. Ein Mann war darauf zu sehen, Oberkörper nackt, der auf einem Behandlungstisch saß. Seine verkrümmte Wirbelsäule zeugte von einer Tuberkuloseerkrankung.

Trevor bückte sich und hob das zweite Foto auf. Es zeigte den nackten Leichnam einer Frau auf dem Seziertisch. Geschwüre auf ihrer Haut zeugten von fortgeschrittener Tuberkulose. Trevor erkannte die Frau. Sie war eine seiner Patienten in Baltimore gewesen.

Auf der Rückseite der Fotografie standen nur drei Wörter. *Ich weiß alles.*

„Wer schickt mir nur so etwas?", wimmerte Kate.

Jemand, der es leid war, nur ihn anzugreifen. Bevor Trevor etwas sagen konnte, hielt sich Kate eine Hand vor den Mund und rannte aus dem Büro.

Auch Trevor verspürte starke Übelkeit. Das hier musste aufhören. Er würde so viele Detektive beauftragen wie nötig, damit endlich derjenige gefunden wurde, der für diese widerlichen Briefe verantwortlich war. Trevor musste seine Angestellten beschützen. Das war das Mindeste.

Dass Kate so schnell davongestürmt war, passte nicht zu ihr. Sie stellte sich doch sonst immer allen Problemen. Irgendetwas stimmte nicht. Trevor trat in den Flur. „Wo ist Mrs Livingston hin?", fragte er die Stationsschwester.

„Zum Waschraum. Ich glaube, sie musste sich übergeben."

Trevor ging zur Tür des Waschraums und klopfte kräftig. „Kate?"

Hinter der Tür war lautes Würgen zu hören, gefolgt von einem trockenen Husten, als hätte sie längst herausbefördert, was sie Schlechtes gegessen hatte. Trevor klopfte erneut, aber es kam keine Antwort. Die Tür war verschlossen.

Trevor holte seinen Schlüsselbund aus der Tasche, schloss auf und öffnete die Tür. Kate kniete auf dem Boden und lehnte den Kopf gegen die gekachelte Wand.

„Wie lange geht es dir schon so schlecht?"

„Ein paar Tage", keuchte Kate. „Ich weiß nicht. Das geht schon eine Weile so."

Sie protestierte nicht, als er eintrat und ihr eine Hand an die Stirn hielt. Sie glühte.

„Kannst du dich aufsetzen?", fragte er.

„Ich glaube nicht. Es tut so weh." Kate stützte sich auf ihrer Hüfte ab und richtete sich ein paar Zentimeter auf. „Es tut wirklich weh."

„Bleib hier. Ich hole einen Wärter mit einer Trage."

Kate lachte matt. „So krank bin ich nun auch wieder nicht."

„Was du nicht sagst."

Sie ließ ihn ohne Gegenwehr gewähren. Trevor schickte die Stationsschwester nach einer Krankentrage. Manchmal war es besser, übervorsichtig zu sein. Trevor hoffte, dass seine Vermutung nicht stimmte, aber wenn doch, dann würde sie ohne ein schnelles Eingreifen das Wochenende nicht erleben.

Die Art, wie Trevor wieder zum unterkühlten, ungerührten Vorgesetzten wurde, machte Kate Angst. Sie war auf einer Krankentrage in einen Behandlungsraum im dritten Stock gebracht worden. Eine Schwester machte Notizen, während Trevor sie untersuchte. Kate lag zusammengekrümmt auf der Seite und hatte ein Thermometer im Mund. Trevor bat sie, sich auf den Rücken zu drehen.

„Aber das tut weh."

„Es bringt dich nicht um. Los, umdrehen."

Vorsichtig und langsam folgte sie seiner Anweisung. Ihr war speiübel, aber ihr Magen war längst leer. Trevor nahm das Thermometer heraus und las es mit versteinerter Miene ab. Es fühlte sich schrecklich an, wie er von oben auf sie herabsah.

Seine Stimme war fest und sachlich, als er eine Seite ihres Bauchs abtastete. „Tut das weh?"

„Ein wenig, ja.

Er widmete sich der anderen Seite. „Und hier?"

Kate schrie. Tränen schossen ihr in die Augen und sie keuchte vor Schmerzen.

Trevor trat hinaus in den Flur. Nur die Schwester blieb bei ihr. Sie hörte, wie er mit jemandem sprach, konnte aber nichts verstehen. Das war doch absurd. Sie wurde nie krank. Wenn sie nur jemand nach Hause bringen konnte, dann würde sie sich einfach ins Bett legen und warten, bis es ihr wieder gut ging.

Kate hörte Schritte und dann sah Trevor wieder auf sie herunter. Daneben stand noch ein Mann, der durch seinen weißen Bart aussah wie der Weihnachtsmann. Trevor stellte ihn als Dr. Schrader vor.

„Kate, es sieht aus, als hättest du eine Appendizitis. Der Appendix ist ein kleiner Wurmfortsatz am Ende des Darms, der entzündet ist. Manchmal heilt das von selbst aus, manchmal nicht. Und bei dir ist es recht schlimm."

Dr. Schrader trat noch näher. „Wir müssen ihn herausnehmen, Mrs Livingston. Das ist eine Routineoperation, aber Sie müssen dazu in eine Narkose."

Eine Operation? Undenkbar. Sich hinzulegen und von jemandem aufschneiden zu lassen, der dann in ihren Gedärmen herumwühlte ... niemals. „Ich brauche keine Operation. Das wird schon wieder."

„Kate, es wird nicht wieder", widersprach Trevor. „Dein Appendix ist hochgradig entzündet und das bedeutet, der Infekt schreitet fort. Wenn der Appendix platzt, befällt er deinen ganzen Körper. Und dann können wir nichts mehr für dich tun." Trevor sagte das auf diese unbeeindruckte, leidenschaftslose Art, die sie so oft zur Weißglut brachte. „Verstehst du, was ich sage? Du wirst sterben, Kate. Wenn dein Wurmfortsatz reißt, bevor wir ihn herausnehmen, wirst du sterben."

Sie konnte die Entscheidung nicht allein treffen. Zuerst musste sie mit ihren Eltern darüber sprechen. „Ich möchte nach Hause. Morgen können wir immer noch darüber reden, falls es mir nicht besser geht."

„Ich fürchte, ich habe mich nicht klar genug ausgedrückt", antwortete Trevor. „Wir müssen sofort operieren. Dein Appendix könnte jeden Augenblick platzen, und je länger wir warten, desto höher wird das Risiko. Hast du mich verstanden?"

„Ich will mit Timothy reden."

Trevor nickte. „Er steht vor der Tür. Wir haben ihn bereits über deinen Zustand in Kenntnis gesetzt."

Trevor und der andere Arzt gingen hinaus und Kate richtete sich mühsam auf. Timothy trat ein, leichenblass, und zerknetete seine Mütze in der Hand. Kaum hatte er sie erblickt, setzte er ein Grinsen auf.

„Sieh an, sieh an. Wer spielt sich da in den Vordergrund?“, tönte er fröhlich. „Alle Patienten oben reden nur von dir.“ Er nahm mit kalten Fingern ihre Hand. „Da hast du dir ja richtig was eingefangen. Ein Glück, dass wir hier gleich ein paar Ärzte haben, die dich wieder zusammenflicken.“

„Weißt du nicht, was sie machen wollen?“ Kate wünschte sich, dass ihre Stimme nicht so fürchterlich zittern würde, aber wie sollte sie jetzt ruhig bleiben? „Ich will das nicht. Ich will nach Hause ins Bett.“

„Komm schon, Kate. Du bist doch sonst so mutig.“

„Nicht bei so was. Ich möchte nach Hause. Kannst du mich nicht heimbringen?“

Timothy atmete tief ein. „Kate, du kannst gerade nicht klar denken. Dr. Kendall hat gesagt, das sei reine Routine. Wenn dieses Ding nicht rauskommt, bist du so gut wie tot. Also drück nicht auf die Tränendrüse bei mir. Wir brauchen dich noch.“

Da entdeckte Kate die Angst in seinen blauen Augen. Er tat mutig, aber auch er fürchtete sich. Sie konnte ihren Bruder nicht allein lassen. Er brauchte sie und sie war für ihn zu allem bereit.

Kate nickte. „In Ordnung.“

Timothy ging nach draußen, um Trevor in Kenntnis zu setzen, und Kate schickte ein Stoßgebet nach dem anderen zum Himmel.

Zu ihrem Pech war der Hauptchirurg des Krankenhauses zu einer Konferenz in Boston und kam erst in einer Woche wieder. Das bedeutete, dass Trevor sie operieren würde.

Kate lag auf dem Operationstisch. Ihre Schulterblätter drückten gegen die harte Oberfläche. Trevor war am anderen Ende des Raums damit beschäftigt, das Arztbesteck auf einem Tablett zurechtzulegen. Immer wieder blitzte es unter der hellen Lampe auf.

„Hast du das schon einmal gemacht?“, fragte Kate ängstlich.

Trevor schob den Tablettwagen heran. „Oft genug seit dem dritten Studienjahr."

„Aber Dr. Flynn ist doch der Experte, oder? Vielleicht sollten wir warten, bis er aus Boston wieder da ist."

„Kate, ich weiß, was ich tue. Mach dir keine Sorgen. Alles wird gut."

Sie musste Trevor vertrauen wie jedem anderen Arzt auch. Dr. Schrader war irgendwo hinter ihrem Kopf zugange und bereitete eine Mischung aus Äther und Chloroform vor, die sie laut seiner Aussage in so tiefen Schlaf versetzen würde, dass sie nichts verspürte. Aber Kate glaubte ihm nicht. Sie hatte das Skalpell gesehen, das Trevor reinigte, und nie im Leben konnte er sie damit aufschneiden, ohne dass sie Schmerzen litt.

Dr. Schraders Schritte kamen näher und der scharfe Geruch von Karbolsäure umgab sie. „Sind Sie sicher, dass ich schlafe, bevor Trevor das Skalpell ansetzt?"

„Versprochen. Machen Sie sich keine Gedanken. Ich bin da ein alter Hase."

Und dann beugte sich Trevor über sie. Eine Maske hing um seinen Hals. Kate umklammerte den Rand des OP-Tischs. „Wenn das hier schiefgeht, dann sag bitte meinen Eltern und Timothy, dass ich sie liebe."

Gnädigerweise ersparte er ihr eine arrogante Antwort. „Natürlich", sagte er leise.

„Timothys Bewerbung für die Marineakademie muss bis Ende Januar abgegeben sein. Kannst du dafür sorgen, dass er das nicht vermasselt?"

Trevor nickte.

„Er braucht Empfehlungsschreiben. Es wäre großartig, wenn du ihm eins geben könntest."

„Mache ich. Sonst noch etwas?"

Kate schloss die Augen. *Der Herr ist mein Hirte, mir wird nichts mangeln. Er weidet mich auf einer grünen Aue ...* Mehr fiel ihr nicht ein. Sie konnte sich noch nicht einmal an das Vaterunser erinnern. Das war es also. „Ich bin bereit", rang sie sich ab.

Trevor nickte Dr. Schrader zu, der ihr ein weißes Tuch auf die Nase und auf ihren Mund drückte. Was für ein fürchterlicher Geruch. Das Letzte, was sie sah, war, wie Trevor sich seine Maske übers Gesicht zog.

KAPITEL 15

Es dauerte immer einige Zeit, bis die Patienten wieder bei sich waren. Manche waren noch Stunden danach schwach auf den Beinen und durften nicht allein gelassen werden, damit sie nicht aufstanden oder ihren Verband aufrissen. Normalerweise übernahm eine Schwester diese Arbeit, aber Trevor hatte sie schon vor Stunden nach Hause geschickt. Kate kannte niemanden auf dieser Station und er wollte nicht, dass sie von Fremden überwacht wurde. Trevor war völlig erschöpft und leer wie ein ausgewrungener Lappen, aber er konnte einfach nicht gehen. Der harte Stuhl an Kates Bett war der einzige Ort auf der Welt, an dem er sein wollte.

Immer wieder kam sie zu sich, murmelte ein paar Worte, unterhielt sich sogar mit ihm, aber sie würde alles vergessen haben, wenn sie die Anästhesie abgeschüttelt hatte. Patienten konnten sich nie daran erinnern, was sie unter dem Einfluss des Äthers vor sich hin gesagt hatten. Seit Stunden strich er ihr die Haare aus der Stirn und beobachtete, wie ihr hübsches Gesicht beim Schlafen ab und zu zuckte.

Sie drehte den Kopf und sah ihn an. Er rutschte mit dem Stuhl ein Stück näher heran. „Wie geht es dir, Prinzessin?"

„Prinzessin ist ein Hund."

„Der Köter, der auf den Krankenhausstufen herumlungert?"

„Mhm."

Typisch Kate, einer räudigen Hündin einen so noblen Namen zu geben. „Ich habe sie gefüttert. Sie sah hungrig aus und ich dachte, du würdest das wollen."

„Gut", murmelte sie und verlor wieder das Bewusstsein.

Er wollte alles für Kate tun. Sie hatte keine Ahnung, wie viel sie ihm schon zu Schulzeiten bedeutet hatte. Wenn sie miteinander im Wettstreit lagen, waren das für ihn die einzigen glücklichen Stunden in diesen elenden Jahren gewesen. Für ein paar Stunden am Tag hatte er vergessen können, was für ein lausiges Los ihm das Leben zugeteilt hatte. Er war ein ganz normaler Junge gewesen, der ein hübsches Mädchen mochte.

Nathan Livingston hatte ihn nicht gestört. Trevor hatte gewusst, dass Kate ihn anbetete und wahrscheinlich eines Tages heiraten würde, aber Nathan war ein vernünftiger Bursche gewesen. Trevor hatte sich nie derartige Hoffnungen gemacht. Kate war für ihn schon immer unerreichbar gewesen. Dafür hatte er es umso mehr genossen, sich mit ihr zu messen – und wenn es nur um etwas so Lächerliches ging wie um die Frage, wessen Stein öfter auf der Wasseroberfläche aufkam. Kate war immer so verbissen, gab keinen Fußbreit nach, und das hatte ihm gefallen. Es imponierte ihm heute noch. Wie ihr Bleistift eifrig auf dem Papier kratzte, während sie beide über ihre Arbeit gebeugt waren. Wie sie Notizen machte, wenn er ihr Statistiken erläuterte. Wie ihr rotes Haar feurig in der Sonne glänzte.

Kate bewegte sich wieder. „Bist du auch noch da, wenn ich richtig wach bin?"

„Wenn du richtig wach bist, wirst du mich weit weg wünschen."

Kate kicherte. „Da wäre ich mir nicht so sicher."

Sie drehte sich weg und summte irgendeine Melodie. Was würde er für eine Frau wie sie geben! Sie war einmalig. Wenn er ein normaler Mann wie Nathan gewesen wäre, hätte er um sie kämpfen können. Er hätte ihr Blumen geschenkt oder sogar eine Schachtel mit Pralinen, wie sie in den teuren Läden verkauft wurden. Aber er war nicht normal und würde es auch nie sein. Wenn Kate wüsste, mit wem sie zusammenarbeitete, würde sie nichts mehr mit ihm zu tun haben wollen.

Kate drehte ihren Kopf zurück und sah ihn an. „Alle Schwestern mögen dich", lallte sie.

„Sie kennen mich gar nicht richtig. Ich versuche sie ja zu verscheuchen, aber nichts funktioniert."

„Du hast ein Grübchen, wenn du lächelst. Genau da." Sie stocherte mit einem Finger in der Luft herum und traf ihn fast ins Auge. Trevor packte ihre Hand und schob sie zurück unter die Decke. „Wieso habe ich das vorher nie gesehen?"

Weil es für ihn viel zu selten Grund gab zu lächeln.

„Werde ich eigentlich eine Narbe haben?" Kate hob die Decke und wollte nachsehen. Trevor nahm ihre Hände und drückte sie sanft an ihre Seiten.

„Vorsicht, Kate. Ich habe eine erstklassige Naht gesetzt. Wenn du sie ruinierst, dann mache ich sie neu, aber ohne Betäubung."

„Da ist dein Grübchen wieder. Du solltest nicht lächeln, wenn du mich bedrohst. Ich wette, ich kann besser nähen als du."

„Ich habe eine sehr ruhige Hand. Meine Nähte sind einwandfrei."

Ihr Kopf sackte weg und ihre Atemzüge wurden tief und gleichmäßig.

„Trevor McDonough", murmelte sie leise. „Wer hätte gedacht, dass ich mich in den fürchterlichen Trevor McDonough verliebe."

Sein Lächeln erstarb. Wenn Kate ihn tatsächlich liebte, wie sollte er es in ihrer Nähe ertragen? Er würde nie frei sein, um zu heiraten. Und wenn doch ... Kate war die beste Frau, die er kannte.

„Trevor McDonough", murmelte Kate wieder. „Ich habe mich vollends vor ihm lächerlich gemacht. Wie peinlich."

Er schloss die Augen und strich ihr zärtlich über den Kopf. Manchmal war seine Sehnsucht nach Kate so stark, dass er nicht wusste, wie er atmen sollte. Manchmal wollte er sie sich im Büro schnappen, sie in den Arm nehmen und ihr sagen, was er wirklich für sie empfand.

Er strich ihr weiter übers Haar, nur noch ein paar Sekunden. Das war das letzte Mal, dass er Kate Livingston so berühren würde. Sie würde sich an nichts erinnern und morgen würden die Dinge wieder ganz normal weitergehen. Trevor genoss ihren Anblick. Sie war die Sonne, sie war die Energie und die Hoffnung, und doch musste er sich von ihr entfernen. Er empfand zu viel für sie, um diese Gefühle außer Kontrolle geraten zu lassen.

Langsam zog er seine Hand weg. „Ich werde eine Schwester bitten, ein wenig bei dir zu sitzen. Ihr Name ist Esther und sie wird gut auf dich aufpassen."

Aber Kate schlief längst wieder. Er küsste sie sanft auf die Stirn und verließ das Zimmer.

KAPITEL 16

Man hatte Kate gesagt, das größte Risiko nach einer Operation sei die Gefahr einer Infektion, deshalb wurden keine Besuche erlaubt. Abgesehen von den Schwestern, die ihr das Essen brachten, war Trevor der Einzige, den sie zu Gesicht bekam, und auf seine Besuche konnte sie verzichten.

Er kam zweimal am Tag, um die Operationswunde zu untersuchen. Die behutsame Freundschaft, die sie vor der Operation aufgebaut hatten, war hinter seiner eisernen Schale verschwunden. Das Kurvenblatt hielt er bei der Untersuchung wie einen Schild vor sich und sein Umgangston beim Fieber- und Blutdruckmessen war genauso unpersönlich wie mit seinen Patienten in der Tuberkuloseklinik. Kate rechnete damit, dass er sie jeden Augenblick nur noch mit einer Nummer anreden würde. Konnte er ihr nicht wenigstens in die Augen sehen, wenn er das Zimmer betrat? Der Mann hatte so viel Mitgefühl wie eine Topfpflanze.

Ans Bett gefesselt zu sein war unendlich langweilig, aber drei Tage nach der Operation fühlte Kate sich allmählich wieder wie ein Mensch. Die Schwester stopfte ihr einige Kissen in den Rücken und half ihr, sich aufrecht hinzusetzen, damit sie Trevor endlich in ein Gespräch verwickeln konnte.

„Ich hoffe, du warst zum Abendessen im Logierhaus. Nachdem du mir das Leben gerettet hast, hat Mutter dich hoffentlich mit Rosenblättern überschüttet und das Mastkalb geschlachtet."

Er trug unbeeindruckt Werte in die Patientenkurve ein.

„Trevor!"

„Du brauchst nicht zu schreien", sagte er ruhig. „Ich stehe einen Meter neben dir und mein Gehör ist ganz und gar ausgezeichnet."

„Dann sag mir bitte, dass du dort warst und Freundschaften geknüpft hast. Du brauchst Verbündete. Es gibt einen neuen Gast, der im Justizministerium arbeitet. Ihn solltest du kennenlernen."

Trevor ließ seinen Bleistift in die Kitteltasche gleiten. „Ich habe kein Interesse daran, mich mit Regierungsbürokraten anzufreunden. Das sind kaltblütige Blutsauger ohne jedes menschliche Mitgefühl."

Da kenne ich noch einen. „Trevor, ich weiß, es fällt dir schwer, so zu tun, als würde unter deinem Arztkittel tatsächlich ein Herz schlagen, aber du warst doch schon auf einem guten Weg, bevor ich krank wurde. Ich hoffe nicht, dass wir mit dir Rehabilitationssport machen müssen."

Trevor ging zur Tür, ohne darauf zu reagieren. „Deine Eltern sind draußen. Ich sagte ihnen, dass sie dich besuchen dürfen. Möchtest du sie sehen oder soll ich sie fortschicken?"

„Warum hast du mir nichts davon gesagt?" Kate versuchte aufzustehen, aber Trevor war mit einem Satz zurück am Bett und hielt sie davon ab. Erst nachdem Kate ihm versprach, liegen zu bleiben, ließ er sie allein.

Kurz darauf steckten ihre Eltern den Kopf zur Tür herein.

„Kommt rein", sagte Kate und lächelte. „Ich platze nicht."

Die Tür ging weiter auf und ihre Mutter brach in Tränen aus. Die Augen ihres Vaters schienen auch nicht besonders trocken zu sein. Ihre Eltern stellten sich ans Fußende und sahen aus, als wollten sie sich auf sie stürzen, aber sie hielten sich an die Besuchsregeln und blieben auf Abstand. Ihre Mutter tupfte sich die Augen trocken. „Ich hätte diesen fürchterlichen Mann umgebracht, wenn dir etwas passiert wäre."

Kate versuchte nicht zu lachen; ihr Bauch quittierte jede Bewegung mit Schmerz. „Dann hättest du dich hinten anstellen müssen. Ich glaube, die Hälfte der Patienten will ihn wegen des Lebertrans tot sehen, den er ihnen jeden Tag vorsetzt."

Ihre Eltern durften sie nicht berühren. Stattdessen nahmen sie auf harten Stühlen an der gegenüberliegenden Wand Platz und sahen sich verunsichert in dem kahlen Krankenhauszimmer um.

„Sind zu Hause denn alle wohlauf?", fragte Kate.

„Aber ja", erwiderte ihre Mutter nach einer seltsamen Pause fröhlich. „Alles in Ordnung."

Nichts schien in Ordnung. Kate konnte es an den Blicken erkennen, die ihre Eltern austauschten, und daran, wie ihr Vater seine Hände rang.

„Was ist los? Ist jemand krank?"

„Niemand außer dir, Liebling", sagte ihr Vater mit einem merkwürdig aufgesetzten Lächeln.

„Timothy? Geht es Timothy gut? Ich habe seit der Operation nichts mehr von ihm gehört."

„Es geht ihm gut", beschwichtigte ihre Mutter.

„Und was ist mit Charlie? Er ist doch zu dieser Jahreszeit fast immer erkältet."

„Charlie geht es wunderbar. Er heizt den Leuten im Kongress ordentlich ein."

Kate ging einen Namen nach dem anderen durch, aber ihre Eltern schienen fest entschlossen, ihr einzureden, dass sie sich keine Sorgen zu machen brauchte. Aber irgendetwas stimmte nicht.

Als die Besuchszeit vorüber war, gingen Kates Eltern. Timothy schaute am späten Nachmittag vorbei. Dieses Mal war Kate fest entschlossen, sich nicht abwimmeln zu lassen. Timothy hatte gerade seine Schicht beendet und stand in Uniform vor ihr. An seinem Gesicht konnte Kate ablesen, dass er sich freute, sie zu sehen. Sie verschwendete keine Zeit.

„Was ist zu Hause los?", verlangte sie zu wissen. „Und versuch erst gar nicht, es zu leugnen. Ich weiß genau, wenn Vater lügt, und er hat den ganzen Vormittag nichts anderes getan."

Timothy setzte sich auf einen der harten Holzstühle, rieb sich die Beine und sah aus wie ein Häufchen Elend. „Wir dürfen nicht mit dir darüber sprechen. Erst, wenn es dir besser geht."

„Es geht mir besser. Ich höre."

Timothy zögerte. Erst als sie damit drohte aufzustehen und ihn zu schütteln, lenkte er ein. „Es hat den Anschein, als hätten unsere Wachposten denjenigen verjagt, der das Quecksilber platziert hat. Es hat seitdem oben in der Klinik keine Vorfälle mehr gegeben, aber dafür ist jetzt das Logierhaus zur Zielscheibe geworden."

Kate traute ihren Ohren nicht. Ihr gefror das Blut in den Adern, als Timothy ihr die Einzelheiten erzählte. Vor zwei Tagen hatte das Zimmermädchen eine Ladung Bettbezüge in die Waschküche im Erdgeschoss gebracht. Im Waschzuber hatte sie eine Schachtel mit kleinen Glasplättchen gefunden. Zuerst hatte sie nichts damit anfangen können, aber Kates Vater hatte sofort gewusst, was es war.

Es handelte sich um medizinische Präparate, allesamt von erkranktem Lungengewebe. Auf jedem Präparat war ein Zettel mit einer Nummer befestigt, die Trevors System bei Patienten entsprachen.

Sie hatten sofort die Polizei verständigt. Trevor war gekommen und hatte die Präparate untersucht. Er hatte bestätigt, dass es sich um menschliches Gewebe handelte, das in der Forschung Verwendung fand. Die Objektträger passten zu denen, die Trevor in seiner Baltimore-Studie verwendet hatte, aber die Präparate waren neu, nicht sechs Jahre alt.

Die Polizei hatte die Präparate an sich genommen und jeden Gast und jeden Bewohner befragt. Niemand hatte etwas beobachtet oder einen Fremden im Haus bemerkt. Da im Logierhaus ein stetes Kommen und Gehen herrschte, war es ein Leichtes, ungesehen hineinzuschlüpfen.

Mr Zomohkov und seine Frau waren am nächsten Tag ausgezogen.

„Sie hatten bereits für den ganzen Monat bezahlt und wollten ihr Geld zurück“, erzählte Timothy. „Mrs Zomohkov war davon überzeugt, dass die Präparate voller Tuberkulosekeime seien, obwohl Trevor sagte, sie wären ungefährlich. Vater hat ihnen die Logierkosten zurückerstattet. Ich glaube nicht, dass wir sie wiedersehen werden.“

Das Logierhaus ihrer Eltern verdankte seinen Ruf den Kochkünsten ihrer Mutter und den ausgezeichneten Verbindungen, die man am Essenstisch knupfen konnte. Kate umklammerte ihre Decke und fröstelte. Ein einzelner Vorfall konnte doch einen Ruf nicht ruinieren, der sich im Lauf eines ganzen Jahrzehnts aufgebaut hatte, oder?

„Ich habe die Erlaubnis meines Befehlshabenden, zu Hause zu schlafen“, fuhr Timothy fort. „Ein paar Kameraden opfern ihre freie Zeit, um ein Auge auf das Haus zu haben, wenn ich nicht da bin. Freunde zu haben, ist ein echtes Glück. Außerdem ist Mutters Essen tausendmal besser als das, was wir in der Kaserne vorgesetzt kriegen.“

Kate sank in die Kissen. Das war alles ihre Schuld. Sie hatte ihrer Familie diesen Ärger beschert. Wer auch immer Trevor ruinieren wollte, hatte nun auch ihr Elternhaus im Visier.

„Da haben sie sich die Falschen ausgesucht", sagte Kate mit vor Wut bebender Stimme.

Als Trevor später nach ihr sah, war sie schrecklich wütend. „Wann hattest du vor, mir zu erzählen, was bei mir zu Hause vor sich geht?"

Er widmete sich ungerührt ihrer Patientenkurve. „Die Polizei untersucht den Vorfall, drei Privatdetektive sind an dem Fall dran und die Marinesoldaten auch. Es gibt nichts, was du jetzt noch tun könntest. Also beruhige dich bitte."

„Das habe ich versucht, glaub mir!"

„Dann versuch es noch mal." Er klappte ihre Mappe zu und wandte sich in Richtung Tür.

„Wenn du jetzt gehst, komme ich hinterher."

Trevor blieb stehen. Mit der Hand am Türknauf drehte er sich langsam um und sah sie mit versteinerter Miene an. „Wenn du aufstehst, lasse ich eine Zwangsjacke holen."

Sie warf ein Kissen nach ihm.

Er fing es auf, aber das Kissen brachte seine akkurat frisierten Haare und die exakt an der Weste ausgerichtete Krawatte durcheinander. Trevor schien völlig verblüfft, als hätte noch nie jemand ein Kissen nach ihm geworfen und als wisse er nun nicht, was er damit tun sollte. Schließlich wich etwas Anspannung aus seinem Körper und er zog sich einen Stuhl ans Bett. Das Kissen legte er auf seinen Schoß. Nachdenklich rieb er sich über das Gesicht und schluckte.

„Kate, es tut mir leid, was passiert ist", bekannte er und starrte zu Boden. „Ich habe deine Familie in diese fürchterliche Sache mit hineingezogen und ich verspreche dir, ich werde herausfinden, was da vor sich geht. Gib mir nur noch etwas Zeit."

Er erzählte ihr, dass die Privatdetektive in Baltimore bereits die ganze Krankenhausbelegschaft und die meisten Mitglieder der Familien befragt hatten, die an der Quecksilberstudie teilgenommen hatten, aber bei niemandem hatte man einen Groll gegen Trevor feststellen können.

„Könnte es sein, dass das Ganze überhaupt nichts mit der Studie zu tun hat?", fragte Kate. „Hast du sonst jemanden gegen dich aufgebracht?" Trevor sah finster drein und Kate versuchte ihre Worte zu erklären. „Denk doch nur, fast dein ganzes Leben ist wie ein offenes Buch, weil du nicht widerstehen kannst, deinen Namen in der

Zeitung zu lesen. Aber gleich nach der Studie in Baltimore warst du zwei Jahre wie vom Erdboden verschluckt. Wo warst du?"

Trevor seufzte. „Nicht schon wieder."

„Vielleicht hat all das ja mit dem zu tun, was du in dieser Zeit getan hast?"

„Du hörst wohl nie auf. Ich kann dir versichern – das hat nichts damit zu tun."

Kate wollte am liebsten aus dem Bett springen und ihn schütteln, bis er Vernunft annahm, aber schon der Versuch, sich zum Sitzen an den Kissen aufzurichten, verursachte Schmerzen. Aufgebracht strich sie ihre Decke glatt und zog das Krankenhaushemd zurecht.

„Warum machst du so ein Geheimnis daraus? Warst du etwa ein Trunkenbold und lagst zwei Jahre unter einer Kokospalme?" Sein finsterer Blick war Antwort genug, aber sie ließ nicht locker. „Oder hast du irgendwo im Westen Banken ausgeraubt? Warum sagst du mir nicht endlich, wo du warst?"

„Kate, ich habe eine Studie zu betreuen und seit drei Tagen auch noch deine Statistiken zu erstellen. Ich habe keine Zeit für diese Spielchen."

„Das ist kein Grund, ein Eisblock zu sein."

Ein Bild von Trevor, wie er an ihrem Bett saß, sich mit einem sehnsüchtigen Lächeln über sie beugte und über ihre Haare strich, tauchte plötzlich in ihrer Erinnerung auf. Das war sicher nur ein Wunschtraum, oder? Sein Gesicht war so freundlich gewesen. Vielleicht hatten die Betäubungsmittel ihre Fantasie verwirrt? Im Blick des Mannes, der sie durch die seltsam verschwommenen Stunden begleitet hatte, hatten Wärme und Zärtlichkeit gelegen. Es war schwer, Trevor anzusehen, ohne daran zu denken. Er war so sanft gewesen. Immer noch stichelnd und überheblich, aber auch gütig und geduldig und ... liebevoll.

Eine Schwester klopfte an die offene Tür und schob einen Wagen mit Kates Abendessen herein. Eins der Räder quietschte und wackelte hin und her. Kates Magen knurrte erwartungsvoll. Als der Wagen näher kam, roch sie die Rinderbrühe und seufzte. Seit Tagen bekam sie nur klare Brühe und fühlte sich ausgehungert.

Manchmal genoss sie es, Trevor gerade dann zu necken, wenn er sich ganz förmlich und fachmännisch gab. Sie wollte seine Schale knacken und den Mann hervorlocken, der leidenschaftlich gern gegen sie antrat.

„Was ist denn mit der Krankenhausküche los? Etwas Besseres als Brühe bringen sie nicht mehr zustande?"

„Ein wenig festes Essen könnten Sie wahrscheinlich vertragen", lenkte Trevor ein, peinlich darauf bedacht, vor der Krankenschwester die berufliche Distanz zu wahren. „Worauf haben Sie denn Appetit?"

„Angusrind", sagte sie, ohne mit der Wimper zu zucken, aber dann musste sie doch kichern.

„Sehr witzig", erwiderte Trevor. Er sah zur Schwester. „Bringen Sie ihr etwas Haferflocken mit Milch und geben Sie mir Bescheid, wenn sie Schwierigkeiten macht, dann bringe ich die Zwangsjacke."

Es war schon fast zwanzig Jahre her, dass Trevor ein Gewehr in der Hand gehabt hatte, aber die Zielübungen auf die Ratten auf der Farm seiner Mutter machten sich heute bezahlt.

Joseph Barrow, der oberste Militärarzt der Marine, hatte Trevor eingeladen, ihn zum Tontaubenschießen aufs Land zu begleiten. Was ein erwachsener Mann daran finden konnte, auf einem Feld zu stehen, sich von Mücken zerbeißen zu lassen und auf Tonstücke zu schießen, die von einer Feder aus einer Wurfmaschine geschossen wurden, konnte Trevor nicht begreifen. Schädlinge vom Land seiner Mutter zu vertreiben war zumindest nützlich gewesen, aber das heutige Unterfangen kam ihm vollends sinnlos vor. Das Gewicht eines Gewehrs an der Schulter brachte unerwünschte Erinnerungen an das Leben in Schottland zurück. Seine Muskeln wussten noch, wie man das Gewehr anlegte und zielte, bis die Tonscheibe kurz vor der Spitze ihrer Flugbahn langsamer wurde. Er drückte ab.

„Nicht übel", sagte Barrow, als die Scheibe zerplatzte und die Scherben zu Boden regneten. Er nickte dem jungen Soldaten zu, die nächste Scheibe einzulegen.

Wie lange zog sich das noch hin? Es war doch offensichtlich, wieso der *Surgeon General* ihn hierhergebracht hatte. Aus welchem Grund auch immer erledigten Männer gern Geschäftliches auf

Golfplätzen oder auf der Jagd. Für Trevor war dies eine kolossale Zeitverschwendung.

„Wie steht es um den Unfug in der *Washington Post*?“, fragte Barrow, während er im Knien nachlud.

Trevor knirschte mit den Zähnen und schob eine neue Patrone in den Lauf seiner Jagdbüchse. „Unverändert“, antwortete er. „Ich habe mir einiges über die Pressefreiheit anhören müssen. Scheint mir allerdings eher die Verleumdungsfreiheit zu sein.“

„Hmm“, machte Barrow. Er stand mit seiner Büchse bereit und nickte dem Soldaten zu, der die nächste Tonscheibe abfeuerte. Trevor zuckte bei Barrows lautem Schuss zusammen und sah, wie die Scheibe zerbarst. Der beißende Geruch von Schießpulver lag in der Luft.

„Dr. Kendall, ich fürchte, ich muss Sie bitten, sich mehr Mühe zu geben.“

„Man hat mir gesagt, den Zeitungsredakteur ermorden zu lassen, zähle nicht zu meinen Möglichkeiten.“

Barrow lächelte höflich und stellte seine Jagdbüchse auf dem Boden ab. „Ein Jammer. Nichtsdestoweniger gerate ich mehr und mehr ins Kreuzfeuer deswegen und das gefällt mir nicht.“

„Mir genauso wenig. Diese Menschen tun alles, nur um mich aus dem Krankenhaus zu werfen. Ich habe nicht vor, kampflos das Feld zu räumen.“

„Schön“, sagte Barrow gereizt. „Dann sollten Sie sich besser beeilen. Die Zeitungsartikel sind schlimm genug, aber was sich vergangenes Wochenende im Logierhaus abgespielt hat, war völlig inakzeptabel.“

Trevor schüttelte den Kopf. Er hatte gehofft, dass der Vorfall nicht bis zum *Surgeon General* vorgedrungen war, aber der Mann hatte offensichtlich überall seine Quellen.

„Der Präsident macht sich bereit, die Marine nach Chile zu schicken, und ich habe auch schon ohne dieses Gefasel über einen inkompetenten Arzt auf meiner Gehaltsliste genug um die Ohren. Finden Sie heraus, wer hinter diesen Gerüchten steckt. Es ist mir egal, wie, aber tun Sie es! Ansonsten werden Sie das Krankenhaus räumen und sich eine andere Geldquelle suchen müssen. Ich lasse mir von so einem Hokuspokus nicht meinen Ruf madig machen.“

Trevor blinzelte erschrocken über die Härte in Barrows Stimme. Seit über einem Jahrzehnt hatte der *Surgeon General* in den höchsten Tönen von ihm und seiner Forschung geschwärmt – und jetzt stand seine ganze Karriere wegen eines einfachen Journalisten auf dem Spiel?

Sein Anwalt hatte Lamprechts Versuch, Trevor aus dem Krankenhaus zu werfen, erfolgreich vereitelt, aber wenn der *Surgeon General* die schützende Hand von ihm wegzog, dann war es nur eine Frage der Zeit, bis Lamprecht seinen Willen bekam.

Er dachte an den Augenblick auf dem Berggipfel mit Jack und Amy. Diese Erinnerung war sein Ansporn in schlaflosen Nächten. Sie trieb ihn immer wieder an den Kai und durch die Hurenhäuser, um Menschen zu finden, deren Leiden er lindern konnte.

Aber nicht, wenn ein verbitterter Feigling seine Karriere vernichtete. Trevor legte das Gewehr an.

„Ich werde dem ein Ende bereiten“, versprach er.

Kate kam eine Woche nach der Operation nach Hause. Das Empfangszimmer wurde als behelfsmäßiges Krankenzimmer eingerichtet, weil ihre Mutter nicht wollte, dass sie im vierten Stock lag, wo es weder ein Wasserklosett gab, noch jemand in der Nähe war, falls sie Hilfe brauchte. Timothy half Kate, sich auf dem Sofa niederzulassen, und ihre Mutter brachte eine kleine Glocke, falls sie etwas benötigte.

Tagsüber leerte sich das Haus. Die meisten Gäste gingen zur Arbeit. Kate hatte nichts weiter zu tun, als sich das Hirn darüber zu zermartern, wer die Präparate in ihrem Haus platziert hatte und warum. Sie verbrachte Stunde um Stunde damit, aus dem Fenster zu sehen und Passanten zu beobachten. Wenn jemand vor ihrem Haus stehen blieb oder ohne ersichtlichen Grund herumlungerte, war sie besonders aufmerksam. Es gefiel ihr überhaupt nicht, so paranoid zu sein, aber es bestand schließlich kein Zweifel daran, dass sich jemand unerkannt ins Haus geschlichen hatte. Noch einmal sollte das nicht passieren.

Irene Bauman irrlichterte gelangweilt durchs Haus. Zum ersten

Mal dämmerte Kate, dass die Hälfte von Irenes Problemen daher rührte, dass sie den ganzen Tag nichts zu tun hatte, außer der männlichen Stadtbevölkerung schöne Augen zu machen. Erst gegen Abend kehrten die Gäste des Logierhauses zurück. Charlie Davis brachte Kate einen großen Blumenstrauß mit und Richter Bauman ein Glas mit kandierten Orangenscheiben.

Kate durfte nicht am großen Tisch Platz nehmen, sondern musste ihren Haferschleim in der Verbannung auf dem Sofa essen. Das fröhliche Gepolter der lebhaften Unterhaltung aus dem Speisesaal machte sie einsam und die Fußgänger auf der Straße zu beobachten schürte das Gefühl der Isolation nur noch mehr. Ein Mann hatte ein Kleinkind auf dem Arm und hielt seine Frau an der Hand. Ein paar Kinder warfen sich einen Ball zu. Und dort lief ...

War das Trevor? In der Dämmerung erkannte sie seine große Gestalt, den dunklen Wollmantel, der bei jedem Schritt aufwallte, und die Arzttasche in der Hand. Und das typisch verdrießliche Gesicht. Kate lächelte, als seine Schritte im Flur zu hören waren, und wünschte sich, ihr Herz würde nicht so schnell schlagen. Er kam, ohne zu klopfen, ins Empfangszimmer und erblickte sie auf dem Sofa.

„Ich mache eigentlich keine Hausbesuche“, sagte er und stellte seine Arzttasche ab.

„Ich hoffe, das kostet nicht extra.“

„Es kostet, was auch immer deine Mutter heute Abend auf den Tisch stellt.“ Trevor zog sich mit ernster Miene einen Hocker heran, griff nach ihrer Hand und maß ihren Puls. „Fühlst du dich besser?“

„Ja, etwas, aber ich hoffe, du lässt dir das Abendessen nicht zu Kopf steigen. Den ganzen Nachmittag haben alle nur Loblieder auf dich gesungen. Sogar Mutter ist bereit, dir eine Glanzleistung zuzugestehen, was eigentlich ein großer Fehler ist, weil du doch sowieso schon ein Problem mit deinem übersteigerten Selbstbewusstsein hast.“

Trevor hielt ihr Handgelenk fest und sah auf seine Uhr. „Sei nicht so zynisch. Außerdem wette ich, dass du mittlerweile froh bist, dass ich in Biologie immer besser war als du.“

„Das ist nicht wahr!“

„In vier Jahren hatte ich drei Mal eine bessere Zensur als du und beim vierten Mal waren wir gleichauf." Trevor zog ein Thermometer aus der Tasche und schüttelte es, bevor er es ihr unter die Zunge steckte.

Der Punkt ging an ihn, aber sie hatte nicht vor, klein beizugeben. Sie schob das Thermometer in den Mundwinkel. „Bie laupen bie Ermipplungen?"

Sein Mund wurde schmal. „Ich habe mit der Polizei gesprochen. Sie klopfen gerade meine beruflichen Rivalen ab – Kollegen, denen ich für ein Stipendium oder Fördergelder den Rang abgelaufen habe. Was aber Irrsinn ist, denn im medizinischen Wettbewerb kommt man nicht voran, indem man auf derart hinterhältige Weise kämpft. Ich bin mir immer noch sicher, dass die Angriffe mit der Quecksilberstudie zusammenhängen."

Kate nahm das Thermometer kurz aus dem Mund. „Oder mit den fehlenden zwei Jahren. Hattest du eine leidenschaftliche Affäre mit einer Opernsängerin? Oder einer Schauspielerin?"

„Kate, also bitte ..."

Kate bohrte weiter. „Oder bist du mit Zigeunern herumgezogen? Hast du in Kalifornien nach Gold gegraben?" Sie setzte sich ein Stück auf. Sie überlegte, mit welcher absurden Theorie sie ihn noch anstacheln konnte, als ihr ein furchtbarer Gedanke den Atem raubte.

„Warst du verheiratet? Hast du irgendwo eine Frau und Kinder versteckt?"

Trevor lachte auf. „Das glaubst du also?"

So wie er lachte, schien es tatsächlich abwegig. Es war schier unmöglich, sich den kühlen, rechtschaffenen Dr. Kendall vorzustellen, wie er einer Frau hinterherschmachtete, aber wenn er so lächelte, hatte er immerhin Grübchen. Wieso waren ihr die nie vorher aufgefallen?

Irgendwie kamen sie ihr doch bekannt vor. Trevor, der sie fürsorglich anlächelte, zärtlich fast ... Er war so sanft gewesen, so liebevoll ...

Lautes Gelächter tönte vom Speisesaal herüber.

Kate zwang sich, den Blick abzuwenden. „Was auch immer du getan hast, so schlimm kann es nicht gewesen sein", fasste sie betont leichtherzig zusammen. „Und deswegen könnte es uns helfen herauszufinden, wer dich so wenig leiden kann, dass er dich unbedingt zu Fall bringen will. So wie du bei der kleinsten Erwähnung jedes Mal wortkarg wirst, muss ich doch davon ausgehen, dass es von Bedeutung ist."

„Ich habe mich um meine eigenen Angelegenheiten gekümmert", erwiderte er barsch. Die Atempause war vorüber und der Eissturm kehrte zurück. Er warf ihr die Mappe mit der Patientenkurve in den Schoß. „Ich habe Hunger. Du kannst die Temperatur selbst eintragen. Du weißt ja, wie das geht." Mit diesen Worten stand er auf und ging in Richtung Speisesaal davon.

So ein Miesepeter! Trevor war nie die Freundlichkeit in Person gewesen, aber immerhin hatten sie vor der Operation ein gutes Verhältnis gehabt, auch wenn er ihre Avancen stets abgeblockt hatte. Es war beschämend, wie sehr sie sich trotzdem über seine Anwesenheit und auf ihre gemeinsame Arbeit freute.

Aus irgendeinem Grund war er bei ihr auf Distanz bedacht. Gedankenverloren drehte sie das Glasthermometer unter ihrer Zunge hin und her. Wieso war er so verschwiegen? Kate lehnte sich in die Kissen zurück und kramte in ihrem Kopf alles hervor, was sie über Trevor wusste.

Sein Vater war wohlhabend, aber Trevor hatte eine so tiefe Abneigung gegen ihn, dass er den Namen McDonough nicht tragen wollte. Er war nach Amerika geschickt worden, um bei einem Vormund aufzuwachsen, aber seinem Vater lag so viel an ihm, dass er ihm ein Angusrind zu Weihnachten und eine unendlich kostbare Ausgabe von Shakespeare als Geburtstagsgeschenk sandte. Lebte sein Vater eigentlich noch? Vielleicht konnte sie Timothy bitten, ihr bei einigen Nachforschungen zu helfen. Timothy war schon immer findig gewesen. Jemand aus Trevors Vergangenheit wollte ihn ruinieren und Kate hatte nicht vor, dabei tatenlos zuzusehen.

KAPITEL 17

Die Zwangspause tat zuerst gut, aber nach drei Tagen auf dem Sofa im Salon war Kate bereit für einen Tapetenwechsel. Obwohl sie bereits wieder in ihr eigenes Zimmer verlegt werden konnte, schien ihr die Vorstellung, den ganzen Tag einsam im vierten Stock zu verbringen, wie eine einzige Qual. Also blieb sie im Empfangszimmer. Immerhin konnte sie so ein besonders gutes Auge auf die Sicherheit des Logierhauses haben, denn noch immer gab es keine Spur.

Irene Bauman leistete Kate oft Gesellschaft. Kate ließ Irene ihre neu gekauften Kleider vorführen und sich vom jungen Burschen beim Kolonialwarenhandel vorschwärmen, der ein Auge auf Irene geworfen hatte. So wie offenbar auch der Gehilfe auf dem Postamt und ein junger Anwalt am Gericht ihres Vaters. Es schien, als sei die ganze männliche Bevölkerung von Washington hoffnungslos in Irene verschossen. Es war ein Wunder, dass nicht die ganze Nation wegen Irenes atemberaubender Erscheinung zum Erliegen kam.

Corporal Stephen Lad, einer von Timothys Kameraden, schaute jeden Tag für einige Stunden vorbei, damit sich kein neuer Vorfall ereignete. Bisher hatten sich fast ein Dutzend Marinesoldaten treu abgewechselt, bis Timothys Schicht im Krankenhaus vorbei war und er übernehmen konnte. Kate stellte sich das schrecklich langweilig vor und einige der Soldaten ließen sich sogar Aufgaben geben, damit sie etwas zu tun hatten.

An diesem Nachmittag half Corporal Lad ihrem Vater, hinter dem Haus ein Abflussrohr zu reparieren. Irene saß vor Kate auf einem Hocker und beugte sich vor. „Als ich heute Morgen an Corporal Lad vorbeiging, machte er mir Avancen mit dem Gesicht“, flüsterte sie.

„Avancen mit dem Gesicht?“

Irene nickte. „Du weißt schon, er folgte mir mit seinem Blick. Lächelte, ohne zu lächeln. Was Männer eben so tun, wenn ihnen eine Frau gefällt.“

„Ach, Irene ...“ Manchmal hielt sie es mit diesem Mädchen einfach nicht mehr aus. Kate konnte es nicht erwarten, dass Trevor ihr endlich erlaubte, wieder an die Arbeit zu gehen.

„Was machen die Polizisten vor unserem Haus?“, fragte Irene.

Kate drehte sich um und sah aus dem Fenster. Tatsächlich, vier Schutzmänner hielten auf ihr Haus zu. Kurz darauf hörte Kate ihre Schritte vorm Eingang. „Schnell, hol meinen Vater“, sagte sie zu Irene.

Genau das war passiert, als Nathan gestorben war. Kates Herz fing an zu klopfen und ihr Brustkorb schnürte sich zu. Ging es jetzt um Timothy? Oder um Trevor …?

Kate eilte zur Haustür und riss sie auf. Die vier Polizisten standen in der offenen Veranda. „Ja, bitte?“

„Guten Tag, Ma'am. Ich bin Officer Rycroft vom Washingtoner Police Department. Wir haben einen Durchsuchungsbefehl für dieses Haus.“

Kate wurde kurz schwindlig. „Einen Durchsuchungsbefehl?“

„Was ist hier los?“ Ihr Vater kam mit großen Schritten ums Haus, gefolgt von Corporal Lad. Kate umklammerte das Geländer und versuchte zu begreifen, was hier vor sich ging. Die Polizisten drängten ins Haus und verteilten sich im Erdgeschoss.

„Wir haben Grund zu der Annahme, dass gefährliche medizinische Proben im Haus versteckt sind.“

„Vergangene Woche hat jemand hier medizinischen Abfall eingeschleust“, dröhnte ihr Vater und sah aus, als wäre er kurz vor einem Wutanfall. „Wir hatten nichts damit zu tun.“

Der Polizist sah kurz zu Boden. „Dieser Fall ist mir bekannt. Wir haben einen anonymen Hinweis bekommen und in Anbetracht dessen, was vergangene Woche gefunden wurde, hat ein Richter einen Durchsuchungsbefehl ausgestellt.“

Kates Knie wurden weich und sie ließ sich auf die Treppenstufen sinken. Ihre Hand umklammerte noch immer das Geländer. Ihr Vater beteuerte weiter, dass sie nichts Falsches getan hatten, aber die Polizisten hatten bereits mit der Durchsuchung begonnen. Es fühlte sich fast wie eine Entweihung an, als ein Polizist die Schubkästen der Kommode im Speisesaal aufzog und mit großem Geklirr das Besteck durchwühlte. Ein Ordnungshüter machte sich daran, die Treppe hinaufzusteigen.

„Sie können nicht nach oben gehen!", rief Kates Vater erbost. „In den Zimmern wohnen Gäste, die gutes Geld für eine Privatsphäre bezahlen. Geschäftsleute! Kongressabgeordnete!"

„Der Beschluss gilt für das gesamte Haus, das schließt die Privatgemächer mit ein."

Kates Vater wurde blass. Das war eine Katastrophe. Schritte auf Treppen und in den Obergeschossen erfüllten das Haus. Die Polizisten waren höflich, aber der Schaden war angerichtet.

Und sie war schuld daran. Wenn sie nicht für Trevor arbeiten würde, wäre nichts von all dem passiert. Die Zomohkovs hatten ihrem Etablissement schon den Rücken gekehrt und nun würde es garantiert noch andere geben, die sich gezwungen fühlten zu gehen. Ihr Vater sank neben ihr auf die Treppenstufe und legte ihr einen Arm um die Hüfte. „Keine Sorge", sagte er leise.

Aber sie machte sich Sorgen. Als es Nachmittag wurde, kehrten die ersten Gäste zurück. Charlie Davis sah verwundert die Treppe hinauf, als ihm verboten wurde, in sein Zimmer zu gehen. Er willigte ein, draußen zu warten, bis die Durchsuchung beendet war.

Tom Wilkerson vom Patentbüro war weniger versöhnlich. „In meinem Zimmer lagern vertrauliche Dokumente", rief er. „Das ist ein Skandal!"

Kate war nicht sicher, ob er damit die Polizisten oder ihren Vater meinte. Inständig hoffte sie, dass die Polizei fertig werden und verschwinden würde, damit dieser demütigende Vorfall endlich vorbei war. Es war schon nach fünf Uhr abends und bald würden immer mehr Gäste heimkehren.

„Ich habe etwas, Sergeant", rief eine Stimme im Treppenhaus weit über ihnen. „In Mrs Livingstons Schrank, ganz oben."

Kate schnappte nach Luft. In ihrem Zimmer? Sie war seit der Operation nicht mehr dort oben gewesen.

Kate machte Platz für einen Polizisten, der eine große Schachtel heruntertrug und sie so weit weg wie möglich von sich hielt, als würde der Inhalt ihn empören. Sie hatte diese Schachtel noch nie gesehen.

„Was ist darin?", verlangte der Sergeant zu wissen.

Kate hielt den Atem an. Der Polizist kippte sie ein Stück nach vorn, damit alle hineinsehen konnten.

In der offenen Schachtel lagen weitere Glasträger mit Präparaten und halb leere Ampullen mit Quecksilber.

Der Fund stellte alles Bisherige in den Schatten. Die Präparate mit dem Lungengewebe und das Quecksilber waren schlimm genug, aber am Schlimmsten waren die Unterlagen. Kate erkannte sie sofort, weil es dieselben Formulare waren, die sie benutzte, um den Nährstoffgehalt im Blut ihrer Patienten zu verfolgen, außer dass es hier um Quecksilber ging.

Eine Akte führte verschiedene Quecksilberdosen und ihre Auswirkungen auf die Patienten auf. Eine andere, die der vorherigen äußerlich glich, zeigte dagegen eine ganz andere Statistik. Eine, nach der sich die Gesundheit der Patienten signifikant verbessert hatte.

„Sieht so aus, als hätte Dr. Kendall seine Ergebnisse verfälscht und die Beweise in Mrs Livingstons Zimmer versteckt", mutmaßte einer der Polizisten.

„Das ist doch absurd", erwiderte Kate. Und doch war leicht zu sehen, wie jemand, der Trevor nicht kannte, zu dieser Überzeugung gelangen konnte. Die Namen und Daten auf beiden Akten waren identisch, ebenso wie die Dosis des verabreichten Quecksilbers. Nur die Schlussfolgerungen waren komplett unterschiedlich und das deutete auf einen klaren Fall von ärztlichem Betrug hin – den die Polizisten ganz offensichtlich Trevor zuschreiben wollten. Kate wusste, dass das unmöglich war, da Trevor seine Forschungen mit den für ihn desaströsen Ergebnissen ja schon vor vielen Jahren veröffentlicht und darin nichts von seinen Fehlschlägen verheimlicht hatte. Doch Außenstehende, die mit den Abläufen von wissenschaftlichen Veröffentlichungen nicht vertraut waren, konnten das natürlich nicht durchschauen.

Kate brauchte keinen Anwalt, der ihr sagte, wohin all das hier führte. Man verdächtigte Trevor, seine Forschungsergebnisse zu fälschen und die Beweismittel bei seiner Angestellten zu verstecken. Die Polizisten befragten einige der anwesenden Gäste, wie oft Dr. Kendall im Logierhaus gewesen sei und ob er je im Obergeschoss gesehen worden war.

Timothy kehrte von der Arbeit zurück und schob sich durch die vor dem Eingang versammelte Traube von Menschen. Mit ernstem Blick nahm er Kate beiseite. „Sag kein Wort", warnte er sie. „Sie werden versuchen, dich mit hineinzuziehen. Du bist zu keiner Aussage verpflichtet."

„Irgendjemand versucht Trevor hereinzulegen", raunte sie.

Timothy runzelte die Stirn. „Seit dem ersten Fund wurde das Haus ununterbrochen überwacht. Ich schätze, die zweite Schachtel wurde gleich mit der ersten dort deponiert. Und als sie nicht gefunden wurde, gab derjenige der Polizei einen anonymen Hinweis."

Kate bekam feuchte Hände. Es würde nicht lange dauern, bis Trevors Widersacher ihr und Trevor eine besondere Verbindung andichten würde. Nachdem Trevor immer häufiger im Logierhaus zu Abend aß, war ihre Freundschaft kein Geheimnis mehr. Welchen besseren Weg gab es, Trevor zu schaden, als anzudeuten, er würde Beweise für aufpolierte Forschungsergebnisse bei seiner Assistentin verstecken?

Timothy zog die Vorhänge beiseite. „Sieht aus, als wären einige Reporter gekommen."

Kate bekam Angst. Trevors Ruf war bereits schwer beschädigt und das hier würde eine wahre Lawine lostreten. Das hatte er nicht verdient. Kate fühlte sich auf einmal völlig erschöpft und matt. Sie ließ sich auf die Treppenstufe sinken und lehnte die Wange an den kühlen Treppenpfosten.

Keine Viertelstunde später tauchte Trevor auf. Sein Gesicht war weiß vor Wut. Er drängte sich durch die Schaulustigen auf dem Bürgersteig. Als er Kate auf der Treppe erblickte, hielt er direkt auf sie zu.

„Geht es dir gut?", sagte er leise. Sein Blick tastete ihr Gesicht ab und er hob ihr Kinn mit der Hand.

„Ja, aber ich verstehe nicht, wieso all das hier passiert."

„Ich auch nicht, aber ich werde es herausfinden." Er ging und sprach den Sergeant an. Kate hörte hinter sich die lautstarke Beschwerde eines Gastes, der sein Geld zurückforderte.

„Ich weigere mich, in einem keimverseuchten Haus zu wohnen", empörte er sich.

Richter Bauman meldete sich zu Wort. „Augenblick! Besteht etwa die Gefahr, dass dieser Unrat die Bewohner dieses Hauses infiziert? Ich muss an das Wohlergehen meiner Tochter denken."

Es wurde still. Alle Augen richteten sich auf Trevor. „Niemand kann von dem krank werden, was in der Schachtel ist", sagte er. „So funktioniert Tuberkulose nicht."

„Woher wollen Sie das wissen?", widersprach ihm einer der Gäste. „Scheint ja so, als hätten Sie mit Ihren Patienten nicht besonders viel Erfolg."

Trevor sah aus, als wollte er dem Mann an die Gurgel springen. Richter Bauman sprach mit einem der Polizisten am Eingang und kurz darauf gestatteten diese den Gästen und Bewohnern, in ihre Zimmer zurückzukehren.

Aber der Schaden war unausweichlich.

Bis zum Ende des Abends hatten bereits acht Gäste Kates Vater informiert, dass sie sich anderweitig nach Unterkünften umsehen würden. In zehn Tagen war die nächste Kreditrate für das Logierhaus fällig und die Wahrscheinlichkeit, dass ihre Eltern diese aufbringen konnten, schwand mit jeder Stunde.

Kate lag auf dem Sofa im Empfangszimmer, konnte nicht schlafen und starrte nach draußen in den Sternenhimmel. Trevor kämpfte mit so viel Leidenschaft für ein Mittel gegen Tuberkulose, aber diesen Gegnern war er nicht gewachsen. Auch sie wusste nicht genau, wie sie vorgehen sollten. Auf dem Sofa zu sitzen und nichts zu tun, brachte sie jedenfalls kein Stück voran. Wenn Trevor das Problem nicht lösen konnte, musste sie es eben tun.

Um halb vier hörte sie Timothy im Obergeschoss, der sich für die Frühschicht im Krankenhaus bereit machte. Als er nach unten kam, war sie fertig angekleidet und bereit.

„Ich komme mit", flüsterte sie.

„Nein, das tust du nicht", raunte er zurück. „Du gehst zurück ins Bett." Leise zu sprechen, damit die Gäste nicht wach wurden, war ihnen seit Kindertagen vertraut.

Kate ging einen Schritt auf Timothy zu und legte ihren Umhang um. „Erstens ist das ein Sofa und kein Bett. Und ich setze keinen

Fuß in mein Zimmer, bis wir herausgefunden haben, was hier los ist. Ich komme definitiv mit ins Krankenhaus."

„Das ist keine gute Idee."

Sie zog die Kapuze über ihren Kopf. „Die Operation war vor zehn Tagen. Es geht mir wieder gut und ich muss ins Büro, ohne dass Trevor mir im Nacken sitzt." Als Timothy noch immer wenig überzeugt aussah, legte sie nach. „Trevor ist der verschwiegenste und dickköpfigste Mann der Welt. Er verrät mir nichts über seine Vergangenheit und gegenüber der Polizei wird er kein bisschen mitteilsamer sein. Ich muss herausfinden, wo er sich in zwei ganz bestimmten Jahren aufgehalten hat. Ich glaube, das ist der Schlüssel für alle unsere Schwierigkeiten."

Timothy lenkte schließlich ein und um vier Uhr erreichten sie das Krankenhaus. So früh war noch niemand auf und ihre Schritte hallten durch die dunklen Flure. Nachdem Timothy die Wache von der Nachtschicht abgelöst hatte, schloss Kate die Tür zu ihrem Büro auf.

Sie musste die Schuldgefühle verdrängen, als sie auf Trevors Stuhl Platz nahm. Wenn er nicht so geheimniskrämerisch wäre, redete sie sich ein, wäre sie auch nicht gezwungen, derartig in seine Privatsphäre einzudringen. Mit klopfendem Herzen zog sie die oberste Schublade auf.

Eine Ablage mit Bleistiften, eine Schere, ein kleines medizinisches Wörterbuch. Die restlichen Schubladen offenbarten ähnlich wenig persönliche Details. Kate drehte sich um und überlegte ...

Der verschlossene Aktenschrank war der beste Ort, um herauszufinden, wo er sich 1887 und 1888 aufgehalten hatte. Kate durchsuchte den Schreibtisch vergeblich nach dem Schlüssel. Sie fuhr mit der Hand sogar die Unterseite der Schubladen ab. Nach zehn Minuten war sie davon überzeugt, dass der Schlüssel nicht hier war.

Da hatte sie eine Idee. Timothy konnte doch Schlösser knacken. Er hatte schon mehr als einmal sein Können unter Beweis gestellt. Immer, wenn sich ein Gast versehentlich aussperrte, war er zur Stelle. Kate steckte den Kopf zur Tür hinaus und sah Timothy, wie er am Hintereingang Wache hielt. Sie lächelte ihn an und er nickte kurz.

„Guten Morgen, Ma'am", sagte er, bevor sein Blick wieder geradeaus ging.

Kate gefiel es, wenn er so erwachsen tat. „Hey, du Klette, ich brauche dich mal."

Er starrte sie zornig an.

Kate räusperte sich. „Private Norton, ich könnte hier Ihre Hilfe gebrauchen."

Er sah sich unsicher um. Alles war ruhig bis auf die Nachtschwester, die vorn im Schwesternzimmer ein Klatschmagazin durchblätterte. Zögerlich folgte er ihr ins Büro.

Kate zeigte auf den verschlossenen Schrank. „Ich möchte, dass du das Schloss dort öffnest", sagte sie.

„Vergiss es."

„Ich krame hier nicht aus Lust und Laune in seinen Sachen, verstehst du? Ich muss nur herausfinden, wo er in diesen zwei Jahren war. Alles, was im Logierhaus vorgefallen ist, hängt damit zusammen, da bin ich mir sicher."

„Aber Trevor nicht. Sonst würde er es uns ja erzählen."

„Ach ja?"

Timothy sah unentschlossen aus.

Kate erhöhte den Druck. „Die Bank erwartet am Monatsersten die nächste Zahlung von unseren Eltern und wir haben gerade ein Drittel unserer Gäste eingebüßt. Heute werden wieder einige gehen. Wir können es uns nicht leisten, diese Unterlagen nicht einzusehen."

„Aber ich habe gar kein Werkzeug."

„Das hier ist eine Krankenstation. Ich hole dir, was auch immer du brauchst."

Im Vorratsraum fand Kate auf Anhieb lauter glänzende Utensilien, mit denen Trevor seine Patienten untersuchte. Sie stellte sich hinter Timothy, der vor dem Schloss kniete und mit einem spitzen Werkzeug vorsichtig darin herumstocherte. Der Bügel des Schlosses hob sich und die Schubladen rollten leise auf.

„Und jetzt raus mit dir", flüsterte Kate.

Sie machte hinter Timothy die Tür zu und kehrte zum Aktenschrank zurück. Alle Schubladen waren leer, bis auf die unterste, die voller Akten war. In ihr sah es aus wie in den anderen Schränken. Kate hockte sich hin, zog die Schublade weiter heraus und entzifferte den Namen, der auf allen Akten stand.

Trevor McDonough.

Mit zitternden Fingern ging sie die Akten durch. Einige waren alt und knittrig, andere glatt und neu, aber jede war mit einer Jahreszahl versehen.

Kate griff nach einer der älteren Akten und klappte sie auf. Eine Tabelle mit medizinischen Werten war darin. Sie überflog die Spalten und Zahlen, und als sie begriff, was sie da las, wurde ihr schlagartig übel.

Nein. Bitte nicht, nicht das ... nicht Trevor. Aber sie wusste, was die Werte bedeuteten.

Trevor hatte Tuberkulose.

Sechzehn Jahre reichten seine Aufzeichnungen zurück. Kate knallte die Schublade zu und ein Schrei entfuhr ihr und hallte durch die dunklen Gänge.

Timothy kam hereingestürmt. „Was ist los?"

Kate kniete auf dem Boden, umklammerte den kalten Metallgriff der Schublade und konnte den Kopf nicht heben. Timothy hockte sich neben ihr hin. „Bist du verletzt?"

Ihr Herz war gerade in zwei Teile zerrissen worden, aber danach hatte er nicht gefragt. Ihr Brustkorb schmerzte so sehr, dass sie kaum atmen konnte. „Es geht mir gut", flüsterte sie.

Alles ergab jetzt einen Sinn. Warum Trevor sie ständig abwies. Warum er so niedergeschlagen und unnahbar und so blass während der Schulzeit gewesen war. Warum er dieselbe Medizin trank wie seine Patienten.

„Komm, steh auf. Es ist zu kalt da unten."

Timothy hob sie hoch und führte sie zu Trevors Stuhl. „Soll ich einen Arzt holen? Du siehst nicht gut aus."

„Es geht schon", murmelte sie. „Wer die Wahrheit nicht verträgt, sollte nicht in verschlossenen Schubladen herumwühlen. Das ist alles."

„Was hast du denn gefunden?"

Die Gewissheit, sich wieder in einen Mann verliebt zu haben, den ein früher Tod erwartete. „Es hat nichts mit dem zu tun, was zu Hause passiert ist. Es geht mich überhaupt nichts an. Hätte ich bloß nur nicht nachgesehen."

„Soll ich Trevor holen lassen?"

Eine Träne tropfte in ihren Schoß. Kate wischte sich über das Gesicht. „Nein. Alles in Ordnung."

Aber nichts war in Ordnung. Den ganzen Sommer über hatte sie gegen eine völlig unlogische Anziehungskraft gekämpft und sie hatte verloren. Hinter seinem reservierten Gehabe steckte eine immense Leidenschaft. Er verbarg sie nach allen Regeln der Kunst, aber sie hatte sie erlebt. Hoch oben auf dem Dach, im Labor, sogar in seinen Blicken am Abendbrottisch blitzte sie auf. Diese Leidenschaft verband sie, aber jetzt begriff Kate, warum er ihr nie freien Lauf gelassen hatte.

Vor wenigen Wochen hatte sie genau hier gesessen und ihm ihr Herz zu Füßen gelegt. Er hatte sie voller Sehnsucht angesehen, aber sich im letzten Augenblick abgewandt.

„Kate, ich bin keine gute Partie."

Nun verstand sie, wieso.

KAPITEL 18

Schon seit seiner Kindheit konnte Trevor am besten nachdenken, wenn er herumlief. Ob er durch das nebelverhangene schottische Hochland wanderte oder über die glanzvollen Straßen Berlins – ein beherzter Marsch half ihm beim Lösen von Problemen. Seine innere Anspannung wurde abgebaut und er konnte sich ganz auf die knifflige Aufgabe konzentrieren.

Er überholte die erste Pferdebahn und vertiefte sich auf dem Weg ins Krankenhaus immer mehr in die Frage, wer einen Grund haben könnte, ihm zu schaden. Es war schon schlimm genug gewesen, als er noch das einzige Ziel gewesen war; aber Kates verstörter Anblick auf der Treppe, während die Polizei ihr Elternhaus durchsucht hatte, hatte ihn die ganze Nacht verfolgt.

Im Krankenhaus nahm Trevor zwei Stufen auf einmal und öffnete schwungvoll die Tür zur Klinik. Mit wenigen Schritten hatte er den Flur durchmessen und riss die Tür zum Büro auf.

Was machte Kate hier? Wieso saß sie an seinem Schreibtisch?

Die Stuhlbeine knarzten, als sie sich ihm zuwandte. Sie war blass und ihr Gesicht tränenüberströmt. Als er die Akte auf ihrem Schoß entdeckte, fühlte er sich, als hätte ihn jemand in die Magengrube geschlagen.

Er sackte gegen den Türrahmen. „Das hättest du niemals sehen dürfen."

Ihre Lippen bebten und Tränen sammelten sich in ihren Augen. „Warum hast du mir nichts davon erzählt?"

Weil Tuberkulose so eine scheußliche, grausame Krankheit war und er nicht wollte, dass man ihn deswegen anders behandelte. Vom ersten Tag an hatte Kate ihn geneckt, provoziert und herausgefordert. Seit sie für ihn arbeitete, sprach Begeisterung aus ihrem Blick. Bewunderung. Freude am Wettstreit. Trevor wollte nicht, dass daraus Mitleid wurde.

„Aber du machst gar keinen kranken Eindruck", sagte Kate gequält. „Du bist nicht wie die Patienten auf Station. Ich verstehe das nicht."

Er verstand es genauso wenig. So vieles an Tuberkulose war ihm noch ein Rätsel. Er schloss die Tür, damit niemand sie hörte, nahm Kates Stuhl und setzte sich neben sie. Es tat weh, ihre Verzweiflung zu sehen.

„Ich höre."

Trevor musste lächeln. Typisch Kate. Sie ging Probleme frontal an, während er sie versteckte und sorgfältig unter mehreren Schichten verbarg. Er fand es leichter, Dinge für sich selbst zu lösen, ohne andere darin zu verwickeln. Sie posaunte ihre Probleme in alle Welt hinaus.

„Als ich dreizehn war, wurde bei mir die Krankheit diagnostiziert", begann er.

„War das der Grund, warum dein Vater dich weggeschickt hat?"

Trevor lachte laut auf, erstickte das Lachen aber schnell wieder. „Nein, damit hatte es nichts zu tun." Jenes Jahr war das schlimmste seines Lebens gewesen, angefangen davon, dass er auf ein Schiff gesetzt und von Deirdre und allen Menschen, die er kannte, fortgerissen wurde, bis hin zu der niederschmetternden Diagnose eine Woche später.

„Ich war auf dem Schiff nach Washington, als mein Husten so schlimm wurde, dass der Schiffsarzt mich sehen wollte. Er meinte, ich zeige alle Symptome von Tuberkulose und hätte vielleicht noch zwei, drei Jahre zu leben." Trevor verschwieg Kate, dass der Arzt ihm befohlen hatte, in der Kabine zu bleiben und sich von den Passagieren fernzuhalten. Wenn er andere anhustete oder sich mit ihnen anfreundete, würde er sie mit der tödlichen Krankheit anstecken.

„Als ich bei Senator Campbell ankam, erzählte ich niemandem davon. Zu meinem Vater zurückkehren konnte ich nicht und ich kannte keine Menschenseele in Amerika. Also behielt ich die Diagnose für mich. Es widerstrebte mir, aber ich konnte nirgendwo anders hin und ich hatte Angst. Aber Mrs Kendall reimte es sich recht schnell zusammen. Sie erkannte das Rasseln in meiner Lunge, weil sie genau wie ich gegen diese Krankheit kämpfte."

Und auch Mrs Kendall hatte ihre Erkrankung geheim gehalten, denn welcher vernünftig denkende Mensch würde seine Küche einer tuberkulosekranken Frau anvertrauen? Oder einen kranken

Jungen aufnehmen? Mrs Kendall hatte ihm beigebracht, wie er seine Hustenattacken und die Blässe durch genug Zeit in der Sonne verbergen konnte. Sie hatte ihn gelehrt, literweise Tee mit Honig zu trinken, um so wenige Hustenanfälle wie möglich zu bekommen. Das Wichtigste für Trevor war jedoch sie selbst, ein Mensch, dem er sich anvertrauen konnte. Sie waren Schicksalsgefährten mit einem furchtbaren Geheimnis. In seiner verzweifelten und von Stürmen umtosten Welt wurde Mrs Kendall zum sicheren Hafen.

Die Schule wurde zu einer Mischung aus Tortur und Erlösung. All die anderen Schüler waren normal und zufrieden, aber Trevor durfte sich mit niemandem anfreunden, weil er sie mit jedem Husten in Gefahr brachte. Sie waren immer so fröhlich und alberten herum. Es tat weh, in ihrer Nähe zu sein. Nur Kate war anders. Er musste sich nicht erst mit ihr anfreunden, um mit ihr wetteifern zu können. Für ein paar Stunden am Tag konnte er die fortschreitende Seuche in seiner Lunge vergessen und sich dem Nervenkitzel hingeben, sich mit dem schlausten Mädchen der Schule zu messen.

„Nach einigen Jahren ging es mir allmählich besser. Mrs Kendall schwor Stein und Bein, es müsse an ihren Kochkünsten liegen. Ich musste immer ein zweites Glas Milch und noch mehr Rindfleisch essen. Sie meinte, das sei gut gegen Tuberkulose. Ich aß, um nicht noch mehr abzunehmen. Senator Campbell beschwerte sich oft im Scherz über die sprunghaft ansteigenden Essenskosten. Er muss meinem Vater irgendetwas davon geschrieben haben, denn noch in jenem Monat kam das Angusrind."

Kate zuckte zusammen. „Es tut mir so leid, dass ich dich damit aufgezogen habe."

Er griff nach ihrer Hand. Sie war so schmal. Nachdenklich strich er mit dem Daumen über ihren Handrücken. „Mach dir keine Gedanken deswegen. Jedenfalls glaube ich, dass an Mrs Kendalls Speiseplan etwas dran war. Als ich zum Studium ging, waren meine Lungen frei. Ich ging in Boston zu einem Spezialisten und er bestätigte mir, er könne keinerlei Anzeichen von Tuberkulose erkennen. Ich nahm endlich zu und bekam etwas Farbe. Meine Kraft kehrte zurück. In diesen Jahren fühlte ich mich ..."

Es war nicht richtig, ihr vorzuschwärmen, wie sich das Studium in Harvard angefühlt hatte. Die Rückkehr seiner Gesundheit in

Verbindung mit dem Vergnügen strenger Studien war für ihn wie ein Höhenflug gewesen. Er gehörte zu dem winzigen Anteil von Tuberkulosekranken, deren Todesurteil aufgehoben wurde. Die Welt hatte sich vor ihm wie ein endloses Fest aus Wissen, Abenteuer und Möglichkeiten erstreckt. Es war, als hätte er alle Glückssträhnen dieser Welt auf einmal für sich reserviert.

„Bist du ..." Kate zögerte. „Bist du geheilt?"

Wie sollte er das beantworten? Es wäre so einfach, sie anzulügen, ihr zu sagen, was sie hören wollte, damit sie diesen Schrecken für immer vergessen konnte. Trevor konnte es nicht ertragen, mit anzusehen, wie die Hoffnung in ihrem Gesicht starb. Er starrte nach draußen zu einem Spatz, der im Baum vorm Fenster herumflog. Nichts war schlimmer als Kates Augen voller Kummer.

„Eine Zeit lang war ich davon überzeugt", sagte Trevor. „Wenn die Tuberkulose sich nur in der Lunge ausbreitet, kann es passieren, dass sie wieder verschwindet. Das geschieht vielleicht in zehn Prozent der Fälle. Wir wissen nicht, woher das kommt oder was die Spontanheilung auslöst, aber ich dankte Gott auf Knien, dass ich zu diesen zehn Prozent gehörte."

Damals war sein unstillbarer Eifer aufgekeimt, ein Heilmittel zu finden. Er hatte bei den besten Wissenschaftlern auf der ganzen Welt studiert, an Kliniken und Universitäten hospitiert und mit eigenen Versuchsstudien begonnen.

„Ich behandelte nur die schlimmsten Fälle", fuhr Trevor fort. „Acht Jahre lang war ich von Patienten umgeben, deren Lunge hochgradig von Tuberkulose befallen war. Ich ließ den Mundschutz weg, sogar bei Patienten, von denen ich wusste, dass sie ansteckend waren. Acht Jahre lang testete ich mich selbst und acht Jahre lang blieb ich gesund."

Kates Anspannung wuchs merklich. Trevor wollte nicht weitererzählen, aber es musste sein. Er lächelte matt. „Du weißt ja, ich kann manchmal etwas hochmütig sein."

„Soll vorkommen." Kate schniefte.

„Ich fing an, mich zu fragen, wieso ich mich nicht wieder angesteckt hatte. Konnte es tatsächlich sein, dass jemand, der die Tuberkulose besiegt hatte, eine Art von Immunität entwickelte? Bei Pocken ist es so."

Seit über einem Jahrhundert wurden Menschen gegen Pocken geimpft, indem sie eine winzige Dosis der Erreger unter die Haut gespritzt bekamen. Nachdem sie eine leichte, lokale Infektion überwunden hatten, waren sie für den Rest ihres Lebens immun gegen Pocken. Einen ähnlichen Impfstoff für Tuberkulose zu entwickeln, wäre ein Geschenk des Himmels, aber Trevor brauchte mehr Forschungsergebnisse.

„Ich wollte herausfinden, ob ich immun gegen Tuberkuloseerreger geworden war. Das konnte ich schlecht an einem Freiwilligen testen. Ich musste es an mir selbst ausprobieren."

„Trevor ..."

Trevor hatte noch nie so viel Schmerz in einem einzigen Wort gehört. „Ich stellte eine Probe mit lebenden Erregern her und machte mich bereit, mich ihnen auszusetzen. Den Abend zuvor verbrachte ich auf Knien in der Kirche und betete voller Inbrunst. Dann fuhr ich zu einem Arzt in Boston, der mir mit der Spritze half. Er injizierte mir den Bazillus in die linken Bronchien. Und dann wartete ich. Sechs Tage später wurde ich positiv auf Tuberkulose getestet."

Tränen liefen über Kates Wangen. Trevor wollte ihr versichern, dass alles gut werden würde, dass sie nicht wegen ihm weinen musste. Aber er konnte nicht lügen. „Ich befolgte die Ratschläge der besten Ärzte und die Experten waren sich einig, dass die dünne Bergluft das Beste war, was ich meiner Krankheit entgegensetzen konnte. Dr. Brehmer hatte sich mit einer Luftkur im Himalaja auskuriert. So kam ich nach Indien. Ich verbrachte zwei Jahre in einem Sanatorium hoch in den Bergen. Schon damals stellten einige Ärzte Vermutungen zum Heilwert von Sonnenlicht an. Also legte ich mich jeden Tag in die Sonne, zwei Jahre lang, mit nichts am Körper als meiner Leibwäsche. Es war furchtbar kalt, aber ich gewöhnte mich daran. Ich trank Lebertran und aß so viel Fleisch, wie ich nur bekommen konnte. Und als ich wieder abreiste, war ich geheilt. Das war vor drei Jahren. Ich bin einer der wenigen Menschen auf dieser Erde, der die Krankheit zweimal besiegt hat."

„Also bist du gesund?"

Heute war er gesund, aber morgen? Sein Immunsystem war ziemlich geschwächt worden und die Wahrscheinlichkeit, ein drittes Mal davonzukommen, war gering.

„Ich teste mich ein Mal pro Woche. Meine Lungen sind frei und das jetzt schon seit drei Jahren. Manchmal kann der Bazillus jahrelang vor sich hin dämmern, bevor er wieder aktiv wird. Insofern weiß ich nicht, was die Zukunft bringt. Ich trinke noch immer den Lebertran und liege in der Sonne. Die Wahrscheinlichkeit, dass die Krankheit eines Tages zurückkehrt, ist ziemlich hoch, aber sicher ist es nicht."

Sich zu offenbaren fiel Trevor unheimlich schwer, noch dazu vor einer Person, die ihm so wichtig geworden war. In einem Winkel seines Herzens hatte er gegen alle Vernunft immer von Kate geträumt. Diese Träume waren jedoch immer von dem Wissen um die Krankheit zerstört worden und dann hatte es noch Nathan gegeben. Während der Schulzeit hatte er sich glücklicherweise nie mit romantischen Fantasien gequält. Für ihn war der stete Wettstreit mit Kate genug gewesen.

Das hatte sich geändert. Kate war wieder zu haben und er spürte, wie zwischen ihnen die Funken flogen. Nun wusste sie, warum er sie nie an sich herangelassen hatte. Ein Körnchen Hoffnung keimte auf. Die meisten Frauen würden schreiend Reißaus nehmen, aber Kate? Sie war wagemutig. Sie schreckte vor keiner Herausforderung zurück, bis sie bekam, was sie wollte.

Trevor nahm die Akte von ihrem Schoß und legte sie auf den Tisch. Er rutschte mit dem Stuhl ein Stück näher. „Kate, sieh mich an", sagte er.

Ihr Kinn blieb nach unten gerichtet, aber ihre Augen schauten auf. Trevor hatte Mühe zu atmen. Wie konnte sie ihre Gefühle so offen zeigen und trotzdem funktionieren?

„Nur damit du es weißt: Ich habe keine Frau an mich herangelassen, weil ich keine gute Langzeitpartie bin. Aber du bedeutest mir sehr viel. Das hast du schon immer." Ohne sie um Erlaubnis zu bitten, strich Trevor mit der Hand über ihren dichten Haarknoten. Er beugte sich langsam vor und gab ihr mehr als genug Zeit, sich loszureißen.

Sie tat es nicht.

Ihre Lippen fanden sich. Nichts hatte sich je so richtig oder natürlich angefühlt. Sie gab sich dem Kuss hin. Trevor spürte, wie sehr sie es wollte.

Der Staudamm der Gefühle in Trevor war längst gebrochen, aber er lehnte sich noch einmal zurück und zwang sich zu einem neutralen Gesichtsausdruck. Was auch immer Kate in den nächsten Sekunden tat, würde sein Leben verändern. Sie starrte in ihren Schoß und ihre Hand zuckte nervös in seiner. Dann zog sie sie weg.

Kate schob seine Akte auf dem Schreibtisch zusammen und trug sie zum Aktenschrank, ohne ihn dabei anzusehen. Dort kniete sie sich hin und legte sie zurück in die unterste Schublade. Sie klammerte sich an der Schublade fest und seufzte, als könnte sie sich ohne Stütze nicht wieder aufrichten. Die Anspannung war ihrem gesamten Körper anzusehen, aber sie ließ den Kopf hängen wie eine Blume, deren Stängel nicht stark genug war.

„Ich habe schon einmal einen Mann zu Grabe getragen, den ich liebte", flüsterte sie. „Das schaffe ich nicht noch mal."

Die kleine Flamme der Hoffnung erlosch. Die Worte trafen Trevor wie ein Schlag, aber er ließ sich nichts anmerken. Er schluckte. Wie schnell Träume sich in nichts auflösen konnten. Wie ein Blätterhaufen, der von einem Windstoß zerstreut wurde.

„Ich habe geahnt, dass du so etwas sagen würdest."

Endlich sah sie ihn an. Tränen rannen ihr übers Gesicht. „Trevor, es tut mir leid. Es tut mir so leid ..."

Es fiel ihm leicht, so zu tun, als würde ihn das nicht verletzen. Das hatte er sein ganzes Leben geübt. „Mach dir keine Gedanken, Kate. Seit ich dreizehn war, war mir klar, dass ich nie eine Frau zu nah an mich heranlassen durfte." Trevor stand auf und ging zu ihr. „Komm, ich helfe dir. Du gehörst ins Bett."

Sie schniefte. „Wetten, ich bin zuerst unten am Krankenhauseingang?"

Das war eine Lüge, aber Trevor hütete sich, ihr das zu beweisen.

Sie würden von nun an so tun, als hätte dieses Gespräch nie stattgefunden. Es würde die reinste Tortur werden, aber Trevor war bereit. Lieber wollte er ein kleines Stück von Kate haben als gar keins.

„Da ist ein Stapel mit Patientenkurven, die ausgewertet werden müssen", sagte er im sachlichen Ton. „Ich habe sie nach Dringlichkeit sortiert. Es wäre schön, wenn du das bis zum Ende der Woche machen könntest."

„Natürlich", erwiderte sie und Trevor seufzte erleichtert.

Mit jeder Faser seines Herzens wollte er, dass Kate für ihn mehr wurde als nur eine Angestellte. Er wollte sie als Frau, als Ehefrau, wollte abends mit ihr einschlafen und morgens neben ihr aufwachen. Er musste verrückt sein, solche Fantasien zuzulassen. Wenn sie nur Freunde sein konnten, musste ihm das genügen. Als Kate den Stapel nahm und auf ihren Schreibtisch legte, war er fast benommen vor Erleichterung. Sie würde bleiben.

Kate einzustellen war das Beste, was er in seinem Berufsleben getan hatte, und er wollte alles ertragen, solange sie ihn nicht verließ.

KAPITEL 19

Trevor ging seiner Arbeit nach, als wäre nichts gewesen. Kate gab sich alle Mühe, es ihm gleichzutun, aber nach zwei Stunden konnte sie keine einzige Berechnung mehr zu Ende bringen. Es war, als wäre ihr Verstand in Dutzende Teile zersplittert, die sich nun weigerten zusammenzuarbeiten. Sie wollte Trevor um den Hals fallen und mit ihm wegen der schrecklichen Diagnose weinen, aber zur selben Zeit lähmte sie ihr Verstand. Trevors fehlende zwei Jahre hatten nichts mit der Sabotage im Haus ihrer Eltern zu tun. Sie war keinen Schritt vorangekommen.

Kate schluchzte leise.

„Hör auf zu weinen, Kate."

Trevors Stimme war kalt. Kate drehte sich um, aber er sah nicht einmal von seiner Arbeit auf.

„Ich verstehe nicht, wie du so tun kannst, als hätte sich überhaupt nichts geändert", beklagte sie sich. „Wie kannst du einfach dasitzen und weitermachen, als wäre alles in bester Ordnung?"

„Weil sich nichts geändert hat", entgegnete er ruhig. „Um meine Gesundheit steht es genauso wie gestern um diese Zeit; wir beide haben gehörig Arbeit aufzuholen und du hast kein Interesse an etwas, was über eine platonische Freundschaft hinausgeht. Also hat sich nichts geändert. Dieses wehleidige Schluchzen ist nichts weiter als Zeitverschwendung."

Kate seufzte. Er hatte unrecht; alles hatte sich geändert. Hätte er diese absurde Bemerkung gestern gemacht, hätte sie ihn als Eisblock aufgezogen, aber heute war ihr das zu grausam.

Die Stationsschwester klopfte. „Eine Nachricht für Sie, Dr. Kendall."

Beklemmung erfasste Kate. Seit dem ersten ominösen Brief machte sie jede unerwartete Nachricht nervös. Trevor überflog den kurzen Brief.

„Was ist los?", fragte Kate.

„Ich soll mich mit dem *Surgeon General* treffen. Er hat von der

Hausdurchsuchung Wind bekommen. Ich nehme an, er erwartet die Kündigung von mir." Trevor griff nach seiner Aktentasche und stopfte einige Unterlagen hinein.

„Das glaubst du nicht im Ernst, oder?"

„Ich konnte auch nicht glauben, dass die Polizei euer Haus durchwühlen würde."

Er riss Schubladen auf und schlug sie wieder zu, bis er einen Berg Akten beisammen hatte. Kate konnte bei einigen Ordnern die Beschriftung entziffern. Offenbar ging es um die Quecksilberstudie.

Trevor sah sie an. „Und du gehst nach Hause. Du bist überemotional und noch nicht wieder bereit für die Patienten."

„Ich bin gesund wie ein Fisch."

„Das befehle ich dir als Arzt", betonte er und stürmte aus dem Büro.

Trevor marschierte zum Amtssitz des *Surgeon General*. Mit der Pferdebahn würde es zwar schneller gehen, aber Trevor weigerte sich, durch die Stadt zu hetzen wie ein blamierter Schuljunge, der zum Direktor zitiert wurde. Außerdem brauchte er Zeit zum Nachdenken und das konnte er nicht, während er im Gewühl hin und her geschaukelt wurde.

Alles wollte er aushalten, solange Kate ihn nicht verließ. Für einen einzigen herrlichen Augenblick am Morgen hatte er geglaubt, sie würde ihn in ihr Leben lassen als den Mann, der sie liebte. Für den Bruchteil eines Augenblicks war er blind vor Freude gewesen. Die vergangenen Monate waren die aufregendsten seines Lebens gewesen und schuld daran war nur Kate.

Aber wenn eine platonische Freundschaft alles war, was er mit ihr haben konnte, wollte er zufrieden sein. Er hatte den ganzen Morgen insgeheim den Atem angehalten und befürchtet, sie würde sich vom Schreibtisch wegstoßen und ihm sagen, dass es nicht mehr ging.

Und nun wollte ihn auch noch der *Surgeon General* zur Schnecke machen. Aber Trevor würde auch diese Prüfung bestehen. Jack und Amy Collison kamen ihm wieder in den Sinn. Wie leichtfertig er geglaubt hatte, die beiden Kinder gesund machen zu können.

Vielleicht traf alle Ärzte der erste Tod eines Patienten besonders hart, aber Jack und Amy waren mehr als nur Patienten für ihn gewesen. Die Qualen ihres Todes hatten ihn gelehrt, Patienten nie wieder so nah an sich heranzulassen. Die Erinnerung an die beiden Geschwister trieb ihn an. Er würde sie niemals vergessen und er wurde das Gefühl nicht los, dass sie wohlwollend auf seine Entschlossenheit herabblickten, diesen Kampf bis zum Ende zu führen.

Trevor stieg die Steinstufen zur Festung aus Backsteinen hinauf und bereitete sich auf die Schlacht vor.

Barrow saß in voller Uniform hinter seinem großen Schreibtisch und starrte ihm mit versteinerter Miene entgegen. „Zum ersten Mal, seit ich dieses Amt angetreten habe, haben diese Schmierfinken irgendwelche niederträchtigen Geschichten über mich erfunden und ich musste dem Marineministerium der Vereinigten Staaten Rede und Antwort stehen! Ich habe Sie angestellt, damit Sie für unsere Matrosen und Soldaten ein Heilmittel gegen Tuberkulose finden. Wieso muss ich dann hören, dass Sie sich unter Diebesgesindel und Dirnen mischen?"

Damit hatte Trevor nicht gerechnet. Er verteilte sein Serum seit seiner Rückkehr vor einem Jahr in den zwielichtigen Vierteln Washingtons. Offensichtlich spionierte ihm jemand nach und setzte für die Ohren des *Surgeon General* Gerüchte in die Welt.

„Ich bringe ihnen Medizin. Niemand sonst scheint um ihr Wohlergehen besorgt."

„Und wenn schon. Das wirft kein gutes Licht auf Sie. Sie sind ein Mann der Wissenschaft und arbeiten in einer erstklassigen medizinischen Einrichtung. Sie sollten sich nicht mit dem Abschaum der Gesellschaft herumtreiben! Und dann noch dieses Quecksilberdebakel! Ich lasse nicht zu, dass mein Ruf weiter in den Dreck gezogen wird. Ich werde die Studie einem anderen Arzt übertragen, einem, der eine blütenreine Weste hat. In drei Wochen wird Dr. Michael Wells das Kommando übernehmen."

Trevor ließ sich gegen seine Stuhllehne fallen. „Michael Wells? Er hat vielleicht eine blütenreine Weste, aber nur, weil er noch ein Kind ist!"

„Er ist zweiundzwanzig und genauso alt wie Sie, als Sie Ihre Approbation bekamen. Er wird in drei Wochen sein klinisches Praktikum beenden und danach übernimmt er Ihre Studie. Ich möchte, dass Sie das Büro geräumt haben, bevor er kommt."

Michael Wells war ein vielversprechender angehender Arzt, dessen Interesse an der Tuberkuloseforschung dafür gesorgt hatte, dass Trevor und er sich im Laufe der vergangenen Jahre einige Male über den Weg gelaufen waren. Aber das hieß nicht, dass Trevor diesem Jüngling seine Forschung überlassen wollte. Es dauerte Jahre, bis man ein Gefühl für die Eigenarten und Schwankungen im Krankheitsverlauf von Tuberkulose entwickelt hatte, und Trevor hatte kein Interesse daran, einen Grünschnabel ans Steuer zu lassen.

„Sie können mich nicht feuern", widersprach Trevor. „Ich finanziere die Studie aus meinen eigenen Mitteln."

„Es war mein Einfluss, der das *Washington Memorial Hospital* überhaupt erst dazu gebracht hat, Ihnen eine Etage zu überlassen. Ich entziehe Ihnen meine Gunst und Sie haben drei Wochen Zeit, um zu verschwinden. Ihre Patienten und die Mitarbeiter dürfen bleiben, aber Sie müssen gehen."

Trevor knetete vor Wut seine Finger und wünschte, er hätte einen Bleistift zum Ablenken. „Was hat Michael Wells dazu zu sagen? Ich kann nicht glauben, dass er meine Ablösung befürworten würde."

„Da die Marine für seine Ausbildung zahlt, ist es recht unerheblich, ob er zustimmt oder nicht. Er hat eingewilligt, die Studie zu übernehmen."

Trevor stand auf und beugte sich über den Schreibtisch. „Mich zu beseitigen rettet vielleicht Ihren Ruf in den Zeitungen. Vielleicht stellt es auch die Bürokraten zufrieden, vor denen Sie den Kopf einziehen, aber was ist mit den Männern auf den Schiffen? In den Kasernen? Was ist Ihr Ruf gegen Ihre Pflicht, sie zu schützen und zu verteidigen?"

Trevor ging langsam zur Tür. Dort versuchte er den Ärger herunterzuschlucken und drehte sich noch einmal zu Barrow um. Der Mann war Arzt und trotzdem war ihm sein Ansehen wichtiger als das Leben derer, die einer der heimtückischsten Krankheiten aller Zeiten zum Opfer fielen. „Ich könnte wohl einiges von Ihnen lernen, wenn es darum geht, den eigenen Ruf zu schützen. Wäre ich Chirurg geworden oder Medizinprofessor, hätte ich weitaus mehr Ruhm ernten können. Beides wäre sowohl sicherer als auch angesehener gewesen. Aber ich wählte die Krankheit der Armen, der Einwanderer, der Dirnen und Fabrikarbeiter. Die Krankheit der Soldaten. Und ich werde weiter für sie kämpfen, selbst wenn Sie sich vom Schlachtfeld stehlen."

Die Tür hinter sich zuzuschlagen, gab ihm ein kurzes Gefühl der Zufriedenheit, aber damit war das Problem nicht gelöst. In drei Wochen würde er aus seiner eigenen Studie gedrängt werden, es sei denn, er konnte bis dahin endlich herausfinden, wer ihn ruiniert sehen wollte.

Zwei Tage in Folge waren die Zeitungen voller schmutziger Einzelheiten über die Durchsuchung des Logierhauses. Kates Mund wurde ganz trocken, als sie überall ihren Namen entdeckte, von der *„besonderen Freundschaft"* las, die sie mit Dr. Kendall pflegte, und dass die belastende Schachtel mit den Medizinpräparaten ausgerechnet in ihrem Zimmer gefunden worden war. Manche Zeitungen druckten sogar die Namen prominenter Pensionsgäste ab, die auf dem Bürgersteig herumlungern mussten, während ihre Privatgemächer durchkämmt wurden.

Was für ein Desaster! Der einzige Lichtblick kam von der *New York Times*. Was keine Überraschung war, denn Harvey Goldstein, Journalist bei der *Times*, war ebenfalls Gast im Logierhaus und hatte Trevor beim Abendessen persönlich kennengelernt. Sein Artikel war der erste, der nahelegte, dass die feindselige Stimmung auf eine Paranoia zurückging, geschürt von Menschen, die vor einer ansteckenden Krankheit Angst hatten, die sie nicht verstanden.

Erstaunlicherweise fuhren auch die Washingtoner Zeitungen am dritten Tag die Krallen ein. Kate konnte es sich nicht verkneifen, das zu kommentieren, als Trevor morgens ins Büro kam.

„Siehst du? Deine Bekanntschaft mit Harvey Goldstein hat dir einen anständigen Zeitungsartikel in der *New York Times* eingebracht. Sogar die anderen Zeitungen haben sich beruhigt. Du solltest öfter auf mich hören."

Trevor setzte sich an seinen Schreibtisch und presste Daumen und Zeigefinger an die Nasenwurzel. „Kate, deine Stimme ist bereits tief in meinen frontalen Cortex eingebrannt." Er kramte in seiner Arzttasche und kam dann mit einem schmalen Stab mit einem Wattetupfer am Ende zu ihr. „Zeit für deinen monatlichen Test. Mund weit aufmachen."

Sie gehorchte und hielt den Atem an, während Trevor am Gaumen einen Abstrich machte. Es fühlte sich jedes Mal widerlich an, aber glücklicherweise ging es schnell vorbei.

Nachdem Trevor Kates Probe auf einen Glasträger übertragen hatte, wiederholte er die Prozedur bei sich selbst. Danach steckte er die beiden Proben in beschriftete Umschläge und brachte sie zu Henry ins Labor.

Kate spürte die Nervosität in sich aufsteigen. Trevors Immunsystem war schwächer als ihres. Er war viel anfälliger und die Vorstellung, dass Henry sich gerade über Trevors Probe beugte, ließ ihr keine Ruhe.

„Ich muss einen Hausbesuch machen", erklärte Trevor nach seiner Rückkehr und griff nach dem Mantel. Er sagte nicht, wen er besuchen wollte, aber als er einen Mundschutz in der Tasche verschwinden ließ, hatte sie einen Verdacht.

„Mrs Kendall?"

Trevor nickte.

„Ich dachte, sie ist nicht ansteckend?" Kate fand es seltsam, dass Tuberkulosekranke lange Phasen durchmachten, in denen die Krankheit vor sich hin schlummerte, und dass sich dann plötzlich der Bazillus in einen hochgradig ansteckenden Erreger wandelte, für den ein einziges Niesen genügte, um sich auszubreiten.

„Das hat sich vergangene Woche geändert", sagte Trevor knapp.

Kate sprang auf. „Und du willst sie trotzdem behandeln?"

„Ja. Ich behandle jeden Patienten, der meine Hilfe braucht, ob er ansteckend ist oder nicht."

Nachdem Trevor die Tür hinter sich zugeschlagen hatte, legte Kate eine Hand an die Stirn. Ihr Kopf dröhnte. Trevor testete sich jede Woche und dann marschierte er zu einer Frau, bei der er sich ohne Weiteres den Tod holen konnte.

Keine zehn Meter von ihr entfernt beugte sich Henry sicher gerade über die Proben der Mitarbeiter. Kate konnte nicht mehr warten. Sie stand auf und lief ins Labor. Henrys Gesicht war in der

Washington Post vergraben und sie musste drei Mal seinen Namen rufen.

„'tschuldigung." Henry schreckte hoch und legte die Zeitung beiseite. „Princeton glänzt nicht gerade beim Football diese Saison und die nächsten Spiele werden kein Spaziergang." Henry war unheimlich stolz darauf, drei Jahre für Princeton aufgelaufen zu sein. Kate wünschte, die Footballergebnisse wären ihre einzige Sorge.

„Ich hatte gehofft, mein Ergebnis zu erfahren."

„Ich sehe sofort nach." Henry griff nach der Probe mit ihrem Namen. Er hob das Deckglas vom Objektträger und gab mit einer Pipette einen Tropfen violetter Farbe auf die Probe. Sollte der Erreger vorhanden sein, konnte er ihn so besser sehen. Henry schob den Objektträger unters Mikroskop und kippte das Okular an.

„Alles in Ordnung."

Kate lächelte angespannt. „Und könnten Sie Dr. Kendalls Probe untersuchen? Er hätte auch gern Gewissheit."

Henry sah sie verwirrt an. Sie hatte noch nie danach verlangt. Dann zuckte er mit den Schultern und machte sich an Trevors Probe. Henry schien kein Ende zu finden, drehte am Einstellrad hin und her und stierte mit verkniffenem Gesicht durchs Okular.

Kate wagte nicht zu atmen. Vielleicht hatte Trevor sie belogen. Vielleicht ging er deswegen so leichtfertig zu ansteckenden Patienten. Wenn er sowieso krank war, machte es doch keinen Unterschied, oder? Ihre Kehle war auf einmal trocken.

„Auch in Ordnung", meinte Henry nur.

Vor Erleichterung wurde ihr schwindlig. Kate kehrte in ihr Büro zurück und ließ sich auf ihren Stuhl sinken. Sie zitterte. Würde sie ab jetzt jedes Mal den Atem anhalten müssen, wenn Trevor ihre Proben ins Labor brachte? In den vergangenen Tagen hatten sie sich wegen irgendwelcher Kleinigkeiten gezankt, anstelle über das zu sprechen, was zwischen ihnen stand. Er hatte ihr in den Ohren gelegen, sie solle endlich einen Brieföffner verwenden, anstatt die Umschläge so aufzureißen. Sie hatte sich über sein ständiges Bleistiftgetrommel aufgeregt, wenn er las. Es nervte sie sogar, dass er sich vor und nach jedem Essen die Hände wusch.

Mit ihm zu arbeiten war leichter gewesen, als Kate noch nicht gewusst hatte, dass er ihre Gefühle erwiderte. Der Kuss an jenem

Morgen war der zärtlichste und zugleich grausamste Augenblick in ihrem Leben gewesen. Sie wollte ihn trösten und umarmen. Sie wollte sich bei ihm anlehnen und von ihm hören, dass alles gut werden würde und ihre Ängste unbegründet waren.

Aber sie waren nicht unbegründet und niemand konnte sie vom Gegenteil überzeugen, noch nicht einmal Trevor selbst. Genau in diesem Augenblick kümmerte er sich um eine Frau, deren Atemluft bereits den tödlichen Bazillus enthielt. Wie konnte er nur sein Leben so aufs Spiel setzen?

Kate stand auf. Es war an der Zeit, Trevor vor sich selbst zu retten.

Die Bibliothek des *Surgeon General* befand sich in einem stattlichen Gebäude an der Nationalpromenade. Sie war nur einen Steinwurf vom *Smithsonian* entfernt und eine wahre Festung aus rotem Backstein und klassischen Linien. Neben der medizinischen Bibliothek befanden sich dort auch das medizinhistorische Museum, ein Forschungszentrum und das Büro des *Surgeon General.*

Kate wollte alle diese Einrichtungen nutzen, um Antworten auf ihre Fragen zu finden. Aus Trevor war über seinen Zustand nichts mehr herauszubekommen. „*Wenn ich nicht gerade meinen linken Lungenflügel herausoperieren und für alle Öffentlichkeit aufschneiden will, kann ich nichts darüber sagen, ob ich dauerhafte Schäden davongetragen habe*“, hatte er ihre Frage abgetan.

Die medizinische Bibliothek war der Ort, wo sie am besten herausfinden konnte, wogegen Trevor anzukämpfen hatte. Die riesige Halle mutete wie eine Höhle an, war drei Stockwerke hoch und bis unters Dach mit Büchern gefüllt. Über schmale Metallbalustraden und Stiegen ließen sich die oberen Regale erreichen. Der Lesesaal war mit übergroßen Schreibtischen bestückt. Die beste Wissensquelle jedoch war der Bibliothekar.

Louis Spiegel war nicht nur Bibliothekar, sondern auch Arzt. Er hatte einen dichten Schnurrbart, eine Brille mit rechteckigen Gläsern und war sehr geduldig und hilfsbereit, wenn auch das Wissen, was er preisgab, Kate frösteln ließ. Er führte sie in einen anderen Gebäudeflügel, wo das medizinische Museum seine Sammlung aus

Tausenden von Präparaten ausstellte. Es roch streng nach Formaldehyd. Spiegel zeigte ihr Querschnitte von gesundem, rosafarbenem Lungengewebe und von Lungenflügeln, die von Tuberkulose befallen waren. Das kranke Gewebe sah aus, als hätte es Taschen mit braunem Kies darin. Rund um die Taschen wölbte sich weißes Narbengewebe. Kein Wunder, dass die Patienten so kurzatmig waren.

„Wenn bei einem Patienten Tuberkulose ausgeheilt ist, besteht dann ein größeres Risiko, wieder daran zu erkranken?"

Dr. Spiegel zeigte auf das kranke Gewebe. „Ein Mensch, dessen Lungen so aussehen, hätte vermutlich große Schwierigkeiten, die Krankheit ein zweites Mal zu überwinden. Ich fürchte, es gibt zu wenige solcher Fälle, als dass wir darüber Aussagen treffen könnten."

Er begleitete Kate zurück in die Bibliothek, wo sie sich eine Stunde lang gemeinsam über die medizinischen Fachbücher beugten. Stolz erfüllte Kate, als sie auf eine Reihe von Trevors Artikeln stießen, aber es gab genügend anderer Artikel, die die allgemeinen düsteren Prognosen unterstrichen. Es war kein Heilmittel in Sicht. Die Ärzte waren noch weit davon entfernt, die Krankheit zu verstehen, und im Wesentlichen tappten sie im Dunkeln.

Kurz darauf stolperte Kate über einen Artikel und wollte sich die Haare raufen, weil sie so dumm gewesen war. Sie hielt die Zeitschrift hoch, damit Dr. Spiegel den Titel lesen konnte. „Ist das wahr?"

„Ich habe den Artikel nicht gelesen, aber es scheint mir recht logisch zu sein."

Wäre Trevor hier, sie hätte ihm die Zeitschrift an den Kopf geworfen. Im Artikel ging es um die Gefahren für Ärzte und Krankenschwestern, die Tuberkulosepatienten betreuten. Medizinisches Personal, so stand dort, habe ein viel größeres Ansteckungsrisiko als die normale Bevölkerung. Ärzte und Schwestern mit beeinträchtigter Lungenfunktion sollten in Bereichen arbeiten, wo sie keinen Kontakt mit Tuberkulosepatienten hatten.

Wieso arbeitete Trevor immer noch mit Menschen, die ihn anstecken konnten? Schwester Ackerman oder Henry konnten doch genauso gut die Proben nehmen, sodass Trevor nicht mehr in direkten Kontakt mit den Patienten kam. Sie selbst war bereit, die Proben zu nehmen, wenn Trevor dadurch geschützt werden konnte.

Sein Forschungseifer in allen Ehren – aber jeder Tag in der Klinik brachte ihn in Gefahr. Trevor war schlau genug, um in jedem Medizinbereich Fuß zu fassen. Er konnte am College lehren oder sich einer anderen Krankheit widmen. Er musste nicht auf Gedeih und Verderb an Tuberkulose forschen.

Kate lehnte sich zurück und sah aus dem Fenster, wo die Sonne durch die Blätter blinzelte. Sie musste ihn davon überzeugen, sich für einen ungefährlichen Berufszweig zu entscheiden. Wenn er dazu bereit war ...

Eine ganz neue Welt erstand vor ihrem inneren Auge. Sie würden so gut miteinander auskommen. Tag für Tag würde sie mit einem Mann zusammenarbeiten dürfen, der sie zugleich herausforderte, faszinierte und begeisterte. Sie liebte ihn. Sie liebte seinen scharfen Verstand und seine verbissene Hingabe. Seinen Heldenmut und seinen Humor und die Art, wie seine Augen leuchteten, wenn er sie ansah. Ja, die Tuberkulose mochte ihn wieder heimsuchen, aber konnte das nicht jedem passieren? Wenn er ein paar vernünftige Vorsichtsmaßnahmen traf, wollte sie mutig genug sein, um ein Leben mit ihm zu riskieren. Sobald er eine andere Forschungsrichtung eingeschlagen hatte, sollte ihnen nichts mehr im Wege stehen.

Trevors Genialität und Leidenschaft für die Medizin waren zu wertvoll, um sie im Kampf gegen Tuberkulose an der Front zu opfern, während eine ganze Welt medizinischer Fortschritte darauf wartete, von der richtigen Person entdeckt zu werden. Er konnte in die Chirurgie gehen oder Herzkrankheiten untersuchen. Es gab so viele Möglichkeiten, die genauso wichtig und erforschungswert waren.

Kates größte Herausforderung würde sein, Trevor davon zu überzeugen.

Der Schlafmangel machte Trevors Augen müde. Er stieg aus der Pferdebahn und lief zum Krankenhaus. Fast die ganze Nacht hatte er im Südwesten von Washington verbracht, wo er Menschen Serum geschenkt hatte, die wahrscheinlich noch nie in ihrem Leben einen Arzt besucht hatten. Er hatte sich *„mit dem Abschaum der*

Gesellschaft abgegeben", um es mit Barrows Worten zu sagen. Aber es war ihm egal, was andere von denen dachten, die er behandelte. Sie hatten Schmerzen in der Lunge und niemanden, der freundlich zu ihnen war. Er hatte am eigenen Leib erfahren, welche Qualen Tuberkulose bedeutete, und drehte keinem Kranken den Rücken zu.

Nach einer schlaflosen Nacht verbrachte Trevor den Vormittag in der Kanzlei seines Anwalts und bereitete sich auf den Rechtsstreit mit dem *Surgeon General* vor. Es würde ein unschöner Kampf werden. Der *Surgeon General* hatte die Etage im Krankenhaus mit Geldern beschafft, die die Marine vom Institut Pasteur bekommen hatte. Die Bewilligung lautete jedoch auf Trevors Namen, nicht auf den des *Surgeon General.* Und nur Trevor wusste, woher die übrigen Gelder stammten, die ihm seine aufwendigen Forschungen erst ermöglichten. Doch die Gefahr bestand: Wenn die Regierung Trevor die Leitung der Studie entziehen wollte, würde er damit zurückschlagen, eine Rückgabe der Fördergelder zu verlangen. Es drohte eine finstere und ermüdende Auseinandersetzung.

Ein langer Tag wartete auf ihn. Hoffentlich konnte er sich die Patientenkurven ansehen, ohne Kate zu begegnen. Dafür fehlte ihm heute die Kraft. Sie hatte in den vergangenen Tagen bei jeder Begegnung einen Streit angefangen. Er wusste genau, was dahintersteckte; er handelte ja selbst nicht anders, wenn er frustriert war. Es war einfacher auszuteilen, anstatt sich dem Schmerz zu stellen. Sein ganzes vierzehntes Lebensjahr war von Wut auf die Welt geprägt gewesen.

Leider wartete Kate schon am Eingang der fünften Etage auf ihn.

„Dr. Kendall!", rief sie fröhlich, zog ihren Mundschutz herunter und kam mit einem Lächeln auf ihn zu. Offensichtlich war sie vom Damespiel aufgesprungen. Wie hübsch sie aussah mit einer dieser puffärmeligen Blusen in einem schmalen schwarzen Rock. Aber ihr Gesicht übertraf alles. Ihre Wangen glühten vor Leben und ihre Augen leuchteten wie die eines Kindes vorm Weihnachtsbaum.

Trevor wurde sofort misstrauisch. Es gab keinen Grund, sich derartig zu freuen. Er sah sich um, ob sie das hier nur für irgendjemanden spielte. Aber abgesehen von den Patienten in der Sitzecke und der stets präsenten Stationsschwester war niemand zu sehen.

„Was kann ich für Sie tun?", fragte er und versuchte, seiner Stimme etwas Energie zu verleihen. Erstaunlicherweise fiel es ihm nicht sonderlich schwer. Allein ihre Gegenwart machte seine Welt ein Stückchen heller.

Kate blieb mit gefalteten Händen vor ihm stehen. „Ich habe eine Idee", sagte sie leise. „Darf ich dir etwas zeigen?"

Was auch immer ihre Augen zum Funkeln gebracht hatte, er wollte es sehen. Das hatte er schon in der Schule an ihr bewundert. Sie konnte an jedem Horizont einen Silberstreif entdecken. Trevor folgte ihr zur Sitzecke und hatte Mühe, seine Neugier zu verbergen. Kate griff nach einer Fachzeitschrift, schlug eine Seite mit Eselsohr auf und hielt sie ihm hin.

Trevor las den Titel und fühlte sich wie vor den Kopf geschlagen. Hatte sie das etwa in der Klinik herumgezeigt? Er wollte nicht darüber reden, schon gar nicht vor den Patienten oder den Angestellten. Trevor klappte die Zeitschrift zu, rollte sie zusammen und zeigte damit auf den Ausgang.

„Draußen", befahl er. Die Wut gab ihm neue Kraft.

„Wusstest du das nicht?", fragte Kate atemlos auf der Treppe. „Die Wahrscheinlichkeit, dass du dich mit Tuberkulose ansteckst, schießt in die Höhe, wenn du so viel mit infizierten Patienten zu tun hast. Und ich begreife nicht, wieso du nicht damit aufhörst."

Kates Stimme hallte im Treppenhaus wider. Es ging um genau das, worüber Ärzte und Schwestern nachdenken sollten: das erhöhte Erkrankungsrisiko im Umgang mit todkranken Patienten.

„Bitte sei still, bis wir im Konferenzraum sind." Trevor versuchte sachlich zu klingen. Im geschäftigen Treiben auf dem Flur presste er die Lippen aufeinander.

„Du bist doch ein intelligenter Mensch. Ich verstehe nicht, wieso ausgerechnet du dich so einem Risiko aussetzt!"

Kate schien nicht in der Lage zu sein, ihren Mund zu halten, und der Konferenzraum war am anderen Ende des Flurs. Verzweifelt griff Trevor nach ihrer Hand und zerrte sie in die Wäschekammer. Die sauberen Wäschestapel in den Regalen rochen nach Bleichmittel. Die Kammer war eigentlich zu klein für zwei Personen, aber er wollte nicht, dass Kate weiter im Gang herumjammerte. Er tastete nach der Kette, ließ die nackte Glühlampe über ihnen aufflammen und zog die Tür zu. Das erhöhte Ansteckungsrisiko war hier allen bewusst, und dass Kate mit diesem Artikel herumwedelte, half niemandem.

Er stand nur wenige Zentimeter vor ihr. „Ich habe mir einmal selbst Tuberkulosezellen gespritzt. Und du zweifelst daran, dass ich mein Leben für ein Heilmittel riskieren würde?“

„Du weißt jetzt, dass du nicht immun bist. Wieso bist du noch hier?“ Kate wartete nicht auf eine Antwort. Ihr Gesicht fing wieder an zu leuchten. „Trevor, du bedeutest mir sehr viel. Ich habe versucht, mich dagegen zu wehren, weil … na ja … weil du der fürchterliche Trevor McDonough bist und ich viele Jahre Übung darin habe, mich über dich zu ärgern.“

Trevor wehrte sich erfolglos gegen ein zögerliches Lächeln. Die Zuneigung in ihrem Blick raubte ihren Worten den Stachel. Sein Herz überschlug sich, als sie seine Hände nahm. Ihre Stimme war so sanft und leise, dass er sie kaum hörte. „Ich glaube, es gibt eine Zukunft für uns. Ich weiß, dass die Welt kein sicherer Ort ist, und damit muss ich mich abfinden. Als Nathan starb, bin ich fast daran zerbrochen. Aber ich bin bereit, für dich das Risiko einzugehen.“

Hoffnung flammte in ihm auf. Wenn Kate ihr Leben mit ihm teilen würde, wäre es wie ein Windstoß, der seine Segel blähte. Sie war der Funke, der in seinem Leben fehlte.

Er konnte nicht an sich halten. Trevor legte die Arme um Kates Taille und hob sie in die Luft. In seiner Fantasie gewann ein fast unmöglicher Traum an Gestalt.

„Ist das dein Ernst?“, fragte er und konnte die Antwort kaum erwarten. Er hielt sie so hoch, dass er zu ihr aufsehen musste.

Kates Lächeln war unvergleichlich schön. „Ja. Ich liebe dich. Und ich möchte mein Leben mit dir verbringen.“ Sie beugte sich herunter, um ihn zu küssen. Trevor konnte es kaum glauben. Er hatte seine Kate im Arm. Sie lächelte so sehr, dass sie zwischen den Küssen Pausen machen mussten. Er schlang die Arme noch fester um sie, drückte sie an sich und gab sich dem Rausch der Gefühle hin.

Als er sie wieder absetzte, stieß er mit dem Ellbogen gegen das Regal hinter ihm und die Fachzeitschrift fiel mit einem Klatschen auf den Steinfußboden.

„Warum hast du mir dann den Artikel gezeigt?“ Kate schien zu zögern. Mit einem Lächeln strich sie das Revers seines Jacketts glatt und ordnete seinen Binder. Es tat so gut, von ihr berührt zu werden, aber Trevor nahm ihre Hand und hielt sie fest. Irgendetwas führte sie im Schilde.

„Als du mir von deinem Kampf gegen Tuberkulose erzähltest, ging ich davon aus, dass du dich eines Tages wieder anstecken würdest", sagte sie. „Du würdest sterben und ich wäre allein. In diesem Artikel wird bestätigt, dass du dich einem viel höheren Ansteckungsrisiko aussetzt, wenn du mit den Patienten arbeitest. Aber Trevor, das heißt doch: Wenn du dir ein anderes Forschungsfeld suchst, gehst du diesem Risiko aus dem Weg! In dem Artikel steht, dass Ärzte, die keine infektiösen Patienten behandeln, viel sicherer sind. Du könntest Chirurg werden. Oder Knochenbrüche behandeln. Oder Professor am ..."

Trevor wich zurück und stieß wieder gegen das Regal hinter ihm. „Aber es ist meine Berufung, ein Heilmittel gegen Tuberkulose zu finden."

„Trevor, überleg doch nur! Es gibt so viele andere, ungefährliche Bereiche in der Medizin."

Sie war so naiv. Es gab keinen Ort, an dem er sich vor der Krankheit schützen konnte. Er würde nie erfahren, wo er sich das erste Mal infiziert hatte, aber es war in keinem Krankenhaus gewesen. Wahrscheinlich hatte er sich bei seiner Mutter angesteckt. Er erinnerte sich noch an ihren Husten und wie in ihren letzten Monaten das Taschentuch immer blutig gewesen war. Kate glauben zu lassen, dass er in einem anderen Forschungsfeld in Sicherheit war, war Augenwischerei.

„Kate, ich könnte mich überall anstecken. In der Pferdebahn. Bei euch am Abendbrottisch. Verstehst du das nicht?"

„Aber wieso erhöhst du dein Risiko? Hier in der Klinik ist jeder Atemzug gefährlich für dich. Du hast sehr wohl eine Wahl."

„Ja, und ich habe mich entschieden." Wie sollte er ihr das erklären? Er hatte einen einmaligen Zugang zu dieser Krankheit. Trevor spürte, wie Kate ihm entglitt. Er hob vorsichtig ihr Kinn. „Ich fühle mich zu dieser Arbeit berufen, Kate. Verstehst du das? Ich glaube, es gibt einen Grund, warum ich diese Krankheit schon zwei Mal überlebt habe. Gott braucht mich hier in dieser Klinik und ich will alles tun, was in meiner Macht steht, um die Krankheit zu besiegen. Ich bin einer der wenigen Ärzte, die dasselbe wie die Patienten durchgemacht haben und trotzdem bereit sind, weiterhin mit ihnen zu arbeiten. Ich weiß, wie es sich anfühlt, wenn die Lunge durch das viele Narbengewebe steif wird und man das Gefühl hat, in seinem eigenen Körper zu ertrinken. Ich weiß, wie das die körperlichen und geistigen Kräfte aufzehren kann. Und ich fühle mich berufen, dagegen etwas zu tun. Gott braucht mich für diese Schlacht und ich werde nicht weglaufen. Du kannst mich um alles bitten, aber nicht darum."

„Doch, genau darum bitte ich dich." Kate löste sich von ihm, bis auch sie gegen das Regal hinter ihr stieß. „Ich weiß, dass nichts im Leben sicher ist. Wir könnten noch heute die Treppe hinunterstürzen und sterben. Aber deswegen musst du noch lange keine sinnlosen Risiken eingehen. Es gibt nur einen Weg, wie wir ein gemeinsames Leben haben können: wenn du aufhörst, an Tuberkulosepatienten zu forschen."

Ihre Stimme war hart geworden. Das war die alte Kate, die wusste, was sie wollte, dafür kämpfte und es auch fast immer bekam. Sie wollte, dass er aufgab. Und der *Surgeon General* wollte, dass er aufgab, damit ein Mann, der kaum älter war als Timothy, alles übernahm. Es fiel ihm schwer, vor Enttäuschung aufrecht stehen zu bleiben. Seine Stimme klang vor Zorn quäkig. „Vor zwei Minuten noch war ich der glücklichste Mann der Welt." Kate zuckte zusammen. „Du gibst mit der einen Hand und nimmst mit der anderen."

„Das ist kein Grund, laut zu werden, Trevor."

Die Wäschekammer war klein und wahrscheinlich hörte man ihn draußen auf dem Gang, aber das war ihm egal. Der Zorn entriss ihm die Kontrolle und die jahrelang aufgestaute innere Qual brach sich Bahn.

„Weißt du, wie lange ich mich schon nach dir verzehre? Du bist für mich wie die Sonne, wie das Wasser, wie die Luft zum Atmen! Ich brauche dich nur zu sehen und es geht mir besser."

„Du liebst deinen Kreuzzug mehr als mich", stellte Kate mit bebenden Lippen fest. „Du wirst dich dabei umbringen! Du wirst sterben, weil du zu arrogant bist, um zuzugeben, dass auch ein anderer Arzt diese Patienten genauso gut behandeln könnte." Sie machte einen kleinen Schritt auf ihn zu und griff nach seinem Revers. „Bitte ... wir würden so gut zusammenpassen."

Trevor wich zurück. „Fass mich nicht an, Kate! Ich liebe dich, aber du weißt überhaupt nicht, was das bedeutet. Du liebst nur, wenn es einfach ist! Wenn sich kein Sturm am Horizont zusammenbraut."

„Trevor, ich habe Angst."

„Natürlich hast du Angst!", rief er. „Glaubst du etwa, ich hätte keine Angst? Aber ich gebe nicht klein bei. Ich würde mein Leben für dich hingeben. Ich würde mein Leben für jeden dieser zweiunddreißig Patienten hingeben, die dort oben liegen, und ich werde sie nicht im Stich lassen. Wenn ich vor dem davonlaufe, wofür ich mein Leben lang gekämpft habe, dann werde ich innerlich sterben. Dann hat mein Leben keinen Sinn mehr!"

Kate wankte und versuchte, ihre Bluse glatt zu streichen. „Ich muss hier raus."

„Geh nicht!"

Sie wand sich an ihm vorbei und griff nach dem Türknauf. Trevor versuchte, sie festzuhalten. „Kate, geh nicht, bitte. Lass uns das ausfechten."

Sie riss sich los und floh aus der Kammer, als würde sie in Flammen stehen. Trevor stützte sich am Türrahmen ab und sah ihr nach, wie sie durch den belebten Flur huschte. Er wollte ihr nachlaufen, sie zurück in die Kammer ziehen und sie anflehen zu bleiben. Die eckigen Kanten des Türrahmens schnitten ihm ins Fleisch. Sein Binder hing schief und so, wie die Leute ihn ansahen, musste er völlig zerzaust aussehen.

Was war in ihn gefahren? Er war niemand, der brüllte und wütete. Sein ganzes Leben lang hatte er diese Emotionen tief verschlossen, aber Kate hatte den Deckel geöffnet.

Er wollte sie zurück. Er wollte sie ansehen, wenn sie ihre tägliche Visite machten. Er wollte abends zu ihr nach Hause gehen und zusehen, wie sie im Schein des Feuers ihren Haarknoten löste.

Und doch hatte er sich auf dem Berggipfel mit zwei todkranken Kindern entschieden. Lieber wollte er den Rest des Weges allein gehen, als seine Suche abzubrechen.

Kate konnte nicht zurück an ihren Schreibtisch. Die Tränen strömten und ihr Herz fühlte sich an, als sei es in zwei Hälften gerissen worden. Sie stürmte aus dem Krankenhaus und lief die drei Kilometer zum Friedhof, wo Nathans Grab war. Als sie dort ankam, hatte sie sich ein wenig beruhigt.

Sie hatte Trevor noch nie so wütend erlebt oder überhaupt geglaubt, dass er so sein konnte. Nathan hatte sie nie angebrüllt. Sie waren jung gewesen und nie auf wirkliche Schwierigkeiten im Leben gestoßen.

„*Du liebst nur, wenn es einfach ist*", hallte es in ihrem Kopf wider.

Hatte Trevor recht? Abgesehen von dem mühsamen Bestreben, genug Geld für ein eigenes Heim zusammenzusparen, waren sie und Nathan von Problemen verschont geblieben. Als sie nichts Erschwingliches fanden, hatten sie darüber gelacht und sich in Kates kleinem Zimmer im Logierhaus eingerichtet. Wäre Nathan nicht gestorben, wären sicher auch über ihnen die Stürme des Lebens hereingebrochen, aber ja, ihr Leben mit Nathan war leicht gewesen. War sie mutig genug, auch zu lieben, wenn es schwer war?

Die Eisenklinke am Friedhofstor war kalt. Kate schlüpfte in den ummauerten Gottesacker. Nathan war jetzt der Einzige, mit dem sie reden konnte. Noch nicht einmal an der Schulter ihrer Mutter konnte sie sich ausweinen, weil Trevor ihr verboten hatte, irgendjemandem von seinem Zustand zu erzählen. Der Mensch war nicht dafür geschaffen, furchtbare Geheimnisse für sich zu behalten. Vielleicht beherrschte Trevor diese Fähigkeit, aber sie nicht. Mit wackligen Füßen lief sie auf dem von Silberahornwurzeln zerfurchten Weg, bis sie vor Nathans letzter Ruhestätte stand.

„Sieh dich nur an", murmelte sie und wischte die trockenen Blätter von seinem Grabstein. Sie rupfte etwas Unkraut aus und warf es beiseite. „Es tut mir leid, dass ich so selten hier bin. Ich habe eine neue Arbeit und sie ist ... nun, sie ist viel besser als die Arbeit im Statistikbüro." Der Kloß im Hals machte das Sprechen schwer. Kate wischte sich die Erde von den Händen. „Du erinnerst dich doch an Trevor McDonough, nicht wahr? Es hat sich herausgestellt, dass er eigentlich ziemlich außergewöhnlich ist. Wer hätte das gedacht?"

Es fühlte sich seltsam an, Nathan von einem neuen Mann zu erzählen, aber mit wem sollte sie sonst reden? Sie hatten nie darüber gesprochen, aber Kate war sich sicher, dass Nathan gewollt hätte, dass sie eines Tages wieder heiratete. Wenn sie an seiner Stelle viel zu früh aus dem Leben gerissen worden wäre, hätte sie ihm eine gute Frau an seiner Seite gewünscht.

Sie kniete sich ins Gras und umklammerte Nathans Grabstein. *Herr, tue ich hier das Richtige? Trevor braucht mich, aber ich kann nicht zusehen, wie er sein Leben aufs Spiel setzt. Ich stehe das nicht noch einmal durch. Was soll ich tun?*

Es gab keine Antwort. Der Wind ließ die Blätter über ihr rascheln. Die Kälte kroch in ihren Mantel. Langsam stand Kate auf und sah zu den zwei Kopfsteinen hinüber, die Carls und Jamies Gräber markierten. Nur ihre Initialen waren in die Steine eingraviert. Ihre Eltern waren damals zu arm für ordentliche Grabsteine gewesen und mittlerweile hing Kate an diesen einfachen Steinen.

Wieso hatte Gott ihren Eltern zwei Söhne geschenkt, wenn sie so früh sterben sollten? Sie hatten keine Spuren auf dieser Erde hinterlassen können. Timothy konnte sich nicht einmal an sie erinnern. Abgesehen von ihr und ihren Eltern gab es niemanden, der noch an Carl oder Jamie Norton dachte.

Man musste es als Geschenk des Himmels ansehen, dass die Menschen nicht in die Zukunft blicken konnten. Kate hätte es nicht ertragen zu wissen, was Nathan und ihren Brüdern zustoßen würde. Es wäre ein Damoklesschwert gewesen, das in jeder gemeinsamen Stunde über ihr gehangen hätte. Sie war dankbar, das Ende ihrer Geschichte nicht vorher gewusst zu haben. Trevors Ende kannte sie.

Trauer erfasste sie. Weder die Zeit mit Nathan noch mit ihren Brüdern wollte sie ungeschehen machen, aber sich freiwillig derartigen Kummer aufladen, das konnte sie nicht. Eines Tages, so hoffte sie, würde sie wieder einen Mann finden, aber Trevor McDonough war nicht der Richtige.

Sie würde kündigen müssen. Jeden Tag mit ihm in einem Büro zu sitzen ertrug sie nicht. Jeden Montag vor Angst den Atem anzuhalten, wenn Henry Trevors Probe unters Mikroskop schob, konnte sie auf Dauer nicht aushalten.

Trotzdem würde sie eine neue Anstellung finden müssen, denn ihre Eltern waren mehr denn je auf ihr Einkommen angewiesen, jetzt, wo fast die Hälfte ihrer Pensionsgäste gegangen war und es immer schwieriger wurde, bis zum Monatsende das Geld für die Kreditrate zusammenzubekommen.

Es war egal, wie sehr sie die Zusammenarbeit mit Trevor erfüllte. Kate rappelte sich auf. Und es hatte keinen Sinn, diesen Gedanken nachzuhängen. Sie wusste, was zu tun war.

Trevor würde ihre Kündigung überhaupt nicht gefallen. Kate lag wach und bereitete sich innerlich darauf vor, der besten Arbeitsstelle den Rücken zu kehren, die sie je gehabt hatte. Jedes Mal, wenn sie sich doch insgeheim einredete, sie könne bleiben, erinnerte sie sich an ihre Gefühle, während Henry Trevors Probe untersucht hatte. Diese Anspannung konnte sie nicht aushalten, nicht, solange Trevor sich freiwillig vor einen herannahenden Zug stellte. Wie sollte sie einem Mann Kinder gebären, der nicht bereit war, sein eigenes Leben zu schützen? Ein Mann, der seine Arbeit über seine Frau stellte?

Das Kündigungsersuch wog schwer in ihrer Rocktasche, als sie am nächsten Morgen die Treppen zur Tuberkuloseklinik hinaufstieg. Es graute ihr davor, Trevor den Brief zu überreichen. Mit der Hand auf dem Türknauf zu ihrem Büro blieb sie stehen und schickte ein Stoßgebet zum Himmel, bevor sie eintrat.

Trevors Stuhl war leer.

„Ich glaube, er ist auf dem Dach“, rief Timothy von seinem Posten am Hintereingang.

Es war zwar sonnig, aber ziemlich kühl. Würde Trevor sich wirklich an solch einem Tag in die Sonne legen? Im Himalaya hatte er es getan und dort war es weitaus ungemütlicher als an einem Washingtoner Herbsttag. Und sollte die Sonne tatsächlich Heilungskräfte besitzen, wollte Kate ihn in jeder freien Minute dort oben wissen.

Sie stieg hinauf. Trevor war angekleidet und stand mit einem aufgeschlagenen Notizheft an der Dachmauer. Dies war ihre erste Begegnung seit dem Vorfall in der Wäschekammer.

Kate atmete tief durch. „Was machst du hier oben?“

„Notizen für den Architekten. Ich möchte im Frühjahr fertig sein mit dem Dach."

Er sah sie nicht an und legte einen sachlich steifen Ton an den Tag. Noch vor wenigen Monaten hätte sie sein Gebaren als kaltschnäuzig interpretiert, aber mittlerweile wusste sie es besser. Seine Knöchel waren weiß und seine Kiefermuskeln arbeiteten. Trevor hatte Mühe, sich zusammenzureißen. Kate ging auf ihn zu.

„Ich möchte dir das hier geben", sagte sie leise.

„Was ist das?" Er sah kurz auf den Brief und machte keine Anstalten, ihn zu nehmen.

„Ich möchte kündigen, Trevor. Du weißt, warum."

Endlich sah er sie an. Aus seinen Augen schossen Blitze.

„Habe gar nicht gewusst, dass du so ein Drückeberger bist." Er ließ den Bleistift fallen und verschränkte die Arme.

„Schön, dann bin ich eben einer. Du hast gewonnen. War es das, was du hören wolltest?"

„Glaub mir, wie gewinnen fühlt sich das gerade nicht an." Er wandte sich ab und stützte sich auf die Mauer. „Warum gibst du so leicht auf?" Seine Stimme klang auf einmal müde. „Vor uns liegt eine Zukunft, für die es sich zu kämpfen lohnt. Voller Hoffnung, Leidenschaft, Fortschritte."

„Und voller Angst und einem Ehemann mit einem Bein im Grab."

Trevor schlug mit der flachen Hand auf die Mauer. „Aber ich liebe dich. Ich liebe dein Feuer und deinen Verstand und deinen Humor. Ich liebe es, wie du jede Herausforderung annimmst. Lass mich bitte jetzt nicht im Stich, Kate."

„Du liebst mich noch nicht einmal genug, um mir zu verraten, warum du deinen Namen geändert hast."

Trevor lachte bitter. „Das genügt dir als Beweis? Also schön. Ich habe meinen Namen geändert, weil ich meinen Vater verachte und nichts mehr mit ihm zu tun haben will. Aber das ist nicht der Grund, warum du davonläufst. Das kannst du mir nicht unterjubeln."

Der kalte Wind zerrte an ihren Haaren. „Du hast recht. Ich laufe davon, weil ich nicht tatenlos zusehen will, wie du dich bei dem Versuch, ein Heilmittel zu finden, umbringst. Ich weiß, du bist ein ehrgeiziger Mensch, und wenn du einmal zu einem Rennen angetreten bist, fällt es dir schwer, vorher aufzugeben, aber es gibt so viele andere ungelöste Fragen in der Medizin, denen du dich widmen könntest. Warum muss es ausgerechnet Tuberkulose sein?"

„Weil ich dazu berufen bin. Ich kann diese Berufung nicht ablehnen. Niemals. Noch nicht einmal, wenn es mich die Frau kostet, die ich liebe."

Trevor lief an ihr vorbei zur Tür. Kate hielt immer noch die Kündigung in der Hand.

Sie folgte ihm nach unten.

Am Fuß der Treppe wartete die Stationsschwester. „Eine Nachricht für Sie, Dr. Kendall. Es ist dringend."

Trevors Nackenmuskeln spannten sich an. Wie Kate es hasste, jedes Mal nervös zu werden, wenn Trevor einen Brief öffnete. Wenn doch die Privatdetektive endlich einen kleinen Schritt vorankommen würden!

Trevor überflog den Text und ließ die Schultern hängen. Einen Augenblick später marschierte er wortlos in Richtung ihres Büros. Kate tauschte mit Timothy und Schwester Ackerman verwirrte Blicke aus.

Sie lief ihm nach. Er war hektisch dabei, durch verschiedene Schubladen zu gehen und seine Tasche mit Utensilien zu füllen.

„Was ist los?"

Trevor schluckte und griff nach seinem Wollmantel am Haken. „Mrs Kendall liegt im Sterben. Ihre Tochter hat mich gebeten, sofort zu kommen. Ich werde bei Mrs Kendall bleiben, bis sie eingeschlafen ist. Dann komme ich zurück und spreche mit dem Architekten über das Dach." Er klappte die Tasche zu, das Gesicht verschlossen und ernst, die Mundwinkel nach unten gezogen.

Für Trevor war Mrs Kendall seine Familie. Kate konnte sich vorstellen, wie sehr er jetzt leiden musste, aber Trevor behielt seine Maske auf.

„Wenn ich irgendetwas tun kann ..."

„Ich brauche nichts."

Sie wollte ihn am liebsten schütteln. Hatte er sein ganzes Leben nicht gelernt, wie man um Hilfe bat? Mit dreizehn war er aus irgendeinem mysteriösen Grund aus seinem Zuhause verbannt worden. Vielleicht hatte er nie jemanden gehabt, auf den er sich in schweren Zeiten verlassen konnte?

„Ich weiß, dass du meine Hilfe nicht brauchst, aber ich möchte dir trotzdem helfen, wenn dich das die nächsten Tage leichter ertragen lässt."

Trevor blieb wie angewurzelt im Türrahmen stehen. Kate sah nur seinen Mantel und seinen dunklen Hinterkopf, aber die Anspannung in ihm war deutlich zu spüren. Er war so einsam. Sein ganzes Leben schon war er einsam. Und jetzt, wo sie ihn im Stich ließ, verließ ihn auch noch Mrs Kendall.

„Das Einzige, was ich brauche, ist eine kompetente Assistentin. Ich habe keine Zeit, Ersatz zu suchen. Wenn du mir helfen willst, schalte eine Anzeige an geeigneten Orten und übernimm die Vorstellungsgespräche."

„Du willst, dass ich das übernehme?"

Trevor nickte. „Du kennst die Stelle besser als jeder andere. Finde eine Nachfolgerin und zwar schnell. Je eher du weg bist, desto besser."

KAPITEL 20

In den darauffolgenden Tagen war Kate beschäftigter denn je. Dr. Schrader, der sie immer an den Weihnachtsmann erinnerte, sprang für Trevor ein und machte ab sofort die Visite. Kate analysierte pflichtgemäß die Werte und legte Trevor die neuen Statistiken zur Kontrolle hin.

In seiner Abwesenheit übernahm sie auch den Termin mit Clifford Watson, dem Architekten. Sie erklärte ihm, wie die Klinik um das Dach erweitert werden sollte. Kate wusste genau, was Trevor sich vorstellte, und sie führte Mr Watson nach oben. Der Architekt hatte einen gepflegten Bart und freundliche braune Augen. Begeistert ließ er den Blick übers Dach schweifen.

„Vielleicht sollten wir auf der Ostseite einen Windschutz bauen, damit es hier angenehmer für die Patienten ist", schlug er vor.

„Das ist eine vorzügliche Idee", erwiderte Kate und vergrub sich ein Stückchen tiefer in ihren Mantel. Der Oktober war kalt geworden und hier oben war es immer zugig. Nachdem Mr Watson genug gesehen hatte, führte Kate ihn an den Tisch für Mitarbeiter, wo er ein großes Skizzenblatt ausrollte und erste Entwürfe zeichnete. Seine geübten Hände füllten das Blatt schnell mit verschiedenen Entwürfen.

„Wir werden wohl einen Fahrstuhl brauchen, weil nicht alle Patienten stark genug für die Treppe sind", warf Kate ein. Konnte sich Trevor das leisten? Es war für sie nach wie vor ein Rätsel, woher er das Geld hatte. Privat war er so bescheiden, aber seine Freigiebigkeit für die Klinik hatte längst in ihr den Verdacht geweckt, dass er irgendwo ein unerschöpfliches Bankkonto besaß.

„Ich werde jeweils einen Entwurf mit und ohne Fahrstuhl zeichnen", willigte Mr Watson ein. „Das wird mit Sicherheit der größte Posten des Umbaus."

Kate zeigte auf einen freien Platz auf dem Papier. „Dr. Kendall würde dort gern irgendeine Form von Heizung einbauen lassen. Damit könnte die Behandlungsdauer auch auf die kühlen Monate des Jahres ausgedehnt werden."

„Ich werde das berücksichtigen“, sagte Mr Watson. Er räusperte sich und rückte seine Krawatte zurecht. „Verzeihen Sie, Mrs Livingston. Ich kann nicht umhin zu bemerken, dass Sie keinen Ehering tragen.“

Kate war peinlich berührt. Sie nickte. „Ich bin verwitwet.“

„Ah.“ Die Stimmung im Raum hatte sich verändert. „Mein Beileid. Ein kürzlicher Vorfall?“

„Vor vier Jahren. Können wir über die Art der Heizung sprechen? Ich weiß nicht, ob Gas oder Kohle die bessere Wahl ist.“

Alles, nur nicht über ihren Witwenstand oder darüber, ob sie zu haben war. Ihr Herz gehörte Trevor, jedenfalls im Augenblick. Eines Tages, wenn sie nicht mehr im Krankenhaus arbeitete, mochte sie so weit sein, aber nicht jetzt.

Der schlimmste Teil des Tages waren die Bewerbungen für ihre Stelle, die nur so hereinströmten. Gleich am nächsten Tag, nachdem ihre Anzeige geschaltet worden war, trafen die ersten Interessensbekundungen ein. Jede einzelne tat ihr weh. Alle Männer, die sich bewarben, hatten einen College-Abschluss und viele von ihnen waren mit Laborarbeit vertraut. Kate war so dankbar für das Risiko, das Trevor mit ihr eingegangen war. Sie legte die besten Bewerbungen zur Seite.

Am dritten Tag von Trevors Abwesenheit kam Kate zur Arbeit und merkte, dass Timothy nicht auf seinem Posten war, genauso wenig wie die Stationsschwester. Kate wandte sich an eine Hilfsschwester, die gerade den Wagen mit dem Frühstück zur Männerstation schob.

„Wo sind denn alle?“, fragte sie.

„Eine der jungen Frauen ist heute Nacht verstorben“, raunte die Hilfsschwester. „Miss Wexler.“

„Nein!“ Die Welt fing sich an zu drehen und Kate griff nach einer Stuhllehne. Das war unmöglich. Hannah ging es doch so gut und ihre Blutwerte waren stabil. Die arme Hannah ... ihre erste Patientin. Kate schluckte. Sie und Hannah waren gleich alt gewesen. Hannah Wexler hatte nicht einmal ihren dreißigsten Geburtstag erlebt.

Trevors Serum funktionierte nicht. Kate schloss die Augen, als ihr dämmerte, was das bedeutete. Hannahs Blutwerte waren gut gewesen. Tag für Tag hatte sich Kate beim Eintragen über die Fortschritte gefreut.

Auf Beinen, die sich wie Pudding anfühlten, schlich sie zur Frauenstation. Timothy stand in der Tür und knetete seine Mütze.

„Hast du es schon gehört?", fragte er leise.

Kate nickte. Es graute ihr davor, durch die Tür zu gehen, aber Schwester Ackerman brauchte vielleicht Hilfe. Kate legte einen Mundschutz an und setzte einen Fuß vor den anderen.

Der Vorhang um Hannahs Bett war zugezogen. Schwester Ackerman hantierte am anderen Ende der Station mit den Schläuchen des Dampfinhalators für Blanche Grovelands Lunge. Blanches Gesundheitszustand hatte sich in den vergangenen Wochen immer weiter verschlechtert. Wieso war Hannah gestorben und Blanches Körper kämpfte immer weiter?

Schwester Ackerman schien erleichtert, Kate zu sehen. „Ich habe schon nach Dr. Schrader gesandt, aber es muss ihm jemand bei der Autopsie assistieren. Können Sie das übernehmen? Allein drei Schwestern haben sich mit Grippe krankgemeldet und die Au-topsie muss innerhalb der nächsten Stunde vorgenommen werden."

„Aber ich weiß überhaupt nicht, was man da tun muss." Schon bei dem Gedanken drehte sich Kate der Magen um. Sie würde es nicht ertragen danebenzustehen, während eine Frau, die sie mochte, aufgeschnitten und zerlegt wurde. Kate wollte nur noch Reißaus nehmen.

„Da ist nicht viel dabei", beruhigte sie die Stationsschwester. „Sie tragen alle Daten in das Formular ein, die Dr. Schrader Ihnen sagt. Das ist wie eine Visite mit Dr. Kendall, nur viel detaillierter."

Abgesehen davon, dass Hannah neben ihr auf einem Autopsietisch lag.

Trevor musste wissen, wieso sie gestorben war, und die Autopsie konnte nicht warten. Sie mussten herausfinden, warum Hannah gestorben war, obwohl ihre Blutwerte so gut gewesen waren.

Kate straffte die Schultern. „Also schön."

Das Endstadium bei Tuberkulose war immer furchtbar und es war unmöglich, vorher abzuschätzen, wie lange es dauerte. Trevor hatte nun schon drei Tage an Mrs Kendalls Bettstatt verbracht und es konnten ohne Weiteres noch drei Tage folgen, bis sie eingeschlafen war. Von ihrem akkuraten Dutt, den sie jahrzehntelang getragen hatte, war nichts mehr übrig. Ihre Tochter hatte am Morgen versucht, mit einem Kamm etwas Ordnung in das zottlige Durcheinander zu bringen, aber sie weinte dabei zu sehr, um ein präsentables Ergebnis zu erzielen.

Eine Handvoll Bedienstete aus Senator Campbells ehemaliger Belegschaft kam vorbei, um Mrs Kendall die Ehre zu erweisen. Trevor hatte einen großen Vorrat an Mundschutzmasken mitgebracht, die er jedem Besucher gab, bevor er ihn zu der Patientin vorließ.

„Gehen Sie nicht so nah heran", warnte er. „Auch wenn sie schläft, kann sie einen Hustenanfall bekommen und Sie in Gefahr bringen."

Am dritten Tag brachte ein Bote eine Reihe von Nachrichten von Schwester Ackerman. Hannah Wexler war gestorben und zwei weitere Patienten würden wohl das Ende der Woche nicht mehr erleben. Trevor stand auf. Kate brauchte ihn. Sie hatte Ephraim Montgomerys Tod kaum verkraftet, dabei hatte sie den Mann fast nicht gekannt. Hannahs Tod musste sie schwer treffen.

Er traf ihn schließlich auch schwer. Patient 27F hatte gute Blutwerte gehabt. Ihre Lunge war in einem vernünftigen Zustand gewesen. Eins der Organe musste versagt haben. In der Nachricht stand, dass Dr. Schrader die Autopsie durchführen würde, also würde Trevor bald erfahren, was genau die Todesursache gewesen war.

Er griff nach dem Mantel. Genau aus diesem Grund hatte er Kate davor gewarnt, sich mit den Patienten anzufreunden. Kate war zu weichherzig für diese Arbeit und sie brauchte jetzt Trost. Wenn er sich beeilte, konnte er in weniger als einer Stunde im Krankenhaus sein und zum Mittag wieder an Mrs Kendalls Bettstatt sitzen.

Seine Hand stockte am Mantel. Kate ging ihn nichts mehr an. Auch wenn er sie in den Arm nehmen wollte, bis sie sich ausgeweint hatte. Im Frühjahr hatte er sie wegen ihrer Hartnäckigkeit und Dickköpfigkeit ausgesucht; dass sie unter ihrem zähen Panzer so weich war, hatte er nicht gewusst.

Dummerweise faszinierte ihn das nur noch mehr.

Soweit er wusste, war sie nicht mehr im Krankenhaus. Sicher war längst ein Nachfolger gefunden. Trevor legte den Mantel über die Stuhllehne und setzte sich wieder neben Mrs Kendall. Nachdenklich lauschte er ihrem rasselnden Atem und wünschte sich, er wäre ein besserer Arzt.

Beim Anblick von Hannahs Leichnam auf dem metallenen Autopsietisch wurde Kate bleich. Hannahs Gesicht war schmerzverzerrt, die nackte Haut schimmerte violett, die Lippen blau. *Lieber Gott, gib mir Kraft, damit ich das durchstehe.*

Sie nahm das Formular von Dr. Schrader entgegen, der sie mitfühlend anlächelte. Er bedankte sich für ihre spontane Hilfe und versicherte ihr, dass sie nicht hinsehen, sondern nur die Daten notieren brauchte, die er ihr nannte.

Dr. Schrader gab ihr einen in Kampfer getauchten Tupfer, damit sie ihn sich unter die Nase hielt, um den Geruch zu übertünchen. Aber es half nicht. Kate wandte während der gesamten Prozedur den Blick ab, aber das Klicken der Instrumente und der fürchterliche Gestank erinnerten sie in jeder Sekunde daran, wo sie war. Glücklicherweise schaffte sie es, während der zweistündigen Autopsie weder in Ohnmacht zu fallen noch in Tränen auszubrechen, was mehr war, als ihr bei Ephraim Montgomerys Tod gelungen war.

Als es vorbei war, stürmte Kate nach draußen, füllte ihre Lunge begierig mit frischer Luft und fragte sich, wie lange dieser Gestank in ihren Haaren und ihrer Kleidung festsitzen würde. Sie umklammerte das Geländer am Krankenhauseingang und begriff erst jetzt, was gerade geschehen war. Am liebsten wollte sie nach Hause eilen, ein Bad nehmen und diesen Geruch loswerden, aber es waren für heute mehrere Bewerber eingeladen und sie musste dabei sein. Der Gedanke, ihre Arbeit an jemand anderen abzugeben, tat weh. Auch wenn es die frustrierendste, schwierigste und zermürbendste Anstellung war, die sie je gehabt hatte, liebte sie ihre Arbeit.

Ein Winseln zu ihren Füßen erweckte ihre Aufmerksamkeit. Die Hündin mit dem goldfarbenen Fell sah sie an.

„Princess.“ Kate hockte sich hin, kraulte sie hinter den Ohren und wurde kräftig angestupst. „Ist schon gut.“

Seltsam, dass ausgerechnet ein Straßenköter sie trösten wollte, aber die Hündin musste ihre Not verspüren. Noch immer zitterten Kates Knie und sie wurde den Geruch in der Nase nicht los. Nach einiger Zeit machte sich jedoch ein neues Gefühl in ihr breit: Stolz. Kate sah an der fünfstöckigen Fassade des Krankenhauses hoch, ein mächtiges Gebäude, in dem jeden Tag Menschen Heldentaten vollbrachten. Kate hätte nie von sich gedacht, dass sie eine Autopsie überstehen würde. Sie wollte so etwas nie wieder erleben, aber sie hatte den Impuls, Hals über Kopf wegzulaufen, unterdrückt. Trevor wäre stolz auf sie.

Sie verdrängte den Gedanken. Es würde ihr sehr schwerfallen, aber sie musste lernen, nicht mehr an Trevor zu denken.

Princess legte ihren Kopf auf Kates Schoß. Wie gut sich das anfühlte! Seit Jahren fehlte ihr körperliche Nähe und es tat gut, jemanden zu liebkosen, auch wenn es nur ein Hund war.

„Ich wünschte, ich könnte dich mit nach Hause nehmen.“ Aber ein Logierhaus war kein Ort für einen Hund und außerdem war der erste Bewerber in weniger als einer Stunde angekündigt. Kate stapfte entschlossen die Stufen zum Eingang hinauf.

Timothy erwartete sie mit sorgenvollem Blick vor der Klinik. „Du hast es überlebt?“

Kate umarmte ihn, auch wenn er im Dienst war und das nicht mochte. „Ja, ich habe es überstanden.“

Was sie über den ersten Kandidaten nicht unbedingt sagen konnte. Julius Hessman war ein furchtbar schmächtiges Männchen mit einem abgeschlossenen Mathematikstudium und fünf Jahren Erfahrung als Aktuar in der Pensionskasse des Militärs. Er besaß zweifelsohne die mathematischen Fähigkeiten für diese Arbeit, aber so, wie er krampfhaft die Hände faltete, als habe er Angst, auch nur irgendetwas zu berühren, war Kate nicht sicher, ob sie einen geeigneten Kandidaten vor sich hatte.

„Es wäre also kein Einzelbüro?“, fragte Julius Hessman, noch bevor er eintrat.

„Nein, aber ich kann Ihnen versichern, dass Dr. Kendall sehr vernünftig ist. Er wird Sie nicht daran hindern, konzentriert zu arbeiten.“

Es war ein schweres Stück Arbeit, Mr Hessman dazu zu bewegen, überhaupt einzutreten. Er spielte mit seiner Krawatte, spähte in alle vier Ecken der Zimmerdecke und beäugte die Oberflächen der Schreibtische und die Aktenschränke. Seine Mundwinkel gingen nach unten. „Ich bin sehr wählerisch, was meinen Arbeitsplatz angeht. Das könnte zu einem Problem werden."

Kate schöpfte aus ihrer langjährigen Erfahrung mit komplizierten Gästen im Logierhaus. „Vielleicht möchten Sie lieber an den Tisch hinterm Schwesternzimmer gehen? Dort nehmen wir unsere Mahlzeiten ein und treffen uns für Besprechungen. Wir können gern auch dort über die Arbeit sprechen."

Mr Hessman ging rückwärts aus dem Büro und folgte ihr zum Mitarbeitertisch. Einige Patienten spielten Dame in der Sitzecke und musterten ihn neugierig.

Kate beschrieb dem schmächtigen Mann die Tätigkeit. Als sie etwas über seine Arbeit in der Pensionskasse in Erfahrung zu bringen versuchte, war er auf einmal sehr verschlossen. Er legte einen kleinen Stapel mit Berichten auf den Tisch und schob ihn mit seinen schlanken Fingern in ihre Richtung. „Ausgewählte Statistiken", sagte er. „Ich lasse meine Arbeit für sich selbst sprechen."

Der Mann war eine Katastrophe. Als Kate wissen wollte, ob er noch Fragen hätte, sah er sich ängstlich um und fragte, ob wirklich die Mitarbeiter hier aßen.

„Ja. Das Essen bekommen wir vom Krankenhaus gestellt und es ist immer vorzüglich. Wir nehmen alle Mahlzeiten hier ein."

„Ich vernehme nicht gern anderer Leute Kaugeräusche", sagte Mr Hessman.

Timothy gab sich auf dem Gang Mühe, sein Lachen mit einem Husten zu überspielen. Sogar einige Patienten in der Sitzecke versuchten, nicht zu lachen.

„Ich verstehe", erwiderte Kate versöhnlich. „Würden Sie mich einen Augenblick entschuldigen? Ich glaube, Private Norton hat sich verschluckt."

Kate ließ sich nichts anmerken, bis sie Mr Hessman zur Tür begleitet hatte. Ein Krankenwärter kam gerade mit der Post und Kate ging die Briefe durch, überflog die Absender und machte sich auf einen weiteren anonymen Brief gefasst. Ihr Blick landete auf einer schwungvollen, unleserlichen Handschrift in der Ecke eines Umschlags. Erschrocken schnappte sie nach Luft.

„Was ist los?“ Timothy war sofort an ihrer Seite.

Kates Kopf raste derartig, dass sie Mühe hatte, Worte zu finden. „Mark Twain hat geantwortet!“

Es war kaum zu glauben, aber sie hielt wirklich einen Brief von ihm in der Hand. Alle, die in Hörweite waren, drängten sich um sie und wollten einen Blick darauf erhaschen. Leonard Wilkes erhob sich keuchend und kam herangewankt. Mit zitternden Fingern öffnete Kate den Brief und las ihn laut vor. Es war unmöglich, dabei nicht vor Freude zu grinsen. Mr Twain hatte tatsächlich vor, eine Fortsetzung mit Tom Sawyer zu schreiben, und er war gern bereit, ihnen ein Exemplar samt Widmung zukommen zu lassen, sobald sie veröffentlicht war.

Kate verging das Lachen erst, als ihr einfiel, dass Hannah Wexler, die so begierig auf ein weiteres Buch von Mark Twain gewartet hatte, sich nicht mehr darüber freuen konnte.

Kate wartete in der Sitzecke auf den nächsten Bewerber. Schwester Ackerman konnte ihn nicht in Empfang nehmen, weil es Blanche Groveland immer schlechter ging, und auch der Zustand eines der männlichen Patienten war kritisch.

War es möglich, dass drei Menschen am selben Tag starben? An ihrem ersten Arbeitstag hatte Trevor sie gewarnt, dass in einem Jahr keiner der Patienten mehr leben würde. Dabei ging es so vielen doch eigentlich recht gut. Kate hatte Trevor nicht geglaubt. Heute wünschte sie sich, sie hätte es getan.

Erschöpft stützte sie den Kopf in die Hände und betete, dass der nächste Kandidat geeigneter war. Philip Walsh war um einiges älter als Julius Hessman und brachte viel Erfahrung vom Marinehospital mit. Hoffentlich konnte er die Kaugeräusche anderer ertragen, ohne gleich einen Anfall zu bekommen.

Die Tür ging auf und ein stattlicher Gentleman trat ein. Kate erhob sich, aber als sie sein Gesicht sah, stand ihr der Mund offen. Er sah Trevor so ähnlich, dass ihr die Worte fehlten.

„Ich suche Trevor McDonough", sagte der Mann mit starkem schottischem Akzent. „Bitte um Verzeihung", korrigierte er sich. „Ich vermute, er nennt sich derzeit Trevor *Kendall.* Würden Sie ihn bitte holen lassen?"

Das musste Trevors Vater sein. Er hatte dasselbe schmale Gesicht und diesen straffen, ernsten Mund. Abgesehen von den Silbersträhnen im dunklen Haar hatte Kate das Gefühl, Trevor gegenüberzustehen.

„Es tut mir wirklich leid, er ist nicht hier", brachte sie schließlich heraus.

Der ältere Herr sah sich um, machte ein paar Schritte vorwärts und spähte um die Ecke ins Schwesternzimmer. „Sind Sie sicher? Der Junge geht mir aus dem Weg, wann immer er kann, aber irgendwo hier muss er sein. Ich weiß, dass er nicht zu Hause ist."

Die Stationsschwester kam nach vorn geeilt und griff nach einer Akte auf dem Tresen. „Sie suchen den Arzt?", fragte sie. „Er ist noch immer bei Mrs Kendall und wir wissen nicht, wann er wiederkommt. Kate kann ihm eine Nachricht zukommen lassen, wenn Sie möchten."

Aus der Frauenstation war heftiges Husten zu hören. Schwester Ackerman machte kehrt und verschwand.

Mr McDonough schmunzelte. „Er besucht noch immer die alte Mrs Kendall? Der Junge trieb sich schon früher andauernd bei den Bediensteten herum." Seine dunklen Augen fixierten Kate. „Kate? Dann müssen Sie Kate Norton sein, richtig?"

Kate wurde unwohl in ihrer Haut. Woher wusste er das? „Das war mein Mädchenname. Ich heiße Kate Livingston."

Ein Grinsen breitete sich auf seinem Gesicht aus. Es war verwirrend, dieselben Grübchen wie bei Trevor zu entdecken.

„Sieh an, sieh an", tönte er laut. „Die berühmte Kate, das rothaarige Genie, das Trevor all die Jahre auf Trab gehalten hat."

„Ich habe mein Bestes gegeben."

„Ausgezeichnet. Er brauchte jemanden wie Sie, der ihm ein wenig Feuer unterm Hintern macht." Mr McDonough stolzierte durch den Flur, als würde ihm das Krankenhaus gehören. Er trug einen feinen Zwirn und darüber einen Mantel, der maßgeschneidert sein musste. Eine schwere goldene Kette verschwand in seiner Westentasche – vermutlich hing eine mit Rubinen besetzte goldene Uhr daran, mutmaßte Kate.

„Trevor leitet diese Etage, nehme ich an?“ Mr McDonough begutachtete die Wände und das Mobiliar. Er trat an eins der Fenster. „Sehr schöne Aussicht.“ Als er auf die Bettensäle zuhielt, stellte sich Kate ihm in den Weg.

„Was kann ich für Sie tun, Sir?“

„Holen Sie meinen Sohn. Ich bin sicher, er versteckt sich hier irgendwo.“

Kate wollte ihn nicht bei den Patienten haben. „Private Norton“, rief sie, „ich könnte hier Ihre Hilfe gebrauchen.“

Timothy war schnell zur Stelle und postierte sich vor Mr McDonough. „Dies ist eine Privatklinik, Sir.“

„Ja, bezahlt mit Geld, das ich meinem Sohn gegeben habe. Sieht aus, als hätte der Junge es tatsächlich zu etwas gebracht.“ Es ärgerte Kate, dass er Trevor immer „Junge“ nannte. Trevor war ein Mann, und zwar einer der großartigsten, die sie kannte.

Timothy rührte sich nicht vom Fleck. „Diese Klinik ist leider nicht für die Öffentlichkeit zugänglich. Sie müssen sich an Dr. Kendall selbst wenden, wenn Sie Zutritt wünschen.“ Er legte seine Hand auf die Dienstwaffe an seiner Hüfte, was den alten Herrn zu amüsieren schien.

„Ganz ruhig, Bursche. Ich möchte nur sehen, was aus meinem Geld geworden ist.“ Er wandte sich an Kate. „Und Sie sagen mir jetzt, wie ich meinen Sohn erreichen kann. Ich bin den ganzen Weg aus Schottland gekommen und unser Wiedersehen ist längst überfällig.“

„Wenn Sie eine Nachricht an ihn hinterlassen“, schlug Kate vor, „dann sorge ich dafür, dass sie ihn erreicht.“

Kurz umspielte ein Lächeln Mr McDonoughs Lippen. „Sagen Sie ihm, ich lasse nicht zu, dass er mich weiterhin ignoriert.“

Trevor würde es nicht gefallen, sie bei Mrs Kendall zu sehen, aber sie musste ihn über das plötzliche Auftauchen seines Vaters informieren. Stimmte es, dass der alte Mr McDonough die Klinik finanzierte? Irgendetwas an ihm gab Kate ein ungutes Gefühl. Was für ein Mann verbannte seinen Sohn auf einen anderen Kontinent? Trevor schien nicht das Geringste für ihn zu empfinden. „*Ich verachte meinen Vater und will nichts mehr mit ihm zu tun haben*", hatte er gesagt. Offensichtlich verachtete er ihn so sehr, dass er absichtlich seinen Namen abgelegt und den einer Bediensteten angenommen hatte.

Die Gedanken ließen ihr auch in der Pferdebahn nach Georgetown keine Ruhe. Die Tage wurden längst kürzer und beim Aussteigen war es bereits dunkel geworden. Trockene Blätter raschelten und Eicheln knackten unter ihren Schuhen. Kate war müde und hungrig und der Duft des Roastbeefsandwiches für Trevor kitzelte ihr in der Nase. Sie wusste nicht, ob er in den vergangenen Tagen Zeit zum Essen gehabt hatte, also hatte sie ihm ein Sandwich vom Abendbrotwagen eingepackt.

Sie klopfte vorsichtig an Mrs Kendalls Tür. Kurz darauf öffnete Nellie, Mrs Kendalls Tochter. Sie war blass und sah völlig erschöpft aus. Mit Kate hatte sie offensichtlich nicht gerechnet.

„Ist Trevor da?", fragte Kate.

Die Tür ging weiter auf und Trevor kam zum Vorschein. Sein Hemd war zerknittert. Er sah aus, als hätte er sich mehrere Tage lang nicht rasiert und nur wenig geschlafen. „Was gibt es?"

Kate hielt die Tüte hoch. „Ich habe dir ein Sandwich und eine Flasche mit Lebertran mitgebracht. Ich weiß doch, wie gern du das trinkst."

Trevor lächelte schief. „Komm rein", sagte er und nahm ihr die Papiertüte ab.

Es war warm im Haus. Die Tür zum Schlafzimmer stand offen und Kate sah Mrs Kendall bewegungslos auf dem Bett liegen.

„Sie schläft", erklärte Trevor. Er deutete auf den kleinen Tisch im Esszimmer. „Und jetzt erzähl mir, warum du wirklich gekommen bist. Bestimmt nicht wegen eines Sandwiches, auch wenn ich es mir gern schmecken lassen werde."

Kate nahm am Tisch Platz und Trevor setzte sich ihr gegenüber. Nellie legte einen Mundschutz an und ging ins Schlafzimmer zu ihrer Mutter. Trevor war bei ihrer letzten Begegnung ziemlich verärgert gewesen und in seinen Augen blitzte Argwohn, als würde er erwarten, dass sie den Streit neu entfachte.

„Trevor, dein Vater war heute Nachmittag in der Klinik."

Seine Antwort kam wie aus der Pistole geschossen. „Halt dich von ihm fern", blaffte er.

„Er ist nicht lange geblieben. Er hat sich den Eingangsbereich angesehen und nach dir gesucht."

„Was hat er gesagt? Sag mir ganz genau, was er gesagt hat."

Kate versuchte sich zu erinnern, aber sie war von der Ähnlichkeit mit Trevor so verblüfft gewesen, dass ihr das meiste entfallen war. „Ich sagte ihm, dass du nicht da bist, aber er glaubte mir nicht. Er meinte, er sei den ganzen Weg aus Schottland gekommen, um dich zu sehen."

Trevor lachte bitter. „Er kam den ganzen Weg aus Schottland, um eine reiche amerikanische Erbin zu ehelichen. Wie man hört, ist sie zwölf Millionen Dollar schwer. Ein Seifenfabrikant. Was hat er noch gesagt?"

Er hatte sie als die „berühmte Kate" bezeichnet und eine abfällige Bemerkung über Trevors Umgang mit den Bediensteten gemacht, aber für beides war es mit Nellie im Nebenraum der falsche Ort.

Trevor schien ihr Zögern zu spüren. „Nell, ich möchte mit Kate ein paar Schritte gehen. Kann ich euch für einen kurzen Augenblick allein lassen?"

Nellie erhob sich halb von ihrem Stuhl und winkte. „Geht nur."

Die Kälte umschloss Trevor gleich beim ersten Schritt nach draußen. Er blickte finster auf Kates dünnen Mantel. „Hast du keinen dickeren? Du holst dir noch den Tod in diesem dünnen Fetzen."

Es war einfacher, an ihrer Kleidung herumzunörgeln, als in ihr erschöpftes Gesicht zu sehen. Sie sah nicht gut aus und ihr Tag musste furchtbar gewesen sein. Trevor bot ihr seinen Ellbogen an und spazierte mit ihr die Straße hinunter.

„Schwester Ackerman hat mir heute Morgen die Neuigkeit mit Hannah Wexler zukommen lassen", sagte er leise. „Ich weiß, dass ihr euch angefreundet hattet. Das war sicher nicht leicht für dich. Tut mir leid." Ihm fiel ein, wie traurig die fünfzehnjährige Kate gewesen war, als damals der Hamster der Schulklasse gestorben war. Kate war für diese Arbeit einfach zu weichherzig.

„Dr. Schrader meinte, sie hatte knotiges Narbengewebe im Herzen. Deswegen sei sie so schnell und plötzlich verstorben."

„Hast du den Bericht gelesen?", fragte er überrascht.

Kate zögerte kurz. „Es sind einige Schwestern krank. Ich musste die Mitschrift während der Autopsie anfertigen."

Trevor atmete scharf ein und sah sie an. Kein Wunder, dass sie so neben sich stand. Ohne lange darüber nachzudenken, nahm er sie in den Arm. „Oh, Kate. Tut mir leid, dass du das durchmachen musstest."

„Mir nicht." Ihre Stimme war an seiner Schulter nur undeutlich zu hören. „Ich habe jetzt die allergrößte Achtung vor dem, was du auf dich nimmst; was alle Ärzte auf sich nehmen, um anderen Menschen zu helfen."

Trevor kniff die Augen zu. Sein Herz wollte zerreißen. Kate zu umarmen war unklug und er würde den Preis dafür zahlen müssen, aber manchmal brauchte er einfach ihre Nähe. Er brauchte sie so sehr. Er brauchte Gewissheit, dass er nicht allein war; er brauchte etwas Wärme.

Er strich ihr übers Haar. Ihre Umarmung wurde fester. Es war ihm egal, dass sie mitten auf dem Bürgersteig standen. Er brauchte wenigstens ein paar Sekunden Trost, wollte sich ein paar Sekunden in die Arme eines Menschen fallen lassen, der ihn mochte und auf seiner Seite stand. Vielleicht war es das letzte Mal, dass er Kate Livingston im Arm hielt, aber im Augenblick brauchten sie es beide.

Trevor öffnete die Augen und atmete tief ein. „Du zitterst ja. An der nächsten Kreuzung ist ein Café. Dort können wir reden."

Kate löste sich aus der Umarmung und sie liefen weiter. Kates schmale Hand schlüpfte in seine. Der warme Schein der Gaslaternen beleuchtete das Innere des Cafés an der Ecke. Fast tat es ihm leid, als sie eintraten und er ihre Hand loslassen musste. Aber es war zumindest warm und genau vor dem großen Fenster war ein Tisch frei, wo sie nebeneinandersitzen und nach draußen schauen konnten. Trevor wartete ab, bis zwei Tassen mit heißem Kaffee vor ihnen standen.

„Und jetzt erzähl mir noch einmal, was mein Vater gesagt hat."

„Es ging alles so schnell", sagte Kate und wärmte ihre Hände an der Tasse. „Er war der Meinung, du würdest dich irgendwo versteckt halten, aber Timothy ließ ihn nicht weiter vor als bis zum Schwesternzimmer. Da wurde er etwas wütend und meinte, er hätte die ganze Klinik bezahlt."

Trevor verschluckte sich am Kaffee und spuckte ihn auf den Tisch. Schnell nahm er seine Serviette und wischte alles auf. Er musste sich mehrmals räuspern, bis er wieder normal atmen konnte.

„Geht es dir gut? Soll ich dir ein Glas Wasser bringen lassen?"

Er schüttelte den Kopf. „Es geht schon", krächzte er. „Mein Vater schafft es immer wieder, mich zu verblüffen."

„Er ist eine imposante Erscheinung, nicht wahr?"

„So kann man es auch sagen."

Als Kind hatte Trevor seinen Vater gefürchtet und bewundert. Neill McDonough hatte die Hütte, wo Trevor mit seiner Mutter lebte, kaum häufiger als ein- oder zweimal im Monat besucht. Trevor hatte noch nicht einmal genau gewusst, wer der seltsame Mann war; aber seine Mutter war vor diesen Besuchen immer ein einziges Nervenbündel gewesen und hatte ihn jedes Mal gewarnt, sich bloß zu benehmen. Schon Tage zuvor hatte Trevor ein Shakespeare-Sonett oder eine komplexe mathematische Gleichung auswendig lernen müssen.

„Wenn Mr McDonough merkt, was für ein schlaues Kind du bist, schickt er dich vielleicht aufs College. Wäre das nicht wundervoll?"

Trevor hatte keine Ahnung gehabt, was ein College war, aber er war neugierig, es zu erfahren. Seine Welt hatte nur aus Kühemelken und Heuwenden bestanden oder dem flüchtigen Glück, wenn er zum Nachbarhof lief, weil Deirdre Sinclair dort wohnte.

All das war vorbei, als seine Mutter starb. Er war erst neun Jahre alt und hatte das Gefühl, sie sei sein ganzes Leben lang krank gewesen. Eines Morgens stand er auf und fand seine Mutter tot im Bett. Trevor wusste nicht, was er tun sollte, also setzte er sich auf eine Ecke der Matratze. Wenn er nur lang genug wartete, würde sie gewiss aufwachen. Er betete. Er rieb ihr die Hände und versuchte, ihr Wasser einzuflößen, aber nichts geschah. Schließlich rannte er zu den Sinclairs, um Hilfe zu holen. Wenige Tage später kam Neill McDonough und nahm ihn mit.

„Du wirst jetzt bei mir wohnen, Bursche. Es geht wohl nicht anders."

Trevor würde niemals den Augenblick vergessen, als die Kutsche auf Mr McDonoughs Haus zufuhr, das eigentlich eher die Bezeichnung „Schloss" verdient gehabt hätte. Das mächtige Gebäude aus Granit maß vier Stockwerke und hatte längs unterteilte Fenster, die in der Sonne funkelten. An den Ecken ragten Türme auf. Das weitläufige Gebäude sah aus, als gehöre es einem König.

Trevor bekam ein Zimmer im Bedienstetenflügel. Er nahm alle seine Mahlzeiten dort ein und dort war der einzige Ort, an dem er sich sicher fühlte. Wer sein Vater war, war ein offenes Geheimnis. Mittlerweile trug er auch den Nachnamen des Gutsherren, doch schon, als Trevor noch ein Kind gewesen war, war es allen aufgefallen, wie sehr er dem Lord dieses gewaltigen Anwesens aus dem Gesicht ähnelte. Sein Vater war Witwer ohne weitere Kinder und so blieb Trevor die Begegnung mit Halbgeschwistern in den Herrschaftsgemächern erspart.

Die einzige wirklich großherzige Tat von Neill McDonough war die Finanzierung einer erstklassigen Schulbildung für Trevor gewesen. Ein Privatlehrer zog in das Schloss und Trevor sog jeden Tropfen Bildung auf wie ein Schwamm. Anstelle sich um Schafe und Kühe zu kümmern, übte er Mathematik, Sprachen und Naturwissenschaften. Er entdeckte ganz neue Welten unter dem Okular eines Mikroskops. Er lernte Aristoteles und Beethoven kennen und begriff, wie die Planeten um die Sonne kreisten.

Sein Vater schenkte ihm kaum Aufmerksamkeit, weswegen Trevor es häufiger schaffte, sich mit feinen Speisen aus der Küche davonzustehlen und die drei Meilen zu den Sinclairs zu laufen. Er brachte Deirdre das Essen und küsste sie heimlich hinter dem Schafstall.

All das fand ein abruptes Ende, als Trevor dreizehn wurde.

„Damals wurde mein Wettbewerbssinn erst richtig geweckt", erzählte er Kate, die ein Stück herangerückt war. „Mein Vater muss sich mit jedem und allem auf der Welt messen, aber ihm geht es dabei nur um Geld und Macht. Er erbte ein Vermögen und häufte durch geschickte Geschäfte und Ehen noch mehr an. Seine erste Frau war durch Plantagen in Indien und Afrika millionenschwer, aber sie starb sehr früh. Als ich dreizehn wurde, verlobte sich mein

Vater mit einer deutschen Prinzessin. Sehr reich und sehr konservativ. Es ging nicht, dass bei ihm im Untergeschoss ein Bastardkind wohnte, also musste ich verschwinden."

Trevor dachte an die Abmachung, die er damals mit seinem Vater getroffen hatte. Neill McDonough hatte nervös und ein wenig schuldbewusst ausgesehen, als er mit ihm am Rand des Anwesens über ein Torffeld spaziert war. „Hör zu, Junge, ich habe einen Vetter in Amerika, der bereit ist, dich aufzunehmen. Robert Campbell ist Senator in Washington. Weißt du, was das bedeutet? Er ist ein sehr mächtiger Mann. Ich werde für deine Kosten aufkommen und dir noch ein hübsches Sümmchen beiseitelegen. Du wirst ein reicher Mann sein, wenn du erwachsen bist, aber du kannst hier nicht mehr wohnen."

Der Gedanke, Schottland verlassen zu müssen, hatte Trevor Angst gemacht. Die Sinclairs waren die einzigen Leute auf der Welt, denen er wichtig war, und er war davon überzeugt, Deirdre zu lieben. Er wollte sie eines Tages heiraten.

„Ich möchte aber bleiben", hatte er erwidert.

Die Geduld des Mannes war am Ende gewesen. „Dann bleibt dir nur der Vetter deiner Mutter, der irgendwo auf den Orkneys in einem gottverlassenen Fischerdorf lebt. Das ist das reinste Ödland dort und du wirst dir dort hübsch die Zehen abfrieren."

„Es gibt da ein Mädchen ...", hatte Trevor leise gesagt.

Sein Vater hatte abgewunken, als wolle er eine lästige Fliege verscheuchen. „Die Schäferstochter. Glaub mir, Junge, du kannst viel bessere haben. Ich werde dich mit einem Vermögen in der Tasche nach Amerika schicken und du wirst nie wieder an sie denken. Oder du kannst bei Fremden auf einer Insel in der Nordsee wohnen, mitten in einer Erdhütte. Also, was willst du?"

Trevor hatte das Geld genommen. Bis zum heutigen Tag verfolgte ihn das Gefühl, seine Seele verkauft zu haben. Die Sinclairs hätten ihn sicher aufgenommen, aber er hatte genug vom Leben seines Vaters gesehen, um nie wieder dorthin zurückkehren zu wollen. Die Jahre mit dem Privatlehrer hatten ihm eine schillernde neue Welt eröffnet und sein Hunger war noch lange nicht gestillt. Hunger nach Wissen und Wissenschaft und diesem fantastischen Universum, das er unterm Mikroskop entdeckt hatte.

Bei den Sinclairs zu leben, hätte bedeutet, Gras zu stechen und Schafe zu hüten.

„Ich hasste mich für meine Entscheidung", bekannte Trevor. „Deirdre schickte mir Briefe an Senator Campbells Adresse, aber ich antwortete ihr nie. Ich wusste, dass ich nicht zurückgehen konnte. Das Geld von meinem Vater wartete auf einem Bankkonto auf mich und der Senator achtete darauf, dass es gut angelegt wurde. Aber ich wollte es nicht anrühren; das Geld stank für mich nach Verrat."

Trevor sah Kate an, die aufmerksam zuhörte. Er wollte das Thema nicht anschneiden, aber es nagte seit zwölf Jahren an ihm und sie hatte eine ehrliche Antwort verdient. „Du weißt, was jetzt kommt, oder?"

„Das Stipendium", sagte sie.

Trevor nickte. „Ich wollte ein Mann sein. Ich wollte mich selbst ernähren ohne das stinkende Geld meines Vaters. Das Stipendium war meine Befreiung von diesem furchtbaren Handel. Es war für mich der Beweis, dass ich meinen eigenen Weg gehen konnte. Es tut mir leid, Kate. Ich wusste, dass du dir damals große Hoffnungen aufs College machtest, aber ich war zu egoistisch, um mir diese Gelegenheit entgehen zu lassen." Trevor fühlte sich auf einmal müde und kraftlos. Er schämte sich. „Das war ein großer Fehler. Ich hätte stark genug sein müssen, das Geld meines Vaters zu nehmen, damit der Weg für dich frei ist. Ich hoffe, du kannst mir irgendwann vergeben."

Kate starrte in ihre Tasse mit lauwarmem Kaffee. Trevor konnte nicht sagen, ob sie gerade vor Wut überkochte, aber das Letzte, was er erwartet hatte, war Angst in ihrer Stimme. „Hast du mich deswegen eingestellt? Weil du dich wegen des Stipendiums schuldig fühltest?" Kate hielt den Atem an, als würde sie den Schlag, nur aus Mitleid für die Anstellung ausgewählt worden zu sein, nicht verkraften.

Trevor wünschte sich, so barmherzig gewesen zu sein, aber ihm war dieser Gedanke noch nicht einmal gekommen. „Ich habe dich genommen, weil ich eine Kämpferin brauchte."

Er hatte versucht, sie zu finden, als er nach Washington gekommen war, aber nirgendwo kannte jemand eine Kate Norton. Es dauerte einige Zeit, bis er auf die Idee kam, dass sie tatsächlich Nathan Livingston geheiratet haben könnte. Dann war es sehr schnell gegangen – er hatte von ihrer Heirat erfahren, von Nathans Tod und ihrer Anstellung im Statistikamt. Keine vierundzwanzig Stunden, nachdem er ihren neuen Namen und den ihres Vorgesetzten ermittelt hatte, saß er bereits an dem Brief, der sie in die Klinik holen sollte. Weder Mitleid noch romantische Motive hatten ihn geleitet. Er wusste nur, dass er niemand besseren an seiner Seite haben konnte als sie, wenn er den Drachen zur Strecke bringen wollte.

„Also schön", sagte sie leise. „Ich glaube dir."

„Wirklich?"

„Ich möchte dir immer noch die Gurgel deswegen umdrehen, aber zumindest verstehe ich es jetzt." Ihre Mundwinkel gingen zögerlich nach oben. Sie drückte ihm die Hand. „Trevor McDonough", murmelte sie.

„Ich habe mit dem Geld meines Vaters meine Forschung und die Medizin finanziert, die ich an die Armen verteile. Ja, sein Geld kommt für die Klinik auf und das Konto ist noch lange nicht leergeräumt. Nur für mich habe ich niemals Geld davon genommen, keinen Cent. Und ich werde das auch nie tun."

Trevor vertraute sich fast niemandem an, aber Kate ... Kate kam ihm vor wie ein Teil von ihm. Mit ihr zu reden war so natürlich wie ein Sonnenaufgang, der in den hellen Tag mündet.

Aber seine Zeit lief ab. Erst jetzt begriff er, wie eng Liebe und Verzweiflung beieinander sein konnten. Die qualvolle Mischung aus Freude und Sehnsucht war so intensiv, dass er diesen Augenblick für immer festhalten wollte. Das Morgen konnte von Ängsten und Schmerz geplagt sein, aber dieser vollkommene, flüchtige Augenblick war voller Glück und Trevor war dankbar dafür.

Kate begleitete Trevor zurück zu Mrs Kendalls Haus und genoss, wie er ihre Hand hielt. Eigentlich hätte sie direkt zum Haltepunkt der Pferdebahn gehen müssen, aber sie wollte sich noch nicht verabschieden.

Die Erinnerung an den Wettstreit um das Stipendium und den

schlaksigen, schamlosen Trevor war noch so präsent, als wäre es gestern gewesen. Damals hatte sie wegen der teuren Kutsche und der edlen Kleidung gedacht, er habe alles; dabei war sie diejenige gewesen, die alles hatte. Sie hatte Eltern, die sie liebten. Sie hatte Schulfreunde gehabt. Sie hatte eine gesunde Lunge und noch nie darüber nachgedacht. Trevor hatte nichts davon. Stattdessen hatte er einen tobenden Ehrgeiz und das Verlangen, sich endlich von dem Handel mit seinem Vater zu befreien. Sie durfte nicht mehr an ihrem alten, längst verjährten Groll festhalten. Dafür bewunderte sie Trevor viel zu sehr.

Trevor schloss leise die Tür auf und legte einen Finger an die Lippen. Dann horchte er.

Nellie Kendall stand auf. „Gott sei Dank bist du zurück! Trevor, sie ist fort."

Trevor wurde blass und stürmte an Mrs Kendalls Bett. Dort strich er ihr eine weiße Strähne von der schweißnassen Stirn. Mit zitternden Fingern griff er nach dem Stethoskop vom Tisch und kämpfte, bis die Ohroliven in den Ohren waren. Er drückte das Kopfstück auf ihren Brustkorb, schloss die Augen und lauschte.

Kurz darauf nahm er das Stethoskop ab, setzte sich auf die Bettkante und nahm Mrs Kendalls Hand. „Oh Herr, nimm sie zu dir", sagte er leise. „Sie war eine gute Frau. Sie war wie eine Mutter für mich, wie ein Vater. Mein Polarstern." Seine Stimme wurde brüchig.

Vor Kates Augen verschwamm alles und ihre Kehle tat weh. Sie legte Trevor die Hände auf die Schultern. „Ihre Zeit war gekommen. Es ist nicht deine Schuld."

Er nickte, sah aber nicht auf. Ein Geräusch, fast wie das eines röchelnden Tieres, kam tief aus seiner Brust und Kate wusste sofort, dass er versuchte, nicht zu weinen. „Ich hasse das!", presste er schließlich hervor. „Ich hasse es zu versagen. Alles, alles hätte ich gegeben, um sie zu retten."

Kate setzte sich hinter ihn aufs Bett und legte die Arme um ihn. Sie spürte seine unregelmäßigen Atemzüge und wie er versuchte, die Kontrolle zu behalten, aber er verlor den Kampf. Kate hielt ihn fest, ließ ihn weinen und wünschte sich, sie könnte ihm helfen.

Spät am Abend begleitete Trevor sie nach Hause. Er brauchte jetzt jemanden und hatte seit dem ersten Schritt vor Mrs Kendalls Haus wie ein Wasserfall geredet. Sogar im schwachen Mondlicht konnte sie noch immer die Tränenspuren auf seinem Gesicht sehen.

„Ich weiß, die Patienten halten mich für kaltherzig", bekannte er. „Aber ich kann sie nicht an mich heranlassen. Das tut einfach zu sehr weh. Mein logischer Verstand sagt mir, dass ich nicht für die Menschen verantwortlich bin, die an Tuberkulose sterben, aber irgendetwas in mir tobt jedes Mal, wenn ich einen Patienten verliere. Es treibt mich an, härter zu arbeiten, etwas Neues zu versuchen. Manchmal möchte ich nur noch weglaufen und nie wieder an diese furchtbare Krankheit denken müssen."

Kate seufzte und er musste es gehört haben, denn sie erntete einen finsteren Blick.

„Fang gar nicht erst an", warnte er sie. „Genau das meinte ich am ersten Tag, du erinnerst dich? Jeder, der mit dieser Krankheit arbeitet, wird immer und immer wieder Rückschläge einstecken. Er wird zu Boden geworfen, zertrümmert und zerbrochen, aber morgen früh werde ich aufstehen und weitermachen. Ich weiß, das ist nicht das, was du hören willst, aber ich werde nicht aufgeben. Und wenn es mich umbringt – und ich weiß, dass das passieren kann –, ich gebe trotzdem nicht auf."

Die Schwäche, die Trevor an Mrs Kendalls Bettstatt gezeigt hatte, verschwand mehr und mehr. Kate spürte, wie mit jedem Wort Energie und Zuversicht zurückkehrten, während sie bei ihr austrockneten. Sie konnte so nicht leben. Sie konnte ihre Gefühle nicht ein- und ausschalten wie Trevor. Sie konnte nicht still an seiner Seite stehen, während er gegen eine Krankheit kämpfte, die ihn eines Tages selbst umbringen würde.

Sie erreichten die Stufen vorm Logierhaus.

„Danke, dass du mich nach Hause gebracht hast", sagte Kate.

Er legte ihr eine Hand an die Wange. „Danke für alles."

Sein Lächeln war traurig. Sie drückte seine Hand an ihr Gesicht und küsste die warme Handfläche. Er wandte sich um und lief in Richtung Pferdebahn und Kate blieb stehen, bis er nicht mehr zu sehen war.

Der Abend hatte ihr nur noch deutlicher gezeigt, dass sie sich so schnell wie möglich von Trevor lösen musste. Sie liebte ihn viel zu sehr, um zu bleiben.

Timothy wartete im Salon auf sie. Im Haus war es still und nur eine einzige Gaslaterne erleuchtete das Empfangszimmer.

„Ich habe mir Sorgen gemacht", fing er an. „Hast du Trevor von seinem Vater erzählt?"

„Ja." Kate legte ihren Mantel auf das Sofa.

„Und?"

Timothy war mit Sicherheit begierig darauf, mehr über den seltsamen Neill McDonough zu erfahren, aber Kate fühlte sich zu matt und angeschlagen, um das Gespräch noch einmal wiederzugeben.

„Mrs Kendall ist heute Abend gestorben." Kaum hatte sie den Satz vollendet, kamen ihr die Tränen.

Timothy nahm sie in den Arm. „Das tut mir leid."

Seine Worte öffneten die Schleusentore endgültig. Kate schluchzte an seiner Schulter, und wenn er sie nicht festgehalten hätte, wäre sie zusammengebrochen.

„Alles wird gut, Kate. Du bist stark. Du bist die stärkste Person, die ich kenne."

Nein, sie war ein Schwächling. Sie wollte Trevor nachlaufen und ihn anflehen, sie nicht zu entlassen. Sie wollte ihn in den Arm nehmen und trösten und ihm in dieser furchtbaren Nacht beistehen. Und zugleich wollte sie ihn nur noch schütteln, weil er so stur war!

Kate weinte bitterlich.

„Wenn du nicht langsam aufhörst, fange ich auch noch an zu heulen." Timothys Stimme klang, als wäre er schon nahe dran. Gegen alle Tränen sprudelte ein Lachen aus Kate. Timothy drückte sie noch fester.

Das musste der längste Tag ihres Lebens gewesen sein. Kate dankte Gott für Timothys starke Schulter, aber ihr Herz sehnte sich nach Trevor. So lange er auf dieser Erde lebte, würde ein Teil von ihr immer nach ihm rufen.

KAPITEL 21

Am Morgen nach Mrs Kendalls Tod marschierte Trevor mit neuer Entschlossenheit, die Ratte auszuräuchern, die ihn ruinieren wollte, auf das Krankenhaus zu. Der Privatdetektiv in Baltimore hatte endlich die letzten Beteiligten an der Quecksilberstudie ausfindig gemacht und Trevor musste den Spuren folgen, bevor sie kalt waren. Er wollte in der Klinik die dringenden Angelegenheiten erledigen, die während seiner Abwesenheit aufgelaufen waren, und sich dann auf den Weg nach Baltimore machen. Das Erste, was ihm in der Klinik auffiel, war die Tatsache, dass Frederick Lamprecht die Frechheit besessen hatte, ohne seine Erlaubnis die Schlösser in der fünften Etage auszutauschen.

Trevor brauchte weniger als drei Minuten, um einer Zange habhaft zu werden und den Türknauf abzuziehen. Der Krankenhausdirektor zählte schon die Stunden bis zu Trevors Zwangsräumung, aber solange Trevor die fünfte Etage unterstand, tolerierte er keinerlei Veränderung. Er platzte, ohne zu klopfen, in Lamprechts Büro und warf den Türknauf mitsamt Schloss auf den imposanten Walnussschreibtisch.

„Jetzt sehen Sie, was ich von Ihrem neuen Schloss halte“, blaffte Trevor.

Mr Lamprecht erhob sich. „Bei Ihnen stehen diese lästigen Marinesoldaten Wache. Und da brauchen Sie noch ein eigenes Schloss?“

„Bis ich weiß, wer da in meiner Klinik herumschnüffelt, ja. Und ich werde alles herausreißen, was auch immer Sie ohne mein Einverständnis versuchen einzubauen.“

„Ihnen bleiben ohnehin nur noch zehn Tage. Danach bin ich Sie endlich los.“

„Die Vorstellung versetzt Sie in Angst und Schrecken, ich weiß.“

Trevor machte kehrt. Vor dem Büro des Krankenhausdirektors stieß er mit einem Mann zusammen. Michael Wells. Die Marionette, die seine Studie übernehmen sollte. Der junge Mann machte einen Schritt zurück und wischte sich eine braune Locke aus der Stirn.

„Mr Wells", sagte Trevor. „Oder ist es inzwischen Dr. Wells?"

Sein Gegenüber wich noch einen Schritt zurück und schluckte. Trevor sah deutlich, wie der Adamsapfel in seinem dünnen Hals auf und nieder ging. „Dr. Kendall", kam es leise. „Ich ... also, ich war gerade auf dem Weg zu Mr Lamprecht. Geschäftliches, wissen Sie."

„Und ist es nun Dr. Wells oder nicht?"

„Noch nicht. Ich muss noch die Zulassungsprüfung bestehen. Sie findet nächste Woche statt."

„Genau bevor Sie Ihre neue Stelle antreten", erwiderte Trevor. „Wie praktisch." Ein freundlicherer Mensch hätte dem jungen Mann Mut gemacht, aber Trevor war nicht besonders freundlich zumute. Michael Wells war die Marionette des *Surgeon General.* Wenn schon jemand anderes die Studie übernehmen sollte, dann hätte es Trevors ehemaliger Assistent aus Baltimore sein sollen, aber Andrew Doyle studierte noch in Harvard. Andrew hatte deutlich mehr Erfahrung mit Tuberkulose als dieser Hänfling vor ihm.

„Es ist mir ganz und gar unangenehm, was hier vor sich geht", entschuldigte sich der junge Mann. „Sie wissen, wie sehr ich Ihre Arbeit verehre, aber Barrow scheint darauf erpicht, frisches Blut für die Studie zu finden."

„Ja. Sehr frisches Blut." Trevor ließ den angehenden Arzt stehen.

In der Klinik nahm er als erstes Timothy beiseite. „Ich fahre morgen früh nach Baltimore und ich möchte, dass Sie ein Auge auf Michael Wells haben. Er ist ein junger Mann, lockige braune Haare. Er soll meine Stelle übernehmen. Und ich vertraue ihm nicht."

„Glauben Sie, er könnte unser Mann sein?"

Konnte ein zweiundzwanzigjähriger Medizinstudent solch eine Schreckensherrschaft aushecken? Das schien ungeheuerlich, aber schließlich würde Trevors Untergang Michael Wells in eine der wenigen Leitungspositionen in einer überwachten Tuberkulosestudie hieven.

„Eine derartige Gerissenheit habe ich bei ihm noch nicht entdeckt", überlegte Trevor. „Er steigt in die Forschung ein, weil er ein Heilmittel finden will. Ich glaube schon, dass er es ernst meint. Es ist schwer zu glauben, dass er solche heimtückischen Angriffe ausüben würde, aber andererseits hätte ich auch nicht gedacht, dass er mein Nachfolger werden will."

„Berufsneid?"

„Mag sein. Und achten Sie bitte auch auf Henry Harris." Trevor wollte nicht darüber nachdenken, dass sein fröhlicher Laborassistent etwas damit zu tun haben konnte, aber Henry war ein logischer Verdächtiger. Er hatte schon in Baltimore für ihn gearbeitet und war der Einzige, der die Laborergebnisse beider Studien bis ins kleinste Detail kannte. Trotzdem konnte sich Trevor beileibe kein Motiv für Henry zusammenreimen und hatte ein schlechtes Gewissen dabei, Timothy auf ihn anzusetzen.

Eins war jetzt schon sicher: Es gab nichts Demoralisierenderes, als durch seine ohnehin kurze Freundesliste zu gehen und denjenigen zu suchen, der ihn so sehr hasste, dass er ihn am Boden sehen wollte.

Kate breitete die Zeitung auf dem Mitarbeitertisch aus und durchsuchte die Stellenanzeigen. Sie brauchte eine neue Anstellung und zwar schnell. Ihre Mutter hatte gerade erst einen Armreif zum Pfandleiher gebracht, damit sie die Kreditrate bezahlen konnten, und der neue Wasserboiler machte schon wieder Zicken.

„Ich muss nach Baltimore fahren."

Kate schreckte auf. Trevor musste schon eine Weile hinter ihr gestanden haben. Er nickte in Richtung Schwesterntresen. „Ich werde mehrere Tage verreist sein und es gibt noch einige Dinge zu besprechen."

Kate folgte ihm zum Tresen, wo ein Stapel Papiere bereitlag. „Der Architekt kommt morgen mit zwei Entwürfen für den Fahrstuhl. Ich möchte, dass du dich mit ihm zusammensetzt. Pass auf, dass er nicht bei den Abmaßen knausert."

„Jawohl."

„Dann brauche ich die Blutwerte des letzten Monats in einer Statistik. Und zwar grafisch dargestellt als Verlauf der vergangenen vier Monate."

„Gern."

Trevor erteilte einen Auftrag nach dem anderen. Jemand sollte in die Bibliothek des *Surgeon General* fahren und die neusten Forschungsergebnisse zum Eisenstoffwechsel besorgen.

„Natürlich."

„Und zwar bis ich wieder da bin, inklusive einer Zusammenfassung der Artikel."

„Wird gemacht."

Es entstand eine Pause. Kate sah Trevor erstaunt an, weil er so lange Luft holte.

„Geh nicht", flüsterte er. „Bitte geh nicht, Kate."

Die Bitte war so leise, dass sie es kaum hörte, aber sie traf ihr Herz wie ein Pfeil. Kate wollte in Tränen ausbrechen, aber die Stationsschwester war nur wenige Schritte entfernt. Also schluckte sie und versuchte, nicht weinerlich zu klingen.

„Reiß dich zusammen", sagte sie leise.

Kate ahnte, welcher Vulkan in ihm toben musste, aber jeder Versuch, ihn zu trösten, würde ihre gemeinsame Qual nur noch verlängern. Trevor wusste genau, wie er sie in seiner Nähe behalten konnte.

Und es brach ihr das Herz, dass er nicht dazu bereit war.

Die Tür der Klinik wurde aufgestoßen und Neill McDonough stolzierte herein. „Da bist du ja, Trevor. Dieses Mal entwischst du mir nicht, mein Junge."

Trevors Vater trug einen schwarzen Mantel aus Schafwolle, der bei jedem Schritt eindrucksvoll aufschwang und teuren Parfumduft im Gang verbreitete.

Trevor wich einen Schritt zurück. „Guten Morgen, Mr McDonough. Ich muss geschäftlich verreisen und fürchte, ich habe nur sehr wenig Zeit."

Bevor Trevor sich in sein Büro zurückziehen konnte, blockierte sein Vater ihm mit seinem goldberingten Spazierstock den Weg. „Unsinn. Ich bin hier, um dich zu meiner Hochzeit einzuladen. Du bist sicher interessiert daran, die Familienverbindungen wiederaufleben zu lassen. Oh, und ich möchte dir ein Geschäft vorschlagen." Er hielt inne und sah Kate an. „Die berühmte Kate Livingston", säuselte er. „Sie scheinen meinem Sohn ja nicht von der Seite zu weichen." Er kniff die Augen zusammen und sah Trevor und Kate abwechselnd an. „Kündigt sich da eine weitere Vermählung an? Sie sind die Tochter eines Logierhausbetreibers, richtig?"

„Ja", erwiderte Kate steif. „Aber Sie dürfen ganz beruhigt sein, für mich läuten in Zukunft gewiss keine Hochzeitsglocken. Die Rechtschaffenheit Ihres Sohnes ist vor mir sicher."

„Ich bin Ihnen zu großem Dank verpflichtet", erwiderte Mr McDonough.

„Da ist die Tür", platzte Trevor heraus. „Ich kann leider nicht an Ihrer Hochzeit teilnehmen. Sie finden den Weg hinaus, nehme ich an."

„Kein Grund, hitzig zu werden ..."

„Diese Klinik ist voller Menschen aus Arbeiterfamilien mit Dreck unter den Fingernägeln, die in Logierhäusern und Mietskasernen und Bauernhäusern aufgewachsen sind. Wir haben hier kein Interesse an Hochzeiten gehobener Kreise oder Geschäftsangeboten."

Schwester Ackerman unterbrach ihre Aktenablage und die Patienten ließen die Spielkarten sinken. Alle schienen die Luft anzuhalten, während Mr McDonough das Kinn nach vorn reckte und Trevor von oben herab anlächelte. „Am Samstagmorgen werde ich Miss Fannie Bates aus Nutter Hollow in West Virginia ehelichen. Ihr Vater war ein Schweinebauer, bis er entdeckte, wie man eine Seife herstellt, die die Haut weicher macht und nach Rosen duftet. Frauen auf der ganzen Welt liegen ihren Männern in den Ohren, um sie in ihre Finger zu bekommen. Virgil Bates war einer der tüchtigsten Männer, die ich je kannte. Und einer der Schlausten, wenn ich meinen Sohn einmal außen vor lasse. Ich bin gar nicht der Snob, für den du mich hältst. Und, Trevor – du willst mein Geschäftsangebot hören, glaub mir."

Kate sah fasziniert zu. Die beiden Männer sahen sich so ähnlich wie Zwillinge, wenn da nicht die grauen Haare wären. Das Blickduell zwischen ihnen war in vollem Gang.

Trevor knickte als Erster ein. „In mein Büro", sagte er schroff und stakste davon, seinen Vater im Schlepptau.

Die Tür knallte und alle starrten ihnen hinterher. Kate wollte ihnen nachrennen und sich vor Trevor werfen, um ihn vor einem Mann zu schützen, der kein Recht hatte, die Klinik mit seinen hinterlistigen Plänen zu vergiften.

„Spielt weiter", sagte sie nervös in Richtung der Patienten. Auf Zehenspitzen schlich sie zum Büro. Timothy stand Wache und beobachtete sie mit fragendem Blick, aber sie ignorierte ihn und drückte das Ohr an die Tür. Trevors Vater sprach gerade.

„... ein kleines Nest im Vergleich zu Edinburgh. Du könntest der Direktor des angesehensten medizinischen Instituts von ganz Europa werden! Du bist doch für mehr geboren als nur für die fünfte Etage von irgendeinem Stadtkrankenhaus."

Kate erstarrte. Sogar sie hatte schon von den Forschungszentren in Edinburgh gehört und Trevor vertraute auf gute Namen. Würde er die Zelte hier abbrechen? Kate hatte nie daran gedacht, dass ihn tatsächlich etwas von hier fortlocken konnte.

Trevor antwortete etwas Unverständliches, dann war wieder sein Vater zu hören. „Du könntest diesen ganzen Unsinn in der Presse hinter dir lassen. Ich verstehe nicht, wie du überhaupt in einem Land leben kannst, wo solche aufhetzerischen Schmierfinken fässerweise Tinte versprühen dürfen. So etwas gibt es in Schottland nicht, völlig gleich, wie unbeliebt deine Forschung sein mag."

Damit hatte er mit Sicherheit Trevors Gehör.

„Fannie ist eine wundervolle Frau, aber wer kann schon sagen, ob sie mir einen männlichen Nachkommen schenkt?" Trevors Vater fuhr offensichtlich schwere Geschütze auf. „Bis es so weit ist, bin ich bereit, dich als meinen Erben anzuerkennen. Es hat mir nie gefallen, wie wir damals auseinandergegangen sind, aber die Prinzessin, Gott hab sie selig, war nun mal etwas altmodisch, was diese Dinge betraf. Komm zurück nach Schottland, Junge. Ich bin beeindruckt von deiner Arbeit und jeder Mann wäre stolz, dich seinen Sohn nennen zu dürfen."

Kates Mund war auf einmal trocken. Es folgte ein langes Schweigen und sie drückte ihr Ohr noch fester an die Tür. Sie hörte, wie Trevor sich nach einigen Personen aus der Heimat erkundigte. Der Butler. Die Haushälterin. Ja, sie waren beide noch da und Trevor musste lachen, als sein Vater erzählte, wie ihn der Butler überredet hatte, einen neumodischen Motorwagen der Firma Benz zu kaufen, und derzeit seine ersten Fahrversuche auf dem Anwesen machte.

Unglaublich! Kate ertrug es nicht länger. Sie richtete sich auf und sah zu Timothy hinüber, der so tat, als würde er seinem Dienst nachkommen, insgeheim aber jede Bewegung von Kate beobachtete. Kate eilte zu ihm hinüber.

„Ich kann nicht glauben, dass er dieser Schlange überhaupt zuhört", zischte sie.

Timothy zog eine Augenbraue hoch. „Vielleicht hat ihm sein Vater ja ein Friedensangebot gemacht?"

„Wohl eher eine Giftspritze verabreicht." So leise wie möglich berichtete sie Timothy von Mr McDonoughs Angebot, Trevor als Erben einzusetzen.

„Hört sich für mich gar nicht so übel an."

Weil Timothy nicht wusste, was Trevor mit dreizehn zugestoßen war, als er noch gar nicht reif genug gewesen war, Entscheidungen von solchem Ausmaß zu treffen. Kate schüttelte den Kopf, kehrte mit ihren Statistiken an den Mitarbeitertisch zurück und brütete vor sich hin.

Erst fast eine Stunde später öffnete sich die Bürotür. Trevor und sein Vater machten beide einen entspannten Eindruck und gaben sich die Hand, bevor der ältere Mr McDonough lächelnd die Klinik verließ und dabei den Schaulustigen gnädig zunickte.

Trevor kehrte in sein Büro zurück und Kate wartete nicht lange.

„Und?" Kate lehnte sich gegen den Türrahmen. Trevor saß auf seinem Stuhl, hatte die Fingerspitzen aneinandergelegt und sah nachdenklich aus dem Fenster.

„Sein Angebot war recht interessant", sagte er nach einer Weile.

„Was immer es ist, du ziehst es nicht ernsthaft in Erwägung, oder?"

„Er will, dass ich nach Schottland zurückkomme. Ich hätte viel mehr Einfluss dort drüben." Trevor drehte sich zu ihr. „Und in Washington hält mich nichts, oder, Kate?"

Kate wandte den Blick ab und verfluchte im Stillen den Funken Hoffnung, der in seinen Augen blitzte. Gab er niemals auf? Er wusste genau, womit er den Weg frei machen konnte.

„Vermutlich nicht", erwiderte sie leise.

Trevor wandte sich wieder seiner Arbeit zu.

Die Reise nach Baltimore versprach kein Spaziergang zu werden. Rose O'Gradys Familie waren die einzigen Beteiligten der Quecksilberstudie, die er noch befragen musste. Roses Tod war angesichts der zum Scheitern verurteilten Liebesbeziehung zu Andrew Doyle, seinem früheren Assistenten, besonders tragisch gewesen. Damals hatte das Semester in Harvard bereits begonnen, aber Andrew hatte sich geweigert, Rose in diesen furchtbaren letzten Wochen zu verlassen. Nach ihrem Tod waren ihre Eltern mehrfach umgezogen, was erklärte, warum der Privatdetektiv so lange gebraucht hatte, sie zu finden. Die O'Gradys waren freundliche, hart arbeitende Leute und Trevor hatte Schwierigkeiten, sich überhaupt vorzustellen, wie sie diese Hetzkampagne organisieren sollten. Aber er konnte es sich nicht leisten, diese Spur zu ignorieren.

„Mein Mann konnte den Lärm der Konservenfabrik nicht mehr ertragen“, erzählte Mrs O'Grady und schenkte Trevor Tee nach. Von der gemütlichen Stube aus hatte man freien Blick auf den Hafen, wo Möwen kreischten und auf den kalten Windböen aus dem Osten segelten. „Er verlor fast sein Gehör, deswegen sind wir ans andere Ende der Stadt gezogen. Mein Vater hat hier eine Tabakfabrik und George fing bei ihm an.“

George O'Grady saß steif auf seinem gepolsterten Stuhl und führte die Teetasse schon seit Minuten nicht an den Mund. Vielleicht machte ihn sein Hörverlust weniger gesprächig. Oder aber es gab einen unheilvolleren Grund.

Trevor kannte die O'Gradys kaum, was die Unterhaltung höchst unangenehm machte. Wie genau fragte man ein fremdes Ehepaar, ob sie versuchten, einem die Karriere zu ruinieren? Zumindest Mrs O'Grady schien freundlich zu sein. Sie zeigte ihm eine Fotografie von Rose an ihrem sechzehnten Geburtstag. Die strahlende junge Frau war kein Vergleich zu dem ausgemergelten Gespenst, das für den verzweifelten Versuch, ihr Leben zu retten, in Trevors Studie aufgenommen worden war.

Trevor nahm einen Schluck Tee. „Gefällt es Ihnen in Ihrem neuen Zuhause?“

„Oh, ja“, erwiderte Mrs O'Grady. „So gut es eben geht. Unsere andere Tochter, Margaret, hat vergangenes Jahr geheiratet und erwartet unser erstes Enkelkind. Wir sind hocherfreut.“ Sie beugte sich vor. „Der arme Andrew Doyle kam zur Hochzeit und wir konnten uns des Gedankens nicht erwehren, was wohl aus ihm geworden wäre, wenn nicht …“ Mrs O'Grady nestelte an ihrer Teetasse herum. „Er war wie ein Sohn für uns. Aus ihm wäre so ein vortrefflicher Arzt geworden. Es ist eine Schande …“

Trevor horchte auf. „Was sagen Sie da? Ist ihm etwas zugestoßen?“

Mrs O'Grady rutschte auf ihrem Stuhl hin und her. „Nun“, begann sie zögerlich, „es ist gewiss nicht so, dass Leichenbestatter ein unehrenhafter Beruf ist, aber ist es nicht ein gar großer Rückschritt?“

„Leichenbestatter?“ Diese Vorstellung wollte nicht in Trevors Kopf. Er hatte Andrew vor zwei Jahren noch in Harvard besucht, wo dieser mit Leichtigkeit eine Prüfung nach der anderen abgelegt hatte. Andrew Doyle als Leichenbestatter war eine furchtbare Verschwendung von Talent. Als würde Michelangelo Fassaden streichen.

Mrs O'Grady nickte. „Seine arme Mutter traf es furchtbar schwer. Ich wechselte auf der Hochzeit einige Worte mit ihr und sie erzählte, er habe sich einfach nicht überwinden können, Patienten zu behandeln. Ein Vermögen hat ihn das Studium in Harvard gekostet und nun kann er es noch nicht einmal anwenden. Er musste wieder bei seiner Mutter einziehen und sie haben die Totenhalle gleich hinters Haus gebaut. Die arme Frau. Sie musste wieder arbeiten gehen, damit sie überhaupt über die Runden kommen, auch wenn ich denke, dass Andrew mittlerweile sein Auskommen haben wird.“

Trevor hörte kaum noch zu. Andrew war zu weichherzig für solche Arbeit, genau wie Kate. Natürlich kostete es Überwindung, tatsächlich Patienten zu behandeln, aber das bedeutete doch nicht, dass er die Karriere hinwerfen und als Leichenbestatter anfangen sollte. Trevor musste ihn aufsuchen und ihn zur Vernunft bringen.

„Wo wohnt denn seine Mutter?“, fragte Trevor direkt.

„Irgendwo im Norden von Virginia, gleich an der Landesgrenze“, antwortete Mrs O'Grady. „Sie arbeitet als Krankenschwester. Weißt du noch wo, George?“

Mr O'Grady zuckte nur mit den Schultern.

Schwerhörige Menschen reagierten oft so. Trevor ging auf ihn zu und bemühte sich, deutlich zu sprechen. „Wissen Sie, wo Andrew Doyles Mutter lebt?“

George O'Grady legte eine Hand an sein Ohr und zuckte wieder mit den Schultern.

Seine Frau stand auf und beugte sich zu ihm hinunter. „Wo wohnt Andrew Doyles Mutter?", rief sie. „Dr. Kendall würde das gern wissen!"

„In irgendeinem Krankenhaus in Washington", tönte er laut zurück. „Ackerman heißt sie, glaube ich."

Trevors Gedanken überschlugen sich auf dem eiligen Weg zurück zum Bahnhof. Wie konnte er so blind sein? Dass die Stationsschwester Andrew Doyles Mutter war, hatte er nicht gewusst, aber sie trug zwei Eheringe an einer Kette. Es war nicht ungewöhnlich, dass sie inzwischen einen anderen Nachnamen hatte.

Auf der zweistündigen Fahrt nach Washington ging Trevor mit klinischer Präzision alle Fakten durch. Schwester Ackerman hatte das Quecksilber verschüttet, als er und Kate auf dem Dach gewesen waren. Sie kannte jedes Gerücht im Krankenhaus und war für die Journalisten und den Krankenhausdirektor eine erstklassige Quelle. Als sie bemerkt hatte, was Kate ihm bedeutete, hatte sie angefangen, sie mit Leichenbildern von Patienten abzuschrecken und durch manipulierte Beweise im Logierhaus ihrer Eltern mit hineinzuziehen. Schwester Ackerman hatte ihr Gift in viele Quellen geschüttet, aber Trevor hatte sie als Täterin nicht ein einziges Mal in Erwägung gezogen.

Handelte sie allein? Oder war ihr Sohn auch involviert? Trevor konnte nicht glauben, dass Andrew sich an derart schändlichem Verhalten beteiligte. Rose war vor über fünf Jahren gestorben und er hatte Andrew innerhalb dieser Jahre mehrfach gesehen. Andrew hatte immer einen vernünftigen Eindruck gemacht. Wieso sollte er fünf Jahre warten, bevor er Rache nahm?

Trevor fiel jedoch keine Möglichkeit ein, wie Schwester Ackerman ohne Andrews Mitwirken an die Fotografien seiner damaligen Patienten gekommen sein konnte. Er zermarterte sich das Gehirn nach einem Szenario, in dem Andrew unschuldig war.

Es würde wohl einige Zeit dauern, bis er herausgefunden hatte, ob Andrew beteiligt war. Das bedeutete, dass er in die Klinik fahren und so tun musste, als hätte sich an seiner Einstellung zu Schwester Ackerman nichts geändert. In dem Augenblick, wo sie Verdacht schöpfte, würde sie anfangen, ihre Spuren zu verwischen.

Aber immerhin wusste Trevor nun, wer sein Kontrahent war, und er würde Schwester Ackermans Weg mit Fallen gepflastert haben, bevor sie wusste, wie ihr geschah.

KAPITEL 22

Kate ärgerte sich darüber, dass Trevor sie aus dem Büro warf, kaum dass er wieder in der Klinik angekommen war. Er verhielt sich überhaupt seltsam. Zuerst hatte er Dr. Schrader gebeten, die Morgenvisite zu übernehmen, und jetzt saß er hinter verschlossener Tür mit Timothy im Büro.

Sie musste an den Mitarbeitertisch ausweichen, um den nächsten Kandidaten zu empfangen, aber zum Glück entpuppte sich Philip Walsh als idealer Nachfolger für sie. Er hatte einen Abschluss in Mathematik von der University of Virginia und mehrere Jahre Erfahrung am Marinekrankenhaus und war damit außerordentlich geeignet.

Endlich kamen Trevor und Timothy aus dem Büro.

Kate stand auf. „Dr. Kendall, ich möchte Ihnen Mr Philip Walsh vorstellen, einen der Bewerber. Seine Referenzen sind ausgezeichnet. Vielleicht möchten Sie mit ihm über die Anstellung sprechen?"

„Dafür bezahle ich Sie", gab Trevor zurück. „Fangen Sie nicht an, sich vor Ihren Aufgaben zu drücken. Noch sind Sie hier angestellt."

Die Lektionen in Sachen Charme am Tisch ihrer Mutter hatten offensichtlich keine Spuren hinterlassen. Wie um alles in der Welt sollte sie Mr Walsh von der Anstellung überzeugen, wenn Trevor ihren besten Kandidaten so vor den Kopf stieß?

Sie legte ihr freundlichstes Lächeln auf und ging am Schwesterntresen vorbei auf Trevor zu. „Würdest du bitte die Krallen einfahren?", raunte sie mit Nachdruck. „Ich hatte schon sechs Kandidaten hier und Mr Walsh ist der Einzige, der alle unsere Kriterien glänzend erfüllt. Tu doch wenigstens so, als wüsstest du, wie man den Anstandsregeln entspricht."

Trevor starrte sie finster an. Dann machte er einige Schritte auf den Kandidaten zu. Kate stockte der Atem. „Mr Walsh, ich möchte mich für Mrs Livingstons leicht erregbare Art entschuldigen. Ich fürchte, ihre überflüssigen Ängste lassen sie hin und wieder ihre Pflichten vernachlässigen. Frauen ... Sie wissen schon. Ich kann

Ihnen versichern, dass mir ein Mann mit gesundem Menschenverstand lieber ist als diese allzu emotionalen Launen, die manche Frauen dazu bringen, beim ersten Anzeichen von Schwierigkeiten die Flucht zu ergreifen."

Kate mühte sich, ihren heiteren Gesichtsausdruck zu wahren, und drehte sich zu Mr Walsh um, der wie ein eingeschüchtertes Kaninchen dasaß.

„Dr. Kendall kann einen Mann mit Ihrem gesunden Menschenverstand ganz gewiss gebrauchen", bestätigte sie. „Manchmal verrennt er sich nämlich und glaubt, er könne mit links die Welt retten. Männer … Sie wissen schon."

Trevor ignorierte ihre Worte. Er wandte sich Timothy zu und deutete vor die Sitzecke. „Von hier aus können Sie gut sehen, meinen Sie nicht?"

Timothy begab sich auf die angewiesene Position in der Nähe des Vordereingangs, blickte den Gang hinauf und hinunter und nickte. „Das dürfte gehen. Ich kann zwar den Hintereingang nicht sehen, aber die Tür quietscht so laut, dass ich sofort höre, wenn jemand hereinkommt oder hinausgeht."

„Wieso ändern Sie Ihren Posten?", fragte Schwester Ackerman.

„Routine, Ma'am", erwiderte Timothy. „So haben die Wachposten eine neue Perspektive."

Die Stationsschwester sträubte sich. „Das wird den Patienten nicht gefallen. Die Sitzecke ist der einzige Ort, an dem sie sich heimisch fühlen können. Es ist nicht gut, wenn direkt vor ihnen der Wachposten steht. Wie sollen sie sich dabei entspannen?" Ihr Argument war nicht unberechtigt, auch wenn sie sich sonst nicht so um das Wohl der Patienten sorgte.

„Ich werde mich an Private Nortons Empfehlungen halten", sagte Trevor unwirsch, kehrte zu seinem Büro zurück und knallte so laut mit der Tür, dass alle Anwesenden kurz zusammenzuckten.

Es würde eine Herausforderung werden, Mr Walsh davon zu überzeugen, dass dies eine gute Arbeitsumgebung war – die Stationsschwester sah Timothy böse an und Trevor benahm sich wie ein Bär, der sich einen Splitter eingelaufen hatte.

Nachdem Mr Walsh ihr jedoch seine bisherige Tätigkeit umrissen und einige seiner Vorschläge unterbreitet hatte, wie man Daten noch besser erfassen konnte, wusste sie, dass er der Richtige war. Aufgrund seiner Erfahrungen im Marinekrankenhaus waren ihm die Gefahren der Tuberkulose bereits bekannt und er war bereit, die Risiken einzugehen.

Eine Stunde später bot Kate Mr Walsh ihre Stelle an. Er willigte ein. Dazu bat er sich eine Woche aus, um im Marinekrankenhaus zu kündigen.

Kates Auftrag war erledigt und ihre Tage in der Klinik waren gezählt. Aber es wollte sich kein zufriedenes Gefühl einstellen.

Trevor reagierte frostig, als Kate ihm die Neuigkeit unterbreitete. Sie stand im Türrahmen des Büros und sprach mit seinem Rücken, weil er ununterbrochen aus dem Fenster starrte. Seine Schultern verspannten sich, aber er sagte nichts.

„Hast du mich gehört?", fragte sie schließlich.

Trevor sah sich um. „Ja. Ich bin enttäuscht, dass du nicht den Mut hast, das hier durchzufechten, aber ich habe keine Zeit, alte Diskussionen aufzuwärmen. Ich habe die Krankenwärter gebeten, auf beiden Stationen jeweils ein neues Bett aufzustellen. Bitte lege zwei neue Akten an. Wir bekommen morgen früh zwei neue Patienten."

Trevors seltsames Vorhaben versetzte die Krankenhausleitung in Aufregung. Mr Lamprecht erschien ungewöhnlicherweise persönlich nur wenige Minuten, nachdem er die Nachricht erhalten haben musste.

„Was soll das?", wollte er von Kate wissen. „Nächste Woche übernimmt ein neuer Arzt die Studie und diese Art der Störung ist vollends unrechtmäßig. Jede Station ist auf sechzehn Betten ausgelegt, nicht siebzehn. Ich verlange zu wissen, was dahintersteckt. Ich vertraue ihm nicht."

Kate hatte keine Antwort darauf, genauso wenig wie Henry oder Schwester Ackerman. Trevor hatte sofort nach seiner Forderung die Klinik verlassen.

Einige Krankenwärter trugen Bettgestelle aus Metall herein und hatten sichtlich Mühe, diese um die Ecken zu manövrieren. Die

Patienten mussten aufstehen, damit ihre Betten enger zusammengeschoben werden konnten. Es war so wenig Platz, dass die Stühle zwischen den Betten weggeräumt werden mussten.

„Das kommt mir doch reichlich gemein vor", beschwerte sich Henry. „Wie sollen sie denn einander besuchen, wenn es keine Stühle mehr gibt? Manche sind viel zu schwach, um es bis zur Sitzecke zu schaffen."

Kate sah Timothy fragend an, der hinter verschlossenen Türen offenbar ausgiebig mit Trevor gesprochen hatte.

Er zuckte mit den Schultern. „Ich denke, Dr. Kendall wird wissen, was er tut."

Noch seltsamer als Trevors Pläne waren allerdings die beiden Patienten, die bei der nächsten Morgenvisite auf Kate und Trevor warteten. Sie machten einen viel gesünderen Eindruck als der Rest der Patienten. Auf der Männerstation begrüßte sie ein fröhlicher Oskar Holtzmann mit einem starken deutschen Akzent. Er machte Kate gleich ein Kompliment wegen ihrer schillernden roten Haare.

Oskars Fröhlichkeit stand im Gegensatz zu der ängstlichen Nervosität der neuen Patientin auf der Frauenstation. Marlene Chester machte sich die allergrößten Sorgen um ihren Sohn.

„Aber Lukas war noch nie auf sich allein gestellt", sagte sie.

„Er ist in guten Händen", erwiderte Trevor ungewöhnlich einfühlsam. „In der Schule bekommt er tagsüber eine vernünftige Schulbildung und im Kinderheim hat er einen sauberen, sicheren Schlafplatz. Das glauben Sie mir doch, oder?"

Mrs Chester hörte auf, die Bettdecke zu erwürgen. „Ich vertraue Ihnen", sagte sie schließlich. „Ich möchte doch nur das Beste für meinen Jungen."

Zum ersten Mal seit Tagen entdeckte Kate den Hauch eines Lächelns auf Trevors Lippen. „Er ist bestens versorgt, Mrs Chester. Was auch immer passiert, Sie können sich darauf verlassen."

Seine Stimme klang beruhigend und es war sehr freundlich von ihm, dass er sie mit Namen ansprach und nicht mit ihrer Nummer. Dennoch erschien Kate das alles etwas seltsam. Dieser Eindruck wurde noch verstärkt, als Henry ihr am Nachmittag die Laborergebnisse brachte. Kate saß an ihrem Schreibtisch und starrte auf die Werte der beiden neuen Patienten. Henry musste einen Fehler gemacht haben. Sie zeigte Trevor die Ergebnisse.

„Keiner der beiden neuen Patienten hat Tuberkuloseerreger im Blut", stellte sie verwirrt fest.

„Aber in der Lunge."

„Ja, aber die Aufnahmekriterien für deine Studie besagen doch, dass der Erreger im Blut nachgewiesen werden muss. Keiner von beiden ist für die Studie geeignet."

Trevor stand auf und nahm ihr wortlos die beiden Bögen aus der Hand. „Kein Wort darüber zu irgendjemandem, Kate. Ich weiß, was ich tue."

Vielleicht wusste Trevor, was er tat, aber irgendetwas ging hier vor sich. Monatelang hatten die Marinesoldaten am Hintereingang Wache gehalten und auf einmal wurde der Posten bis fast vor den Schwesterntresen verlegt. Außerdem passten die zwei neuen Patienten nicht ins Schema. Mrs Chester und Mr Holtzmann waren gesünder als die anderen, standen aber nie auf oder gesellten sich zu den anderen in der Sitzecke.

Das einzige Mal, dass Kate sie außerhalb der Station sah, war morgens, wenn Trevor sie zu einer Besprechung ins Büro holte. Mit anderen Patienten traf er sich nie allein und Kate musste während dieser Zeit das Büro verlassen. Trevor hatte irgendetwas vor und Timothy wusste garantiert, was.

Kate bearbeitete ihn, aber er blieb schweigsam. „Hab Geduld, Schwesterchen. Nicht mehr lange", sagte er nur.

Trevor hatte genügend Beweise gesammelt, alle Akteure standen bereit und der Zeitpunkt war gekommen, um den finsteren Machenschaften von Mrs Ackerman ein Ende zu setzen.

Schneeregen hatte eingesetzt, als Trevor das Stadtviertel mit den bescheidenen, mit Schindeln verkleideten Häusern erreichte. Hier wohnte Schwester Ackerman mit ihrem Sohn. Es war erst kurz nach Mittag, aber der wolkenverhangene Himmel gab ihm das Gefühl, es sei viel später. Die kahlen Äste der Ulmen wirkten schwarz gegen den bleiernen Himmel und die Bodenplatten unter seinen Füßen waren glatt. Er eilte zur Rückseite des Hauses, wo die Totenhalle angebaut worden war.

Der Anbau ragte merkwürdig hinaus, aber immerhin war er solide gebaut und mit professionell wirkenden Schildern versehen, die die Bestattungsdienste auswiesen. Eine kleine Glocke erklang, als Trevor die Tür öffnete. Er musste den Kopf beim Eintreten einziehen. Der saure Geruch der Einbalsamierungsflüssigkeiten stieg ihm in die Nase. Drei große Tische beherrschten den Raum. Zwei davon waren mit abgedeckten Leichnamen belegt, der dritte war frei. Das einzige Fenster stand offen, der kalte Wind spielte mit den dünnen Vorhängen und arbeitete gegen den strengen Geruch im Raum an.

Andrew Doyle war gerade damit beschäftigt, einige Bechergläser in einem Waschbecken auszuspülen. „Bin gleich bei Ihnen“, sagte er über seine Schulter hinweg.

Trevor räusperte sich. „Guten Tag, Andrew.“

Sein früherer Assistent fuhr herum. Andrews Erscheinungsbild hatte sich radikal verändert. Er hatte abgenommen; Schatten lagen auf seinem hageren Gesicht. Sein schütter werdendes schwarzes Haar war akkurat gekämmt und der Schnurrbart sauber getrimmt, aber trotzdem hatte er etwas Unstetes an sich.

Andrew überspielte seine Überraschung schnell und griff nach einem Handtuch. „Was kann ich für Sie tun, Dr. Kendall?“ Seine Stimme war dünn und rau wie Sandpapier.

Trevor ging einige Schritte in den Raum hinein. Der vordere Teil war möbliert wie ein Salon, ein gemütlicher Ort, wo Andrew sich mit trauernden Familienangehörigen hinsetzen konnte, ganz anders als in den schäbigen Hütten, die sonst bei Bestattern üblich waren.

„Hübsch haben Sie es hier“, sagte Trevor. „Aber ich bekomme das mit Harvard einfach nicht unter einen Hut. Für einen Mann mit Ihren Qualifikationen scheint mir das ein ziemlich eigentümlicher Berufsweg zu sein.“

Andrew legte den Kopf schief. „Wieso? Ich achte die Körper derer, die mir anvertraut sind. Jeder von ihnen ist irgendjemandes Vater, Sohn oder Freund. Ich widme mich ihnen mit dem Respekt, den sie verdienen.“

„Und die Fotografie von Mabel Berkins nacktem Leichnam auf einem Seziertisch? Haben Sie mir die geschickt, weil Sie sie so sehr respektieren?“ Trevor wurde traurig. Trotz der eindeutigen Belege, die er und Timothy in der vergangenen Woche gesammelt hatten, hielt er einen kleinen Funken Hoffnung am Leben, Andrew könnte nichts mit den Untaten seiner Mutter zu tun haben. Aber so finster, wie Andrew ihn ansah, konnte er die Hoffnung getrost begraben.

„Ich habe sie Ihnen geschickt, damit Sie daran erinnert werden“, sagte er scharf. „Daran, was Quecksilber im Körper einer Frau anrichtet.“

„Glauben Sie mir, Andrew, das habe ich keinen Tag vergessen. Aber warum wollen Sie mich in den Ruin treiben?“

„Weil Sie mich zum Mörder gemacht haben. Jemandem wie Ihnen sollte verboten werden, mit dem Leben von Patienten zu spielen. Das waren Menschen, Trevor, keine Laborratten! Ich habe Ihnen geholfen, die Quecksilberlösung herzustellen. Ich stand an Ihrer Seite, als Sie Rose das Gift injiziert haben. Ich habe gelächelt und ihre Hand gehalten, während Sie ihr das antaten. Ich habe Ihnen geholfen, sie zu töten.“

Die Verzweiflung in Andrews Stimme übertönte Trevors Wut. Sein Widersacher war kein unwissender Trottel, der Angst vor einer unbekannten Krankheit hatte, sondern ein ehemaliger Kollege.

„Sie sind nicht verantwortlich für Roses Tod.“

Andrew tat, als hätte er ihn nicht gehört. „Haben Sie überhaupt eine Vorstellung, wie sehr ich Rose O'Grady geliebt habe? Wir hatten Träume für ein Leben nach ihrer Genesung. Sie hat mir vertraut, dass wir sie gesund machen können. Wissen Sie, wie sich das anfühlt, alle Hoffnung auf eine einzige Entscheidung zu setzen?“

Trevor wünschte, ihm wäre das fremd, aber dieser Fluch suchte jeden Arzt heim. Andrew stützte sich auf dem leeren Tisch ab und ließ die Schultern hängen. „Ich habe das Studium an den Nagel gehängt, weil ich einfach keine Patienten behandeln will. Was, wenn ein Patient allergisch auf ein Medikament reagiert, das ich ihm verschreibe? Was, wenn sich eine Injektionsstelle infiziert? Oder ein Patient hat harmlose Kopfschmerzen, aber ich habe die falsche Diagnose gestellt und mehr Schaden angerichtet als geholfen? Das kann alles passieren!“ Er richtete sich auf und ballte die Hände.

„Deswegen kümmere ich mich um die Toten. Ihr Ärzte glaubt immer, wir Bestatter seien nichts Besseres als die Hausmeister, die eure Flure wischen. Ich behandle die Toten mit Respekt. Jeder Mensch auf meinen Tischen ist für mich ein vollkommenes Geschöpf Gottes. Keine Leiche! Kein toter Körper! Mir wird übel bei dem Gedanken, wie ihr Forscher sie auf den Totengräber abwälzt, wenn ihr keine Verwendung mehr für sie habt. Ihr spritzt ihnen Gift und beobachtet sie wie Tiere im Käfig. Ihr stecht sie und schneidet sie und vermesst sie, und wenn sie sterben, schnippelt ihr sie auf und wühlt in ihnen herum." Andrews Stimme war kalt und emotionslos geworden. „Ihr nennt sie noch nicht einmal mehr beim Namen."

Der Stachel saß. „Ja, das stimmt", gab Trevor zu. „Und ich werde meine Patienten weiterhin mit Nummern anreden, weil das der einzige Weg ist, in dieser Arbeit nicht den Verstand zu verlieren."

„Wenn Sie damit auch noch das letzte menschliche Mitgefühl verlieren, sollten Sie nie wieder einen Patienten anrühren dürfen."

Trevor kochte innerlich. Wenn Andrews erster Kontakt mit der Medizin in Trevors Labor nicht auf so desaströse Weise verlaufen wäre, hätte er das Studium beendet und gelernt, wie ein ganz normaler Arzt Patienten zu behandeln.

„Was wollen Sie von mir?"

„Dass Sie den Arztkittel an den Nagel hängen."

„Das wird niemals geschehen", erwiderte Trevor sofort.

Andrew stieß sich vom Aufbahrungstisch ab und wanderte durch den Raum wie ein Tiger in einem zu kleinen Käfig. „Dann werde ich nicht aufhören, Sie in der Presse zu vernichten. Wenn Sie umziehen, werde ich Ihnen folgen. Egal in welcher Stadt Sie als Arzt anfangen – ich werde Ihren Ruf ruinieren. Es gibt kein Gesetz dagegen, die Wahrheit zu sagen, und nichts von dem, was ich der Presse gesagt habe, war gelogen. Sie können sich nicht verstecken."

„Rose O'Grady wäre auch ohne mein Eingreifen gestorben", sagte Trevor. „Sie hatte die Tuberkuloseerreger im Blut und es gibt weltweit noch keinen Fall, wo jemand das überlebt hätte. Sie hat in ihrer Verzweiflung nach jedem Strohhalm gegriffen. Ich wollte ihr diese Hoffnung geben und ich habe versagt. Und das ist bei Tuberkulose leider immer noch der Alltag."

„Mit dieser Lüge betäuben Sie sich also, ja? Rose starb an einer

Quecksilbervergiftung, nicht an Tuberkulose. Am Ende zitterte sie so sehr, dass sie nicht einmal mehr schlucken konnte. Und das war Ihr Fehler."

Ein Astknacken vorm Fenster ließ Andrew aufschrecken. „Was war das?"

„Ein Eichhörnchen, was weiß ich. Warum haben Sie gefälschte Krankenakten im Logierhaus der Nortons deponiert?"

Andrew lächelte selbstgefällig und schüttelte den Kopf. „Wer sagt denn, dass ich das war? Ich traue es Ihnen glatt zu, Patientenakten zu fälschen, um Ihren angeknacksten Ruf zu retten."

Trevor verschränkte die Arme. Andrew war schlau. Von all dem Chaos, das er in den vergangenen Monaten gestiftet hatte, war der Einbruch in Kates Elternhaus die einzige echte Straftat. Es war kein Verbrechen, mit Journalisten zu reden oder wütende Briefe zu versenden. Sogar das Verschütten von Quecksilber auf seinem Schreibtisch konnte noch als Unfall durchgehen und das Erstellen von gefälschten Patientenakten war erst dann kriminell, wenn er sie vor Gericht verwenden wollte. Aber in ein fremdes Haus einzubrechen? Das war strafbar und Andrew wollte das offensichtlich nicht eingestehen.

„Warum hören Sie nicht einfach auf mit dieser Forschung?", bohrte Andrew nach. „Glauben Sie, es macht mir Freude, Sie durch den Schmutz zu ziehen und als Betrüger am Pranger zu sehen? Hören Sie einfach auf. Das ist alles, was ich will. Rose wird endlich ihren Frieden finden, wenn ich dafür sorge, dass der Mann, der für ihren Tod verantwortlich ist, keine weiteren Versuche an verzweifelten Menschen mehr machen kann."

Andrew blieb stehen und Trevor hörte Schritte im verwilderten Gras vor dem Fenster. Er hielt den Atem an und hoffte auf etwas mehr Zeit.

„Ich kann Sie ja verstehen", lenkte er ein.

„Dann hören Sie also auf?"

Es würde in der Medizin nie Fortschritte geben – es sei denn, jemand trat in die Arena, bewaffnet mit Wissen, Hoffnung und der Entschlossenheit, auch schwere Entscheidungen zu treffen. Der Kampf war zermürbend und aufreibend und nur wenige Menschen waren dafür geschaffen. Seit Jahren steckte Trevor nun schon auf der Suche nach einem Heilmittel Schlag um Schlag ein und das Gewicht der Verantwortung lastete schwer auf ihm.

„Nein. Ich werde weitermachen", sagte Trevor müde. „Das Heilmittel für Tuberkulose wird nicht in einer Totenhalle oder in einer Universitätsbibliothek gefunden werden, sondern in einem Labor, und ich werde nicht zulassen, dass mich irgendetwas von dieser Arbeit abbringt. Keine feindliche Presse, keine Drohungen und keine Sanktionen." *Und keine Tränen einer Frau, die ich mehr liebe als das Leben.*

„Dann werde ich Ihnen auch weiterhin Knüppel zwischen die Beine werfen", antwortete Andrew und seine Stimme bebte vor Nachdruck.

Hinter Andrew bewegte sich etwas am Fenster. Timothy spähte durch einen Spalt in der Gardine und sah Trevor fragend an. Trevor schüttelte unmerklich den Kopf und versuchte ihm deutlich zu machen, noch zu warten. Vielleicht gelang es ihm ja doch, Andrew mit wissenschaftlichen Argumenten zu erreichen.

„Andrew, wir wollen doch dasselbe. Die Baltimore-Studie war der größte Tiefschlag meiner gesamten Karriere. Ich werde diese Schande mein ganzes Leben lang mit mir herumtragen, aber zumindest wissen wir jetzt, dass Quecksilber nicht die Antwort ist. Ich habe die Ergebnisse veröffentlicht, damit alle, die an dieser Krankheit forschen, sich um eine andere Lösung bemühen können. Die Studie war nicht umsonst. Rose ist nicht umsonst gestorben."

„Sechs Menschen haben einen qualvollen Tod erlitten. Wegen Ihnen."

Diese Menschen wären auch so gestorben, aber sie hatten ihr Leben hingegeben, damit Ärzte die Krankheit immer besser verstehen konnten.

„Andrew, wir sind auf derselben Seite. Ich verstehe ja, was Sie durchgemacht haben. Diese Lawine aus Hoffnung und Zweifel und Angst. Aber wenn Sie sich gegen mich stellen ..."

Das Bild, wie er Amy Collison auf den Berg getragen hatte, kam Trevor in den Kopf. Das Gewicht auf seinen Schultern, die letzten Meter, ihr Bruder neben ihm, diese unbändige Hoffnung, als sie den Gipfel erreicht hatten. Das alles war so klar in seinem Kopf gespeichert, als wäre es gestern gewesen. Amy und ihr Bruder waren nun schon seit neun Jahren tot, aber diese Erinnerung würde er immer bei sich tragen. Er hatte sich viel zu lange von einem emotional instabilen Mann von seiner Arbeit ablenken lassen.

Trevor gab das Signal. „Andrew, es tut mir leid, aber ich kann Sie so nicht weitermachen lassen."

„Was soll das heißen?"

Draußen hörte man Schritte und einen Augenblick später traten ein halbes Dutzend Männer ein, angeführt von Timothy. Ihre Stiefel tönten dumpf auf dem Holzfußboden. Ein akkurat gekleideter Mann im edlen Zwirn blieb an der Tür stehen, während drei Polizisten in den Ecken des Raumes Position bezogen. Timothy trat vor und auf seinem jungen Gesicht spiegelte sich große Ernsthaftigkeit. „Sir, ich bin Private Norton und gehöre zum Wachpersonal am Krankenhaus. Ich habe die Befugnis, jeden festzunehmen, der die Sicherheit des Krankenhauses bedroht. Ich habe Polizeibeamte mitgebracht, die Ihr Haus durchsuchen werden."

Andrews verdatterter Blick wanderte zu Trevor. Schließlich ging er auf Timothy zu. „Sie können nicht einfach so in mein Geschäft eindringen. Ich habe nichts Illegales getan."

„Wir haben einen Durchsuchungsbefehl, Sir." Timothy holte das Dokument hervor und Andrews Augen wurden schmal vor Wut. „Wir haben Beweise dafür, dass Sie Patientenakten gefälscht haben, um sie Dr. Kendall unterzuschieben. Ein Richter hat das bestätigt."

„Sie werden nichts finden. Ich habe mir nichts zuschulden kommen lassen."

Zwei Polizisten knöpften sich Andrews Schreibtisch vor, zogen die Schubladen heraus und durchwühlten deren Inhalt. Timothy stellte sich dazu und ließ sich jedes einzelne Dokument zeigen. Es dauerte nicht lange, bis sie gefunden hatten, was sie suchten.

Timothy durchblätterte einen Papierstapel und hielt die oberste Seite hoch. „Wie erklären Sie dieses Formular, Sir?"

Es war eine leere Patientenkurve, identisch mit denen, die Trevor und Kate in ihrer Studie verwendeten. Es gab keinen Grund, wieso Andrew Hunderte davon haben sollte.

„Es ist kein Verbrechen, leere Patientenkurven zu besitzen", konterte Andrew.

„Das nicht", erwiderte Timothy. „Aber diese hier sind nicht aus dem *Washington Memorial Hospital.* Sie wurden bei Steiglers in der Dreiundzwanzigsten gekauft. Der Besitzer hat bestätigt, dass Sie fünfhundert Exemplare geordert haben, und zwar von dem Original, das Ihre Mutter aus dem Krankenhaus entwendet hat. Und er hat auch Abzüge der Formulare aus der Baltimore-Studie für Sie gemacht. Es gibt keinen Grund, warum Sie diese Abzüge bestellen sollten, es sei denn, Sie wollten Dr. Kendall unterstellen, er würde seine Forschungsergebnisse fälschen."

Trotz der Kälte überzog ein Schweißfilm Andrews Stirn. „Sie wissen, dass mir das nur noch mehr in die Hände spielt", wandte er sich an Trevor. „Die öffentliche Aufmerksamkeit, die ich dadurch bekomme, wird alles andere nur noch in den Schatten stellen."

Trevor deutete auf einen der formell angezogenen Herren an der Tür. „Ich habe Dr. Josiah Mason gebeten, hierherzukommen. Die Zeitungsartikel, die Sie mir geschickt haben, haben mir gezeigt, dass Sie letzten Endes erreichen wollen, dass man mir die Approbation als Arzt entzieht. Dr. Mason ist der Leiter der Approbationsbehörde in Virginia. Er wird bezeugen, dass Sie mir Betrug anhängen wollten."

All die Jahre hatte Trevor darunter gelitten, dass er mitansehen musste, wie seine Patienten der tückischen Krankheit zum Opfer fielen. Mit anzusehen, wie Andrew Doyle abgeführt wurde, war ein neuer, seltsamer Schmerz. Die sterbenskranken Patienten konnten nichts mehr an ihrem Zustand ändern, aber Andrew hatte sich bewusst für diesen Weg entschieden. Einst war er ein freundlicher und feinfühliger Mann gewesen, aber der Tod seiner großen Liebe hatte ihn um den Verstand gebracht. Und Trevor war nicht unschuldig daran.

Die Baltimore-Studie hatte gerade ihr letztes Opfer gefordert.

Kate saß am Mitarbeitertisch und durchsuchte die Stellenanzeigen. Vielleicht war es leichtfertig gewesen, ihre Anstellung zu kündigen, bevor sie eine neue hatte, aber je schneller sie von Trevor wegkam, desto besser. Sie musste handeln, bevor sie nicht mehr dazu in der Lage war.

Die Tür schlug lautstark auf und die Mittagsbrigade der Hilfsschwestern schob die vollen Wagen mit abgedeckten Tabletts herein. Gleichmäßig quietschten die Metallräder. Kate hatte keinen Hunger, aber sie würde sich zwingen, etwas zu essen. Sie faltete die Zeitung zusammen.

„Haben Sie vielleicht gehört, ob irgendwo jemand gesucht wird?", wandte sie sich an die Stationsschwester. „Es graut mir vor irgendeiner stupiden Schreibarbeit. Oder, noch schlimmer, in der Küche meiner Mutter zu landen und dreimal täglich volle Teller auszuteilen. Ich möchte etwas Großes, etwas Wichtiges mit meinem Leben machen."

Bridget Kelly, die einst mit Trevor über das Melken von Kühen geschäkert hatte, hielt ihren Essenswagen an. „Wollen Sie damit sagen, dass meine Arbeit nicht wichtig ist?"

Kate straffte die Schultern. „Natürlich nicht." Aber auch die anderen Hilfsschwestern sahen Kate aufgebracht an.

Bridget stemmte die Hände in die Hüften. „Ich finde meine Arbeit nämlich sehr wichtig. Und was ist mit den Köchen, die sich jeden Morgen um vier Uhr hierherquälen, damit die Patienten rechtzeitig ihr Frühstück bekommen? Oder mit Howard Radowitz, der jede Nacht die Flure wischt, wenn Sie schon in Ihrem Bett liegen? Dieses Krankenhaus würde knirschend zum Stehen kommen, wenn unsereins nicht unsere unwichtige Arbeit machen würde, jawohl."

Kate war sprachlos, aber jedes einzelne Wort stimmte. Und gehörten ihre Eltern nicht auch zu denen, die im Schweiße ihres Angesichts dafür sorgten, dass andere glanzvollere Arbeiten tun konnten? Kate stand auf, um sich zu entschuldigen, aber Schwester Ackerman war schneller.

„Wie können Sie es wagen, sie derart anzugehen!", schimpfte sie. „Mrs Livingston ist eine hoch geschätzte Fachkraft. Die Schiffe aus Irland sind voll mit Mädchen wie Ihnen und wir können jederzeit Ersatz finden, wenn es Ihnen am nötigen Respekt fehlt."

Bridget nahm ein Tablett vom Wagen und knallte es vor Kate auf den Tisch. „Ihr Mittagessen, Ma'am. Sie werden es sicher mit dem nötigen Respekt behandeln, mir ist er nämlich leider ausgegangen."

Einige Patienten aus der Männerstation spielten Karten in der Sitzecke. Einer hielt die Karten vor den Mund, um sein Grinsen zu verbergen, aber Kate war in höchstem Maß beschämt. Die meisten Patienten hier kamen aus düsteren Arbeitervierteln und sie wollte am liebsten im Erdboden versinken.

Bridget hatte gerade ihren Wagen wieder angeschoben, als die Tür aufschwang und Trevor hereinmarschierte, Timothy und drei Polizisten im Schlepptau.

„Schwester Ackerman, Sie sind entlassen“, sagte er.

Die Stationsschwester schlug die Hand vor den Mund. „Weil ich Miss Kelly zurechtgewiesen habe? Das Mädchen hat nichts anderes verdient!“

Kate trat vor, um Schwester Ackerman zu verteidigen, aber Timothys kräftiges Kopfschütteln gebot ihr Einhalt.

„Nein, sondern weil Sie sich an Krankenhauseigentum vergriffen haben. Außerdem haben Sie der Presse Informationen zugespielt, Patientenakten gefälscht und Quecksilber auf meinen Schreibtisch verteilt. Fürs Erste.“

„Ich weiß nicht, wovon Sie sprechen“, hielt die Stationsschwester dagegen. „Ich habe nur meine Arbeit gemacht.“ Aber sie wurde bleich und biss sich auf die Lippen.

Kate versuchte zu begreifen, was hier vor sich ging.

Trevors Augen funkelten zornig. „Die neuen Patienten haben Ihr Verhalten genau beobachtet“, fuhr er fort. Er nickte in Richtung Männerstation, wo Oskar Holtzmann stand. Ein Hausmantel hing an seinem schmalen Körper herab, aber sein Gesicht strahlte erwartungsvoll.

„Jeden Tag ersetzen Sie die Seife aller Patienten“, begann Mr Holtzmann. „Die Patienten glauben, das diene der besonderen Hygiene, aber Dr. Kendall wusste nichts davon, bis ich ihm davon berichtete. Er hält das für Geldverschwendung. Sie haben den Hilfsschwestern befohlen, die Bettwäsche am Ende der Woche wegzuwerfen, anstatt sie zu waschen. Angeblich aus Kontaminationsgefahr.“ Holtzmann verschränkte die Arme vor der Brust. Die Sache schien ihm zu gefallen.

„Unsinn!“, kreischte Schwester Ackerman.

„Wie eine Irre haben Sie Vorräte durchgebracht und dann Lamprecht die Verschwendung gemeldet“, fasste Trevor zusammen. „Kein Wunder, dass ihm unser Verbrauch nicht geheuer vorkam.“

„Sie wollen den Menschen auf dem Sterbebett ein Stück Seife verweigern? Oder frische Laken?“ Schwester Ackerman klang erbost, aber ihre Hände zuckten aufgeregt wie eine Motte, die in einer Ecke gefangen war. Als Trevor mit einem prall gefüllten Schlüsselring auf den Vorratsraum zuhielt, froren sie plötzlich ein.

„Sie können da nicht rein!“, rief Schwester Ackerman panisch.

Es war Kate schon immer seltsam vorgekommen, wie streng Schwester Ackerman über den Vorratsraum gewacht hatte, aber sie hatte es ihrer haushälterischen Gewissenhaftigkeit zugeschrieben. Offensichtlich steckte jedoch mehr dahinter. Es dauerte nicht lange, bis Trevor mit einem Stapel Papier in der Tür erschien.

„Und was ist das?“

„Ich habe nur Duplikate angelegt“, sagte die Stationsschwester und warf Kate einen finsteren Blick zu. „Dieser Frau ist nicht zu trauen. Wer weiß schon, ob sie akkurate Werte berechnet? Sie haben Mrs Livingston doch nur eingestellt, weil Sie ein Auge auf sie geworfen haben.“

Kate atmete scharf ein, aber sie kam nicht dazu, ihrer Empörung Ausdruck zu verleihen. Trevor überreichte einem der Polizisten ungerührt die Blätter.

„Sowohl Mr Holtzmann als auch Mrs Chester haben beobachtet, wie Sie jeden Morgen nach der Visite die Patientenkurven von den Betten einsammeln. Sie erstellen in der Tat Duplikate, um – wie ich vermute – mich mithilfe von gefälschten Werten einer manipulierten Forschung zu bezichtigen.“

Kate erwartete gespannt Schwester Ackermans Reaktion. Die gekränkte Arglosigkeit war einer eiskalten Entschlossenheit gewichen. „Sie haben die Patienten in Baltimore auf dem Gewissen mit Ihrer nicht erwiesenen Heilungsmethode! Mit welchem Recht dürfen Sie Menschen als Versuchskaninchen verwenden?“

„Her mit dieser Methode!“, mischte sich Mr Holtzmann ein. „Jeden Tag fällt mir das Atmen schwerer. Meine Lunge füllt sich mit Flüssigkeit. Ich ertrinke, wenn es nicht bald eine neue Methode gibt! Ich lasse nicht zu, dass Leute wie Sie Ärzte aufhalten, die nach einem Heilmittel suchen ...“

Ein Hustenanfall unterbrach ihn. Timothy wich zurück und griff nach seinem Mundschutz. Die anderen taten es ihm gleich. Das

Schlimme an dieser Krankheit war, dass Männer wie Oskar Holtzmann sterben würden, bevor ein Gegenmittel gefunden war. Und ohne eine Armee von Ärzten, die sich Jahr um Jahr der entmutigenden Suche verschrieben, war es gänzlich unmöglich. Und aus Jahren konnten Jahrzehnte werden.

Schwester Ackerman gab sich nicht geschlagen. „Vielleicht waren die Toten in Baltimore bereit, das Risiko auf sich zu nehmen, aber Sie haben meinen Sohn ruiniert! Er wäre ein guter Arzt geworden, wenn Sie nicht dafür gesorgt hätten, dass er sich wie ein Mörder fühlt." Mit diesen Worten trat sie plötzlich vor und gab Trevor eine schallende Ohrfeige. „Sie haben meinen Sohn ruiniert. Ruiniert, verstehen Sie?"

Zwei Polizisten zogen sie fort, aber zuvor spuckte sie Trevor noch an. Die Beamten drückten sie gegen die Wand und legten ihr Handschellen an, während Trevor sich mit seinem Taschentuch das Revers abwischte. Die roten Spuren ihrer Hand zeigten sich bereits auf seinem Gesicht.

Ohne ein weiteres Wort wurde Schwester Ackerman abgeführt.

Die Nachricht von ihrer Verhaftung verbreitete sich wie ein Lauffeuer im Krankenhaus. Alle Patienten in der Tuberkuloseklinik waren schockiert, und wer kräftig genug war, versammelte sich in der Sitzecke um Timothy, der die Ereignisse nochmals zusammenfasste. „Aber viel mehr als eine Verwarnung werden sie nicht kriegen. Das wird doch alles höchstens als mindere Straftat gewertet."

Kate starrte zum leeren Schwesterntresen hinüber. Es war schwer zu begreifen, dass hinter dem barschen Ton von Schwester Ackerman solch ein brodelnder Hass gesteckt hatte. Jetzt brauchte Trevor nicht nur einen neuen Analysten, sondern auch eine neue Stationsschwester.

Henry war noch verwirrter als Kate. „Ich glaube es einfach nicht", sagte er und rieb sich das Gesicht. „Andrew Doyle und ich, wir waren ein Team. Er war so freundlich wie kein anderer. Wie konnte er Dr. Kendall nur so in den Rücken fallen?"

Kate hatte Andrew Doyle nie kennengelernt, aber Henrys Fassungslosigkeit zeigte ihr, wie schwer der Vertrauensbruch wiegen musste. Sie überlegte, wie Trevor sich erst fühlen musste. Seit der Verhaftung vor einer Stunde war er nicht mehr aus seinem Büro herausgekommen. Als er schließlich doch erschien, kam er mit ernster Miene auf sie zu.

„Wir müssen reden", sagte er. „Auf dem Dach."

Das Dach war ihr Zufluchtsort, ihre Oase, wo sie sich ihre geheimsten Träume offenbart hatten. Kate folgte ihm über die schmale Treppe nach oben. Trevor ging bis zur Dachmauer vor, stützte sich auf und betrachtete die Stadt. Es war kalt und windig. Kate zog ihren Mantel enger.

„Ich habe es nicht kommen sehen", fing Trevor an. „Ich war immer so darauf bedacht, die Patienten nicht zu nah an mich herankommen zu lassen, dass mir nie der Gedanke gekommen ist, meine Mitarbeiter könnten sich selbst die Schuld für meine Entscheidungen geben."

Seine Hände waren zu Fäusten geballt. Sie zitterten. Es tat weh, ihn in diesem Zustand zu sehen, aber Kate biss sich auf die Zunge. Das Beste war, ihn sein Herz ausschütten zu lassen.

„Er ist verrückt geworden, Kate. Du hättest seinen Blick sehen sollen. Purer Ekel und Hass."

„Du kannst nichts dafür. Das ist nicht deine Schuld."

„Es ist ganz und gar meine Schuld", erwiderte Trevor. „Andrew wäre ein guter Arzt geworden, aber Baltimore hat ihn so traumatisiert, dass er aus Angst vor einem Fehler keinen Patienten mehr anrühren konnte. Sein Studium lief einwandfrei. Ich habe ihn jedes Mal besucht, wenn ich in Boston war, und mir ist nichts aufgefallen. Aber als es Zeit wurde, die Bücher gegen echte Menschen zu tauschen, kamen anscheinend all die alten Erinnerungen bei ihm hoch. Er konnte nicht. Er gibt mir die Schuld, ihn für diese Studie geholt zu haben, und er ist nicht im Unrecht damit." Kate konnte Trevors leeren, trostlosen Blick nicht mehr ertragen und legte eine Hand auf seine zitternde Faust.

„Generäle auf dem Schlachtfeld machen Fehler", sagte sie leise. „Und dann sterben Menschen. Ärzte machen Fehler und dasselbe geschieht. Du bist ein Mensch, Trevor. Wenn du nicht in der Lage bist, dir diesen Fehler zu verzeihen, dann wirst du ins Taumeln kommen wie Andrew Doyle und das wäre eine gewaltige Verschwendung des Talents, das Gott dir in die Wiege gelegt hat."

Trevor atmete tief ein und konnte sie nicht ansehen. „Ich weiß nicht, was aus ihm werden soll. Ich möchte ihn nicht verklagen, aber Andrew darf so nicht weitermachen."

„Gibt es nicht spezielle Orte für Menschen, die an solchen Krankheiten leiden?"

„Du meinst eine Irrenanstalt? Ich glaube, er würde lieber im Gefängnis sitzen."

„Timothy meinte, es würde keine harte Strafe geben."

„Wahrscheinlich nicht." Trevor griff nach ihrer Hand. „Danke, dass du mir zugehört hast. Ich brauchte jemanden zum Reden und du bist die Einzige, die mich wirklich versteht."

Er zog sie in eine feste Umarmung und vergrub sein Gesicht in ihrer Halsbeuge. Kate spürte seine Erschöpfung, wie die einer mächtigen Eiche, die mürbe von vielen Stürmen kurz davor war, sich von einem unerbittlichen Wind umwehen zu lassen. Kate hatte Trevor noch nie so hilfsbedürftig erlebt und gerade jetzt war sie drauf und dran, ihn im Stich zu lassen.

Sie konnte nur die Umarmung erwidern und hoffen, dass er auch allein die Kraft finden würde weiterzukämpfen.

KAPITEL 23

Wie verabschiedet man sich von einem Menschen, den man nie mehr wiedersehen wird, weil der Tod auf ihn wartet? Kates letzter Tag im Krankenhaus war angebrochen. Sie hatte sich von allen Patienten auf der Männerstation verabschiedet und war bereits jetzt völlig erschöpft. Der Atemschutz verdeckte ihre bebenden Lippen, als sie den Frauen einzeln Lebewohl sagte, aber sie musste sich immer wieder mit dem Ärmel die Tränen wegtupfen.

„Gott segne Sie, Margaret", sagte Kate. „Ich werde Sie in meine Gebete einschließen."

„Viel Glück, Kate", antwortete Margaret und brachte nur mit Mühe die Kraft auf, ihren Kopf auf dem Kissen zu drehen. „Wo werden Sie denn nun hingehen?"

„Ich bin mir nicht sicher. Ich werde wohl im Logierhaus meiner Eltern mithelfen, bis ich etwas Neues gefunden habe."

Diese Konversation wiederholte sich bei jeder Frau. Kate nahm sich Zeit, hielt den Patientinnen die Hand und lächelte sie an. An ihrem ersten Tag hatte sie noch Angst gehabt, überhaupt in ihre Nähe zu treten. Viele Hilfsschwestern waren genauso zögerlich, dabei bedeutete den Patienten in dieser Klinik jedes kleine bisschen menschliche Wärme so viel.

Kate setzte sich ans nächste Bett. „Alles Gute für Sie, Ethel. Ich werde nie vergessen, wie schön die Taufe Ihrer Enkelin war."

Trevor stand im Eingang und blickte finster drein, während sie ihre endgültige Runde machte und versuchte, nicht darüber nachzudenken. Er wusste genau, was er tun musste, um sie zu halten. Nachdem sie sich von der letzten Patientin verabschiedet hatte, ging sie mit wackligen Knien zur Tür. Sie durfte sich jetzt nicht umdrehen; sie musste weitergehen. Trevor ging nicht beiseite.

„Ich muss meinen Schreibtisch räumen", sagte Kate. Er machte noch immer keine Anstalten, zur Seite zu treten. Kate schlüpfte an ihm vorbei in den Gang, zog den Mundschutz herunter und schnaubte sich die Nase. Entschlossen stopfte sie sich das Taschentuch in die Rocktasche und rieb sich die rot geweinten Augen.

Die kleine Kiste für ihre privaten Dinge war schnell voll: die Familienportraits und der teure Füllfederhalter, den ihr Charlie Davis zum Schulabschluss geschenkt hatte. Der kleine Teller mit den Zitronenbonbons und der gläserne Briefbeschwerer mit dem Gänseblümchen darin, das auf ewig in voller Blüte eingefroren war. Kate räumte die leere Blumenvase weg und wischte mit einem Lappen einige vertrocknete Margeritenreste auf dem Tisch zusammen. Mr Walsh fing nächsten Montag an und er hatte einen sauberen Arbeitsplatz verdient.

„Das war's also." Trevor lehnte im Türrahmen.

„Ich denke, ja." Kate beförderte die Blütenblätter in den Mülleimer und rieb sich die Hände sauber.

„Ich habe dich damals gesucht, weil ich dachte, du würdest nie aufgeben. Ich dachte, du würdest jede noch so große Herausforderung annehmen und lieber scheitern, als das Rennen vor der Ziellinie abzubrechen."

Am letzten Tag noch einen Streit vom Zaun zu brechen, das passte zu Trevor. „Die Ziellinie in deinem Rennen interessiert mich nicht. Du wirst sterben, Trevor."

„Vielleicht. Vielleicht aber auch nicht."

Kate nahm Bleistifte aus einer Schublade und schob sie energisch wieder zu. Wie konnte sie sich nur in einen so starrköpfigen Mann verlieben? Sie wollte nur noch fertig werden und verschwinden, aber einen Gefallen musste Trevor ihr noch tun. Kate atmete ein und fasste sich.

„Du hast mir einmal versprochen, dass du für Timothy ein Empfehlungsschreiben verfasst, für seine Bewerbung an der Marineakademie. Ich hoffe, das Angebot steht noch. Die Bewerbungsfrist läuft Ende Januar ab."

Es entstand ein langes Schweigen und Kate sah Trevor fragend an. Er stand noch immer an den Türrahmen gelehnt, die Arme verschränkt, und sah dabei so attraktiv aus, dass es wehtat. Nur sein Blick war düster.

„Kate, es wird Zeit, dass du Timothy loslässt."

Kate blinzelte. „Wie bitte?"

„Er will überhaupt nicht auf die Marineakademie. Lass ihn seine eigenen Entscheidungen treffen."

„Ich habe ihn großgezogen. Ich weiß genau, was er will."

Trevor schüttelte den Kopf. „Ich sehe ihn als den Mann, der er heute ist, aber du siehst noch den kleinen Jungen. Siehst du nicht, wie sehr du über ihn bestimmst? Timothy würde alles für dich tun, aber es wird Zeit, dass du ihn gehen lässt." Einer seiner Mundwinkel kroch langsam nach oben. „Er wird dich nicht enttäuschen. Du hast einen klugen und starken Kerl aus ihm gemacht und du hast allen Grund, stolz auf ihn zu sein. Ich werde ihm ein Empfehlungsschreiben verfassen, aber erst, wenn er mich darum bittet. Und Kate ... ich glaube, das wird er nicht."

„Und ich glaube, du irrst dich."

Sie überflog den Raum, ob sie alle ihre Habseligkeiten eingepackt hatte. Ohne jede weibliche Note sah das Büro aus wie eine Mönchszelle.

Abgesehen von einer teuer aussehenden Schachtel auf Trevors Schreibtisch. Sie war in italienisches Marmorpapier gehüllt und passte nicht in das kahle Büro. Kate zeigte darauf. „Was ist das?"

„Eine Kristallvase. Mein Vater heiratet an diesem Wochenende und ich dachte, das könnte ein angemessenes Geschenk sein."

„Gehst du etwa hin?"

„Ja."

Kate seufzte. „Ich kann nicht glauben, dass du dich wieder in den Orbit dieses Mannes begibst."

„Er ist mein einziger noch lebender Verwandter. Du hast vielleicht Familie und Freunde im Überfluss, aber ich nicht."

„Er hat sein Kind ans andere Ende der Welt geschickt, weil du ihm unangenehm warst und er eine reiche Frau haben wollte."

„Er ist mein Vater, Kate. Er ist nicht fehlerlos. Und auch wenn dich das vielleicht überraschen wird, genauso wenig wie du."

Kate ertrug seinen anklagenden Blick nicht mehr und zwang sich, noch einmal die Schubladen durchzusehen. „Du hast sogar deinen Namen geändert, weil du ihn so verachtet hast."

„Ich war achtzehn. Das war eine impulsive Dummheit, aber ich habe mir mit meinem neuen Namen einen Ruf aufgebaut und es ist zu spät, jetzt etwas daran zu ändern. Ich möchte wenigstens irgendeine Form der Beziehung zu ihm aufbauen. Die Kluft zwischen uns war genauso auch meine Schuld. Er ist kein schlechter Mensch, aber ich habe ihn immer als solchen dargestellt, weil das mein Gewissen beruhigte."

Trevors Miene blieb emotionslos. Einst hatte sie diesen Blick als Teilnahmslosigkeit missinterpretiert, aber heute wusste sie, dass er so aussah, wenn ihn die Gefühle übermannen wollten. Trevor versteckte sich lieber, als die Probleme anzugehen. Wie sollte er auch wissen, wie man mit Gefühlen umging, wenn er nie Freunde oder Familie gehabt hatte?

Kate hockte vor ihrer jämmerlichen Kiste und legte die Hände auf den Rand. „Trevor, wenn du dir einen anderen Medizinbereich suchst, folge ich dir überallhin. In eine einsame Praxis in der Prärie. Nach China. An den Nordpol. Egal wohin. Nur nicht hier."

Trevor kniete sich zu ihr und für einen kurzen Augenblick flammte Hoffnung auf. Er klappte den Deckel zu und schob ihr die Kiste hin.

„Geh nach Hause, Kate." Er stand auf und verließ das Büro.

Kate schleppte sich die Stufen zum Logierhaus hoch, kämpfte kurz mit dem Türknauf und drückte die Tür mit ihrer Schulter auf. Sie ließ die Kiste im Salon auf das Sofa fallen und plumpste daneben auf das Polster.

Zum ersten Mal seit zwölf Jahren hatte sie weder eine Anstellung noch irgendein Ziel. Das Logierhaus steuerte auf den Ruin zu und Trevors eisenstarker Wille hatte gerade ihr Herz zerschlagen. Sie hatte ihn verloren. Aus dem wichtigsten Kampf ihres Lebens war sie als Verliererin hervorgegangen.

Töpfe und Pfannen klapperten in der Küche, aber Kate konnte ihrer Mutter nicht gegenübertreten. Sie würde sich sofort auf ihre Seite schlagen, aber wenn sie nur ein negatives Wort über Trevor verlor, würde Kate durchdrehen. Die Hintertür wurde zugeknallt. Ihr Vater kam herein und wischte sich die öligen Hände an einem Lappen ab. Der neue Wasserboiler brauchte mehr Pflege, als sie gedacht hatten. Dabei war er noch nicht einmal bezahlt.

„Die Post war da", sagte ihr Vater, als er Kate erblickte. „Ein Brief für dich war dabei."

Kate nahm den Umschlag und erschrak, als sie Trevors Handschrift erkannte. Den Brief fest in der Hand eilte sie zur Vordertür hinaus auf die Eingangstreppe. Niemand sollte sie sehen, wenn sie ihn las.

Sie setzte sich auf die Stufen und riss den Umschlag auf.

Wieso hatte ihr Trevor einen Scheck über zweitausend Dollar geschickt? Verwirrt faltete sie die beiliegende Nachricht auf.

Liebe Kate,
der beiliegende Scheck sollte ausreichen, um die Kreditrate der nächsten Monate zu begleichen und den Wasserboiler abzuzahlen. Ich hoffe, dies kann den Schaden wiedergutmachen, den Andrew Doyle angerichtet hat.
Schwierige Gespräche sind mir noch nie leichtgefallen, deswegen versuche ich es lieber mit einem Brief. Auch wenn ich mir ein anderes Ende gewünscht hätte, war unsere Freundschaft das Wertvollste meines Lebens. Ich weiß nicht, ob ich nächstes Jahr sterben werde oder in fünfzig Jahren, aber eines weiß ich: Die Erinnerung an unsere Freundschaft wird mich ein Leben lang begleiten.
In all den Kämpfen, die wir miteinander ausgefochten haben, und selbst wenn es so aussah, als würde ich die Oberhand behalten, warst du immer die Bessere, Kate.
Trevor
PS: Ich bin für klare Verhältnisse und bitte dich daher, diesen Brief als unsere letzte Kontaktaufnahme zu betrachten. Komm bitte nicht mehr ins Krankenhaus.

Kate wollte weinen. Typisch Trevor. Selbst wenn er freundlich sein wollte, musste er es am Ende doch noch vermasseln. Aber sie liebte ihn, so ungehobelt und kantig er auch war.

Sollte sie den Brief aufheben oder in tausend Stücke reißen? Mit einem traurigen Lächeln faltete sie den Zettel wieder zusammen und schob ihn vorsichtig in den ramponierten Umschlag. Ihre Eltern würden außer sich vor Freude sein, wenn sie ihnen den Scheck zeigte. Eine gewaltige Last würde ihnen vom Herzen fallen, aber Kate war noch nicht bereit dafür.

Sie beugte sich vor und umschlang ihre Knie. Es gab Schlachten im Leben, die konnte man nicht gewinnen.

KAPITEL 24

Zwei Wochen nach Kates Kündigung trieb es Irene Bauman endgültig zu bunt. Der stürmische Dezemberregen war eines Nachmittags zu Schneeregen geworden, als Richter Bauman sein Büro am Obersten Gerichtshof früher verließ, um noch vor dem drohenden Schneesturm zu Hause zu sein. Nachdem er im Logierhaus die Schneeflocken vom Mantel geschüttelt hatte, folgte er dem Lachen seiner Tochter in den Wäscheraum, wo sie einen der neuen Gäste, einen Englischprofessor aus Georgetown, in die Falle gelockt hatte.

Ihre Bloomershosen waren hochgezogen, die Strümpfe heruntergerollt, der Rock bis zu den Hüften gerafft. Irene prahlte mit ihren wohlgeformten Knien, präsentierte sie stolz aus verschiedenen Blickwinkeln und betonte, sie seien nicht so knubblig wie die anderer Mädchen. Sie forderte den Professor auf, er solle sie ruhig einmal befühlen, denn sie nehme jeden Abend Kakaobutter, um die Haut geschmeidig zu halten.

Kate konnte das empörte Gebrüll des Richters bis hoch in den vierten Stock hören. Es war eindeutig, dass Irene tagsüber nicht mehr allein gelassen werden durfte. Ihr Vater ließ sie ab sofort in seinem Büro Arbeiten verrichten. Aber selbst dort war es angesichts der ausschließlich männlichen Angestellten riskant, sie unbeaufsichtigt zu lassen. Am Obersten Gerichtshof arbeiteten Rechtsanwälte mit Abschlüssen der besten Universitäten. Sie waren hochintelligente Männer, aber sie waren nicht blind. Schließlich kam Kate ins Spiel.

„Sie wären eine hervorragende Sekretärin, bei der alle Stränge im Büro zusammenlaufen", schlug Richter Bauman vor. „Und Sie könnten ein Auge auf Irene haben. Wenn Sie ihr beibringen könnten, dass eine Frau nach mehr im Leben streben kann als nach Haarbändern oder wohlgeformten Knien, wäre ich Ihnen auf ewig zu Dank verpflichtet."

„Ich soll also das Kindermädchen spielen?"

Richter Bauman war ein schlauer Mann und wusste, wie sehr

Kate Herausforderungen reizten. „Nein, nein. Viel mehr als das. Sie wissen, wie in Washington die Uhren ticken. Halb Washington hat schon am Tisch Ihrer Mutter gesessen und Sie wissen, wie man Struktur in Dinge bringt. In meinem Büro wurde leider noch nie besonders effizient gearbeitet. Das ist in den meisten Regierungsbüros so. Wenn Sie auch nur ein Viertel des Organisationstalents Ihrer Mutter geerbt haben, kann ich mich glücklich schätzen."

Damit war die Sache erledigt. Kate fing bei Richter Bauman im Capitol an, wo der Oberste Gerichtshof seit 1810 tagte. Eines Tages sollte es ein eigenes Gebäude für das Oberste Gericht geben, aber im Augenblick war es in einem Flügel des Gebäudes in der alten Senatskammer untergebracht. Kate fand es jeden Tag aufs Neue aufregend, auf das majestätische Gebäude zuzulaufen, dessen weiße Kuppel man kilometerweit sehen konnte. Der weiße Stein schien in der Sonne geradezu zu leuchten und die neoklassischen Linien strahlten Stärke und Stabilität aus.

Das Büro war geräumig, hatte vier riesige Schreibtische für die Anwälte, Kates Sekretärinnenplatz und in der Ecke einen Tisch für Irene. Ohne vermarktbare Fähigkeiten hatte man Irene damit beauftragt, mit der Schreibmaschine Adressen auf Umschläge zu tippen. Die Schreibmaschine war für sie alle neu und aufregend und Irene kämpfte damit, die Buchstaben in der richtigen Reihenfolge aufs Papier zu bringen. Meist ruinierte sie vier Umschläge, bevor sie eine korrekte Adresse fabrizierte. Immerhin waren die Männer Washingtons vor ihren wohlgeformten Knien sicher, auch wenn Irene der Meinung war, dass Kate nur ihr diese Anstellung zu verdanken hatte.

„Papa wusste, dass wir gut zusammenarbeiten würden, deswegen hat er dich eingestellt", stellte sie fest und zog einen weiteren ruinierten Briefumschlag aus den Rollen.

„Zweifelsohne", murmelte Kate. Auf Irene aufzupassen stellte sich glücklicherweise weniger anstrengend heraus als befürchtet. Jetzt, wo das Mädchen etwas Sinnvolles zu tun hatte, blieb ihr weniger Zeit, um darüber nachzudenken, wie sie den nächsten Mann anlocken konnte.

Das Weihnachtsfest und der Jahreswechsel kamen und eine nasskalte graue Decke hüllte die Stadt ein. Die Kälte kroch scheinbar ungehindert durch die Kleidung. Nachmittags wurde es gerade warm genug, um den Schnee anzutauen, der nachts sofort zu einer neuen Eisschicht gefror.

Die Monate vergingen und Kate bekam Hornhaut an den Händen von den Papierstapeln, die sie Korrektur las, sortierte, abstempelte und ablegte. Die Arbeit war furchtbar eintönig, aber immerhin gut bezahlt. Was machte es schon, dass es keine Patienten mehr gab, die sie aufmuntern konnten? Oder einen faszinierenden, anstrengenden und vor sich hin brütenden Mann, der ihr Herz schneller schlagen ließ?

Trevor hatte das Angebot seines Vaters abgelehnt, nach Schottland zurückzukehren. Das wusste Kate, weil sie einmal den Mut aufgebracht hatte, am Krankenhaus vorbeizulaufen. Sie hatte Bauarbeiter und Trevor auf dem Dach über Pläne gebeugt gesehen. Der Architekt hatte direkt neben ihm gestanden. Kate war schnell weitergeeilt, hatte dabei kleine Schneeschollen über den Weg geschossen und war in Pfützen getreten, nur, um nicht entdeckt zu werden. Was, wenn er nach unten sah und merkte, dass sie vor dem Krankenhaus herumlungerte wie eine Liebeskranke?

Sie dachte jeden Tag an ihn, aber besonders montags, wenn er seinen Abstrich machte und auf den Glasträger übertrug. Montagmorgens schickte sie jedes Mal ein Stoßgebet zum Himmel.

Beim letzten Mal war er der Tuberkulose mit einem Aufenthalt in einem Sanatorium im Himalaya davongekommen. Sicher würde er dasselbe tun, falls er sich wieder ansteckte. Den ganzen Winter über nagte die Angst an Kate, Trevor könnte plötzlich aus dem Krankenhaus verschwunden sein, denn sie wusste, was das bedeutete. Als der Winter seinen eisigen Griff um die Stadt lockerte, lugten die ersten frischen Grashalme aus dem Boden. Der graue Himmel wurde blau und klar und die nasskalte Winterluft wurde von frischen Aprilbrisen verjagt. Die Bürgersteige waren wieder frei und machten es leichter, sich durch die Stadt zu bewegen. Und endlich hatte Kate die perfekte Lösung gefunden, Trevor nicht aus den Augen zu verlieren.

Irene Baumans Spürnase für die neusten Gerüchte konnte mit jedem Bluthund mithalten und sie blühte in ihrer neuen Rolle als Kates Informantin geradezu auf.

„Ich glaube, das Ding ist kaputt", schimpfte Irene und zog einen Briefumschlag aus der Schreibmaschine. „Ich habe das S gedrückt, ganz sicher, aber manchmal kommen einfach andere Buchstaben. Vielleicht sollte ich schnell zum Schreibwarenhändler laufen und neue Umschläge holen?"

Kates Herz schlug schneller. Das war ihr vereinbartes Signal. Irene ruinierte so viele Umschläge, dass sie den Vorrat regelmäßig aufstocken musste. Und wie der Zufall es wollte, war der beste Schreibwarenhändler der Stadt gegenüber vom *Washington Memorial Hospital*.

„Wenn du noch einen Augenblick wartest, gebe ich dir gleich noch ein paar Briefe mit." Kate zog eine Schachtel unter ihrem Schreibtisch hervor, in der sie ihre regelmäßige Post an die Patienten der Tuberkuloseklinik sammelte. Sie hatte selbst miterlebt, wie ungeduldig die Patienten auf die tägliche Post warteten und wie die Enttäuschung sich in ihren Mienen widerspiegelte, wenn nichts für sie dabei war. Kate hatte sich vorgenommen, jedem von ihnen einmal in der Woche zu schreiben. Manchmal wollte ihr partout nichts einfallen, dann schrieb sie zumindest das Neuste vom Tage oder legte lustige Karikaturen aus der Zeitung bei.

Neun weitere Patienten waren gestorben. Irene besorgte ihr stets die Namen der Neuzugänge und Kate fügte sie zu ihrer Liste hinzu. Auch ein fröhlicher Brief von einer Fremden war eine willkommene Abwechslung für jemanden, der ans Bett gefesselt war.

Die Briefe auszutragen, war die beste Ausrede für Irene, die Klinik im fünften Stock aufzusuchen. Kate wollte nur wissen, ob Trevor noch da war. Wenn ja, bedeutete das, dass seine Lunge sauber und er gesund war. Wenn er plötzlich verschwand ...

Sie reichte den kleinen Stapel Briefe an Irene. „Und sag Schwester Augusta einen schönen Gruß." Nachdem Schwester Ackerman entlassen worden war, hatte Trevor eine herzensgute Frau namens Augusta Jones eingestellt.

Irene machte sich auf den Weg. Nicht lange darauf trat Roger Moreno an Kates Schreibtisch. Der junge Anwalt sah aus, als wäre er gerade achtzehn geworden, aber Kate wusste, dass er mindestens fünfundzwanzig war. Sie hielt seinen buschigen Schnurrbart für den Versuch, älter auszusehen.

„Ich wollte Sie bitten, das hier für mich Korrektur zu lesen", sagte

Mr Moreno. „Mein letzter Schriftsatz enthielt drei Rechtschreibfehler und das kann ich mir nicht noch einmal leisten."

Kate legte ein verständnisvolles Lächeln auf und streckte ihre Hand aus. „Und worum geht es?"

„Immobilienbesteuerung."

Kate zuckte zusammen, aber Mr Moreno setzte schon zu einer begeisterten Erklärung an. „Das wird Ihnen gefallen. Wussten Sie, dass es rechtens ist, zur Wertbestimmung von Immobilien veränderliche Abrechnungsverfahren einzusetzen? Wenn das Urteil bestätigt wird, wird das die Rechnungslegung von Gemeinden geradezu auf den Kopf stellen."

Kate blätterte durch das sechsseitige, eng beschriebene Gesetzesdokument, während Mr Moreno weiter von Besteuerungsverfahren schwärmte. Sie sah auf und lächelte tapfer. „Verehrter Mr Moreno, jetzt verraten Sie mir doch nicht schon das Ende. Ich sehe es durch und lasse Sie wissen, ob noch Korrekturbedarf besteht."

Sein Strahlen wollte den ganzen Raum zum Leuchten bringen. „Danke, Mrs Livingston. Sie sind die Beste!" Mr Moreno kehrte an seinen Schreibtisch zurück und Kate knöpfte sich die erste Seite vor.

Noch nie in ihrem Leben war sie so unglücklich gewesen. Sie hatte den Mann verloren, den sie liebte, und eine Anstellung aufgegeben, die sie begeisterte. Beides würde sie wohl kaum wieder finden und jetzt durfte sie sechs Seiten Immobilienbesteuerung Korrektur lesen.

Wenigstens war Timothys Zukunft rosig, jetzt, wo er endlich seine Zulassung zur Marineakademie bekommen hatte. Am Tag danach hatten ihre Eltern ein großes Fest im Logierhaus gegeben. Sie hatten sogar einen Koch kommen lassen und ihm die Zubereitung der Speisen überlassen. Einhundert Leute hatten gefeiert bis spät in die Nacht. Timothys Zulassungsurkunde wurde eingerahmt und auf den Kaminsims gestellt. Im August würde er nach Annapolis ziehen und Kate war unendlich stolz auf ihn.

Aber wieso hatte er sie noch nicht wegen der neuen Uniformen gefragt? Sie wollte ihn doch zum Schneider begleiten, damit sie ihn in seiner schicken Seekadettenuniform sehen konnte. War er bereits allein gegangen? Das wäre schade, aber auch nicht weiter schlimm. Trotzdem wollte sie ihn lieber daran erinnern, damit er es nicht vergaß.

Irgendetwas daran kam ihr seltsam vor. Timothy hatte sich immer seltener im Logierhaus sehen lassen. Kate sah es als ihre Pflicht, ihn nach der Arbeit aufzusuchen und sicherzustellen, dass er im Zeitplan war.

Die Wache am Kasernentor sagte, dass Timothy am Schießstand auf der Marinewerft zu finden sei. Kate war noch nie dort gewesen, aber dank der konstant widerhallenden Schüsse war es ein Leichtes, sich von ihren Ohren leiten zu lassen. Der Schießstand lag direkt am Ufer des Anacostia River. Eine Handvoll Soldaten zielte sorgfältig auf Schablonen am anderen Ende der Anlage.

Kate stand am Eingang der Werft, schirmte die Augen gegen die Nachmittagssonne ab und winkte. „Private Norton!"

Timothy wandte den Kopf und lächelte. Dann winkte er sie herbei.

„Nicht übel", bemerkte Kate, als sie die Einschusslöcher rings um den kleinsten Kreis der Schablone sah.

„Ich habe auch kräftig geübt", erwiderte Timothy. „Was kann ich für dich tun?"

„Warst du schon beim Schneider? Bis zum Ende des Monats muss das unbedingt erledigt sein."

Ein steter Wind kam vom Fluss herüber. Kate strich sich eine flatternde Strähne aus der Stirn. Timothy trat von einem Bein aufs andere, biss sich auf die Lippe und starrte über Kates Schulter in die Ferne.

„Ich mache es nicht. Ich habe meine Absage abgeschickt. Schon letzte Woche."

Kate wurde flau. Sie wollte vor Ärger schreien, konnte es sich angesichts der anderen Männer aber mit Mühe verkneifen. „Was? Du willst einfacher Soldat bleiben? Dein ganzes Leben lang? Kanonenfutter sein, das kann jeder. Aber du bist doch zu etwas Besserem geboren, verstehst du!"

Timothy hockte sich hin, öffnete eine kleine Schachtel mit Munition und bestückte seinen Revolver. Dann ließ er ihn zuschnappen, stand auf und gab sechs schnelle Schüsse ab. Das Echo hallte quer über den Platz und es stank nach Schießpulver. Keiner seiner Schüsse ging daneben. Timothy ließ den Revolver sinken. „Das kann nicht jeder. Ich bin einfach nicht zum Offizier geboren, Kate. Und ich will etwas anderes."

„Und was?"

Timothy hockte sich wieder hin und lud den Revolver. Seine flinken Finger bestückten jede Kammer. Nach sechs Klicks stand er wieder auf. „Es wird dir nicht gefallen."

„Jetzt sag schon."

„Ich möchte zum *Secret Service.* Ich wurde bereits von den Leuten im Finanzministerium angesprochen, die die Leibwache verwalten. Ende des Monats werde ich versetzt."

Kate stieß einen stillen Seufzer aus und sah zum Himmel. „Du willst dich vor die Kugel eines Attentäters werfen? Meinst du nicht, du solltest nach etwas Höherem streben?"

„Und wonach? Schreibtischarbeit? Erfolgskontrollen? Genau das machen Offiziere, Kate, und ich würde lieber Mutters Geschirr abräumen, als hinter einem Schreibtisch zu versauern." Timothy war noch nie so harsch zu ihr gewesen.

„Du weißt gar nicht, was du dir da entgehen lässt", ließ sie nicht locker. „Ich will doch nur, dass du nicht ein Leben lang buckeln und dich mehr schlecht als recht durchschlagen musst! Du kannst doch viel mehr als das."

Der Ärger wich aus Timothys Gesicht. Er legte den Revolver hin und nahm Kate in den Arm. Ihr Kinn reichte ihm noch nicht einmal bis zur Schulter. Er gab ihr einen Kuss auf die Stirn und legte ihr beide Hände auf die Schultern.

„Ich möchte, dass du mir jetzt genau zuhörst. Ich werde das nur einmal sagen und dann Stein und Bein schwören, dass diese Worte nie über meine Lippen gekommen sind." Er holte tief Luft und sah ihr in die Augen. „Du hast mich aufgezogen. Du warst für mich mehr Mutter und Vater als unsere leiblichen Eltern und ich bin dir zutiefst dankbar dafür. Ich weiß, du willst nur das Beste für mich. Aber, Kate, ich möchte nicht aufs College. Und das wird sich auch nie ändern."

Kate sah weg. Hatte Trevor das nicht schon vergangenen November prophezeit? Sie hatte ihm nicht geglaubt, aber anscheinend hatte er recht gehabt.

„Als ich im Krankenhaus Wache stand, fühlte ich mich auf einmal, als hätte mein Leben einen Sinn. Ich habe dich und die Patienten vor jemandem beschützt, der Trevor Böses wollte. Das war harte Arbeit, Kate. Manch einer glaubt, jeder Dummkopf könne den ganzen Tag Wache halten, aber man muss immer aufmerksam sein. Jede Veränderung muss man sofort bemerken. Man darf nie müde werden und muss alles immer im Blick behalten. Das ist kein Spaziergang, aber ich bin gut darin, Kate. Menschen zu dienen und zu beschützen, ist meine Bestimmung. Für den Schreibtisch bin ich nicht geboren."

Kate konnte ihrem Bruder nicht in die Augen sehen und starrte auf ein paar Wildenten, die vor der Werft gelandet waren und auf den Wellen hüpften. Wieso konnte er nicht nach ihrem Vater kommen und damit zufrieden sein, Dachrinnen zu reparieren und mit den Klempnern zu streiten?

Aber Gott hatte anscheinend andere Pläne für ihn. Timothy und Trevor waren beide Kämpfernaturen. Trevor führte seine Schlachten im Labor und Timothy wollte für die Regierung arbeiten. Für beide Berufswege brauchte man das Herz eines Helden. Auf einmal war sie stolz auf ihren Bruder.

„Also schön, du Klette. Ich habe verstanden."

Die Erleichterung in seinem Gesicht beschämte sie fast. War ihm ihre Meinung tatsächlich so wichtig?

„Mir graut davor, das Mutter zu erzählen. Sie ist fast so schlimm wie du, wenn es ums College geht."

„Wenn du Maude Norton in die Schranken weisen kannst, bist du für jeden Attentäter gewappnet, glaub mir."

„Bist du sicher? Sie kann ordentlich austeilen."

„Ich auch. Und ich werde hinter dir stehen, wenn sie dir Ärger macht."

Timothy schluckte. Er bekam doch nicht wegen ihr feuchte Augen?

Kate nahm ihn schnell in den Arm. „Alles wird gut. Glaub mir." Sie liebte ihre kleine Klette, die nun zum Mann geworden war. Es wurde Zeit, ihn seinen eigenen Weg gehen zu lassen.

KAPITEL 25

Sich Sorgen um seine Patienten zu machen war für Trevor ganz normal; aber wegen eines Hundes ein Magengeschwür zu riskieren, war definitiv Neuland für ihn. Nachdem Kate gegangen war, hatte er sich schließlich ein Herz gefasst und sich der räudigen Hündin angenommen, die sie immer auf den Stufen gefüttert hatte.

Zuerst konnte er es sich selbst nicht erklären, warum er zuließ, dass Princess ihm abends nach Hause folgte. Er wollte es nicht zugeben, aber es gefiel ihm, wie sie vor Aufregung tänzelte, wenn sie ihn auf der Treppe entdeckte. Sie jaulte und wartete begierig darauf, gestreichelt zu werden. Es dauerte nicht lange, bis sie Freunde wurden, auch wenn Princess sein Zimmer über dem Bahnhof gründlich zerwühlte. Trevor kaufte eine Hundebürste, aber egal, wie oft er sie bürstete, lagen überall Haare herum. Auch hatte sie die Angewohnheit, ihre Pfoten auf seinen Brustkorb zu stellen und ihm das Gesicht abzulecken. Die Rechnungen der Waschfrau wuchsen in die Höhe und er musste regelmäßig eine Putzfrau kommen lassen, aber das war es ihm wert. Die bedingungslose Loyalität und grenzenlose Liebe dieser Hündin waren unvergleichlich.

Aber irgendetwas stimmte mit ihr nicht. Seit Tagen hatte sie nichts mehr gegessen und war zu schwach, um Trevor nach Hause zu begleiten. An diesem Morgen hatte er ihr etwas Schinken vom Frühstück aufgehoben und brachte ihn nach unten. Princess lag auf der Seite unter einer Kastanie hinter dem Krankenhaus. Als er näher kam, hob sie nur kurz den Kopf.

„Na komm, Princess. Das ist Schinken! Riechst du das nicht?" Er hielt ihr die Delikatesse hin und die Hündin stand auf und schleppte sich zu ihm herüber. Sie schnupperte daran und leckte ihn mit ihrer blassen Zunge ab. Ein knuspriges Stück nahm sie ins Maul und kaute. Wenige Sekunden später ließ sie es jaulend wieder fallen und sah Trevor mit ihren großen Hundeaugen flehend an. Er kraulte ihren Kopf und wünschte sich, sie könnte sprechen und ihm sagen, was mit ihr nicht stimmte. Sie musste doch am Verhungern und Verdursten sein. Wieso fraß sie nichts?

Es blieb nur noch ein Weg, das herauszufinden. Er konnte viel Ärger dafür bekommen, aber das war es ihm wert. Die Hündin durfte nicht sterben, nur weil er davor zurückschreckte, jemanden um einen Gefallen zu bitten. Die noch recht neue Disziplin der Tierheilkunde brachte mittlerweile spezialisierte Ärzte hervor, aber sie lebten in ländlichen Gebieten und versorgten das Nutzvieh auf den Farmen. Wenn er ärztliche Hilfe für diesen Hund haben wollte, musste er die Behandlungsgrenzen sprengen.

„Sie wollen, dass ich einen Hund operiere?" Dr. Schrader sah Trevor empört aus blassblauen Augen an. Er wusch sich gerade vorm OP-Saal die Hände. Die Nachfrage kam so laut, dass die Schwestern, die gerade die Tagesvorräte an Verbandsmaterial bereitlegten, sich amüsierte Blicke zuwarfen und kicherten.

„Ich werde die OP durchführen, aber ich brauche Sie als Anästhesisten", erklärte Trevor dem Mann mit dem Rauschebart. „Ich vermute irgendwelche Beschwerden in der Kehle oder der Speiseröhre. Sie frisst nicht und trinkt nicht. Und beim letzten Versuch, mir das anzusehen, habe ich fast einen Finger verloren."

„Ich habe noch nie einen Hund operiert", wehrte Dr. Schrader ab.

„Ich auch nicht, aber ich würde vorschlagen, wir verwenden dieselbe Menge an Narkosemitteln wie bei einem Kind. Ich muss einen Blick in ihren Rachen werfen, ohne meine Finger zu riskieren."

Dr. Schrader griff nach einem Handtuch und trocknete sich routiniert die Hände. „Wir wissen doch gar nicht, was wir da tun. Der Hund könnte sterben."

„Sie wird sterben, wenn wir nichts tun", erwiderte Trevor. „Und dafür bedeutet sie mir zu viel. Ich tue alles."

„Ist das hinreißend!", gurrte eine der Schwestern. Sie sah ihn mit Rehaugen an und auch ihre Kollegin war leicht errötet.

Trevor wandte sich schnell wieder an Dr. Schrader. „Ich komme für alle Ausgaben und die Kosten für die Nutzung des OP-Saals auf. Aber wir müssen es nach Schichtende machen. Kann ich auf Sie zählen?"

Dr. Schrader warf das Handtuch in den Wäschekorb. „Pünktlich um fünf Uhr. Und machen Sie mir bloß keinen Vorwurf, wenn der Köter auf dem OP-Tisch stirbt."

Trevor war erleichtert. Wie armselig, dass eine räudige Hündin zu seiner wertvollsten Begleiterin geworden war, aber so war es nun mal. Er hatte noch nie leicht Freundschaften geknüpft.

Außer bei Kate. Bei Kate war es wie von selbst gegangen. Er hatte sich nicht verstellen oder Interesse an irgendwelchen neumodischen Dingen vortäuschen müssen, wenn er mit ihr zusammen war. Kate akzeptierte ihn so, wie er war, mit allen Ecken und Kanten.

Ob er das Richtige getan hatte, konnte er noch immer nicht beantworten. Was, wenn er niemals ein Heilmittel für Tuberkulose entdeckte? War es das Opfer trotzdem wert? Aber sein Streben nach einer wirksamen Therapie war mehr als nur Ehrgeiz oder der Wunsch nach einer Auszeichnung an der Wand. Dies war seine Berufung. Wieso hätte Gott ihn sonst dem frühen Tod von der Schippe springen lassen? Offenbar brauchte er Trevor im Kampf gegen die Krankheit.

Trevor ging in sein Büro. „Guten Morgen, Mr Walsh."

Es kam ihm noch immer eigenartig vor, Philip Walsh an Kates Schreibtisch zu sehen. Kate hatte nur ein halbes Jahr hier gearbeitet, aber diese Zeit hatte genügt, um sich in jedem Quadratzentimeter dieser Klinik zu verewigen. Trevor konnte sich noch nicht einmal die tägliche Statistik ansehen, ohne daran zu denken, wie Kate jedes Mal auf seine Reaktion gewartet hatte. Dann waren da die heimlichen Stunden auf dem Dach oder die gemeinsamen Essen am Mitarbeitertisch. Oder die Art, wie sie ihn wegen seiner Manieren aufgezogen und sich auf seltsam vertraute Art mit ihm gestritten hatte. Aber am meisten fehlte ihm ihr Lachen. Es war wie ein Funkenregen an einem düsteren Tag. Allein schon Kates Gegenwart hatte diesen Effekt auf ihn gehabt. Eine Frau, die so gut zu ihm passte, würde er wohl nie wieder finden.

Aber das war nun nicht mehr wichtig. Trevor griff nach seinem Klemmbrett. „Kommen Sie, Mr Walsh. Visite."

Es dauerte nur eine Minute, bis sie das Problem gefunden hatten. Kaum war Princess narkotisiert, holte Trevor mit einer langen Pinzette eine lange Fischgräte aus dem Hunderachen. Kein Wunder, dass Princess nichts mehr schlucken konnte.

„Womit haben Sie den Hund überhaupt gefüttert?", wollte Dr. Schrader wissen und beäugte den Fischüberrest.

„Die Reste vom Mittagessen. Es hat ihr immer geschmeckt."

„Sie können doch einen Hund nicht so füttern wie einen Menschen. Kein Wunder, dass sie krank geworden ist."

Trevor bekam Schuldgefühle. Woher sollte er das wissen? Er hatte noch nie ein Haustier gehabt! Er musste sich schnell Bücher über Tierheilkunde beschaffen und über die richtige Ernährung für Hunde lesen, damit ihm dieser Fehler nicht noch einmal unterlief.

Die beiden Männer wuschen sich die Hände. Die Operation hatte keine zehn Minuten gedauert und es war erst später Nachmittag.

„Darf ich Sie zum Dank auf einen Kaffee einladen?" Das war das Mindeste an Höflichkeit. Kate hatte ihm das eingebläut, und wenn er sich etwas mehr Mühe gab, musste er vielleicht nicht mehr nur auf seine Hundefreundschaft bauen.

„Vielen Dank für das Angebot", kam von Dr. Schrader. „Aber meine Frau hält sicher schon das Essen für mich warm." Er schlüpfte in seinen Mantel und ging. Trevor hatte Mrs Schraders Bekanntschaft bereits vor einiger Zeit gemacht, und wenn sie ihren Mann noch immer so anhimmelte wie damals, war Dr. Schraders Eile nur verständlich.

Plötzlich fühlte Trevor sich noch einsamer.

Erst als Dr. Schrader gegangen war, fiel ihm auf, dass er ein 30-Kilo-Problem auf dem OP-Tisch hatte. Princess würde für einige Stunden wacklig auf den Beinen sein. Sie konnte ihn unmöglich nach Hause begleiten. Er hockte sich hin und ließ die Hündin vorsichtig vom OP-Tisch auf seine Schultern gleiten. Es war eine Herausforderung, mit einem schlafenden Hund auf den Schultern durch die Tür zu kommen, aber er schaffte es und kämpfte sich die Treppe zum fünften Stock hinauf.

Marlene Chester bekam fast einen Anfall, als sie Trevor mit dem schweren Hund auf den Schultern erblickte. Nachdem sie ihm geholfen hatte, Schwester Ackerman zu überführen, hatte er sowohl

Marlene als auch Oskar Holtzmann eine Anstellung im Krankenhaus angeboten. Oskar hatte abgelehnt, aber Marlene hatte sofort eingewilligt, um nicht mehr als Dirne arbeiten zu müssen. Irgendwann würden ihre Kräfte nicht mehr ausreichen, aber er wollte sie so lange wie möglich unter seine Fittiche nehmen. Vorerst übernahm sie die Nachtschicht, trank jeden Tag ihren Lebertran und schien einigermaßen stabil zu sein.

„Würden Sie mir bitte die Tür zum Büro aufmachen?“, bat er. „Ich werde die Nacht über bei meiner Patientin bleiben.“

Es war nicht das erste Mal, dass er auf dem Boden im Büro übernachtete. Wenn er bis spät arbeiten musste, hatte er sich schon öfter einfach ein Kissen und eine Decke aus der Vorratskammer geholt und auf dem Boden ausgestreckt. In seinem Bahnhofszimmer wartete ja niemand auf ihn. War sein einziger Freund auf dieser Welt tatsächlich eine Hündin?

Nachdem er Princess auf dem Boden abgelegt hatte, eilte er nach unten, um einem der Hausmeister einige Dollar zuzustecken mit der Bitte, den OP-Saal besonders gründlich zu reinigen. Trevor wusste am besten, wie sehr sein Vierbeiner haaren konnte.

Es war noch zu früh, um schlafen zu gehen, und die Einsamkeit im Büro schien Trevor wenig verlockend. Er lief die Gänge auf und ab und versuchte, die drückende Leere in seiner Brust zu vertreiben. Wie konnte man sich nur in einem Gebäude voller Menschen einsam fühlen?

Nachts, wenn die Geschäftigkeit des Tages verklungen war, nahm das Krankenhaus einen ganz anderen Charakter an. Trevors Schritte hallten in den spärlich beleuchteten Korridoren wider. Er blieb vor einer Wand mit Portraits früherer Angestellter des Krankenhauses stehen. Drei Schwestern und ein Arzt, alle mit einer kleinen Bronzeplakette mit ihrem Namen darauf. Sie alle hatten ihr Leben für ihre Arbeit gelassen. Zwei der Schwestern hatten sich mit Diphterie angesteckt, die dritte mit Typhus, allesamt bei der Behandlung von erkrankten Patienten. Dr. Edwin Jones hatte sich während einer Operation geschnitten, eine Blutvergiftung erlitten und war zwei Tage später verstorben. Eines Tages würde er, Trevor, an Tuberkulose sterben und dann würde sein Portrait hinzugefügt werden.

Trevor stützte sich an der Wand ab und ließ den Kopf hängen.

War es das wirklich wert? Schon jetzt hatte er mit der Frau, die er liebte, einen unsagbar großen Preis bezahlt. Nur weil er nicht von seiner aufreibenden, zermürbenden Arbeit lassen konnte.

Er kniff die Augen zu. *Kate.* Manchmal reute es ihn so sehr, dass es körperlich schmerzte. Wahrscheinlich saß sie gerade an der hell erleuchteten Tafel im Logierhaus und war umgeben von einem Dutzend Gäste. Das Dinner war sicher mittlerweile vorbei und alle saßen bei einer Tasse Kaffee und schwatzten über die neusten Gerüchte aus dem Capitol. Die Versuchung, alles hier stehen und liegen zu lassen und zu ihr zu laufen, war groß. Musste er sein ganzes Leben ein einsamer Wolf bleiben?

„Dr. Kendall?"

Trevor schreckte auf und schalt sich insgeheim, Schwäche gezeigt zu haben. Eine hübsche Hilfsschwester mit freundlichen Augen stand neben ihm. „Geht es Ihnen gut? Sie sehen blass aus."

Sie schien ehrlich besorgt zu sein. Trevor war Mitgefühl nicht gewohnt und wusste nicht, wie er darauf reagieren sollte. Er zog sein Jackett gerade und richtete seinen Binder.

„Alles in Ordnung, vielen Dank", sagte er und sah auf das zusammengeknüllte Bündel in ihrer Hand. Es roch nach Erbrochenem. „Scheint, als hätten Sie auch keine so leichte Schicht."

Die junge Schwester nickte erschöpft. „Seit Tagen behält der Patient im hintersten Zimmer nichts mehr im Magen. Der arme Mann hat eine entzündete Gallenblase, wissen Sie. Ich hole nur schnell neues Bettzeug."

„Manchmal ist es wirklich undankbar, nicht wahr?"

Sie ließ die Schultern etwas hängen, lächelte aber schicksalsergeben. „Könnte schlimmer sein."

„Er kann sich glücklich schätzen, dass Sie sich um ihn kümmern. Weiter so. Sie machen das gut."

Sie blinzelte überrascht. Trevor hatte nicht gerade einen Ruf als umgänglicher Gesprächspartner, aber was er sagte, meinte er auch so. Die Schwestern und Hilfsschwestern vollbrachten wahre Heldentaten, wenn sie Patienten badeten, Erbrochenes aufwischten und Bettpfannen leerten.

Die junge Frau lächelte ihn dankbar an. In dem Blick, den sie tauschten, lag noch mehr. Trost. Mitgefühl.

„Danke, Dr. Kendall." Mit dem stinkenden Bündel in der Hand ging die Hilfsschwester in Richtung Wäscherei davon.

Nur Menschen, die unter diesem Dach arbeiteten, konnten verstehen, welchen Tribut die Arbeit mit Kranken forderte. Nicht jeder war dafür geschaffen. Trevor hatte gedacht, Kate sei der Herausforderung gewachsen, aber er hatte sich geirrt.

Müde schlich er durch die Gänge. Das stimmte nicht. Kate konnte sehr wohl mit der Arbeitsbelastung umgehen. Womit sie nicht umgehen konnte, war, dass er hier arbeitete.

Es wurde Zeit, nach dem Hund zu sehen. Trevor holte eine Schüssel mit Wasser, aber als er in sein Büro trat, schlief Princess noch. Er warf ein Kissen und eine Decke auf den Boden. Der Fußboden drückte hart gegen seine Schulterblätter, als er sich neben die Hündin legte. Der kleine Sabberfleck unter ihrer Schnauze brachte ihn zum Lächeln. Noch ein Schlamassel, den er am Morgen würde beseitigen müssen, aber das machte ihm nichts aus. Wenn Princess ihm eines beibrachte, dann Gelassenheit.

Trevor fragte sich, was wohl Kate denken würde, wenn sie wüsste, dass er Princess adoptiert hatte. Stumm starrte er an die Decke.

Er musste aufhören, ständig an Kate zu denken. Sie hatte ihre Entscheidung getroffen und er stand nicht oben auf ihrer Liste. Das gefiel ihm überhaupt nicht, aber er musste lernen, es zu akzeptieren.

Am nächsten Morgen leerte Princess eine Schüssel Gerstenbrei und zwei Schüsseln mit Wasser. Trevor beobachtete sie dabei. Sie fraß langsam, als würde ihr das Schlucken immer noch Schmerzen bereiten. Aber sie fraß und Trevor lächelte zufrieden. Hinterher ging er mit ihr nach draußen und band sie an den Baum hinterm Krankenhaus an, wo er ein Auge auf sie haben konnte.

Zurück in der Klinik blieb er wie angewurzelt stehen. Mit dieser Person hatte er auf einer Tuberkulosestation wirklich nicht gerechnet!

„Was macht sie denn hier?", raunte er Schwester Augusta zu.

Irene Bauman warf ihm ein schüchternes Lächeln zu. „Dr. Kendall! Wir vermissen Sie ja so bei uns am Tisch. Im Logierhaus sind alle so alt und langweilig, wissen Sie. Ich wünschte, Sie würden wiederkommen."

Trevor sah die Stationsschwester ungeduldig an. „Was macht sie hier?", wiederholte er.

„Kate Livingston schreibt jede Woche an die Patienten", erklärte die Schwester.

„Das weiß ich. Aber das erklärt noch nicht, wieso Miss Bauman hier ist."

„Sie müssen nicht gleich so vorwurfsvoll klingen", erwiderte das Mädchen. Trevor fragte sich, ob der Schmollmund bei ihrem Vater funktionierte.

Er starrte den kleinen Stapel Briefe auf dem Tresen an. Offensichtlich hatte die Kleine sie mitgebracht und das nicht zum ersten Mal.

„Kommen Sie mit", sagte er leise mit gereiztem Unterton und zeigte auf sein Büro. „Ich muss mit Ihnen sprechen."

KAPITEL 26

Wie konnte ein kerngesunder, junger Mann wie Roger Moreno so viele skurrile Zipperlein haben? Nicht nur, dass seine Rechtschreibung zu wünschen übrig ließ – nein, der junge Anwalt war ein schwerer Fall von Hypochondrie.

Kate saß an ihrem Schreibtisch und versuchte, Mr Morenos Stimme auszublenden, der in den Fernsprecher an der Wand in der Ecke des Büros brüllte. Man musste nicht brüllen, um am anderen Ende gehört zu werden, aber Mr Moreno schien das nicht zu wissen und klagte seiner Mutter, die zehn Meilen entfernt in Alexandria wohnte, lautstark sein Leid.

„Mein Zahnfleisch wird ganz weiß", brüllte er in den Handapparat. „Es tut weh beim Essen und ich weiß nicht, was ich tun soll."

Kate widmete sich dem Schriftsatz und versuchte, nicht an Mr Morenos Zahnfleisch zu denken. Der Mann konnte ohne Weiteres neunzig werden, aber die vergangenen fünf Monate mit ihm in einem Büro waren die reinste Tortur gewesen.

Ein Jahr mit Trevor wäre besser als fünfzig mit Mr Moreno.

Kate legte den Bleistift ab und war über ihren eigenen klaren Gedanken erstaunt. Was, wenn Trevors Tuberkulose nie wieder ausbrach und er neunzig wurde? Ihre Ängste brachten sie um das Glück, ihr Leben mit dem Mann zu teilen, bei dem jeder gemeinsame Augenblick herausfordernd und aufregend zugleich war. Ja, die Krankheit konnte wieder ausbrechen und ihn in weniger als einem Jahr das Leben kosten, aber genauso gut konnte er nie wieder daran erkranken. Die Auswirkungen waren dieselben. Aber für sie war er für immer verloren, weil sie sich ihren Ängsten nicht stellte.

Kaum hatte Mr Moreno aufgelegt, mischte sich Irene ein. „Sie sollten Zahnstocher nach dem Essen verwenden", sagte sie hilfsbereit. „Ich kann Ihnen das zeigen, wenn Sie möchten."

Kate ging dazwischen, bevor Irene sich in eine noch peinlichere Lage brachte. „Irene, geh doch bitte und hole die Post. Sie sollte längst gekommen sein."

Mr Moreno bedachte Kate mit einem dankbaren Lächeln. Kein Angestellter wollte mit der Tochter des Chefs erwischt werden.

Die Post für Richter Baumans Büro füllte normalerweise eine überdimensionierte Postkiste und heute stellte sie keine Ausnahme dar. Juristische Fachzeitschriften, offizielle Korrespondenz und Briefe aus der ganzen Nation überschwemmten Tag für Tag das Büro. Kate stapelte schnell alle Zeitschriften auf und blätterte die Briefe auf der Suche nach Regierungsschreiben durch, die schnell bearbeitet werden mussten.

Ein kleiner, quadratischer Umschlag purzelte ihr in den Schoß. Sie erkannte die Handschrift sofort.

Was hatte ein Brief von Trevor zu bedeuten? Ihr Name stand in großen Lettern vorn auf dem Umschlag und schon beim Aufreißen des Umschlags wurde ihr Mund trocken. Ganz nach Trevors Manier war der Brief kurz und schroff.

Kate,
sag Irene, sie soll sich vom Krankenhaus fernhalten. Sie lenkt die Krankenwärter ab. Und außerdem solltest du sie nicht die Drecksarbeit für dich machen lassen.
Trevor

Kate biss sich auf die Lippe. Er hatte sie durchschaut. Wie sollte sie jetzt auf dem Laufenden bleiben?

An der letzten Zeile blieb sie hängen. Trevor redete nie einfach so daher. Er wählte seine Worte mit chirurgischer Präzision. Was er sagte, meinte er auch so, und er hatte ihr geschrieben, sie solle nicht mehr Irene die Drecksarbeit für sie machen lassen.

Er hatte das als Herausforderung gemeint. Ein aufgeregter Schauer überlief sie. Vor einer Herausforderung machte sie niemals einen Rückzieher.

Kate nutzte die Mittagspause und lief zum Krankenhaus.

Sie ging ein großes Risiko ein. Vielleicht hatte sie zu viel in den Brief hineingelesen und Trevor würde sie hinauswerfen. Solange sie lebte, würde sie nicht vergessen, wie Trevor im Vorratsraum seine Kontrolle verloren hatte. *„Du bist für mich wie die Sonne, wie das Wasser, wie die Luft zum Atmen! ... Ich liebe dich, aber du weißt überhaupt nicht, was das bedeutet. Du liebst nur, wenn es einfach ist ...“*

Er hatte recht gehabt. Die Ehe mit Nathan war einfach gewesen. Genauso einfach, wie sich in Trevor zu verlieben. Erst das Zusammenleben mit ihm würde sich als schwer erweisen. Fünf Monate waren vergangen, seit sie ihn gesehen hatte, aber ihre Gefühle für ihn waren noch immer stark und sie bezweifelte, dass sie jemals verblassen würden. Wenn sie ein Leben mit Trevor wollte, musste sie beides akzeptieren, das Leichte und das Schwere. Sie konnte ihn nicht aufgeben. Noch nicht.

Henry musste einen freien Tag haben, denn sie fand Trevor im Labor über die Proben gebeugt. Er spähte mit einem Auge ins Okular des Mikroskops und diktierte seine Befunde an Mr Walsh, ihren Nachfolger. Der kühle, professionelle Ton wühlte sie auf. Wie verrückt musste sie sein, dass sie schon feuchte Hände und Herzrasen bekam, wenn sie diesem Mann nur beim Analysieren einer Blutprobe zuhörte?

„Weiterhin niedriger Hämoglobinwert, an der Grenze zur Anämie“, sagte Trevor, ohne sich vom Mikroskop zu lösen. „Die Patientin bekommt ab sofort mehr Serum.“

„Ist notiert“, antwortete Mr Walsh.

„Wie waren vergangene Woche die Eisenwerte von 31F?“

Mr Walsh entdeckte Kate als Erster. „Mrs Livingston“, sagte er freudig überrascht. „Wie schön, Sie zu sehen.“

Trevor setzte sich ruckartig auf. Sein Gesicht bekam schlagartig Farbe und er musste einige Male blinzeln, bevor er sich wieder unter Kontrolle hatte. „Kate“, sagte er gleichgültig und entfernte den Glasträger vom Objekttisch. Seine Miene war wie versteinert, aber seine Augen sprühten vor Emotion. „Sie können zum Mittag gehen, Mr Walsh. Ich möchte mit Mrs Livingston allein sprechen.“

Mr Walsh schloss die Labortür von außen. Trevor verschränkte die Arme und richtete seinen kalten Blick auf Kate, aber sie ließ sich davon nicht einschüchtern.

„Du hast einmal gesagt, ich bin wie die Sonne und die Luft zum

Atmen für dich", fing Kate an. „Seltsam, bei deiner Reaktion würde ich eher sagen, ich bin ein arktischer Eishauch."

Seine Mundwinkel zuckten, aber er bremste sie, bevor sich ein Lächeln formen konnte. „Wieso schickst du Irene, um mich zu bespitzeln?"

„Ich schreibe gern an die Patienten und sie bot mir an, die Briefe auszuliefern. So spare ich das Porto."

„Ich lasse mich nicht für dumm verkaufen, Kate. Ich habe sie mir gestern vorgeknöpft und sie hat mir gebeichtet, dass du sie beauftragt hast, Schwester Augusta nach mir zu befragen. Wo ich bin und was ich mache. Wieso?"

Er klang wie ein Staatsanwalt in einem Verhör. Als gäbe es etwas, wofür sie sich schämen müsste; dabei hatte er keine Ahnung, welche Ängste sie litt, seit sie um seinen Zustand wusste.

„Ich habe sie geschickt, um zu erfahren, ob es dich noch gibt", sagte sie schnell und merkte, wie sie einen Kloß im Hals bekam. „Weil ich weiß, dass du eines Tages einfach verschwinden würdest, ohne jemandem Bescheid zu geben. Und wenn es so weit ist, wirst du dich auf dem Weg in ein Sanatorium befinden, in New York oder Colorado oder den Himalayas, weil du dich auf deinen Tod vorbereitest und noch nicht einmal den Anstand hast, mich in Kenntnis darüber zu setzen. Das ist der Grund, warum ich Irene geschickt habe!"

Trevor schien sprachlos zu sein. Er machte den Mund auf, aber es kam kein Wort heraus. Hielt er sie tatsächlich für so herzlos, dass sie sich nicht nach ihm erkundigte?

Kate ging auf ihn zu und versetzte ihm einen Stoß gegen die Schulter. „Du Trottel! Hast du überhaupt eine Ahnung, wie viel Angst ich davor habe, dich zu verlieren? Wusstest du, dass ich jeden Montag mit einem Gebet beginne, weil das der Tag ist, an dem du dich testest? Jedes Mal flehe ich Gott an, deine Probe möge sauber sein."

Trevor fuhr sich durch die Haare und zeigte auf die Tür. „Komm", sagte er leise. „Gehen wir nach draußen."

Kate folgte ihm aus der Klinik. Ihre Schritte hallten durchs Treppenhaus und der Geruch des feuchtkalten Betons war eigenartig vertraut und tröstend. Sie gingen zu einigen Bänken, die an einer

Seite des Krankenhauses unter Kastanien standen. Der Boden war vom Frühlingsregen ganz weich und in kahlen Stellen auf dem Rasen hatte sich das Wasser zu Pfützen gesammelt. Kate war zu aufgeregt, um sich hinzusetzen. Trevor sah genauso unwohl aus. Er stellte einen Fuß auf die Bank und stützte sich mit dem Ellbogen auf dem Oberschenkel ab. Sein Blick schweifte in die Ferne.

„Tuberkulose ist eine furchtbare Krankheit", sagte er langsam. „Sie reibt dich auf und macht dich müde und kraftlos, aber eins hat sie mich gelehrt. Das Leben ist kostbar und manchmal sehr kurz. Ich habe mich schon früh damit abgefunden, dass ich wahrscheinlich nicht sehr lange leben werde, und ich habe mir geschworen, nicht einen einzigen Tag zu vergeuden. Ich kann dir nicht versprechen, mit dir alt zu werden, aber ich werde dich lieben, an jedem einzelnen Tag, der mir noch bleibt. Eine Frau, die ich nicht liebe, will ich nicht. Wenn ich dich nicht haben kann, werde ich allein ins Grab sinken."

„Wieso müssen wir über dein Grab reden? Die meisten Paare denken über dieses Thema noch nicht einmal nach."

„Du bist doch diejenige, die immer wieder damit anfängt. Ich habe es nie erwähnt, bis du in meinen Sachen herumschnüffeln musstest."

„Wenn du aufhören würdest, hier zu arbeiten, würde es alles für mich viel leichter machen." Trevors Blick blieb hart. Sollte nicht der Mann, der sie liebte, zu diesem Kompromiss bereit sein? Aber nein, sie hatte es mit Trevor McDonough zu tun, der immer gewinnen musste. „Du bist der arroganteste, sturste und unbeugsamste Mann, den ich kenne. Ich frage mich, wie du aufrecht herumlaufen kannst bei so einem gewaltigen Selbstbewusstsein auf deinen Schultern."

Trevor sah auf einmal müde aus. „Kate, würdest du bitte aufhören? Ich weiß, aufgeben ist keine Option für dich, aber ich bitte dich trotzdem darum. Du kannst mich nicht davon abbringen. Ich werde niemals aufhören, an Tuberkulose zu forschen. Das ist meine Berufung."

„Es ist also deine ‚Berufung', dich möglichst früh ins Grab zu bringen?"

Trevor seufzte. „Und schon geht es wieder los."

Ein Winseln drang an Kates Ohr. Kate drehte sich um und entdeckte einen vertrauten goldfarbenen Hund, der am anderen Ende des kleinen Krankenhausparks an einen Baum gebunden war.

„Ist das Princess?" Die Hündin sah viel sauberer und gesünder aus.

Trevor lächelte und drückte sich von der Bank weg. „Komm. Sie möchte dich sicher gerne begrüßen."

Und tatsächlich, Princess war vergnügt und gesund und wedelte so stark mit dem Schwanz, dass ihr ganzer Rumpf hin und her wackelte. Sie trug auch ein Halsband mit einem kleinen Namensschild aus Messing. Kate hockte sich hin, wuschelte Princess ordentlich durchs Fell und lächelte. Das konnte nur Trevor gewesen sein, denn wer sonst kannte ihren richtigen Namen?

„Sie versuchte jeden Tag, mir nach Hause zu folgen", erklärte Trevor. „Irgendwann gab ich auf und nahm sie mit. Wenn das Wetter es zulässt, begleitet sie mich zur Arbeit."

Kate hatte schon immer einen Hund gewollt, aber im Logierhaus war das unmöglich gewesen. Niemals im Leben hätte sie erwartet, dass der pingelige Trevor einen Hund adoptierte.

„Vielleicht gibt es ja doch noch Hoffnung für dich", stellte sie fest. „Wer einen Hund aufnehmen kann, wer weiß, zu welcher Veränderung er noch fähig ist?"

Trevor seufzte erschöpft. „Hör auf, Kate. Wenn ich nun unablässig auf dem Kreuzzug wäre, irgendetwas an dir zu ändern? Was, wenn ich dir nahelegen würde, dass der unerwartete Tod deines Mannes deine Fähigkeit verdorben hat, wie ein normaler Mensch zu funktionieren? Deine Angst vor meiner Neuerkrankung … ich kann zwar nicht sagen, dass sie völlig unbegründet ist, aber sie ist übertrieben und irrational. Wie würdest du dich fühlen, wenn ich deine Ängste verharmlose und durch Gehirnwäsche versuche, dich zu einem anderen Menschen zu machen?"

Kates Hände erstarrten mitten in Princess' Fell. Sie würde alles geben, alles, um nicht mehr so viel Angst zu haben. Andere Frauen waren auch mit Männern verheiratet, die einer gefährlichen Arbeit nachgingen, und sie fielen nicht in kleine unsichere Häufchen zusammen.

Sie stand auf. „Ich denke, ich würde das begrüßen."

Zum zweiten Mal an diesem Tag schien es Trevor die Sprache

verschlagen zu haben. Der Wind zerrte an seiner Jacke und zerzauste ihm die Haare, aber sein Gesicht blieb starr. Aus seinen Augen sprach eine Mischung aus Unglauben und Hoffnung.

„Das wird nicht einfach werden", warnte ihn Kate. „Mit Nathans Tod brach für mich eine Welt zusammen. Die Albträume über kollabierende Gerüste sind glücklicherweise endlich vorbei, aber jetzt träume ich von kollabierenden Lungen und das ist kein bisschen besser. Um ehrlich zu sein, bezweifle ich, dass du mich wachrütteln kannst."

Grübchen erschienen auf seiner Wange. „Du weißt, wie ich mit Herausforderungen umgehe."

Kate rieb sich die Hundehaare von den Händen und machte einen Schritt auf ihn zu. „Und genau darauf zähle ich." Sie ging immer näher heran, bis ihre Nasen nur noch wenige Zentimeter auseinander waren und sie seinen Seifenduft riechen konnte. Pinie. „Hier hast du eine harte Nuss, du fürchterlicher Trevor McDonough. Nutze deinen messerscharfen Verstand und überzeuge mich davon, dass du das Risiko wert bist." Sie drehte sich um und lief davon, aber nicht, ohne ihm über die Schulter noch ein „Wetten, dass du das nicht schaffst?" zuzurufen.

Viel lieber wollte sie zurücklaufen, sich ihm in die Arme werfen und ihn nie wieder loslassen, aber Kate zwang sich, einen Fuß vor den anderen zu setzen. Sie flehte zum Himmel, dass Trevor irgendeinen Weg finden würde, ihre Ängste zu besänftigen. In vollem Bewusstsein einen Mann zu heiraten, dem ein verfrühter Tod drohte, das konnte sie nicht. Kate beschleunigte ihre Schritte, bevor sie die Versuchung übermannte, ihrem Verlangen doch nachzugeben.

Die Tafel im Logierhaus war voll besetzt. Sogar Tom Wilkinson vom Patentbüro war da und diskutierte mit Charlie Davis über die anstehende Präsidentschaftswahl. Kate versuchte sich aus der hitzigen Debatte herauszuhalten und umkurvte die Herren, Teller mit glasiertem Schinkenbraten, gebratenen Äpfeln und Petersilienkartoffeln auf den Armen balancierend. Ein lautes Klopfen ertönte an der Eingangstür. Kate stellte die Teller ab und machte sich auf den

Weg ins Foyer, während sie sich die Hände an der Schürze abtrocknete.

Es war Trevor. Er hatte einen Strauß Rosen in der Hand. „Ich bin zum Abendessen gekommen."

Kate vergrub ihre Nase in die samtigen Blütenblätter und sog ihren berauschenden Duft ein. Es war ihr unangenehm, wie sehr Trevors halbes Lächeln ihr Herz zum Pochen brachte. Fast sechs Monate waren vergangen, seit Trevor an ihrer Tafel gesessen hatte, und Kate spürte die Aufregung durch ihre Adern rauschen.

Mühsam versuchte sie, unbeeindruckt zu klingen. „Ich hoffe, du magst Schinkenbraten. Und kannst deine Pferde zügeln, wenn es darum geht, ob Grover Cleveland eine zweite Amtszeit vergönnt sein sollte. Jeder hier am Tisch hat eine ziemlich ausgeprägte Meinung."

Trevor trat ein und lächelte sie an. „Wir werden einen wundervollen Abend haben, während ich dich in einer gepflegten Diskussion über die Politik des Weißen Hauses an die Wand reden werde." Seine Augen funkelten und seine Stimme klang warm und weich. „Ich habe beschlossen, der größte Glückspilz dieser Erde zu sein. Ich darf der Frau den Hof machen, von der ich schon als kleiner Junge geträumt habe. Sie ist schön, intelligent und die beste Analystin, die man sich wünschen könnte." Er beugte sich zu ihr und küsste das untere Ende ihrer Wange, was ihr Herz nur noch höher schlagen ließ. „Aber wenn sie auch nur am Rande die Worte Sterberisiko, schmerzhafter Tod oder Sputumproben erwähnt", raunte er, „dann stehe ich sofort auf und gehe. Ist das klar?"

Wieso wurde sie immer weich, wenn er sich ihr gegenüber rüpelhaft benahm? Er gab ihr einen Kuss auf die Stirn und sah sie erwartungsvoll an. Sie unterdrückte ein Lachen. „Du beraubst mich meiner Lieblingsthemen."

„Seid ihr fertig?" Timothys Stimme kam aus dem Speisesaal. „Das Essen wird kalt."

Es war ein warmer Abend. Trevor schlüpfte aus seinem Jackett und zog sich einen Stuhl an die bereits gefüllte Tafel. Es dauerte eine Weile, bis Kate die restlichen Teller verteilt hatte. Anschließend nahm sie Platz und schaltete sich in die ausgelassene Diskussion ein.

Dieser Abend legte den Grundtenor für den restlichen Frühling fest. Trevor kam mindestens dreimal pro Woche zum Abendessen ins Logierhaus. Er war noch immer mehr Zuhörer als Unterhalter, aber sie genoss es, ihn dabeizuhaben, vor allem nach dem Essen, wenn sie sich in das ummauerte Gärtchen hinterm Haus zurückzogen und einige Minuten zu zweit verbrachten. Kate hielt sich an die Spielregeln und erwähnte seine fragile Gesundheit mit keiner Silbe und ihre gemeinsame Zeit wurde zu magischen Stunden. In der ungestörten Privatsphäre des Gärtchens, wo Glühwürmchen blinkten und Gardenienblüten ihren Duft verströmten, legte Trevor seinen Panzer ab und wurde zu einer anderen Person. Er war viel sanftmütiger. Schüchterne Menschen hielt man oft für kühl und unnahbar, aber im Gärtchen war Trevor der einfühlsamste und liebevollste Mann, den sie sich vorstellen konnte.

Aber nur, wenn sie allein waren. In der Öffentlichkeit wurde er wieder zum strengen, unerbittlichen Kämpfer. Ende Mai lieferte er sich eine hitzige Diskussion mit ihrer Mutter, als er darauf bestand, dass sie eine weitere Dienstmagd einstellte, damit Kate wenigstens ein paar Abende in der Woche freihatte.

„Kate arbeitet schon ihr Leben lang für zwei und Sie können es sich wohl leisten, ein Mädchen für die Küche anzustellen."

„Kate arbeitet gern im Logierhaus", echauffierte sich ihre Mutter. „Und ich kann es mir ganz und gar nicht leisten."

„Das glauben Sie doch selbst nicht", blaffte Trevor. „Alle Ihre Zimmer sind belegt und man muss nur eins und eins zusammenzählen, um zu wissen, wie viel Sie pro Woche einnehmen."

„Und wieso, glauben Sie, geht Sie das irgendetwas an?"

„Es geht mich in dem Augenblick etwas an, wenn ich die Frau nicht umwerben kann, bei der ich ernsthafte Absichten verfolge, weil sie sich vor Erschöpfung nicht mehr auf den Beinen halten kann!"

Trevor trug den Sieg davon. Ein Küchenmädchen wurde eingestellt und Kate bekam einige Abende frei, die sie mit Trevor in einem gemütlichen Gasthaus in der Nähe des Marinehafens verbrachte. Hier war die Krabbensuppe scharf und die Musik fröhlich. Kate gefiel es dort sehr und die Musik brachte sie längst nicht mehr zum Weinen. Stattdessen wollte sie tanzen. Sonntagmorgens begleitete Trevor sie zur Kirche und am Nachmittag spielten sie Federball auf der Wiese.

In Kates Hinterkopf glomm jedoch stets die Angst um seine Gesundheit, lauerte wie ein hämisch grinsender Dämon. Ihr Waffenstillstand in Bezug auf Trevors Arbeit unterdrückte zwar sehr effektiv alle Diskussionen, konnte aber Kates Kopf nicht davon abhalten, sich ihren Ängsten zu widmen. Sie flehte noch immer jeden Montag zum Himmel, wenn Trevor einen Abstrich bei sich machte, und seufzte vor Erleichterung, wenn er montagabends zum Abendessen kam und ihr beim Hereinkommen zuzwinkerte, bevor er sich einen Platz suchte.

Sie wussten beide, was dieses Zwinkern bedeutete. Es war Trevors einziges Zugeständnis und der Hinweis darauf, dass er sich nach wie vor regelmäßig testen musste, um einen Rückfall so schnell wie möglich zu entdecken.

Kate rutschte nur ein einziges Mal im ganzen Sommer etwas heraus. Sie saßen gerade zu Tisch, als Trevor erwähnte, dass er und Oskar Holtzmann sich regelmäßig auf eine Runde Backgammon in einer Kneipe trafen. Obwohl Trevor stets wusste, welcher seiner Patienten in der ansteckenden Phase war, konnte er bei Oskar Holtzmann nie sicher sein. Und er trug bestimmt keinen Atemschutz in der Kneipe.

Kate versteifte. „Ob das so eine gute Idee ist? Was, wenn in der Kneipe zu wenig gelüftet wird? Und dann sitzt ihr auch noch so nah beieinander ..."

Es gab keinen verärgerten Blick oder eine Zurechtweisung. Trevor schob schlicht seinen Stuhl zurück, stand auf und ging zur Tür. Kate konnte es nicht fassen. Sie war den ganzen Frühling über und bis weit in den Sommer hinein der reinste Engel gewesen und jetzt war er beim kleinsten Fehler beleidigt? Ihr Stuhl kippte um, als sie aufsprang und ihm nacheilte. Kurz vor der Haustür bekam sie seinen Arm zu packen. „Geh nicht!"

Er riss sich los und marschierte nach draußen.

Kate war völlig verblüfft. Sie folgte ihm einige Schritte in Richtung Bürgersteig. „Ich kann das so nicht!", rief sie ihm hinterher.

Trevor winkte, drehte sich aber nicht um und ging davon. Wieso musste er so empfindlich sein? Konnte er ihre Ängste nicht nachvollziehen? Mehr als drei Monate lang hatte sie ein vorbildliches Benehmen an den Tag gelegt und dann musste er beim ersten kleinen Patzer wortlos davonstürmen. Sie hatte ihm die ganze erste Jahreshälfte seinen Sieg gegönnt, indem sie ihre Ängste unterdrückte, aber Kate bezweifelte, dass sie das für den Rest ihres Lebens durchhalten konnte.

Trevor hatte sich geschworen, jeden Tag voll auszukosten. Er wusste, dass sein Leben kurz sein konnte, und fuhr mit voller Kraft voraus, ohne sich von Ängsten die Tage überschatten zu lassen. Wieso konnte sie nicht genauso loslassen? Sie brauchte das Gefühl, ihr Leben unter Kontrolle zu haben. Wie sollte sie das für Trevor aufgeben, wenn er seine Gesundheit auf die leichte Schulter nahm?

Kate war eigentlich mit ihm am nächsten Abend nach der Arbeit verabredet, um die fertigen Umbauten auf dem Krankenhausdach in Augenschein zu nehmen. Wenn Trevor über das Dach sprach, klang er immer so stolz und Kate brannte darauf, es endlich zu sehen. Aber jetzt war sie sich nicht mehr sicher, dort überhaupt willkommen zu sein.

Und wollte sie überhaupt noch? Ihr kleines Experiment funktionierte nicht besonders gut. Trevor blühte auf, seit sie nicht mehr über seinen Beruf sprachen, aber sie, sie packte jedes Mal die Angst, wenn sie nur darüber nachdachte.

Kate knallte die Haustür zu und kehrte in den Speisesaal zurück.

KAPITEL 27

Als sie am nächsten Tag auf das Krankenhaus zulief, brodelte es noch immer in ihr. Trevor hatte sich nicht gemeldet, aber da sie einmal hier war, wollte sie das Dach auch sehen.

Gebell riss sie aus ihren Gedanken. Princess zerrte an ihrer Leine, die um eine Ulme gelegt war. So war es immer bei ihr. Wenn sie Kate sah, wollte sie ihr unbedingt hinterherlaufen, auch wenn sie mittlerweile begriffen haben musste, dass Kate sie nicht ins Krankenhaus mitnehmen konnte.

Kate hockte sich zu der Hündin und kraulte sie hinter den Ohren. Wenn sie Trevor heiratete, würde sie aus dem Logierhaus ausziehen und endlich ihren eigenen Hund haben.

Nicht, dass Trevor ihr einen Antrag gemacht hatte. Aus dem tiefsten Grund ihres Herzens wünschte sie sich, dass er sich einen anderen Forschungsbereich suchte, und wahrscheinlich spürte er das. Er hatte es überdeutlich gemacht, was er von ihrem Gejammer hielt, aber Kate wusste nicht, wie lange sie noch so tun konnte, als würde sie das Thema kaltlassen.

Princess winselte und jaulte, als Kate aufstehen wollte. Sie war eine schlaue Hündin, aber wie sollte Kate ihr erklären, dass die Patienten in der Klinik geschwächte Lungen hatten und keinen Hund in ihrer Nähe haben durften? Der Staub in ihrem Fell würde ihnen das Atmen zusätzlich erschweren.

Trevor hatte ihr erzählt, dass Princess jeden Morgen so einen Aufstand machte. Kate fand das merkwürdig. Wenn jemand berechenbar war, dann Trevor. Princess musste längst wissen, wie er tickte. Wieso vertraute sie ihm nicht?

Kates Hände erstarrten mitten im Fell der Hündin. Wie konnte sie von Princess erwarten, dass sie verstand, warum Trevor sie hier am Baum zurückließ? Oder dass er aufgeregt war, weil seine neue Stiefmutter in Schottland schwanger war? Konnte sie überhaupt begreifen, dass es ein Land namens Schottland gab? Oder den Mond? Die Milchstraße? Kein Hund konnte das verstehen, aber das bedeutete nicht, dass diese Orte nicht existierten. Es bedeutete nur, dass diese Dimensionen einen Hundeverstand überstiegen.

Kate dachte über ihr eigenes Leben nach.

So wie Princess unmöglich die Sorgen der Menschen verstehen konnte, wie konnte Kate jemals begreifen, was in Gottes Gedanken vor sich ging? Gott hatte sie niemals darum gebeten, ihn zu verstehen. Er wollte, dass sie ihm vertraute. Warum ausgerechnet Trevor diese fürchterliche Krankheit ereilen musste, würde sie wohl nie verstehen, aber vielleicht gehörte es zu einem Plan, für den das menschliche Gehirn einfach zu klein war? Sie, Kate Livingston, lebte im letzten Jahrzehnt des neunzehnten Jahrhunderts in einer winzigen Ecke in Washington, während Gott über das gesamte Universum mit seiner Vergangenheit, Gegenwart und Zukunft herrschte. Und sie wollte sich mit ihrem kümmerlichen Verstand in seine komplexen Bahnen aufschwingen?

Trevor war davon überzeugt, dass es seine Berufung war, ein Heilmittel gegen Tuberkulose zu finden. Dieses Wort hatte er immer und immer wieder gebraucht.

Und doch zweifelte sie an ihm.

War sie wirklich besser als Princess? Warum es so schlimme Krankheiten wie Tuberkulose überhaupt geben musste oder warum die besten Ärzte ihnen auf der Suche nach einem Gegenmittel zum Opfer fallen mussten, wollte nicht in ihren Kopf, aber das lag an ihrem begrenzten Verstand, nicht an Gottes Plan.

Kate hatte es satt zu zweifeln und in Angst zu leben. Es war unmöglich vorherzusagen, ob Trevor nächste Woche oder erst in zehn Jahren ein Gegenmittel fand oder vielleicht überhaupt nicht. Vielleicht wurde er früh aus dem Leben gerissen, vielleicht aber auch nicht ... Sie wollte nicht wie Princess sein und jedes Mal loswinseln, wenn sie an die Zukunft dachte. Es war an der Zeit, über ihren Schatten zu springen.

War das nicht genau das, was den Glauben ausmachte? Trotz Ungewissheit zu vertrauen? Ein Leben voller Sinn und Erfüllung lag vor ihr, wenn sie nur mutig genug war, den Schritt ins Ungewisse zu wagen.

Sie senkte den Kopf und ließ die Erkenntnis sacken. Hoffnung. Es war ein Anfang. Eine Suche. Sie und Trevor würden Schulter an

Schulter, Herz an Herz dem Ruf folgen. Was auch immer sie erwartete, Glück oder Gefahren, beidem würden sie zusammen ins Auge sehen. Kate war bereit für den nächsten Schritt.

Schnell schlang sie die Arme um Princess und sah dann zum blauen Himmel auf, der ihr unbeschreiblich schön vorkam. Endlich war sie bereit für die Zukunft, auch wenn sie blindes Vertrauen haben musste. Dass es keine Garantien gab, machte ihr keine Angst mehr. Ihr Leben würde sich genau so entfalten, wie Gott es geplant hatte, und sie war bereit, die Herausforderung anzunehmen.

Trevor wartete ungeduldig auf Kate. Würde sie kommen? Er hatte den halben Nachmittag damit verbracht, den letzten Blumenkasten aufzuhängen. Alles sollte perfekt sein, wenn Kate das Dach begutachtete. Schließlich verband er mit diesem Ort einige seiner schönsten Erinnerungen. Wie anders es jetzt hier aussah! Das hatte er zu einem großen Teil auch ihr zu verdanken. Trevor kehrte an seinen Schreibtisch zurück, um die letzten Rechnungen für die frisch gelieferten Pflanzen zu begleichen.

Wie erwartet hatte der Krankenhausdirektor das Refugium auf dem Dach für eine absurde Verschwendung von Mitteln gehalten, aber die Spannungen zwischen den beiden waren etwas abgeflaut, nachdem Schwester Ackerman als Übeltäterin überführt worden war. Und es schadete nicht, den *Surgeon General* wieder auf seiner Seite zu haben. Andrew Doyle war wegen des Einbruchs ins Logierhaus und des Einschleusens von Beweismitteln zu drei Monaten Gefängnis verurteilt worden. Wegen der gefälschten Krankenakten hätte Trevor Andrew zusätzlich wegen Verleumdung verklagen können, aber sein Anwalt hatte eine Vereinbarung aufgesetzt, laut der Trevor darauf verzichtete, wenn Andrew und seine Mutter ihren Rachefeldzug beendeten. Die Vereinbarung wurde unterschrieben, notariell beglaubigt, und Mutter und Sohn hatten die Stadt nach Andrews Freilassung verlassen.

Trevor hatte gerade den letzten Scheck unterschrieben, als Kate klopfte. Sie strahlte und lehnte sich an den Türrahmen. „Guten Abend, Trevor.“

Trevor sprang auf. Sie war unglaublich hübsch, wenn sie ihre Haare so hochgesteckt hatte. Der kleine Junge in ihm wollte die Haarklemme herausreißen und zugucken, wie die Haare herunterfielen, während der Mann in ihm die Nase darin vergraben und ihren weiblichen Duft einatmen wollte. Das Beste aber war, wie ihre Augen leuchteten. Es war ihre typische Mischung aus Humor und Intelligenz.

„Kate", sagte er und nickte ihr zu. „Ein wenig spät, meinst du nicht?"

„Princess hat mir aufgelauert. Außerdem war ich mir nicht sicher, ob du mich noch sehen wolltest, nachdem ich gestern in Ungnade gefallen bin."

Es war ihm nicht leichtgefallen, sie so stehen zu lassen, aber es musste sein. Kate würde es ihnen beiden unendlich schwer machen, es sei denn, sie arrangierte sich mit seinem Weg. Er durfte ihr nicht den kleinen Finger reichen. Sie würde den ganzen Arm nehmen.

„Ich will dich immer sehen", bekannte Trevor mit einem Augenzwinkern. „Du bist wie ein Splitter in meiner Haut. Ich kann an nichts anderes denken."

„Du liebe Güte, ist das da der Fahrstuhl? Der ist ja umwerfend!" Kate eilte durch den Gang zu den großen Messingtüren, die neben den Waschräumen eingebaut worden waren.

Trevor folgte ihr grinsend, schob die Türen auf und geleitete sie hinein. Es war genug Platz für zwei Krankenliegen und eine Schwester. Kate beobachtete fasziniert, wie er den Fahrthebel nach oben drückte. Die Türen gingen zu und der Korb setzte sich in Bewegung.

Kate schnappte nach Luft und umklammerte seinen Arm. Der Fahrstuhl fuhr gleichmäßig, aber die meisten Menschen waren anfangs erschrocken, wenn sich zum ersten Mal der Boden unter ihnen bewegte.

Kurz darauf blieb der Fahrkorb mit einem Ruck stehen. Trevor hielt den Atem an und betätigte den Hebel zum Öffnen der Türen. Was würde sie über das fertige Dach denken? Vielleicht war sie enttäuscht. Es gab so viele hübsche Parks in der Stadt. Die Türen glitten auf und Trevor versuchte, das Dach mit ihren Augen zu sehen. Der aufgeplatzte Bodenbelag war durch Schieferplatten ersetzt worden und an der Begrenzungsmauer hingen Blumenkästen, die vor blühenden Begonien, Salbei und Efeuranken überquollen. Reihenweise standen bequeme Liegen da, von denen die Patienten die Aussicht über die Baumwipfel genießen konnten. Die Sonne ging allmählich unter und alle Patienten waren längst zurück in ihren Betten. Das ganze Dach gehörte ihnen.

„Es ist so friedlich hier oben", hauchte Kate und setzte den Fuß auf die erste Schieferplatte. „Und du hast sogar an Pflanzen gedacht!"

„Jemand hat mir mal gesagt, ein wenig Grün sei gut für die Seele."

Sie gingen bis an die Mauer und ließen den Blick über die Bäume schweifen.

„Die Patienten sind hin und weg", sagte Trevor leise. „Hier oben können sie für einen kurzen Augenblick am normalen Leben teilnehmen und einfach die Sonne genießen. Weißt du, was sie sagen? Sie sagen ..." Seine Kehle schnürte sich zu und er musste pausieren. Wo kamen diese Gefühle auf einmal her?

Es war ihm unangenehm, sich nicht unter Kontrolle zu haben, aber er hatte in der Haut seiner Patienten gesteckt. Er hatte ihre Angst erlebt, ihren Schmerz ertragen und unter ihrer Isolation gelitten. Er wusste aus eigener Erfahrung, wie kostbar diese Oase für Menschen war, die nur noch wenige Monate zu leben hatten.

Kate nahm seine Hand. Sie wusste wahrscheinlich genau, wie es ihm ging, aber trotzdem blinzelte er etwas schneller, damit sich seine Augen nicht mit Tränen füllten. Dann atmete er tief ein und setzte erneut an.

„Die Patienten sagen mir, hier oben können sie zur Ruhe kommen. Und das ist mir sehr wichtig", brachte er schließlich heraus.

Ein Windstoß ließ die Blätter rascheln und brachte für einen kurzen Augenblick die Erinnerung an den Berggipfel hoch. Hier oben war man Gott einfach näher. Es war leichter, den Tod als natürlichen Teil des Lebens zu akzeptieren als letztes Kapitel eines Abenteuers, bevor das nächste begann. Die Oase auf dem Dach war vielleicht das Beste, was er seinen Patienten noch bieten konnte. Aber das war es wert.

Kate schlang die Arme um ihn und legte den Kopf an seine Brust. Wahrscheinlich wurde sie jetzt taub, so sehr pochte sein Herz. „Ich bin so stolz auf dich", sagte sie. „Es ist einfach perfekt."

Sie blieben noch auf dem Dach, bis die Sonne längst hinterm Horizont versunken war. Überall wurden die Gaslaternen angezündet und die Sterne am Himmel fingen an zu blinken. Trevor wollte am liebsten für immer mit Kate hier oben bleiben. Sie lag auf der Liege neben ihm und ihre Hände hatten sich gefunden.

„Ich hatte heute eine verrückte Unterhaltung mit Princess." Trevor legte fragend den Kopf schief, aber Kate sah unbeirrt zum Sternenhimmel hinauf. „So ein Hund hat gewisse Grenzen, wenn es darum geht, das Universum zu begreifen", fuhr sie fort. „Wie der Kosmos funktioniert. Und ich bin bereit, mir eine ähnliche Begrenztheit einzugestehen."

„Aus deinem Mund ist das ein ziemliches Zugeständnis."

Kate gab ihm mit dem Fuß einen kleinen Tritt, aber als sie zu ihm herumrollte, leuchteten ihre Augen. „Ich kann nicht begreifen, was Gott für jeden von uns geplant hat, aber ich weiß jetzt, dass es keinen Sinn hat, sich deswegen ständig Sorgen zu machen. Weißt du, ich glaube, dein Leben wird sich genau so entfalten, wie er es will. Du bist am Anfang einer großen, gewaltigen Suche und Gott sieht einfach das große Ganze. Das hat er mir voraus. Ich möchte auf das vertrauen, was ich noch nicht sehe, auch wenn es beängstigend und ungewiss ist. Ich bin jetzt so weit, das anzunehmen."

Trevor wagte nicht zu atmen. Hatte sie das gerade wirklich gesagt? Sie sah so glücklich aus und er wollte sie am liebsten an sich drücken. Stattdessen strich er ihr sanft über die Wange.

„Du kannst dir nicht vorstellen, wie sehr ich mir gewünscht habe, du würdest das irgendwann sagen", bekannte Trevor.

„Du zitterst ja."

Trevor lachte kurz auf. „Ich zittere vor dir, seit wir dreizehn sind. Komm. Ich bringe dich nach Hause."

Er merkte sofort, dass Kate enttäuscht war, aber wenn sie noch länger hier oben blieben, würde er wahrscheinlich alles ruinieren. Er wollte auf der Stelle um ihre Hand anhalten, aber er hatte andere Pläne und es hatten ihm dabei zu viele Menschen geholfen, als dass er jetzt den Kopf verlieren durfte.

Kate hatte viel zu lange mit Trevor auf dem Dach herumgelegen. Es war schon fast Mitternacht, als sie im Logierhaus ankamen, und sie kam am nächsten Morgen zu spät zur Arbeit. Alle im Büro starrten sie empört an, als sie sich an ihren Schreibtisch schlich.

„Tut mir leid", murmelte sie, ließ sich auf ihren Stuhl gleiten und zog den nächsten Papierstapel heran. Es dauerte nicht lange, bis Roger Moreno sich zu ihrem Schreibtisch hindurchschlängelte.

„Ich wollte fragen, ob Sie einen Schriftsatz für mich Korrektur lesen könnten." Er schien ungewöhnlich nervös zu sein. Kleine Schweißperlen standen ihm auf der Stirn und er trat von einem Bein aufs andere. „Es ist sehr wichtig, wissen Sie."

Irene fing an zu kichern. Kate konnte sich keinen Reim darauf machen, warum Mr Moreno so nervös war, aber Irenes Gekicher war jedenfalls wenig hilfreich. Kate warf ihr quer durchs Büro einen strengen Blick zu und Irene widmete sich wieder ihrer Aufgabe, den nächsten Briefumschlag in die Schreibmaschine einzuspannen.

„Worum geht es?", fragte Kate und streckte ihre Hand aus.

„Vertragsrecht, fürchte ich. Aber keine Sorge, er ist kurz. Nur eine Seite", versicherte ihr Mr Moreno, bevor er einen Hustenanfall bekam. Kate hörte hier und da verhaltenes Gelächter der anderen Anwälte. Mr Moreno tat ihr leid. Offensichtlich fiel ihm die Arbeit schwer, aber das war kein Grund, ihn auszulachen.

„Ich mache mich gleich daran", sagte Kate.

Mr Moreno strahlte. „Oh, vielen Dank, Mrs Livingston."

Er kehrte an seinen Schreibtisch zurück. Warum starrte er sie immer noch an? Wieso sahen alle zu ihr herüber? Lag es daran, weil sie zu spät gekommen war? Kate legte sich die Seite zurecht und versuchte, sich auf die verschachtelte Rechtssprache einzulassen.

Schließt sich eine Partei übergeordneten Intellekts mit einer schwächeren Partei zusammen (in diesem Fall aufgrund von Schwächen in Trigonometrie, wenngleich auch knappe Überlegenheit in Statistik, Rechtschreibung und Chemie vorliegt), folgen daraus notwendige Verpflichtungen.

Ihr fiel die Kinnlade herunter. Sie riss den Kopf hoch. Mr Moreno grinste sie von seinem Stuhl aus an. Irene grinste auch. Und alle anderen Anwälte grinsten und sogar Richter Bauman, der in der Tür seines Büros stand.

Kate schluckte und widmete sich wieder dem Dokument. Hastig übersprang sie einige Absätze.

Gemäß der hoffnungslosen Verliebtheit der ersten Partei in letztere Partei ist es nur recht, dass der Bund der Ehe geschlossen wird. Das Gericht ordnet an, dass Dr. Trevor McDonough Kendall alle notwendigen und angemessenen Vorbereitungen trifft, um Mrs Katherine Livingstons Einwilligung einzuholen, in den heiligen Stand der Ehe zu treten.

Alle neun Richter des Obersten Gerichtshofs hatten unterzeichnet.

Kate schloss die Augen. „Trevor McDonough", murmelte sie vor sich hin.

Als sie aufsah, stand Trevor hinter Richter Bauman. Er sah fast gefährlich aus mit seinem ernsten Gesichtsausdruck – den er immer hatte, wenn er aufgeregt war.

Kate stand auf und stützte sich mit zitternden Händen auf den Schreibtisch. „Werde ich einen Anwalt für eine angemessene Antwort brauchen?"

„Nur, wenn es kompliziert wird." Seine Stimme war angespannt.

Irene fing wieder an zu kichern und Trevor warf ihr einen finsteren Blick zu. „Sie haben gesagt, sie würde das lustig finden!"

Es war auch lustig, zugleich aber auch peinlich wegen der vielen Anwesenden, die sie unverblümt anstarrten. Trevor war ein ziemliches Wagnis eingegangen, so öffentlich um ihre Hand anzuhalten. Sein Gesicht war blass, blasser als sonst, und Kate hielt es kaum aus, ihn so nervös zu sehen, aber bevor sie ihn erlösen konnte, erleichterte Trevor ihr die Entscheidung.

„Wir können auch weiterhin zum Abendessen ins Logierhaus gehen, mindestens zweimal pro Woche", sagte er. „Ich besorge dir eine neue Anstellung im Krankenhaus, wenn du willst. Und ich mache keinen Aufstand, wenn du Blumen mitbringst. Ich hätte schon viel früher darauf kommen sollen; mir fehlt eben die irrationale weibliche Ader." Seine Stimme klang gepresst, ein weiteres Zeichen dafür, dass er nervös war. „Ich habe sogar deine Eltern um ihren Segen gebeten. Kannst du dir vorstellen, wie das war? Deine Mutter ist der neugierigste Mensch der Welt. Sie wollte wissen, wie viel ich verdiene! Und ob ich Kinder möchte! Um Himmels willen, sie wollte wissen, wieso ich mir immer vor und nach dem Essen die Hände wasche."

„Das habe ich mich auch schon gefragt", meldete sich Irene zu Wort.

Trevor sah kurz aus, als würde er gleich aus der Haut fahren. „Es ist reine Gewohnheit!" Er wandte sich wieder an Kate. „Jedenfalls meinte deine Mutter, du wärest eine dumme Gans, wenn du die Gelegenheit nicht beim Schopf ergreifen und mich heiraten würdest." Seine Mundwinkel zuckten, als versuchte er, ein Grinsen zu unterdrücken.

„Ach ja?" Maude Norton hatte viel Zeit gebraucht, um Trevor zu akzeptieren. Einst hatte Kates Mutter ihn in kochendem Öl baden wollen, als er Kate das Stipendium weggeschnappt hatte, aber jetzt hatte sie sich damit abgefunden, dass Kate glücklich strahlte, wenn Trevor nur den Raum betrat. Trotzdem war es ohne Zweifel ein Gewinn, den Segen ihrer Mutter zu haben.

„Eine dumme Gans?", bohrte Kate nach.

„Eine ‚dumme alte Gans' waren ihre Worte. Und ich fände es jammerschade, wenn du derart in deiner Mutter Ansehen sinkst."

Trevor war nicht mehr der „fürchterliche Trevor McDonough". Ja, er hatte sie geärgert, aber auch herausgefordert und inspiriert. Er war um die Welt gereist und hatte mehr Lebenserfahrung, als sie sich erträumen konnte. Er konnte ihr so viel beibringen und sie dürstete nach jedem Tropfen Wissen.

Was Ehe und körperliche Intimität anging, war er der größte Grünschnabel. In diesem Bereich hatte sie ihm einiges voraus.

Kate ließ den Schriftsatz fallen und lief quer durchs Büro. Bevor Trevor sich irgendwo abstützen konnte, warf sie sich ihm mit voller Wucht in die Arme. Sie zog seinen Kopf herunter und gab ihm einen Kuss, der das Capitol in Brand setzen konnte.

„Bist du wirklich Manns genug, um es mit mir aufzunehmen?"

„Worauf du dich verlassen kannst." Ein selbstbewusstes Lächeln trieb seine Mundwinkel nach oben.

„Und darf ich den Hund behalten?"

„Darfst du."
„Dann will ich deine Frau werden. Unbedingt. Mit Vergnügen. Und ohne eine Spur von Angst."
Das gesamte Büro brach in Jubel aus.

EPILOG

Silvester 1899

Kate warf einen Blick auf die Standuhr in der Ecke des großen Salons. Noch fünf Minuten, bis die Kirchturmglocken das neue Jahr willkommen heißen würden. Der größte Teil des McDonough-Clans hatte sich im Schloss versammelt, das Trevors Vater in den rauen Weiten Schottlands bewohnte. Ein prasselndes Feuer brannte im großen Kamin, der eine Seite des Salons dominierte, aber durch die hohe, gewölbte Decke war es trotzdem fröstelig. Kate zog ihr Plaid im Schottenmuster enger um sich. Das war das letzte Mal, dass sie sich von Trevor mitten im Dezember nach Schottland bugsieren ließ. Beim nächsten Mal würde sein Vater hoffentlich endlich eine vernünftige Heizung in diesem riesigen Kasten installieren lassen.

Trotzdem war der Anblick zauberhaft. Kerzen brannten in Dutzenden von Tafelleuchtern und es duftete nach Tannennadeln und gewürztem Apfelwein. Vor ihr ächzte der große Tisch unter Gänsebraten, Fleischpasteten, Austern, Lebkuchen und Plumpudding. Trevors Vater machte sich gerade an einem Champagnerkorken zu schaffen, während ein Butler Kristallgläser verteilte.

Kate sah zum Kamin hinüber, wo Trevors Brüder vor dem Feuer auf dem Boden lagen. Sie aßen Lebkuchen und kicherten vor Aufregung, weil bald Mitternacht war.

Trevors Stiefmutter hatte pflichtbewusst eine ganze Reihe von Sprösslingen hervorgebracht, sodass er nun vier kleine Brüder hatte, die ihn vergötterten. Als Einzelkind hatte er sich immer Geschwister gewünscht und bestand nun auf regelmäßigen Besuchen in Schottland, damit er für seine Brüder kein Fremder blieb. Bei jedem Besuch stürmten die Jungs zur Begrüßung aus dem Haus und warfen sich mit aller Kraft auf Trevor, der sich brav ins Gras fallen und beklettern ließ, bis sie den Sieg über ihren amerikanischen Bruder verkündeten. Der Ehrgeiz der McDonoughs steckte ihnen allen im Blut. Trevor musste nur fragen, wer der Stärkste sei und seine Taschen tragen würde, und schon schallte ihm ein Chor aus „Ich, ich, ich!“ entgegen und jeder versuchte, seine Kraft unter Beweis zu stellen.

Die Beziehung zu Trevors Vater war immer besser geworden. Trevor konnte sich inzwischen damit anfreunden, dass sein Vater zwar eine angeborene Schwäche dafür hatte, ein gewaltiges Vermögen anzuhäufen, deswegen aber im Kern trotzdem kein schlechter Mensch war. Sogar die Verantwortung, den Graben zwischen ihnen absichtlich nicht überbrückt zu haben, nahm Trevor auf sich. Jetzt, wo der alte Mr McDonough seine rechtmäßigen Erben hatte, nahm er Kate trotz ihrer Herkunft aus der Arbeiterschicht in der Familie auf.

Bei den Reisen nach Schottland ging es aber nicht nur um Familienbesuch. Trevor besuchte jedes Mal auch die medizinischen Laboratorien in Edinburgh, wo die Forschung mit erstaunlicher Geschwindigkeit vorangetrieben wurde. Die Wissenschaftler experimentierten mit Pilzen und Sporen als Heilmittel, was Kate für gänzlich absurd hielt. Ihr halbes Leben hatte sie in den Bädern des Logierhauses gegen Schimmel gekämpft. Für sie stellten die Sporen eine einzige Bedrohung dar, aber Trevor faszinierte dieser Forschungsansatz und das war nicht das erste Mal, dass er in ungewöhnliche Methoden sein Vertrauen setzte. Inzwischen lachte niemand mehr über seinen Vorschlag, die Sonne auf ihre Heilungskraft zu untersuchen.

Für Tuberkulose war keine schnelle und einfache Heilung in Sicht, aber Trevors Kur wurde immer vielversprechender. Die Patienten, die er aufnahm, hatten mittlerweile zumindest eine bescheidene Hoffnung auf Heilung. Ihre Überlebensrate war auf zwanzig Prozent gestiegen und konnte es mittlerweile mit den teuren Bergsanatorien aufnehmen. Trevor machte das Sonnenlicht dafür verantwortlich. Wenn sich diese Vermutung bewahrheitete, würde dies ein Segen für alle Patienten aus armen Verhältnissen sein, denn Sonne konnte sich jeder leisten.

Trevor hatte seine Differenzen mit Michael Wells, dem jungen Arzt, beigelegt. Wells erwies sich als engagierter Mediziner und solide Vertretung für Trevor während ihrer Reisen nach Schottland.

Kate beobachtete Trevor am anderen Ende des Tisches, der mit schief gelegtem Kopf dem Geschnatter seiner Stiefmutter lauschte und nickte. Er hörte nur mit halbem Ohr zu. Seine Aufmerksamkeit galt ihren zwei Kindern, die auf einem Bärenfell in der anderen Ecke des Salons schliefen. Carl war sechs, Amy vier, und sie schienen die einzigen Vernünftigen im Raum zu sein, weil sie am wärmsten Ort im Raum eingekuschelt schlummerten.

Kate stand auf. „Wollen wir sie wecken? Es ist fast so weit."

Trevor kam um den Tisch herum und begleitete sie zu den Kindern. Bevor Kate Carl und Amy wachrütteln konnte, hielt er sie zurück. Sein Blick war ganz verträumt.

„Ich könnte ihnen immerzu beim Schlafen zugucken", murmelte er.

Kate dankte Gott jeden Tag für den Mut, Trevor zu heiraten. Seine Gesundheit war nach wie vor stabil und nun hatten sie zwei wundervolle Kinder, die ihre Familie vervollständigten. Trotzdem schickte sie nach wie vor an jedem Montag ein zusätzliches Gebet zum Himmel. Kate wusste nicht, was die Zukunft bringen würde, aber sie hatten sich ein schönes Leben aufgebaut und Kate würde niemals aufgeben. Selbst wenn Trevor vor ihr starb, war sie nicht allein. Gott hatte versprochen, immer bei ihr zu sein, bis ans Ende der Welt.

Trevor reichte ihr Amy und beugte sich dann hinunter, um Carl zu wecken. Alle versammelten sich vor der alten Standuhr, um den Mitternachtsschlag zu erwarten. Dutzende Bedienstete gesellten sich dazu. Gläser mit Champagner und Apfelwein wurden herumgereicht und nach und nach hielten alle den Atem an, um das Ticken der großen Uhr zu hören.

Kate starrte wie gebannt auf das schwere Messingpendel, wo die letzten Sekunden des neunzehnten Jahrhunderts wegtickten. Bald konnte man die Anspannung im Raum fast mit Händen greifen und alle zählten gemeinsam herunter.

„... drei, zwei, eins ... Gesundes neues Jahr!" Die Glocken fingen an zu läuten. Überall gab es Küsse, Umarmungen und klirrende Gläser.

Trevor gab ihr einen Kuss auf die Wange. „Willkommen im zwanzigsten Jahrhundert, Liebling."

Amy verwirrte die ganze Aufregung und sie streckte die Arme nach Trevor aus. Kate reichte ihm seine Tochter. „Aber was bedeutet das denn?“, wollte Amy wissen und rieb sich den Schlaf aus den Augen.

„Das bedeutet, dass du ganz großartige Dinge erleben wirst“, sagte Trevor und hob seine Tochter hoch über sich.

Kate wusste, dass er recht behalten würde. Sie lebten zu einer Zeit, wo es nicht mehr unangemessen war, wenn ein Mädchen eine gute Bildung begehrte, und wenn ihre Tochter studieren wollte, dann würden sie es ihr ermöglichen. Jeden Tag verkündeten die Zeitungen neue Entdeckungen und Erfindungen. Auf den Straßen von Washington tauchten erste Automobile auf und das Rennen um die erste Flugmaschine war längst gestartet. Die medizinische Forschung würde das Leben der Menschen immer besser machen. Eines Tages würde es ein Heilmittel gegen Tuberkulose geben und Kate hoffte von ganzem Herzen, dass Trevor diesen Augenblick erleben konnte.

Sie legte ihren Kopf an Trevors Schulter und träumte von der Welt von morgen.

HISTORISCHE ANMERKUNG

Tuberkulose war Ende des neunzehnten Jahrhunderts in amerikanischen Städten die Todesursache Nummer eins. Auf ihrer verzweifelten Suche nach einem Heilmittel experimentierten Ärzte nicht nur mit Quecksilberinjektionen, sondern auch mit Arsen, Teeröl, Kupfer und Kalk. Sie hofften, so die Krankheit zu besiegen, ohne dem Patienten zu schaden. In barbarischen Operationen wurden Teile der Lunge entnommen oder Patienten auf Monate oder sogar Jahre bewegungsunfähig gemacht. Keine dieser Behandlungsmethoden erwies sich als effektiv. Von 1880 bis in die 1930er-Jahre bestand für Tuberkulosekranke die größte Hoffnung, wenn sie sich für langwierige Kuren in abgelegene Bergsanatorien begaben. Dort mussten sie draußen liegen, auch bei winterlichen Temperaturen, und so viel der trockenen Höhenluft einatmen wie möglich. Medizinhistoriker schreiben den Erfolg der Sanatorien heute der Kombination aus frischer Luft, guter Ernährung und bis zu einem gewissen Grad auch dem durch Sonnenlicht im Körper gebildeten Vitamin D zu.

Ein Heilmittel gegen Tuberkulose wurde erst Mitte der Vierzigerjahre des zwanzigsten Jahrhunderts gefunden: Streptomycin, ein Antibiotikum aus den Labors der *Rutgers University*. Antibiotika erwiesen sich als äußerst effektiv gegen Tuberkulose und waren dazu noch kostengünstig. Jahrzehntelang betrachtete man die Gefahren der Tuberkulose als ein Gespenst aus der Vergangenheit. Leider führte das Wunder der Antibiotika zu einer Bequemlichkeit, die wiederum in den Achtzigerjahren ein Wiederaufflammen der Krankheit überall auf der Welt nach sich zog. Viele dieser Fälle zeigten Resistenzen gegen traditionelle Antibiotika. Ein stärkeres Bewusstsein, besser kombinierte Medikamente und bessere Nachsorge sorgen dafür, dass sich das Blatt wieder zum Guten wendet.

Zu diesem Roman inspiriert haben mich die faszinierenden Memoiren von Edward Livingston Trudeau (1848–1915), einem Arzt, der sich bei der Pflege seines an Tuberkulose sterbenden Bruders mit der Krankheit ansteckte. Dr. Trudeau war der Erste, der in

Amerika für das Konzept einer Kur im Sanatorium eintrat. Er lebte vierzig Jahre mit Tbc, bevor er schließlich daran verstarb. Auf den letzten Seiten seiner Memoiren, als er bereits wusste, dass ihm nur noch wenige Wochen bleiben, schrieb er:

„Der Kampf gegen die Tuberkulose hat mir Erfahrungen und Erinnerungen gebracht, die ich sonst niemals gehabt hätte, und ich würde sie nicht gegen den ganzen Reichtum Indiens tauschen! Bei dem Versuch, andere Menschen zu retten, habe ich die besten Freundschaften geschlossen, die man haben kann. ... Ich habe gelernt, dass man das Schicksal nicht besiegt, indem man dagegen aufbegehrt, sondern indem man sich ihm fügt; dass wir Gott häufig durch Menschen kennenlernen und erleben; dass geistiger Mut höher zu bewerten ist als körperlicher Mut und dass es eines ganz besonderen Mutes bedarf, einen Kampf zu kämpfen, den man verliert."